In den Krieg

Buch Drei der Serie *Aufstieg der Republik*

von

James Rosone

****

Illustration © Tom Edwards

Tom EdwardsDesign.com

Ins Deutsche übertragen von
Ingrid Könemann-Yarnell
ingridsbooktranslations.com
©2021

Alle Rechte vorbehalten

©2021, James Rosone in Zusammenarbeit mit Front Line Publishing, Inc.

Mit Ausnahme einer Erlaubnis nach dem U.S.-Urheberrechtsgesetz von 1976 darf kein Teil dieser Veröffentlichung ohne die vorherige schriftliche Zusage des Herausgebers in irgendeiner Form oder auf irgendeine Weise reproduziert, verteilt, übermittelt, oder in einer Datenbank oder in einem Wiedergabesystem gespeichert werden.

Inhaltsverzeichnis

Kapitel Eins: Einfall auf dem Planeten 5

Kapitel Zwei: Sektor Fünf 32

Kapitel Drei: Task- Force Intus 46

Kapitel Vier: Neue Verbündete 63

Kapitel Fünf: Fatale Folgen einer Schlacht 81

Kapitel Sechs: Task Force 92 134

Kapitel Sieben: Neuordnung 141

Kapitel Acht: Planetensprünge 153

Kapitel Neun: Schiffswerft Kita 177

Kapitel Zehn: Realistisches Training 192

Kapitel Elf: Task Force Rass 211

Kapitel Zwölf: Kampf um Rass 275

Kapitel Dreizehn: Der Rat des Galaktischen Reichs 296

Kapitel Vierzehn: Neue Befehle 328

Kapitel Fünfzehn: Die Große Armee der Republik 345

Kapitel Sechzehn: Schicksalstag 389

Kapitel Siebzehn: Die Flottenoperationen 414

Kapitel Achtzehn: Der NAS 447

Kapitel Neunzehn: Ranger übernehmen die Führung 458

Kapitel Zwanzig: Hinter feindlichen Linien 476

Kapitel Einundzwanzig: Das Ersuchen des Gebieters 488

Kapitel Zweiundzwanzig: Der Aufstieg der Republik 508

Kapitel Dreiundzwanzig: Die Sondierungsmission 525

Von den Autoren 582

Abkürzungsschlüssel 587

Kapitel Eins
Einfall auf dem Planeten

In der Nähe des Planeten Intus
RNS *Midway*
Alpha-Kompanie, Erstes Bataillon, Dritte Delta-Gruppe

Captain Bryan Royce atmete tief durch und richtete sich zu seiner vollen Größe auf. Nach einer beinahe zwei Monaten langen Nonstop-Reise auf der *Midway* und stetigem Training standen die ersten menschlichen Soldaten kurz davor, auf dem Planeten Intus zu landen – auf einer Welt, die einst eine Primord-Kolonie war und jetzt von den Zodark kontrolliert wurde.

Die Prim hatten mehrere Male erfolglos versucht, ihr verlorenes Gebiet zurückzuerobern. Nachdem die Menschen dem Altairianischen Galaktischen Empire beigetreten waren, hatte das GE den Erdenmenschen aufgetragen, in Zusammenarbeit mit den Prim den Planeten erneut einzunehmen. Die erste echte militärische Kampagne mit ihren neuen Verbündeten war als Test für die Menschen gedacht, wie gut sie als Teil einer Koalition arbeiteten und ob sie sich als akzeptable Partner erweisen würden.

Royce stand vor seiner Einheit, die aus 90 Deltas und 170 Kampf-Synth bestand. »Uns steht eine heiße Landung bevor«, verkündete er lautstark. »Nachdem das Schiff aus dem FTL ist, taucht die *Midway* in aller Eile in die Umlaufbahn ein, um dort unsere Ospreys freizusetzen. Eine Staffel der F-97 Orion wird uns bis zu unserem Absprung begleiten und danach umgehend mit den Osprey zur *Midway* zurückkehren.

»Unser HALO-Sprung steht 30.000 Meter über der Oberfläche an. Es ist unser erster freier Fall auf einen feindlichen Planeten und gleichzeitig unser erster Sprung als Kampftruppe, die sich sowohl aus Menschen als auch aus Synth zusammensetzt. Äußerste Konzentration und Köpfe in ständiger Bewegung.«

Die Deltas nickten, während sie aufmerksam seinen Ausführungen folgten.

»Ich gehe nicht davon aus, dass die Zodark über Waffen verfügen, mit denen sie uns während des Falls individuell ins Visier nehmen können, was aber nicht heißt, dass sie es nicht versuchen werden«, fuhr Royce fort. »Zugführer und Sergeanten, es ist unbedingt erforderlich, dass Sie, sobald wir auf dem Boden sind, ist, Ihr primäres Objekt ohne Zögern angreifen.«

Royce wandte sich dann dem 001 zu, den alle als Adam kannten. »Sobald wir auf dem Boden sind und die Verteidigungsvorrichtungen der Zodark identifiziert haben, müssen deine Trupps bereitstehen, die Ionenkanonen unter Beschuss zu nehmen. Ist das klar?«, fragte er. Adam war der C100, der die Position als Anführer der dieser Kompanie zugeordneten Kampf-Synth innehatte. Die 170 C100 waren in Trupps aufgeteilt, die über Royces vier Züge verteilt waren.

Die Deltas hatten festgestellt, dass die C100 am besten für den direkten Angriff geeignet waren. Mit der Erkundung und Überwachung konnten die Synth den trainierten Deltas nicht das Wasser reichen, waren aber so gut wie unschlagbar bei Missionen, die einen unmittelbaren Angriff verlangten. Aus diesem Grund waren die Deltas mehr als bereit, den Synth Angriffsziele zu finden und ihnen dann die Bühne zu überlassen.

»Verstanden, Captain Royce«, erwiderte Adam emotionslos, während sich anstelle seiner Augen ein blaues Ruhelicht von rechts nach links bewegte. Mit dem Beginn der Mission würde dieses Licht auf Rot wechseln.

Royce sprach nun wieder den Rest seiner Einheit an. »Sobald die *Midway* unsere Osprey wieder geladen hat, wird sie die Umlaufbahn verlassen und den Rest der Flotte im

Kampf gegen die Zodark unterstützen. Denken Sie daran: Erst nachdem die Ionenkanonen auf der Oberfläche ausgeschaltet sind, entsendet die Flotte die orbitalen Angriffsschiffe mit den republikanischen Soldaten. Mit der ersten Welle trifft eine komplette Division RAS ein. Voraussetzung dafür ist allerdings die vorherige Zerstörung der planetarischen Verteidigung. Hooah!«

»Hooah!«, bestätigten die Spezialeinsatzkräfte ihren Auftrag. Ebenso wie Royce wollten sie endlich mit ihrem Einsatz beginnen.

»Formation auf dem Flugdeck in 60 Minuten«, befahl Royce. »Wir laden die Ausrüstung und sind bereit, sobald die *Midway* aus dem FTL kommt. Verstanden?«

Ein »Hooah!« beantwortete sein Frage.

Die Deltas verließen den Konferenzraum, um in den Sammelbereichen ihres jeweiligen Zugs die letzten Vorbereitungen zu treffen. Es war unumgänglich, ausreichend Ausrüstungsgegenstände, Verpflegung und Munition für ihre Waffen mitzuführen. Falls sie vom Rest der Flotte abgeschnitten werden sollten, würden sie eine Weile auf sich selbst gestellt sein.

Auch Royce überprüfte ein letztes Mal seinen eigenen Rucksack. Er hatte zusätzliche Notrationen und zwei Wasseraufbereitungskapseln dabei. Er verließ sich nie auf nur eine Wasseraufbereitungskapsel. Falls die aus irgendeinem Grund beschädigt werden sollte, hätte er ein Problem. Er konnte einen gewissen Zeitraum ohne Nahrung überleben, aber ohne Wasser – unmöglich. Neben der Munition war Wasser das wichtigste Element, ein Überleben zu sichern.

Royce verschnürte seinen Rucksack, hängte ihn sich über die Schulter und machte sich auf den Weg zum Hangar, aus dem ihm bereits Johlen und Schreien entgegenkam. Die Soldaten waren dabei, sich auf 16 Osprey and auf 20 Transportschiffe zu verteilen, die an der Seite der *Midway* auf sie warteten.

Royces Einheit hatte ‚Glück' gehabt. Sie würden den Planeten nach einem freien Fall aus großer Höhe erreichen, während ihre Kameraden von ihren Fähren näher am Ziel abgesetzt werden würden. Technisch gesehen hatte Royces Einheit den gefährlicheren Job, andererseits war die Wahrscheinlichkeit, im Anflug durch einen geglückten Treffer abgeschossen zu werden, weit geringer als ein Treffer auf die direkt anfliegenden Transporter. Das Problem mit ihrem HALO war der für die Landung ausersehene Ort. Obwohl die Ionenkanonen insgesamt schwer bewehrt waren, stand eine ihrer Seiten einem Zugriff offen - direkt angrenzend an eine stark bewaldete Gegend, die keine normale Landung zuließ. Daher der HALO-Einstieg.

Während Royce die Rampe eines Osprey betrat, konnte er sehen, wie sich Soldaten und Synth anschnallten. Auch ohne einen Blick auf ihre Augen oder die Gesichter hinter den Helmen, die alle trugen, zu werfen, wusste er, dass seine menschlichen Soldaten nervös waren. Natürlich zeigten die C100 absolut keine Gefühlsregungen. Sie waren bereit, ihre Befehle auszuführen, wie immer sie auch lauten mochten, ohne dabei auch nur einen Gedanken an die Konsequenzen zu verschwenden.

Die heutige Mission war den Erdenmenschen neu – sie unterschied sich wesentlich von ihren letzten Einsätzen. Hier ging es nicht um die Einnahme einer Minenkolonie auf einem fernab gelegenen Planeten. Unter ihnen lag eine von den Zodark kontrollierte Welt; eine, in der es eine umfangreiche militärische Präsenz gab.

Der Blick auf den Zeitmesser in seinem HUD verriet Royce, dass die *Midway* jeden Augenblick aus dem FTL kommen würde. Kurz danach würden ihre Ospreys ihre Reise zur Oberfläche antreten – unterstellt, dass die *Midway* einen möglichen Beschuss überstand, der sie bereits vor dem Erreichen der Umlaufbahn zerstören konnte.

»Captain Royce, Vorbereitung zum Abflug«, warnte eine Stimme aus dem für die Flugoperationen zuständigen Kontrolldeck.

»Aufgepasst, Leute«, informierte Royce seine Männer. »Wir kommen jeden Moment aus dem FTL.« Er hoffte, dass es seinen Lieutenants gelungen war, ihre Männer und Frauen motiviert und voller Tatendrang und Energie zu halten.

»*Midway* kommt aus dem FTL .... drei, zwei, eins, jetzt«, erklang die Stimme der Frau in Flugoperationen erneut.

Augenblicke später kamen die Hauptantriebe online. Die *Midway* ruckte ein wenig vorwärts, um so schnell wie möglich in die hohe Umlaufbahn über dem Planeten zu gelangen, wo sie ihre menschliche Fracht freisetzen würde.

Die Zeit verging wie im Schneckentempo. Die in die Fähren und Transportschiffe gepferchten Soldaten warteten auf das endgültige Kommando. Doch dann schüttelte sich die *Midway* überraschend. Royce spürte, dass das Schiff mehrere schnelle Kursänderungen vornahm. *Sicher um etwas zu entgehen.*

Die Zeit schien stillzustehen. *Wann würden sie endlich freigesetzt werden?* Erneut vibrierte die *Midway* mehrere Male stark, bevor alle von einem Aufschlag wie mit einem Vorschlaghammer getroffen herumgeworfen wurden. Royce und seinen Soldaten blieb nur, angeschnallt sitzenzubleiben und angespannt abzuwarten, in der Hoffnung, dass es dem Flottenpersonal gelingen würde, sie heil an ihren Einsatzort zu bringen.

»Vorbereiten auf das Ablegen«, informierte einer der Piloten alle Züge über ihre Koms.

Royce hielt sich an seinen Haltegurten fest. Mit einem festen Stoß katapultierte die *Midway* die Osprey in die Dunkelheit des Alls hinaus.

»Alle Mann festhalten! Es könnte turbulent werden«, warnte Royces Pilot mit angespannter Stimme.

Royce verband sich über sein HUD mit dem Cockpit. Damit bot sich ihm die gleiche Aussicht wie den Piloten. Diese Option stand nicht allen Rängen offen. Was Royce sah, ließ ihn wünschen, ebenfalls weiter im Unklaren darüber zu sein, was um sie herum vorging.

In der Schwärze des Weltraums fiel ihm schnell das Bild eines üppigen grün-blauen Planeten ins Auge .... von dem aus bogenförmige, gleißend helle blaue und rote Lichtblitze sich im Raum um die Osprey herum ein Ziel suchten. Die Piloten taten ihr Bestes, sowohl dem eingehenden Beschuss auszuweichen als auch die feindlichen Jäger zu umgehen, die in großer Zahl vom Planeten abhoben, um sie willkommen zu heißen.

Einer der Piloten deutete auf etwas auf dem Planeten unter ihnen. Unmittelbar danach sah Royce einen gewaltigen leuchtenden Energieblitz, der direkt in Richtung der *Midway* unterwegs war.

Das muss eine der Ionenkanonen sein, die wir ausschalten sollen, ging es Royce durch den Kopf.

Über eine zweite Videoeinspeisung konnte Royce einen Blick auf die *Midway* werfen. Nachdem es sich seiner Fracht entledigt hatte, war das Schiff dabei, sich nun in aller Eile aus der Umlaufbahn zurückzuziehen. Er hatte den Eindruck, dass das Schiff sich die größte Mühe geben musste, einem Treffer durch die auf der Oberfläche stationierten Ionenkanonen auszuweichen.

Royce erkannte, dass die auf den Planeten zuhaltenden RAS-Fähren schnell an Höhe verloren. Die F-97 Orion-Jäger hielten die Zodark-Jäger vollauf beschäftigt. *Eine gute Sache*, wie Royce das sah.

Die Ansicht der Piloten offenbarte ihm nun, wie eine kleine Zodark-Korvette etwa 50.000 Kilometer zu ihrer Rechten in die Luft flog. Ein Zerstörer der Prim hatte sie mit einer Handvoll Laserblitze in zwei Hälften gespalten.

Die Antwort hierauf ließ leider nicht lange auf sich warten. Ein Lichtblitz, der vom Planeten unter ihnen aufgestiegen war, schlug in den Prim-Zerstörer ein und ließ eine riesige Wunde zurück. Der alliierte Zerstörer zog sich ein gutes Stück im Versuch zurück, den planetarischen Ionenkanonen zu entkommen.

Und dann drang der Osprey in die obere Atmosphäre ein. Royces Herzschlag beschleunigte sich. Kleinere Schiffe und Jäger tauchten aus den Wolken auf und warfen ihnen ihre energiegeladenen Strahlen entgegen. Die Osprey-Piloten duckten und wendeten sich in einer Reihe wilder Manöver, um dem eingehenden Feuer zu entgehen, während sich ihre Eskorte der Orion-Starfighter angriffslustig auf die eintreffenden feindlichen Kräfte stürzte.

»Sechzig Sekunden bis zum Erreichen der Sprunghöhe. Bereiten Sie sich vor!«, rief ihnen der Pilot über das Funkgerät zu.

Royce sah sich seine Truppe im hinteren Teil des Gefährts an. Alle klammerten sich an etwas fest oder hielten ihr Sturmgewehr mit eiserner Hand, als ob es ihnen jemand abnehmen wollte. Die Angst stand ihnen im Gesicht geschrieben. Die Welt um sie herum blitzte unentwegt im Laserfeuer auf, und sie waren gezwungen, auf das Sprungkommando zu warten oder vielleicht auf die Explosion ihres Schiffs.

Dank seiner magnetischen Stiefel stand der Mannschaftsführer fest verankert neben der Rampe ihres

Osprey, die er nun langsam herabließ. Sie hatten den Absprungort erreicht.

Mit der Ankunft an der Absetzzone zogen die Piloten die Nase des Osprey, der sich beinahe die ganze Zug im Sturzflug befunden hatte, hart nach oben. Seine Insassen mussten gegen den plötzlichen Wechsel in der Schwerkraft ankämpfen.

Das Ausrichten des Osprey brachte den Wechsel des Sprunglichts von Rot auf Grün mit sich. »Raus aus dem Schiff!«, donnerte die Stimme des Mannschaftsführers.

»Alle Mann, los!«, schrie Royce über das Netzwerk des Zugs.

Ohne Zögern sprang er auf und warf sich furchtlos in den weit offenen Himmel hinaus. Im Fallen drehte er den Kopf. Der Rest des Zugs folgte ihm. Das hintere Ende ihres Vogels leerte sich schnell aber methodisch.

Royce legte die Arme eng an seinen Körper an und streckte seine langen Beine, um seinen Fall so aerodynamisch wie möglich zu machen. Sein HUD informierte ihn, dass sich sein Fall rapide beschleunigte, während er mit alarmierender Geschwindigkeit an Höhe verlor.

Royce warf einen letzten Blick hinter sich. Ihr Osprey schoss praktisch senkrecht auf dem Weg zurück ins All nach oben davon. Einer der Orion-Jäger entsorgte zwei feindliche Schiffe, nur einen Moment, bevor er selbst vom Beschuss eines dritten feindlichen Schiffs auseinandergerissen wurde. Die Starfighters gaben ihr Bestes, um den Angriffskräften Deckung zu bieten und den Osprey die Chance offen zu halten, unversehrt zur *Midway* zurückzukehren.

Mit dem erneuten Blick auf die Lage unter ihm erkannte Royce, dass er genau durch die Wolkenbank stürzen würde, die ihm bisher die Sicht auf die Oberfläche verwehrt hatte. Auf seinen durch einen hochentwickelten Weltraumanzug geschützten Körper schlugen harte Regentropfen auf, die ihm mit ihrem feuchtem Dunst das Visier vernebelten. Sekunden später verließ er die graue Wolkendecke und sah eine üppig grüne, tropische Oberfläche, die ihm rasch näherkam. Sein HUD zeigte an, dass sich Royces Fallschirm in einer Minute automatisch öffnen würde. Nur noch zwei Minuten bis zum Boden.

In einiger Entfernung rechts von ihm schickte eine der riesigen Ionenkanonen soeben ihren nächsten Laserblitz in die Umlaufbahn hinaus - ein weiteres Bündel unglaublicher Energie in Richtung der Flotte.

Royce überprüfte den Peilsender für seine ‚Blauen Kräfte'. Ein Display grüner Lichter bestätigte ihm, dass die Mehrheit seiner Männer den Sprung gut überstanden hatten.

Allein das Lebenszeichen eines Soldaten zeigte Rot. Er musste auf dem Weg nach unten von einem feindlichen Kämpfer getroffen worden sein. Royce war trotz dieses Verlusts erleichtert, dass nur einer seiner Deltas gefallen war. Er war von einem unfreundlichen Empfang ausgegangen, war aber im Dunkeln darüber, wie viele Zodark sich tatsächlich in der Nähe aufhielten.

»Fallschirm öffnet sich«, kündigte eine automatisierte Stimme an, bevor der am Rücken seines Anzugs befestigte Fallschirm hinter ihm in die Höhe schoss und gleichzeitig zwei Steuerkabel freigab, die nach unten fielen. Royce ergriff sie und glitt mit ihrer Hilfe auf ein etwas dünner mit Bäumen besiedeltes Stück Land zu, auf das sie in der vorbereiteten Besprechung hingewiesen worden waren.

Je näher er dem Boden kam, desto sorgfältiger prüfte Royce sein Umfeld. Die Bäume glichen den Palmen, die es auf der Erde gab. Der Waldboden war flächendeckend mit Farnpflanzen bedeckt, die zwischen Büschen und kleineren Bäumen gediehen. Die Bäume waren größer, als Royce es erwartet hatte.

Kurz vor dem Boden streifte sich Royce den Rucksack vom Rücken. Hart riss er an den Fallschirmkabeln, um in einem Manöver der letzten Sekunde den Fallschirm noch einmal zu veranlassen, so viel Luft wie möglich aufzunehmen. Das verlangsamte seinen Fall weiter. Sobald er die Baumkronen erreicht hatte, gab er seinen Fallschirm frei, wie er es Hunderte von Malen im Simulator durchgespielt hatte. Sein Körper stürzte im freien Fall zwischen den Kronen der Bäume hindurch. Sobald ihn sein HUD alarmierte, dass er der Oberfläche nun sehr nahe war, entzündeten sich an den Seiten seiner Stiefel kleine Raketen. Und dann stand er auf der Oberfläche seines dritten außerirdischen Planeten im Zeitraum von fünf Jahren.

Mit festem Boden unter den Füßen befreite Captain Royce seine Waffe aus seinem Brustgurt und sammelte seinen Rucksack ein. Voll ausgerüstet, sah er sich nach dem Rest seines Zuges um.

Das HUD verschaffte ihm schnell einen Überblick über die Situation. Um ihn herum landeten Deltas und bereiteten sich und ihre Ausrüstung eiligst auf das vor, was da kommen mochte. Sein Peilsender zeigte ihm, dass die Truppenführer ihre Gruppen formierten, während der Sergeant des Zugs seine Männer auf den Abmarsch vorbereitete.

Captain Royce nahm Verbindung zu seinen Lieutenants auf, die ebenfalls bereit waren. »Lieutenants, Abmarsch«, ordnete Royce an.

In diesem Augenblick kam Royces First Sergeant zusammen mit dem Kommunikationsspezialisten der Einheit auf ihn zu. Der RTO, der Funktelefonbetreiber, war derjenige, der ihre direkte Verbindung zur *Midway* und der Flotte über ihnen herstellte und aufrecht erhielt.

»Captain, während des Sprungs verloren wir einen Soldaten«, bestätigte der First Sergeant, was Royce bereits wusste. »Die anderen Züge sind auf dem Boden und bewegen sich auf ihr Ziel zu.«

«Danke, First Sergeant. Setzen wir uns in Bewegung. Wir stehen im Wettlauf gegen die Zeit, die Kanone auszuschalten.«

Lieutenant Karen Williams ließ den Zug strammstehen, um seine Anweisung zu erhalten. »Trupp Eins kundschaftet den genauen Standort der Kanone aus. Trupp Drei und Vier bereiten die Terminatoren auf den sofortigen Angriff vor, nachdem ihre Angriffsziele feststehen. Trupp Zwei, schicken Sie Ihre Drohnen aus. Wegtreten.«

Williams war neu in Royces Einheit, eine frischgebackene Absolventin des Deltatrainings auf der Erde. Sie war Teil der neuen Generation, die den Einsatz der C100 früher oder später auf eine unterstützende Rolle mit den Deltas zurückfahren sollte. Die Ränge der Sondereinheitskräfte waren nach den Kämpfen im Rhea-System immer noch unzureichend besetzt – dabei half auch nicht, dass die Altairianer von der Republik verlangten, ihre

Kräfte innerhalb kürzester Zeit zu verdreifachen. Die Kampf-Synth füllten die Lücke. Dabei zog aber niemand auch nur im entferntesten die Idee in Erwägung, unabhängige, auf sich allein gestellte Synth-Einheiten auszuschicken. Die Erdenmenschen zweifelten immer noch an der Verlässlichkeit der autonomen AIs.

Die Gesamtheit der ausgeschwärmten Drohnen sandten Lidar- und Radarscans mit detaillierten Informationen im Umfeld ihrer jeweiligen Standorte zurück. Die Vegetation, in der sich zahllose Tierarten tummelten, zeigte üppigen Wildwuchs, das Terrain war leicht ansteigend. Nach und nach erweiterten die Drohnen ihren Erkundungsbereich. Die Vernetzung der Drohnen untereinander verschaffte Royce innerhalb kurzer Zeit einen umfassenden Überblick über ihren Einsatzbereich.

Geleitet von ihren Helm-Displays machte sich Trupp Eins im Laufschritt auf den Weg zu den Ionenkanonen. Diese Vorwärtsbewegung der Sondereinsatzkräfte wurde von den Drohnen unterstützt. Ihre Betreiber schickten sie voraus, um potenzielle Gegner oder Hindernisse im Weg der Deltas rechtzeitig zu identifizieren. Der Zug näherte sich bei steter Geschwindigkeit der feindlichen Basis, die etwa zehn Kilometer von ihnen entfernt lag.

»Kompaniechef Alpha, Gruppenkommandant hier. Hören Sie mich?«, kam der Ruf über das Bataillonsnetzwerk.

Royce duckte sich unter einen tiefhängenden Ast hindurch und eilte weiter, um mit der Gruppe Schritt zu halten. Über seinen Neurolink stellte er die Verbindung zu seinem Funkgerät her. »Kompaniechef Alpha an Gruppenkommandant. Ich höre.«

Aus heiterem Himmel sprang plötzlich ein affenähnliches Tier unmittelbar vor Royce von Baum zu Baum. *Was zum Teufel war das?*

»Kompaniechef Alpha, ich sehe Ihren Standort. Bewegen Sie sich drei Kilometer in nordwestlicher Richtung. Dort halten Sie Ihre Position«, ordnete Major Hopper an, während auf Royces HUD ein Punkt auf seiner Karte aufleuchtete. Die angegebene Position lag noch vier Kilometer von ihrem endgültigen Bestimmungsort entfernt. »Verstanden«, erklärte Royce und sprang über einen Baumstumpf hinweg. »Ein Zug oder die gesamte Einheit in diese Position?«

»Die Einheit. Ende«, erwiderte Hopper kurzangebunden.

Royce erkannte, dass Hopper beschäftigt war. Gewöhnlich fielen seine Antworten nicht so knapp aus. Das war eines der Probleme, mit dem ein ‚verbesserter' Soldat zu kämpfen hatte. Zwischen den kybernetischen Implantaten, den Neurolinks und dem HUD brachte die Technologie die

Herausforderung mit sich, nicht von den von allen Seiten auf die Soldaten einstürmenden Informationen überwältigt zu werden. Oft erschwerte dies das ohnehin gefährliche Vordringen in ein unbekanntes Gebiet nur noch weiter.

 Royce stellte über seinen Neurolink die Verbindung zum Netzwerk der Einheit her und gab den neuen Befehl und ihren neuen Zielort weiter. Seine Zugführer bestätigten den Empfang der Nachricht, worauf Royces Peilsender auf der Karte das Einschwenken seiner ‚Blauen Kräfte' auf dem Weg zu ihrer neuen Position anzeigte.

 Je tiefer sie in den Wald vordrangen, desto gewaltiger wurden die Bäume. Einige Stämme waren im unteren Bereich wohl über zehn Meter dick. Royces HUD informierte ihn, dass diese Bäume zwei- bis dreihundert Meter hoch in den Himmel ragten. Ihr Anblick war wahrhaftig beeindruckend, noch über die Banyanbäume hinaus, die er auf Neu-Eden zum ersten Mal gesehen hatte.

 Ungefähr einen Kilometer vor ihrem angestrebten Standort hörte Royce etwas, das ihm umgehend eine Gänsehaut verursachte. Egal wie oft er das kreischende Kriegsgeheul der Zodark-Kämpfer auch hören mochte, es ließ ihn immer wieder vor Schreck zusammenfahren.

 Die Kerle sind ganz nahe, schätzte Royce.

Sekunden später hörte Royce einen einzelnen Schuss aus einem Zodark-Blaster, bevor ein Unzahl an M85- und M90-Gewehren das Feuer auf die Zodark eröffneten.

Royce beschleunigte seine Schritte, um mit seinem Zug Schritt zu halten. Sie eilten ihren Kameraden zu Hilfe, die sich offensichtlich in einem erbitterten Kampf wiederfanden.

»Kompaniechef Alpha, Alpha Zwei hier«, meldete sich Zugführer Zwei. »Zwei Dutzend Zodark einhundert Meter vor uns in einer Baumgruppe. Erbitte Alpha Eins, sie von der rechten Flanke her zu umgehen. Haben Sie verstanden?«

Royce schickte diese Nachricht über den NL an Lieutenant Williams weiter, um diesem Gesuch nachzukommen. Es war eine gute Taktik, ihre Leute in einer L-Position anzuordnen – das würde den Zodark einen Rückzug unmöglich machen.

Royce benachrichtige seinen RTO und seinen First Sergeant, ihm zu folgen. Sie trennten sich von Lieutenant Williams' Zug, um Zug Zwei zu assistieren. Dem Klang des unaufhörlichen Schusswechsels nach war Hilfe dringend angebracht.

Beim Erreichen des Kampforts wurden Royces Soldaten von roten Blitze empfangen, die den Wald durchkreuzten und ihnen gefährlich nahe kamen. Manche Schüsse kamen hoch aus den Bäumen, andere hingegen starteten näher am Boden.

Die Sondereinsatzkräfte standen den Zodark in nichts nach und feuerten in großem Umfang Projektile und Laserblitze auf die feindliche Front ab.

Die Delta nutzten die Magrail-Einstellung ihrer M85-Waffen, da sie nicht durch den beengten Freiraum auf einem Schiff behindert waren oder sich Gedanken machen mussten, in etwas Wichtiges ein Loch zu schlagen. Die Schützen mit ihren automatischen Trupp-Waffen zielten ebenfalls unaufhaltsam auf die Gegner. Im allgemeinen bevorzugten die Sondereinsatztruppen ihre Schienengewehre vor den Laserwaffen. Ungleich den Blastern durchschlugen die Projektile der Schienengewehre ihre Ziel aus erstaunlicher Entfernung. Andererseits verfügten die Laserblaster über eine höhere zyklische Feuerrate, weshalb es die automatischen Trupp-Waffe, auch SAW genannt, nur als Blaster gab.

Royce, der den Kampfort nun erreicht hatte, fand Deckung hinter einem Baum und hob seine Waffe an. Sein HUD hatte zwei Zodark entdeckt, die von einer Art Plattform in einem Baum aus ungefähr 80 Metern Höhe auf eine Gruppe der irdischen Soldaten hinunterschossen.

Einer der Zodark streckte sich gerade weit genug hinter dem Ast hervor, hinter dem er sich versteckte, um ein Ziel zu finden. In genau diesem Augenblick wechselte Royces Fadenkreuz auf Grün und er schoss. In Bruchteilen einer

Sekunde überwanden zwei Projektile die Entfernung und schlugen in die Brust und in den Hals des Zodark ein. Das riesige bläuliche Biest stürzte mit fuchtelnden Arme rückwärts aus dem Baum und schlug auf dem Boden darunter auf.

Aus der Position, in die Royce gerade geschossen hatte, flog eine Rakete in seine Richtung. Sie traf eine Ansammlung von umgestürzten Bäumen und hohem Gestrüpp, hinter dem eine Handvoll Soldaten Deckung gefunden hatten. Die Explosion schleuderte einen der Soldaten in die Luft. Ihm fehlt ein Bein. Zwei weitere Deltas wanden sich dank des Schrapnells, das ihre Körper überzogen hatte, voller Schmerz am Boden.

Im Gegenzug feuerte ein Delta-Soldat seine 20mm präzisionsgesteuerte Munition hoch in den Baum hinauf. Der Baum wurde von einer kleinen Explosion geschüttelt und brachte eine Figur aus dem Gleichgewicht, die verzweifelt versuchte, noch während ihres Sturzes mit einer ihrer vier Arme irgendwo Halt zu finden. Der verwundete Zodark landete mit einem dumpfen Aufschlag auf der Erde und stieß ein lautes schrilles Geräusch aus, mit dem er seine Kollegen alarmierte.

»Captain Royce, ich sehe mehrere Fahrzeuge, die sich schnell vom Stützpunkt der Zodark her nähern«, meldete der

RTO, der gleichzeitig als Drohnenbetreiber fungierte. »Sie werden in wenigen Minuten hier eintreffen.«

»Lieutenant Anders, feindliche Verstärkung im Anmarsch«, warnte Royce über das Netzwerk des Zugs. »Schicken Sie unsere C100 vor, um der Sache schnell ein Ende zu bereiten!« Royce bevorzugte es, seinen Zugführern die Initiative hinsichtlich des Einsatzes ihrer Truppen zu überlassen. Die jüngeren Offiziere hingegen reagierten noch nicht schnell genug auf rapide wechselnde Situationen.

»Wird erledigt, Sir«, kam die sofortige Bestätigung.

Zwei Dutzend C100 marschierten mit angelegten Waffen an den Deltas vorbei und feuerten in den Wald. Sobald sich die autonomen Tötungsmaschinen an die Arbeit machten, fingen die Zodark an, ihren Beschuss auf die Synth zu konzentrieren, die sie eindeutig als die unmittelbare Bedrohung identifizierten.

Ein neuer Klang drang durch die Bäume zu Royce vor. Zunächst vermutete er, dass es sich um ein Flugzeug handelte. Stattdessen erschienen vier Fahrzeuge in seinem Gesichtsfeld, die Luftkissenbooten ähnelten. Jedes dieser ‚Boote' war mit einem bemannten Gefechtsturm ausgestattet, von dem aus ein Zodark-Soldat mit seiner Schnellfeuerwaffe die C100 angriff. Dazu sprangen etwa ein Dutzend Zodark aus dem hinteren Bereich jeden Gefährts.

Diese Hovercraft boten Unterstützungsfeuer sowohl gegen die irdischen als auch gegen die Kräfte der Synth, während sich die Soldaten der Zodark heulend und mit gezogenen Kurzschwertern auf die C100 stürzten. Mit seiner 20mm präzisionsgelenkten Munition gelang einem der Deltas ein direkter Treffer auf den vorderen Teil eines der Fahrzeuge. Es schlug unkontrolliert hart gegen einen Baum auf und stürzte außer Gefecht zu Boden.

Die neu eingetroffenen Zodark, die sich unter die zwei Dutzend C100 gemischt hatten, die Royce gerade an die vordere Front befohlen hatte, schlitzten sie mit ihren Kurzschwertern ohne viel Federlesens einfach auf. Die elektrifizierten 18-Zoll langen Klingen durchdrangen die Panzerhaut und die Kampfausstattung der C100 ohne ihnen Widerstand entgegenzusetzen. In einem Nahkampf war diese Art Waffe weit gefährlicher und effektiver als ihre Blaster. Der Feind wusste das.

»Verdammt! Die Kerle zerstückeln unsere Terminatoren«, rief einer der Sergeanten geschockt aus.

»Alle Mann, Feuer umlenken zur Unterstützung der Synth«, schrie Lieutenant Williams. »Schalten wir die Zodark aus!« Ihre Stimme zitterte ein wenig; sie konnte ihre Nervosität aufgrund dieser prekären Sachlage nicht unterdrücken.

Demgegenüber passten sich die Terminatoren der Situation an. Sie ließen von ihren Waffen ab und griffen zur Abwehr der Zodark zu ihren eigenen Kurzschwertern. In einem um Leben und Tod wogenden Kampf von Mann zu Mann/Maschine bot der Einsatz einer bewährten Waffe die beste Alternative – mit einer Klinge, die sekundenschnell zum Zerstückeln, Stechen und zur Abwehr eines Angriffs angewandt werden konnte. So wie es die Zodark taten.

Royce registrierte, dass sie, falls sie den Zodark mehr Zeit erlaubten, eine gute Zahl ihrer C100 für diese Mission verlieren würden.

Verflucht! Wir brauchen sie für den Angriff auf die Ionenkanonen. Dort sind sie unverzichtbar.

Mit angelegter Waffe zielte Royce auf eine Gruppe der vierarmigen Biester. Er erlaubte seiner integrierten künstlichen Intelligenz die Synchronisation mit seiner Waffe, um mehrere gut gezielte Schüsse zu platzieren.

Sobald er den ersten Zodark im Visier hatte, drückte er auf den Abzug. Der Kopf des Monsters explodierte vom Einschlag und der Schlagkraft des Projektils, das sich in seinen Kopf gebohrt hatte.

Durch sein Zielfernrohr verfolgte Royce, wie das nächste Biest einen der C100 mit seinem Schwert traktierte. Seine leuchtend rote Klinge drang tief in die Panzerung des

Terminators ein, der sein Bestes gab, sich vor dem Angriff zu schützen und das Blatt gegen den Zodark-Soldaten zu wenden. Royce schoss erneut und traf den Zodark mitten ins Gesicht. Der Kampf war zu Ende.

Nach wenigen Minuten lag die größte Zahl der Zodark tot am Boden, allerdings nicht, bevor sie 16 seiner 24 Kampf-Synth zerstört hatten. Gelegentlich hörten sie hier und da noch einen einzelnen Schuss, bis endlich Stille eintrat. Die verbliebenen C100 durchstreiften die Gegend, um nach möglichen Überlebenden und weiter bestehenden Bedrohungen zu suchen. Um einen besseren Überblick über die situativen Gegebenheiten zu erhalten, hatten sie sich mit dem Feed der Drohnen vernetzt.

Über sein NL erreichte Royce eine Kurznachricht von Lieutenant Anders, der den Ersten Zug leitete. *Die Umgebung ist frei von Zodark. Ich habe sechs Tote und sieben Verwundete.*

Verstanden. Sehen Sie, ob Sie Ihre Verwundeten bewegen können, wies Royce an. *Falls nicht, finden Sie einen Triage-Ort, bis wir einen medizinischen Transport zurück zur Midway organisieren können.*

Lieutenant Williams, Führerin des Zweiten Zugs, hatte minimale Verluste erlitten: zwei Tote und zwei Verwundete.

Royce hatte 23 der 170 C100 verloren, die ihm für diese Mission zur Verfügung standen.

Lieutenants, wir haben zu viel Zeit auf diesen Hinterhalt verloren, verkündete Royce über den NL. *Wir müssen umgehend weiter vordringen, um den Angriff auf die Ionenkanonen zu unterstützen. Die RA sind in 52 Minuten fällig. Uns bleibt wenig Zeit, die Basis auszuheben. Sammeln Sie Ihre Verwundeten ein, die sich nicht eigenständig bewegen können, und transportieren Sie sie an den gemeinsamen Standort. Lassen Sie einen Sanitäter und zwei C100 zu ihrem Schutz zurück und setzen Sie sich in Bewegung!*

»Kompaniechef Able, Gruppenkommandant hier«, krächzte das Funkgerät in Royces Helm.

»Gruppenkommandant, sprechen Sie.«

»Bravo Sechs greift das Objekt an. Charlie Sechs mischt ebenfalls mit. Wann wird Alpha vor Ort sein?«, drängte Major Hopper mit einem Unterton der Verärgerung in der Stimme, dass sie noch nicht bereitstanden.

Im Hintergrund der Übertragung schnappte Royce Explosionen und Blasterfeuer auf. Der Major stand bereits mitten im Kampf. Ihr kleines Scharmützel mit den Zodark hatte Royces Einheit 15 Minuten wertvoller Zeit gekostet.

Royce seufzte. »Wir sind in 15 Minuten da«, erwiderte er über das Netz des Bataillons. »Wir lassen neun Verwundete, die einen medizinischen Transport benötigen, und sieben Tote zurück. Außerdem verlor ich 23 C100.«

»Verstanden. Ich gebe die Koordinaten Ihrer Verwundeten an die *Midway* weiter. Sie werden bei erster Gelegenheit einen Transfer arrangieren. Und zur Information, Reaper-Unterstützung ist von der Midway aus auf dem Weg. Ende«, schloss Hopper in aller Eile. Im Hintergrund waren zunehmend Blasterschüsse und Explosionen vernehmbar.

Über das Kompanienetz gab Royce diese Information weiter. »Alpha-Kompanie, der Rest des Bataillons greift den Standort der Ionenkanonen bereits an. VTOL-Bodenkampfflugzeuge sind im Anflug, um in diesem Kampf auszuhelfen. Außerdem findet eine medizinische Evakuierung der Verwundeten und der Transport der Toten statt. Wir müssen das Objekt in aller Eile erreichen. Züge Eins und Drei führen unseren Angriff an. Zug Zwei hält sich in Reserve zurück. Zug Vier, sobald wir in Reichweite sind, richten Sie Ihre schweren Waffen und Geschütze ein. Und jetzt Tempo, Leute!«

Kapitel Zwei
Sektor Fünf

Planet Intus
Der Zodark-Stützpunkt

Major Jayden Hopper studierte ‚Intus Fünf', die befestigte Militäreinrichtung der Zodark so genau, wie es ihm der Vergrößerungsfaktor seines HUDs erlaubte. Die überdimensionierten Ionenkanonen befanden sich im Zentrum eines großen, schwer bewaffneten Standorts. Im regelmäßigen Abstand von 60 Sekunden gab eben diese planetarische Verteidigungswaffe einen ungemein starken Energiestoß in den Himmel frei. Mit jeder Minute, die diese Waffe funktionsfähig war, fügte sie der Flotte in der Umlaufbahn um den Planeten herum großen Schaden zu.

Gelegentlich machte eine hypersonische Rakete oder das Projektil einer Schlittenkanone den halbherzigen Versuch, in das geschützte Umfeld der Einrichtung vorzudringen. Und jedes Mal zerstörte ein Lichtstrahl diese Bedrohung, bevor sie auch nur den geringsten Schaden anrichten konnte.

»Was halten Sie von diesem Punkt hier?«, fragte Captain Jaycik Hiro, Hoppers S3, sein Stabsoffizier.

Hopper lenkte seinen Blick auf die Stelle, die Hiro hervorgehoben hatte. Unglücklicherweise war die Basis von dichten Baumkronen überschattet. Das machte es ihnen schwer, den Stützpunkt intensiv auszuspähen, um eventuelle Schwachpunkte in seiner Verteidigung aufzudecken. Zudem hatten die Zodark um die gesamte Basis herum eine 500 Meter breite Zone von jeglicher Vegetation befreit, was einen direkten Bodenangriff zu einem kostspieligen Debakel machen würde.

»Ich sehe ihn, Hiro«, bestätigte Major Hopper. »Ja, diese Stelle bietet uns sicher die beste Chance. Bravo und Charlie-Kompanie sollen von hier aus angreifen. Wir müssen sicherstellen, dass vor ihrem Ansturm der gesamte Bereich dicht mit Rauch überzogen ist. Damit verschaffen wir ihnen so viel Deckung wie irgend möglich.«

Hopper, der auf dem Boden kniete, forderte Hiro auf, sich zusammen mit ihm eine dreidimensionale topografische Karte anzusehen. Mit dem Finger auf der Seite, die die Delta-Kompanie angreifen würde, forderte er Hiro auf: »Schicken Sie eine Nachricht an Captain Channer. Sobald es Zeit für seinen Einsatz ist, muss er das Manöver glaubhaft aussehen lassen. Wir wollen die Zodark davon überzeugen, dass unser Hauptangriff aus dieser Richtung kommt. Die Artillerie soll Rauchbomben auf die Frontlinie vor Channer abfeuern. Falls der Feind davon ausgeht, dass der Kampf an dieser Stelle stattfindet, vergrößert das Bravos und Charlies Aussichten auf einen erfolgreichen Durchbruch um einiges.«

Captain Hiro nickte und markierte mehrere Positionen auf der digitalen Karte, die er an den Master Sergeant der ihnen zur Unterstützung zugeordneten Artillerieeinheit weitergab. Der wiederum würde diese Ortsangaben an die entsprechenden Schützen weiterleiten.

Hopper ortete die Alpha-Kompanie auf seiner Karte. Captain Royces Einheit hatte den Hinterhalt auf dem Weg zu ihrem Ziel verkraftet, war aber im Zeitplan zurückgefallen. Hopper hätte es vorgezogen, solange mit dem Hauptangriff zu warten, bis die Alpha-Kompanie in Position war, aber die Zeit wurde knapp. Sie mussten die Kanone jetzt zerstören, bevor der Rest der republikanischen Armee eintraf.

Hopper wandte sich an seinen RTO und Drohnenbetreiber Sergeant Ivan Prolov. »Wie lange, bevor die Reaper eintreffen?«

»Fünf Minuten«, erwiderte er. »Die Orion sind immer noch damit beschäftigt, ihnen den Weg freizumachen.«

Das Visier von Sergeant Prolovs Helm spiegelte das hintergrundbeleuchtete Display mehrerer Drohnenfeeds und Kommunikationskanäle wider, die er parallel überwachte. Die RTO/Drohnenbetreiber waren während einer Schlacht so gut wie unsichtbar, da sie für die visuelle- und Kommunikationsunterstützung der Kompanien oder der Bataillonskommandanten zuständig waren.

»Also schön, Captain Hiro«, entschied Major Hopper schließlich mit einem resignierten Seufzer. »Geben Sie den Befehl. Beginn des Angriffs. Die Artillerie soll das Gebiet unter Beschuss nehmen.«

In der Entfernung setzte das Dröhnen der schweren Artilleriewaffen ein. Etwas näher an ihrer Position wurden die Mörserteams aktiv. Der feindliche Stützpunkt stand unter Beschuss. Lichtblitze, die aus dem Innern der Basis hervorschossen, vernichteten viele der eingehenden Projektile. Dennoch explodierten einige über dem Feind und entließen starke Rauchschwaden, die dem doppelten Zweck dienten, infrarote Strahlungen zu unterdrücken und radartäuschende Wolken freizusetzen. Die chemischen Wolken, die den speziell entworfenen Kanistern entströmten, sollten es den laser- und radargestützten Verteidigungssystemen der Zodark erschweren, eingehende Artillerierunden abzufangen und zu eliminieren.

Während mehr und mehr dieser Kanister über der feindlichen Festung explodierten, schleuderten die Mörserteams unablässig hochexplosive Granaten auf die Einrichtung der Zodark. Nun setzten die Artillerieeinheiten zusätzlich noch Rauchpatronen zur Luft- und Bodendetonation ein. Im Nu war das gesamte Gebiet mit einer dichten Decke grauen und weißen Rauchs überzogen.

Captain Channer der Delta-Kompanie startete seinen Angriff mit einer Welle von 40 C100, die durch den weit offenen Bereich auf die Zodark-Einfriedung zustürzten. Sobald sie die ersten 250 Meter hinter sich gebracht hatten, folgte ihnen eine zweite Welle von 40 C100. Die verbliebenen C100 gaben an der Seite der menschlichen Soldaten ihr Bestes, den anstürmenden C100 Deckung zu bieten.

Der Kampf brach ernsthaft aus, als die C100 etwa 100 Meter vom Feind entfernt standen. Artillerie- und Granatenbeschuss regneten weiter pausenlos auf die Ränge der Zodark hinunter, was das allgemeine Chaos und ihre Verwirrung weiter begünstigte. Die C100 standen nun praktisch in den Schützengräben der Zodark. Obwohl beinahe die Hälfte ihrer Kollegen nicht länger funktionsfähig waren, fügten die noch kämpfenden C100 den feindlichen Soldaten großen Schaden zu.

»Es funktioniert. Sie verlegen weitere Kräfte nach Norden«, rief Sergeant Prolov aus. Er war ganz auf das Bild konzentriert, das ihm seine Drohnen über den Helm zukommen ließen.

Hopper besah sich ebenfalls die situative Karte, die die Drohnen in Echtzeit auf dem neuesten Stand hielten. Die grünen Punkte repräsentierten die C100, die nun zwischen den roten Punkten, den Zodark, ihre Arbeit taten. Der Kampf war dabei, sich in einen reinen Nahkampf zu entwickeln.

Captain Hiro verkündete: »Bravo und Charlie starten ihren Angriff!«

Hooper erweiterte den Bereich auf seiner Karte, den er einsehen wollte und verfolgte den Beginn des Angriffs der beiden Kompanien. Die ersten Angriffswellen setzten sich aus insgesamt 200 Killermaschinen zusammen, die mit großer Geschwindigkeit den Abstand zwischen sich und dem Feind reduzierten. Ihre menschlichen Aufpasser folgten ihnen auf den Fersen.

Bumm, bumm, bumm.

Die Mörsereinheit sandte weiter hochexplosive Granaten aus. Da die Artillerie den Ort nun mehr als gründlich mit Rauchbomben beschossen hatte, konnten die Mörserteams effektiveren Gebrauch von ihren präzisionsgesteuerten Ladungen machen. Sobald die Granaten die feindliche Basis erreicht hatten, verglichen ihre Zielcomputer die unter ihnen liegenden Bilder mit bereits vorprogrammierten Objekten. Falls die präzisionsgesteuerte Munition etwa eine als Bunker identifizierte Struktur erkannte, nahm sie umgehend Kurs darauf. Da der gesamte Bereich in infrarote Strahlungunterdrückende und radartäuschende Wolken gehüllt war, brachte dies den Nachteil mit sich, dass auch der Einsatz des aktiven Zielsystems der präzisionsgesteuerten Munition davon beeinträchtigt wurde. Die AI der Munition musste sich auf ihr passives Erinnerungssystem verlassen, um vorprogrammierte Ziele ausfindig zu machen.

Hopper beobachtete, wie drei Granaten die feindlichen Linien überflogen und auf unterschiedliche Punkte zuhielten. Eine der Granaten zerstörte einen Bunker, aus dem eine schwere Waffe Blasterblitze auf seine Kompanien abgeschossen hatte. Eine andere traf einen der Blaster, der aus der Umlaufbahn abgeschossene Projektile der Schlittenkanonen abgefangen hatte. Und eine dritte Granate landete inmitten einer Gruppe von Zodark, die sich gerade auf einen Angriff auf seine Soldaten vorbereitet hatte. Viele von ihnen wurden schwer verwundet oder getötet.

»Feindliche Flieger!«, warnte Sergeant Prolov plötzlich laut und überrascht.

»Woher ....?!«, war alles, was Hopper hervorbrachte. Dann übertönte das durchdringend schrille Geräusch eines Motors den Lärm des Kampfs.

Zwei schnittige schwarze Flugzeuge rasten auf niedriger Höhe über den nördlichen Teil des Schlachtfelds heran. Die

Delta-Kompanie musste einen unaufhörlichen Beschuss mit Laserstrahlen hinnehmen, bevor die Jäger endlich ihre Position überflogen hatten. Während des Überflugs setzten sie zudem aus dem Rumpf noch eine Reihe kleinerer Objekte frei, bevor sie so schnell wie sie gekommen waren, wieder aus dem Blickfeld verschwanden.

Die schwarzen Gegenstände aus den feindlichen Flugzeugen explodierten in Serie mit ausgedehnten ohrenbetäubenden Explosionen, die Flammen und Schrapnell über einen Großteil der Delta-Kompanie herunterregnen ließen.

Verdammt noch mal! Was zum Teufel war das?, dachte Major Hopper erschüttert. Es war das erste Mal, dass er die Zodark-Jäger oder ihre Luftnahunterstützung auf diese Weise gesehen oder erlebt hatte.

Während die bewaldete Gegend weiterhin unter dem Aufschlag von Feuerbällen litt, musste Hopper zusehen, wie sich Dutzende seiner blauen Symbole auf dem Schirm von einem hellen Blau in ein Graublau verwandelten. Das waren seine Toten. Viele andere blinkten an und aus. Diese Soldaten waren verwundet.

Himmel, sie haben beinahe die gesamte Einheit vernichtet, wurde Hopper bewusst.

»Stellen Sie eine Verbindung zur *Midway* her«, rief Hopper seinem RTO zu.

Ein für die Flugoperationen Verantwortlicher auf der *Midway* meldete sich. »Kommandant Hue hier. Was kann ich für Sie tun, Major?«

Hopper entnahm des Gesicht des Kommandeurs, dass er nervös und gestresst war. Die *Midway* bekämpfte den Feind also auch in der Umlaufbahn weiter zusammen mit dem Rest der Flotte.

»Commander, ich verlor gerade den größten Teil einer Kompanie durch einen feindlichen Luftangriff. Wo bleibt meine Luftunterstützung und meine medizinische Evakuierung? Meine Deltas werden hier unten in Stücke gehackt!«, brüllte Hopper aufgewühlt.

»Es tut mir sehr leid, dass zu hören, Major«, versicherte ihm Commander Hue, der einige Informationen auf seinem Bildschirm aufrief. »Ich sehe hier eine Gruppe von Orion, die sich gerade eben über ihrem Standort einfindet. Die Jäger, von denen sie gerade sprachen, sind ausgeschaltet. Sechs Reaper stehen zum unmittelbaren Angriff bereit. Brauchen Sie zusätzliche Krankentransporte?«

»Ja, schicken Sie zusätzliche Transporte und ein medizinisches Team an meinen Standort. Außerdem erbitte ich die Entsendung meiner Delta-Reserveeinheit und der

C100. Wie schnell können sie hier eintreffen?«, verlangte Hopper über den Lärm der Schlacht hinaus zu wissen. Nach dem Verlust von beinahe einer ganzen Kompanie mussten die Epsilon-Kompanie und die verbliebenen C100 so schnell wie irgend möglich auf dem Planeten landen.

»Ähm ..... hm... Major. Hier oben ist immer noch die Hölle los. Ich kann Ihre Transporter auf den Weg bringen, allerdings ohne Garantie, dass sie es schaffen werden«, sagte Commander Hue. »Wenn Sie uns 20 oder vielleicht 30 Minuten Zeit geben, dann sollte sich die Lage soweit geklärt haben, dass wir den Rest des Bataillons auf die Oberfläche verlegen können.« Diese Aussage klang nicht sehr überzeugend.

Major Hopper atmete tief durch und versuchte, seinen steigenden Ärger im Zaum zu halten. »Commander, die Ionenkanonen müssen in genau 32 Minuten offline sein. Ich brauche die Verstärkung *jetzt*, nicht erst in 30 Minuten oder in einer Stunde. Bringen Sie die Transporter auf den Weg und tun Sie Ihr Bestes, ihnen den Weg nach unten zu ebnen. Gruppenkommandant, Ende!«

Hopper unterbrach das Videofeed und richtete seine Aufmerksamkeit wieder auf den vor ihm tobenden Kampf. Das Geräusch eines Düsentriebwerks ließ ihn nach oben sehen. Erfreut lächelte er.

Ein einzelner Reaper stürzte hoch aus den Wolken auf sie herab. Er entlud eine enorme Zahl an antimateriellen Raketen entlang den Zodark-Linien – genau dort, wo der Angriff der Bravo- und Charlie-Kompanien begonnen hatte. Die gesamte Verteidigung der Zodark in diesem Bereich ging mit schwarzem Rauch und umherfliegendem Schrapnell in Flammen auf.

Eine von den Zodark gezündete Rakete verfolgte den Reaper. Der führte mehrere extreme Manöver durch, rollte und sandte Leuchtraketen und Nebelgranaten aus. Die Rakete ließ sich jedoch nicht beirren. Wenige Meter vom Reaper entfernt explodierte sie unvermittelt und riss mit ihrer Ladung den hinteren Teil des Angriffsflugzeugs in Stücke. Dem Piloten gelang es, sich rechtzeitig aus dem Flugzeug zu katapultieren, bevor es sich in einen glühenden Feuerball verwandelte.

Zwei weitere Reaper schossen im Tiefflug heran und nahmen den Teil der Zodark-Festung unter Beschuss, aus dem die Rakete aufgestiegen war. Zusätzlich ließen sie zwei 2.000-Pfund Bomben fallen, die den Bereich komplett verwüsteten.

Damit stand der Zugang zur Zodark-Basis weit offen. Hopper befahl seinen Kompaniechefs in aller Eile durch dieses Loch vorzudringen, bevor der Feind Gelegenheit hatte, die Öffnung wieder zu schließen. Die Reserve der bereits auf dem Planeten befindlichen C100 sprinteten den Soldaten durch den erzwungenen Einbruch voraus. Viele wurden zerstört, allerdings nicht, bevor sie unter den feindlichen Positionen einigen Schaden angerichtet hatten.

Zwei Züge menschlicher Soldaten folgten den C100 auf die Basis. Im Bemühen, die Verteidigung der Zodark komplett auszuschalten, konzentrierten die Soldaten und C100 ihren Einsatz innerhalb der feindlichen Festung nun auf die Nord- und Südlinien. Erst nachdem sie diese Zonen bezwungen hatten, würde es ihnen möglich sein, in den besonders bewehrten inneren Bereich vorzudringen, der dem Schutz der Ionenkanonen diente.

»Sir, Captain Royces Einheit ist endlich in Position«, verkündete Captain Hiro. »Sollen Sie weiter den Osten des Stützpunkts angreifen oder sollten wir sie vielleicht zur Unterstützung von Bravo und Charlie umlenken?«

»Das ist tatsächlich eine gute Idee, Hiro«, stimmte Hopper zu. »Geben Sie die Änderung des Befehls an Royce weiter und sagen Sie ihm, dass er schleunigst durch das von Bravo und Charlie kreierte Loch an der Südseite der Basis vordringen soll. Royces Einheit soll sich an ihnen vorbei in den inneren Bereich vorarbeiten und endlich die verdammte Kanone stilllegen.«

Die Konfrontation innerhalb der Befestigung nahm an Intensität zu. Oft genug endete sie in einem Messerkampf aus nächster Nähe. Zwanzig Minuten nach dem Beginn der Auseinandersetzung hatten es zwei von Hoppers drei Einheiten in den inneren Bereich des Stützpunkts geschafft. Kurz darauf stellten die feindlichen Ionenkanonen nicht länger eine Bedrohung für die menschliche Flotte in der Umlaufbahn dar.

Nachdem die Ionenkanonen ihnen nicht mehr gefährlich werden konnte, landeten zwei medizinische Transporter in der Nähe von Major Hoppers Kommandoposten. Das medizinische Personal übernahm die Behandlung der Verwundeten.

Einige Sanitäter eilten an die Position, die die Delta-Einheit zuletzt innegehabt hatte. Ihnen oblag die schreckliche Aufgabe, dieses Massaker nach möglichen Verwundeten abzusuchen, die transportiert werden mussten. Als Folge des Luftangriffs hatten viele der dort auf Rettung wartenden Soldaten schwere Brand- und Schrapnellverletzungen erlitten.

Während die Behandlung der verwundeten Soldaten Fortschritte machte, landeten acht Osprey, um die angeforderte Epsilon-Kompanie und zusätzlich noch 200 C100 abzusetzen. Hopper postierte die Kampf-Synth in weitem Umkreis um die Ionenkanonen und um das Bataillon herum. Falls die Zodark Anstalten machen sollten, ihre Position zurückzugewinnen, wären sie gezwungen, zwei Linien der Verteidigung zu überwinden.

Nur 15 Minuten nach der Einnahme der Ionenkanonen landete die erste Welle der RA-Soldaten. Sie hatten ihre Kampfpanzer mitgebracht, außerdem ihre Kampffahrzeuge und eine Reihe ihrer Mechs. Mit zunehmender Ausschaltung der planetarischen Verteidigungswaffen änderte sich die Zielsetzung der RA-Soldaten dahingehend, dass sie die wenigen noch auf dem Planeten existierenden militärischen oder sonstigen Einrichtungen der Zodark einnahmen und vernichteten. Die erste Schlacht um einen Landekopf war gewonnen; jetzt mussten sie nur noch den Krieg gewinnen und den Planeten befreien und sichern.

Kapitel Drei

Task- Force Intus

Über dem Planeten Intus
RNS *George Washington*

Das Durchlesen des Schadensberichts beunruhigte Captain Fran McKee. Die Flotte hatte während dieser Auseinandersetzung starke Verluste erlitten.

Wir brauchen dringend die neuen Kriegsschiffe, bei deren Bau uns die Altairianer helfen, dachte sie.

An ihren XO gewandt, befahl Captain McKee: »Commander Yang, stellen Sie sicher, dass einige unserer Viper ein Auge auf den Rückzug der Zodark haben. Wir wollen vermeiden, dass sie sich ohne unser Wissen auf der anderen Seite des Planeten neu formieren.« McKee fungierte als operative Flottenkommandantin, bis Admiral Halsey mit den Transportern zurückkehrte, die die Truppen für eine Bodeninvasion mit sich brachten.

»Jawohl, Ma'am«, erwiderte Yang umgehend, während er den neuesten Befehl weiterleitete.

Dann instruierte Captain McKee ihren Stabsoffizier: »Ops, das Flugdeck soll seine Jäger ausschicken, um die Deltas am Boden zu unterstützen. Außerdem medizinische

Transporter um die Verwundeten zu evakuieren. Es gibt keinen Grund, sie länger als nötig auf Hilfe warten zu lassen.«

Der erneute Blick auf die Schadenskontrollanzeige ließ McKee erleichtert aufseufzen. Die Warnsignale meldeten nicht länger Rot, sondern hatten auf Gelb gewechselt. Die Feuer waren unter Kontrolle und der Rumpfeinbruch in Sektion Alpha Zwei war versiegelt. Der Kampf hatte sie zwei Haupt- und drei sekundäre Gefechtstürme gekostet. Es würde einige Zeit in Anspruch nehmen, alle Waffensysteme wieder funktionsfähig zu machen. Die Plasmakanone, ihre Superwaffe, war demgegenüber weiterhin voll einsatzfähig und in der Lage, dort Schmerzen zu verursachen, wo immer sie nötig waren.

»Kom, wie lange noch, bevor Admiral Halseys Gruppe eintrifft?«

Lieutenant Branson suchte die Antwort auf ihrem Bildschirm. »In fünf Minuten«, erklärte sie.

McKee nickte erfreut; alles verlief genau nach Plan. Ihre Task Force befand sich nach ihrem Sprung nun seit drei Stunden im System. Sie hatten den Schiffen der Sondereinsatztruppen den Weg freigemacht, die erste Welle ihrer Bodentruppen zu landen. Das war die Hauptaufgabe ihrer Einsatzgruppe. Die Spezialeinheiten demgegenüber mussten die Ionenkanonen aus dem Verkehr ziehen. Sobald das geschehen war, würden republikanische orbitalen Angriffsschiffe Hunderttausende von Soldaten auf der Oberfläche absetzen, die in diesem Moment im zweiten Anlauf mit Admiral Halseys Flotte eintrafen.

Wie versprochen, hatten die Prim die Menschen mit ihrer eigenen Flotte unterstützt. Ihre Schiffe waren kleiner als die der Erdenmenschen, aber vielseitiger - zumindest solange, bis die neuen Schiffe der Erdbevölkerung aus der Schiffswerft kommen würden.

Nachdem es den Deltas gelungen war, die Ionenkanonen stillzulegen, hatten die Prim in ihren eigenen Truppenschiffen zur Rückeroberung des Planeten beigetragen. Der Kampf um Intus und das System war in vollem Gang. Die Frage war nur, welche Seite an Herrschaftsraum gewinnen und ihn zum Erhalt auch befestigen konnte.

»Captain, Admiral Halseys Flotte trifft ein«, kündigte der Stabsoffizier an.

Auf dem Hauptbildschirm der Brücke verfolgte Captain McKee, wie Dutzende von Schiffen gut eine Million Kilometer von ihrem Standort entfernt plötzlich von einem Moment zum anderen aufblinkten. Überrascht von der Anzahl der Schiffe starrte sie auf den Monitor – ein Verbund von insgesamt 40 Transportern und orbitalen Angriffsschiffen. Bei weitem die größte menschliche Flotte, die sie je zusammengestellt hatten.

»Captain, Admiral Halsey lässt sie grüßen«, berichtete Lieutenant Branson aus dem neuesten Kommuniqué. »Ihre Flotte ist auf dem Weg zum Planeten. Sie bittet uns darum, unsere gegenwärtige Position zu verlassen und eine Begleitfunktion für ihre Transporter zu übernehmen.«

»Bestätigen Sie den Empfang dieses Befehls«, befahl McKee. »Schicken Sie die Instruktionen an die Task Force weiter. Einnahme der Beta-Formation. Wir halten die *GW* in der Mitte der Flotte, nur für den Fall, dass die Zodark sich zeigen sollten.«

Eine Vielzahl an Aktivitäten setzte ein, während sich die Schlachtschiffe und Kreuzer der Task Force um den Verbund der Transporter und orbitalen Angriffsschiffe herum gruppierten, die auf ihre Position über dem Planeten zusteuerten.

Da die nächste Phase des Einsatzes nun in Admiral Halseys Händen lag, wollte sich McKee gerade entspannt in ihrem Stuhl zurücklehnen, als vollkommen unerwartet ein Alarm ertönte.

»Vor uns öffnet sich ein Wurmloch!«, rief Lieutenant Cory LaFine geschockt aus.

»Heiliger Bimbam!«, entfuhr es Lieutenant Arnold, dem Stabsoffizier. »Das Kriegsschiff der Orbot, das uns vorhin durch seinen Sprung entkam, ist zurück und hat acht Zodark-Kreuzer mitgebracht. Eine Million Kilometer von den Transportern entfernt!«

Nein, nein, nein, das darf nicht passieren!, flehte McKee in Gedanken. *Ich war mir sicher, dass wir das Schiff vernichtet hatten.*

Captain McKee stand auf. »Blitznachricht an die Task Force. Sie sollen sämtliche Waffen auf die Zodark-Kreuzer richten«, kommandierte sie mit befehlsgewohnter Stimme. »Waffenabteilung, wir konzentrieren alles was wir haben, auf das Schlachtschiff der Orbot. Dieses Mal machen wir ihnen endgültig den Garaus, insbesondere da ihre Schutzschilde offensichtlich weiter inaktiv sind. Navigation, bringen Sie uns in Position, um so viele der Transporter wie möglich abzuschirmen.«

Auf McKees Monitor traf eine mündliche Eilnachricht von der *Voyager* ein. »Captain McKee, ich werde den Transportern befehlen, sich im FTL aus dem Kampfgebiet zu entfernen. Verschaffen Sie uns genug Zeit, um zu verschwinden, bevor sie den Bereich erneut säubern!«, rief Admiral Halsey. Ihr Gesicht verriet sowohl Furcht als auch

Zorn über das, was sich da gerade ereignete. Im Hintergrund schrillten die Alarmglocken.

»Wird erledigt, Admiral«, versprach McKee. »Das ist das gleiche Kriegsschiff der Orbot, gegen das wir beim letzten Mal antraten. Es ist bereits angeschlagen. Admiral. Wenn Sie bitte die Transporter hinter die *GW* zurückziehen, werden wir unser Bestes tun, sie vor dem Feind zu schützen.« Das Gespräch endete, um dem Admiral Gelegenheit zu geben, die Transporter aus dem Gefahrenbereich zu entfernen.

»Waffenabteilung, berechnen Sie den optimalen Angriffspunkt für das Orbot-Schiff und feuern Sie«, befahl McKee mit starker Stimme. »Setzen Sie die primären als auch alle sekundären Gefechtstürme ein. Plasmakanone auf den technischen Bereich richten.«

Dann spuckten die primären und sekundären Türme der *GW* Dutzende über Dutzende von Projektilen in Richtung des feindlichen Schiffes aus, gefolgt vom Abschuss ihrer Impulsstrahler, den Havoc-Antischiff-Raketen und ihren Torpedos. Das gesamte Umfeld der *GW* war von gleißendem Licht erhellt, während die Erdenmenschen das größten Respekt einflößende Raumschiff der feindlichen Allianz angriffen.

Auf dem Monitor der Brücke fiel es McKee schwer, die Gesamtsituation zu überblicken. Dann erinnerte sie sich daran, dass Admiral Hunt den dreidimensionalen Überblick der Überwachungsdrohnen bevorzugt hatte. McKee nahm wieder in ihrem eigenen Kapitänsstuhl Platz und zog den faltbaren Bildschirm neben dem Stuhl näher an sich heran. Sie wählte die Ansicht, die ihr den Blick über das gesamte Kampfgebiet bot.

Als erstes fiel ihr auf, wie schnell ihre Kriegsschiffe und Kreuzer den Abstand zwischen sich und den Zodark-Kreuzern verringerten. Das war gut. Demgegenüber ahnte das Orbot-Schiff offenbar, was die *GW* plante. Im Versuch, eine Position unterhalb des irdischen Schiffs einzunehmen, manövrierte es in Position, um für den bevorstehenden Beschuss eine bessere Sicht auf die menschliche Flotte zu bekommen und damit eine höhere Trefferquote zu erreichen.

McKee forderte ihren Steuermann auf: »Lieutenant Donaldson, passen Sie sich den Bewegungen des Orbot-Schiffes an. Halten Sie uns zwischen deren Schiff und unseren Transportern. Wir müssen unseren Transportern Zeit gewinnen, damit sie von hier verschwinden können.«

»Verstanden, Captain«, bestätigte Donaldson.

»Vorbereitung auf den Aufschlag!«, warnte plötzlich eines der für Operationen verantwortliches Mannschaftsmitglied.

Das Schiff schüttelte sich stark. Die Hauptwaffe der Orbot hatte einen tiefen Einschnitt in den Rumpf der *GW* verursacht. Der Steuermann vollbrachte ein Notfallmanöver und entfernte das Schiff aus dem Pfad des Lasers, der ihnen ein Loch in die Panzerung gebohrt hatte. Die Besatzung der *GW* begann mit Abwehrmaßnahmen.

»Wo bleibt mein Störprogramm?«, verlangte McKee aufgeregt von ihrem XO.

»Ich versuche es, aber das Programm ist ineffektiv«, erwiderte die angespannte Stimme des elektronischen Waffenoffiziers. »Ihr Schiff ist unserem zu nahe.«

»Abschuss der Plasmakanone«, sagte der Waffenoffizier an.

Wie immer verlor der Hauptmonitor vorübergehend das Bild und kam wieder online, nachdem der Plasmablitz die *GW* verlassen hatte. In Sekundenschnelle verzeichnete die *GW* einen direkten Treffer mitten in das Orbot-Schiff hinein. Ohne funktionstüchtige Abwehrschirme riss der Plasmablitz ein Loch von zehn Metern Breite und über 100 Metern Tiefe in das Schiff. Atmosphäre entwich, gefolgt von Trümmern und Dutzenden der Orbot, die in die Leere des Raums hinausgeschleudert wurden.

Dann wurde die *GW* ein zweites Mal durchgeschüttelt. Die Primärwaffe der Orbot hatte erneut ihr Ziel gefunden. Der

Effekt war so gewaltig, dass sich alle an etwas festklammern mussten, um einen Sturz zu vermeiden. McKee warf einen Blick auf das Schadenskontrollsystem. Rote und gelbe Warnsignale aus den verschiedenen Abteilungen des Schiffs belegten nach diesem letzten Treffer die Schwere des angerichteten Schadens.

McKee beobachtete, wie zwei Viper-Fregatten eine volle Ladung Plasmatorpedos und Havoc-Antischiff-Raketen auf das Orbot-Schiff abfeuerten. Kurz darauf wurden beide vor ihren Augen zerstört.

Den Orbot gelang durch geschicktes Manövrieren sechs oder sieben der Plasmatorpedos zu entgehen, dennoch schlug die Hauptlast von einem Dutzend oder so auf verschiedene Bereiche ihres Schiffes ein. Das feindliche Schiff befand sich zu nahe an der irdischen Flotte. Das bot ihm nicht genug Raum, um all diesen zerstörerischen Waffen zu entgehen

Andererseits fingen die Orbot bis auf eine Havoc-Rakete alle weiteren ab. Die Rakete jedoch, die ihrer Abwehr entging, lieferte einen 500 Kilotonnen-Gefechtskopf, der die Panzerung des Orbot-Schiffes durchbrach. Die nachfolgende Explosion ließ eine mehrere Meter tiefe Kluft entlang einer Seite des Schiffes zurück. Wären die Schutzschilde der Orbot noch aktiv gewesen, hätte die Nuklearwaffe sicher nicht so viel Schaden angerichtet. Bevor die Orbot allerdings im vorangegangenen Kampf den Kampfplatz in aller Eile geräumt hatten, hatten sie ihren Schutzschirmgenerator verloren.

Die Jäger der *GW,* die den Deltas auf der Planetenoberfläche geholfen hatten, engagierten sich nun ebenfalls und griffen ihrerseits den Feind an. Obwohl ihre Blaster und Schlittenkanonen weder den Orbot- noch den Zodark-Schiffen allzu viel Schaden zufügen konnten, stellten sie dennoch eine zusätzliche Gefahr da, um die der Feind sich Sorgen machen musste.

»Abflug der Bomber«, kündigte der Ops-Offizier an.

Das Flugdeck im unteren Bereich des Schiffs entließ sein Geschwader unbemannter Bomber, die auf dem Weg zum Schiff der Orbot eine Flut von Plasmatorpedos freisetzen würden. Nach ihrer Rückkehr zur *GW* würden sie erneut beladen und auf den nächsten Angriff vorbereitet werden.

Laserblitze durchkreuzten die Dunkelheit des Alls. Die Zodark-Schiffe und das Kriegsschiff der Orbot nahmen die orbitalen Angriffsschiffe und die massiven Transporter und Frachtschiffe unter Beschuss, die die irdischen und die Prim-Armeen zur Rückeroberung des Planeten Intus transportieren sollten.

McKee, die den Ablauf der Schlacht weiter verfolgte, versuchte geistig, mehr ihrer Bomber und Torpedos zum

Einschlag auf das Orbit-Schiff zu zwingen. Zur gleichen Zeit traf ein Lichtstrahl das ihm nächstgelegene orbitale Angriffsschiff auf und zerteilte es in zwei Teile. Ein anderer Laserblitz riss einen riesigen Frachter in Stücke.

»Verdammt! Bringen Sie uns in eine bessere Position, um die Orbot am Angriff auf die Transporter zu hindern!«, brauste McKee auf. »Den Beschuss aller Schiffe mit sämtlichen Waffen, die uns zur Verfügung stehen, auf dieses verfluchte Schiff richten! *Sofort!*«

Die Kreuzer und Schlachtschiffe ihrer Task Force ließen von den beiden letzten Zodark-Schiffen ab und lenkten ihre gesamte Feuerkraft auf das Orbot-Kriegsschiff um. Das Volumen der Munition, die auf das feindliche Schiff aufschlug, war enorm. Projektil über Projektil drang tiefer und tiefer in dessen Panzerung und Rumpf vor. Plasmatorpedo über Plasmatorpedo malträtierten das Schiff und ließen riesige Fontänen geschmolzenen Metalls in die Kälte des Weltraums aufsteigen, wo es umgehend gefror und in seinen festen Zustand zurückversetzt wurde.

Es dauerte nicht lange, bevor sich im hinteren Teil des Orbot-Schiffs eine Reihe von Explosionen ereigneten, die sich in seinen vorderen Teil fortsetzten. Dann flog das Schiff mit einer riesigen feurigen Detonation in die Luft. Die Trümmer dieser gewaltigen Explosion flogen in sämtliche

Richtungen davon und trafen dabei sogar einige der nahegelegenen Schiffe.

Dann befahl McKee ihrem Waffenoffizier: »Und nun mit vereinten Kräften auf die Zodark-Schiffe. Verglühen wir sie *jetzt*!«

Die große Plasmakanone der *GW* schwenkte auf einen der Zodark-Kreuzer ein. Die feindlichen Schiffe versuchten abzudrehen, um mit erhöhter Geschwindigkeit dem Gefahrenbereich zu entkommen. Während der Kreuzer versuchte, der *GW* schnellstens den Rücken zuzukehren, feuerte die Plasmakanone. Dieser Kreuzer hatte ebenso wenig eine Chance wie der letzte Zodark-Kreuzer, mit dem die Task Force kurzen Prozess machte.

Erschüttert schüttelte McKee den Kopf, als sie den Kampf, der gerade stattgefunden hatte, auf ihrem Monitor Revue passieren ließ. Die feindlichen Schiffe hatten inmitten ihrer Flotte einen beträchtlichen Schaden angerichtet, bevor sie die Schiffe der Task Force hatten stoppen können.

»Ops, wie viele Schiffe haben wir verloren?«, erkundigte sich McKee bedrückt. Sie wusste, die Zahl würde hoch ausfallen.

Bevor die Ops-Abteilung antworten konnte, erschien Admiral Halseys Gesicht auf dem Video-Display neben dem Kapitänsstuhl. »Captain McKee, eine schnelle Reaktion und gute Treffsicherheit. Ich werde dem Teil der Flotte, der noch nicht gesprungen ist, befehlen, mit der Landung fortzufahren. Wir müssen unsere Kräfte so schnell wie möglich absetzen. Bitte ignorieren Sie meinen vorherigen Befehl, die Flotte abzuschirmen. Verteilen Sie Ihre Task Force so effektiv wie möglich, um einen weiteren Überfall wie diesen zu verhindern. Ich habe den Altairianern eine Nachricht zukommen lassen. Sie versprachen, zwei Kreuzer zur Unterstützung zu schicken. Die sollten innerhalb der nächsten Stunde hier eintreffen.«

McKee nickte zustimmend. »Jawohl, Ma'am. Sollen meine Fliegergeschwader weiterhin die Deltas und die Landung der RA sichern?«, bot sie an. »Ich würde gerne zusätzliche Verwundetentransporte auf den Weg bringen. Viele unserer Leute warten dort unten seit Stunden auf Hilfe.«

Der Admiral schwieg einen Augenblick und wandte den Kopf ab, um kurz über dieses Gesuch nachzudenken. Endlich erklärte sie: »Das klingt wie ein guter Plan, Captain. Tun Sie das. Halsey, Ende.«

Der Bildschirm wurde schwarz.

Da die gesamte Brückenmannschaft intensiv auf ihre Aufgaben konzentriert war, stand McKee auf und ging zu ihrer Betriebsabteilung hinüber. »Ops, schicken Sie eine

Nachricht an die Flugoperationen«, verlangte sie. »Sie sollen unsere Jäger und Bomber zur Unterstützung der Delta und der ungehinderten Landung der RA in Position bringen. Und die medizinischen Transporter sollen damit beginnen, die Verwundeten von der Oberfläche zu holen und zurück zur *GW* zu bringen.«

»Jawohl, Captain, wird sofort erledigt«, versicherte Arnold ihr.

Ihr Neurolink war für ein Gespräch mit dem Chefingenieur außer Reichweite. Aus diesem Grund sprach sie ihn mithilfe ihres Kommunikators an. »Commander Lyons, wie schwerwiegend sind unsere Schäden? Wie lange werden die Reparaturen dauern?«

Eine ganze Minute verging, bevor sie eine Antwort erhielt. »Captain, wir mussten einige schwere Schläge einstecken. Die Abschussrohre des Flugdecks sind steuerbord offline. Deck Fünf Sektion H erlitt einen Rumpfeinbruch. Ich versuche gerade, diesen Bereich zu versiegeln und zu reparieren. Außerdem sind fünf weitere primäre Gefechtstürme inoperabel, dazu kommen noch drei sekundäre Türme und die Torpedorohre an Steuerbord. Es wird einige Zeit dauern, alles wieder online zu bekommen.«

McKee seufzte. »Ok, Commander, halten Sie mich über den Schaden am Schiffskörper auf dem Laufenden.«

»Sicher, Captain. Bedenken Sie aber bitte, dass die Reparaturen Tage, nicht nur Stunden, in Anspruch nehmen werden. Lyons, Ende.«

Bevor er sich abmeldete, hörte McKee laute Rufe und Alarmsignale im Hintergrund. Lyons war eindeutig ein beschäftigter Mann. Sie wusste, dass er um das Loch im Rumpf herum eine Armee synthetischer Reparaturarbeiter versammelt hatte. Dieses Team war in der Lage, außerhalb des Schiffs zu arbeiten und erste notdürftige Reparaturmaßnahmen einzuleiten. Die humanoiden Arbeiter hatten im Verlauf dieses Kriegs bereits eine große Zahl von Schiffen gerettet.

Danach nahm McKee über ihren Kommunikator Kontakt mit der Krankenabteilung auf. »Dr. Michaels, wie stellt sich Ihre Situation dort unten dar?«

»Wie denken Sie wohl, Captain?«, erwiderte der Doktor scharf. »Wir sind im Krieg. Ich habe Tote und Leute, die im Sterben liegen.«

Dr. Lane Michaels war der Chefarzt der *George Washington*. Er war ein begnadeter Chirurg und Arzt, und dazu noch ein überzeugter Pazifist. Nachdem er vor zwei Jahren eingezogen worden war, hatte er widerwillig einen Posten auf der *GW* akzeptiert. Dank seiner Erfahrung als Oberarzt im Lehrkrankenhaus der Universität von Chicago, war ihm war die Chefarztposition zugefallen. Trotz seiner Präsenz in diesem bekannten Universitätsklinikum, seiner Prominenz in der Gemeinde und seines erklärten Pazifismus war es ihm nicht gelungen, seiner Einziehung zu entkommen. Seine Bitterkeit gegenüber dieser unerwünschten Aufgabe war oft genug deutlich zu hören.

»Hier oben sieht es ebenfalls schlimm aus, Doc«, erwiderte McKee ruhig. »Wie hoch sind die Verluste, die wir erlitten haben?«

Nach einer kurzen Pause sagte er: »Ungefähr 230 Verletzte. Ungefähr 300 sind entweder gefallen oder wurden durch die Öffnung im Rumpf ins All geschleudert. Ich wurde gerade informiert, dass sechs Krankentransporte mit über 200 menschlichen und Prim-Verwundeten von Intus her auf dem Weg sind ....?« Dr. Michaels hielt inne. »Die Evakuierung der Verwundeten vom Planeten hat bereits begonnen? Wir sind noch nicht auf ihr Eintreffen vorbereitet.«

McKee bemühte sich, Haltung zu bewahren. »Dr. Michaels, wir haben Tausende von Soldaten auf der Oberfläche, die seit Stunden die Zodark bekämpfen. Viele von ihnen erlitten großes Trauma und benötigen die sofortige Behandlung ihrer Wunden. Sie sind auf dem Weg, und Sie werden sie behandeln! McKee, Ende.«

Damit unterbrach sie die Verbindung. Keine weitere Diskussion. Er hatte seine Aufgabe und sie hatte die ihre.

Kapitel Vier

Neue Verbündete

Planet Altus

Nach Monaten des Reisens durch die Galaxie hatten Rear Admiral Miles Hunt und seine Entourage endlich Altus erreicht – die Altairianische Heimatwelt und das Zentrum des Galaktischen Reichs.

Hunt stand wie gebannt von der Schönheit dieses neuen Planeten am Fenster des Aussichtsdecks ihres Schiffs. In der Umlaufbahn um Altus herum entdeckte er mehrere Orbitalstationen und Weltraumaufzüge, zwischen denen Hunderte kleinerer kommerzieller Raumfähren von Station zu Station oder zwischen dem Planeten und den Stationen hin und her kreuzten. Der Planet setzte sich aus mehreren großen Kontinenten zusammen, die von Meeren umgeben waren. Selbst aus dem All heraus konnte man riesige Städte entlang den Küsten der verschiedenen Kontinente erkennen.

»Sieht das nicht wunderschön aus, Miles?«, fragte Lilly und schlang die Arme um ihren Mann. Er lächelte sie an und versicherte ihr: »Das ist es sicher, aber nichts ist so schön wie du.«

Lilly errötete. »Meine Güte, das tut weh. Sag mir bitte nicht, dass du an diesem Spruch die ganze Nacht gearbeitet hast, Mister«, scherzte sie und boxte ihm leicht in die Rippen.

Miles kicherte. »Oh ja, ich war die ganze Nacht beschäftigt, aber nicht mit der Erfindung von betörenden Komplimenten«, gab er lachend zurück.

Amüsiert schüttelte Lilly den Kopf, bevor sie plötzlich sehr ernst wurde. »Ich gehe davon aus, dass dies der Teil der Reise ist, an dem viel unterwegs sein wirst?«, fragte sie leise.

Miles drückte sie an sich. »Ich denke ja, aber ich werde mich bemühen, es auf ein Mindestmaß zu beschränken. Ich sprach mit Handolly über die Ehepartner an Bord. Er wird einige Tagesausflüge und andere Aktivitäten als Teil ihres kulturellen Austauschprogramms für euch organisieren.«

Hunt verspürte tatsächlich so etwas wie Eifersucht über die geplanten Exkursionen der Ehepartner. Die Erkundung der altairianischen Welt klang weit faszinierender als das, was ihm bevorstand.

»Was wirst du tun, während ich weg bin?«, erkundigte sich Lilly und sah weiter aus dem Fenster hinaus.

Miles zuckte mit den Achseln. »Wahrscheinlich bis zur totalen Überlastung mit Informationen bombardiert werden. Wie es scheint, müssen wir Erdenmenschen noch viel lernen, bevor wir als ernstzunehmende Spezies und respektables Mitglied des Galaktischen Reichs akzeptiert werden.«

Lilly küsste ihm auf die Wange. »Ich bin sicher, du hast das im Griff«, versicherte sie ihm.

Das Paar verharrte noch ein wenig länger, um weiter die Aussicht zu genießen. Dann kehrten sie in ihr Quartier zurück, um zu packen und sich auf das Verlassen des Schiffes vorzubereiten.

****

Wenige Stunden später stand Hunt neben Handolly zur Teleportation an die Oberfläche bereit. Die Altairianer bevorzugten diese Methode des Transports vor einem Fährentransfer oder dem Gebrauch eines Weltraumaufzugs. Hunt versuchte sich geistig darauf vorzubereiten, die kommenden Tage von der herausragenden Technologie und den ungeheuren Fortschritten der Altairianer überwältigt zu werden.

Obwohl er hinsichtlich dieser neuen Allianz einige Zweifel hegte, behielt er diese Gedanken für sich. Er musste das Überleben und die Erhaltung der Lebensart seiner Spezies allem anderen voranstellen.

Trotz wiederholter Versuche, Kontakt mit den Zodark aufzunehmen, hatten sich die Zodark bislang nur auf ein

Friedensabkommen einlassen wollen, das die komplette Unterwerfung der Erde voraussetzte. Und das war weder für Miles noch für die menschliche Rasse in irgendeiner Weise akzeptabel.

Hunt und Handolly materialisierten sich auf der Oberfläche auf einer Art Promenade oder einem Versammlungsplatz. Hunt war zunächst sprachlos, plötzlich zwischen mehreren Rassen Außerirdischer zu stehen, die buntgemischt auf dem Planeten herumspazierten - als sei es vollkommen normal, dass außerirdische Rassen in Verbindung standen und neben- und miteinander lebten ….

Handolly sah die Überraschung in Hunts Gesicht. »Es ist überwältigend, zum ersten Mal so viele unterschiedliche Rassen an einem Ort zu sehen, nicht wahr? Ein großer Unterschied, es nur in Videos oder Bildern zu erleben, ja?«, erkundigte er sich in seiner normalen, emotionslosen Form des Sprechens,

Hunt antwortete nicht sofort, sondern nickte einfach nur abwesend. Er starrte gerade auf die ihm unbekannte Form eines Außerirdischen. Er hatte ein langes haarloses Gesicht mit großen lavendelfarbigen Augen und katzengleichen schwarzen Pupillen. Seine Haut schien der von Reptilien zu ähneln, ohne jedoch Schuppen zu haben; vielmehr sah sie eher wie die harte, lederne Version einer Echsenhaut aus. Der

Außerirdische war in etwa so groß wie ein kleinerer Mensch und eilte an Hunt vorbei, ohne ihm auch nur eines Blickes zu würdigen.

Ohne das Blinken von Augenlidern, die den Altairianern fehlten, war es immer schwierig, Handollys Stimmung einzuschätzen. Hunt vermutete, eine Spur von Belustigung in seiner Stimme zu hören, während er ihm erklärte: »Das ist ein Prodigal, eine Rasse von Händlern. Unfähige Krieger, aber hervorragende Händler und Schiffsbauer. Tatsächlich sind es die Prodigal, die Ihr neues Flaggschiff bauen.«

Miles schüttelte nur den Kopf. Alles war so andersartig, unterschied sich so sehr von dem, was er bislang wusste und kannte und verstand.

»Hier entlang, Miles. Es gibt noch weit mehr zu sehen«, versprach Handolly.

Die beiden Männer durchwanderten die Promenade, bis sie zum Eingang eines Gebäudes kamen, das mehrere hundert Meter in die Höhe ragte. Trotz seiner Größe wurde dieses Gebäude von seinen umliegenden Nachbarn noch in den Schatten gestellt. Miles hatte die Hochhäuser New York Citys immer für wahre Riesen gehalten – sie waren nichts im Vergleich zu den Bauten, die um ihn herum bis hinauf in die Wolken reichten.

Hunt und Handolly traten durch zwei imposante Türen, die drei Meter breit und zehn Meter hoch waren. Mehrere Wachen salutierten, sobald sie Handolly erkannten. Überwältigt riss Miles die Augen weit auf. Mit offenem Mund bestaunte er das Foyer. Entlang den Wänden standen enorme Säulen aus Marmor oder einem marmorgleichem Material. Sie erinnerten ihn an die griechischen Säulen, die er von Bildern her kannte. Der Fuß jeder Säule war mindestens zwei Meter breit und einen Meter hoch, bevor sie sich zur kunstvoll dekorierten Decke emporstreckte. Die Säulen ragten mindestens 50 Meter in die Höhe, bevor sie die bemalten Balken erreichten, die die gewölbte Decke stützten. Miles hatte Ähnliches in einer Barock-Ausstellung eines Museums gesehen.

Im Augenblick seiner Verzückung war Handolly Hunt bereits vorausgegangen. Er beeilte sich, ihm zu folgen. Der lange Korridor führte sie nach gut 100 Metern in einen noch größeren Raum.

»Handolly, wo sind wir?«, fragte Hunt voller Staunen, während er weiterhin alles um sich herum in sich aufzunehmen versuchte. Zwischen den Säulen, die es auch in diesem Raum gab, führte hin und wieder eine Tür in einen anderen Raum.

Handolly drehte sich zu seinem menschlichen Gast um und erklärte: »Dieser Ort ist unser Palast, Miles, der Regierungssitz des Galaktischen Reichs.« Dann fügte er noch hinzu: »Die Türen entlang der Seiten führen in die verschiedenen Ministerien des GR. Wir betreten gleich den Großen Saal, in dem wir offizielle Feierlichkeiten austragen und Partys für die Mitglieder des Galaktischen Reichs veranstalten.«

Beim Betreten des Ballsaals pfiff Hunt leise durch die Zähne. »Was wollen wir hier?«, fragte er neugierig. Die beiden traten an etwas heran, das Hunt für einen Aufzug hielt. »Ich begleite Sie zu Ihrer ersten Versammlung des Galaktischen Reichs«, lud Handolly ihn mit einer Geste ein, sich neben ihn auf eine verglaste Plattform zu stellen.

Die Glasröhre hob sofort nach oben ab. Sobald sie den unteren Teil des Gebäudes hinter sich gelassen hatten, bot sich ihnen durch die Röhre hindurch auf dem Weg nach oben ein uneingeschränkter Panoramablick über die Stadt.

Beim Erreichen ihres Stockwerks musste Hunt leise lachen. Hier, Millionen Lichtjahre von der Erde entfernt und lange Jahre in der Entwicklung voraus, machten die Aufzüge immer noch das gleiche altbekannte Klingelgeräusch, bevor sich die Türen öffneten. *Manche Dinge sind wohl allen Spezies gleich.*

Der Flur, den sie nach dem Verlassen des Aufzugs betraten, war ebenso grandios angelegt wie der des Erdgeschosses. Am Ende des Gangs sah er die offenstehende Tür eines großen Saals. Beim Näherkommen konnte Hunt Stimmen vernehmen – viele Stimmen, die viele unterschiedliche Sprachen sprachen. Im Zentrum des Saals stand ein großer runder Tisch.

Mit ihrem Eintreten verstummte die Unterhaltung. Alle erhoben sich, um Handolly die Ehre zu erweisen. Dann fielen alle Augen auf Hunt und starrten ihn skeptisch an. Er war der Vertreter der neuen außerirdischen Rasse: der unbekannte Mensch.

Handolly stellte Hunt 20 neue Rassen oder Spezies vor, von deren Existenz die Menschheit nicht die geringste Ahnung hatte. Alle redeten in ihrer eigenen Sprache auf ihn ein, was Hunt im Dunkeln darüber ließ, was sie ihm sagen wollten.

Ein Altairianer trat mit einem kleinen Autoinjektor in der Hand an ihn heran. »Keine Angst«, versicherte ihm der Altairianer ruhig. »Ich schieße Ihnen einen kleinen Universalübersetzer in das Innere Ohr. Damit verstehen Sie, was alle sagen.«

Bevor Hunt eine Frage stellen oder protestieren konnte, hatte der Altairianer die Vorrichtung bereits hinter seinem rechten Ohr platziert und abgedrückt; den gleichen Vorgang wiederholte er an Hunts linkem Ohr.

Unmittelbar darauf verstand Hunt, was die Personen, die um den Tisch herum saßen, von sich gaben. Einige von ihnen lachten über seinen erstaunten Gesichtsausdruck, dass er nun der Unterhaltung folgen konnte. Andere brummelten unzufrieden damit, dass ihr Treffen zur Begrüßung einer nachrangigen Spezies aufgehalten wurde, der es erlaubt worden war, ihrer Allianz beizutreten.

Handolly wandte sich Hunt zu und verkündete laut genug, dass alle ihn hören konnten: »Admiral Miles Hunt, dies ist der Kriegsrat des Galaktischen Reichs. Der Rat trifft sich regelmäßig, um die Kriegsanstrengungen im Allgemeinen zu diskutieren und Zielvorgaben für unsere Mitglieder festzulegen. Dank dieser koordinierten Bemühungen war es uns bislang möglich, das Schattenreich in Schach zu halten. Dies ….», dabei deutete Handolly auf einen leeren Stuhl, »…. wird zukünftig Ihr Sitz sein. Zunächst begleiten Sie mich jedoch in ein anderes Zimmer, wo Bjork von der Primord-Union und ich Sie darüber unterrichten werden, wie das Galaktische Reich aufgebaut ist, und wo wir Ihnen unsere Feinde, das Schattenreich und die Funktion und Position Ihrer Spezies im Kriegsrat vorstellen werden.«

Zwei Mitglieder des Rats erhoben sich aus ihren Stühlen und traten auf Hunt zu, um ihn zu begrüßen. Danach begleiteten ihn Handolly und Bjork in einen angrenzenden Raum. Für Hunt war dies das erste Treffen mit einem Primord. Abgesehen von einigen Ausnahmen, kam ihm Bjork beinahe menschlich vor. Er hatte ungefähr die gleiche Größe wie ein Mensch und verfügte über die gleiche Anzahl von Extremitäten mit vergleichbaren Händen. Seine Ohren hingegen liefen spitz zu, seine Nase war überraschend lang und seine Haut hatte eine goldfarbene Tönung.

Hunt und seine Begleiter nahmen um einen kleinen runden Tisch herum Platz. Bjork begann das Gespräch. »Bevorzugen Sie es, mit Ihrem militärischen Rang angesprochen zu werden, oder mit Ihrem Vor- oder Zunamen?«

Hunt lächelte so liebenswürdig, wie es ihm möglich war und sagte: »Meine Freunde nennen mich Miles.«

Bjork lächelte ebenfalls. »Ich freue mich, dass wir Freunde sein können. Ich heiße Bjork Terboven. Unter meinem Volk bin ich ein Admiral, aber als Alliierter diene ich innerhalb des Galaktischen Reichs als Senator sowohl im Kriegs- als auch im politischen Rat.«

»Sie sind ein vielbeschäftigter Mann«, kommentierte Miles.

Bjork zuckte mit den Achseln. »Diese Doppelposition, wie Sie es nennen würden, erlaubt mir den Überblick über das aktuelle Geschehen innerhalb der Allianz. Damit kann ich meinem Volk besser dienen. Sie sollten das ebenfalls in Betracht ziehen. Es wird Ihrem Volk zugutekommen.«

»Diesbezüglich muss ich erst Rücksprache nehmen«, entgegnete Miles. »Diese Entscheidung kann ich nicht treffen. Es ist möglich, dass meine Vorgesetzten vorziehen, mich an anderer Stelle einzusetzen.«

Bjork wechselte das Thema. »Wissen Sie, weshalb all unsere Tische rund sind?«

Miles furchte die Stirn. »Darüber habe ich bisher nicht nachgedacht. Erklären Sie es mir bitte.«

Bjork hob leicht den Kopf an. »Die runden Tische verdeutlichen, dass wir alle gleichwertig sind. Sobald eine Spezies sich dem Galaktischen Reich anschließt, wird sie zum gleichberechtigten Partner innerhalb der Allianz. Wie Sie sahen, unterhält die Allianz einen Kriegsrat. Wir haben auch einen Senat. Jede Spezies wird durch fünf Repräsentanten vertreten, die im Senat dienen. Drei dieser Senatoren verbringen ihre Amtszeit auf dem Planeten Altus, während die beiden anderen auf ihren Heimatwelten verbleiben. Das stellt sicher, dass alle Heimatwelten von Bürgern des Reichs repräsentiert werden und dass sich der Senat aus Bürgern des Reichs zusammensetzt.«

»Gibt es einen Vorsitzenden des Senats?«, fragte Miles interessiert. »Jemand, der letztendlich als Oberhaupt des Galaktischen Reichs regiert?«

Bjork lächelte kurz. »Der Senat wählt einen Kanzler, der als Regierungsoberhaupt des GR dient. Seine Amtszeit beträgt sieben Jahre. Es gibt keine Amtszeitbeschränkung, allerdings muss der Kanzler mit der Mehrheit der Stimme alle sieben Jahre neu bestätigt werden. Es sei denn, es kommt zu einem Misstrauensvotum. Aber das sind politische Fragen. Handolly und ich sind hier, um militärische Angelegenheiten mit Ihnen zu besprechen. Ihre Botschafterin, die Sie auf diesem Besuch begleitet, wird sich für die Menschen um die politischen Aspekte des Galaktischen Reichs kümmern, es sei denn, Ihnen wird, wie mir, eine duale Position übertragen.«

Miles errötete leicht. »Ich bitte um Entschuldigung, Bjork. Ich bin sicher, dass unsere Botschafterin Nina Chapman mich später aufklären wird. All das ist neu für mich. Ich versuche mein Bestes, alles zu verstehen. Auf der Erde gibt es einen Ausdruck: ‚Totale Überlastung'. Das bedeutet, dass eine Person mit mehr Informationen bombardiert wird, als sie aufnehmen und verarbeiten kann.«

Bjork sah Handolly fragend an. »Vielleicht sollten wir ihm eine Wissensspritze geben?«, schlug er vor

Handolly nickte zustimmend und erklärte an Miles gewandt: »Ich lasse eine bringen.«

»Moment mal …. Was wollen Sie mir dieses Mal einspritzen?«, protestierte Miles.

»Keine Sorge, Miles«, beruhigte Bjork ihn frohgemut. »Das Reich beobachtet und studiert die menschliche Rasse schon seit geraumer Zeit. Wir kennen uns sehr gut mir Ihrer Physiologie und Ihrem genetischen Makeup aus und haben uns intensiv mit dem menschlichen Gehirn befasst - ein beeindruckendes neuronales Netzwerk. Seine Fähigkeit zu lernen und Informationen aufzunehmen ist wahrhaft erstaunlich. Die Herausforderung, der die Menschen mit ihrem Gehirn ausgesetzt sind, ist die sofortige Abrufbereitschaft der Informationen, die sie unablässig auch unbewusst aufnehmen.

»Mit der Einführung des Neurolinks und der kybernetischen Implantate, wie Sie sie gegenwärtig haben, hat Ihre Spezies ihre intellektuellen Fähigkeiten mehr als verdoppelt. Die chemische Verbindung, die wir Ihnen einspritzen werden, erlaubt Ihnen, das Ihnen Gebotene schneller zu absorbieren, zu analysieren und zu verstehen. Wir müssen Ihnen viele Informationen mit auf den Weg geben, und ich fürchte, dass uns dazu wenig Zeit dazu bleibt.«

Ein Altairianer mit einem kleinen weißen Köfferchen betrat den Raum. Er öffnete es und entnahm ihm einen zweiten Autoinjektor.

»Ich spritze Ihnen einen Wissensaufbesserer ein«, erklärte der weiße Außerirdische emotionslos. »Es tut nicht weh und der Effekt wird sich umgehend einstellen.« Der Altairianer legte die Spritze an Miles' Hals an und drückte auf den Knopf.

Miles konnte einen sofortigen Effekt des Wissensaufbesserer nicht bestätigen. Bjork, Handolly und er beendeten ihr Gespräch ohne weitere Unterbrechung. In den folgenden Wochen wurde Hunt allerdings unaufhaltsam mit Informationen über das Galaktische Reich überschüttet: Die Spezies, die ihm angehörten, woher sie stammten, wen sie bekämpften, und alles, was es über ihren Feind, das Schattenreich, zu wissen gab. Innerhalb kürzester Zeit wurde ihm das Wissen eines ganzen Menschenalters unterbreitet. Ohne den Wissensaufbesserer hätte Miles einen Großteil davon entweder sofort wieder vergessen oder erst gar nicht aufgenommen. Das wusste er.

Nach der erstaunlichen Erfahrung mit dem Wissensaufbesserer bestand Miles darauf, dass alle

Menschen, die ihn auf dieser Reise begleitet hatten, diese Injektion erhielten. Diese 510 Erdenbürger mussten ein enormes Maß an Information aufnehmen, um sie danach in ihrer Gesamtheit auf ihrem gegenwärtig im Bau befindlichen neuen Flaggschiff zurückzubringen.

****

Miles and Ethan Hunt standen auf dem Observationsdeck und waren vom Anblick des Schiffs vor ihnen gefangen.

»Gewaltig ist nicht das richtige Wort, was, Dad?«, bemerkte Ethan.

Miles' Sohn Ethan hatte sich bereit erklärt, ihn auf der Reise auf die Heimatwelt der Altairianer und in die Hauptstadt des Galaktischen Reichs zu begleiten. Das hatte den beiden beträchtliche gemeinsame Zeit eingebracht, in der sie während dieser gemeinsamen unglaublichen Erfahrung des Reisens durch die Galaxie eine neue Beziehung zwischen Erwachsenen aufgebaut hatten.

Miles hatte mehr über das Galaktische Reich und die neue Rolle der Menschen darin gelernt. Demgegenüber hatte Ethan das Äquivalent der Altairianer zur irdischen Weltraum- oder Kriegsakademie besucht. Er hatte viel über die Taktik der Altairianer gelernt, ihre Kämpfe auszufechten und wie sie ihre Schiffe bauten, unterhielten und reparierten.

Miles kehrte von einer langen Gedankenkette, die ihm durch den Kopf raste, in die Wirklichkeit zurück. »Du hast Recht«, stimmte er seinem Sohn zu. »Ich hoffe nur, dass wir in der Lage sein werden, sie für uns selbst zu bauen, und dass es nicht Jahre dauern wird, bevor unsere Leute effektiv mit ihnen umgehen können.«

Die Altairianer und einige andere Spezies hatten mit den Erdenmenschen eine Menge neuer Technologie geteilt. Der Trick dabei war, geeignete Menschen zu finden, die verstanden, wie diese Technologie einzusetzen war, um sie danach erfolgreich in die menschliche Gesellschaft zu integrieren.

»Genau diese Frage stellte ich vor einigen Tagen in der Akademie«, berichtete Ethan. »Mir wurde gesagt, dass uns die Altairianer eine Trainingsgruppe senden werden. Sie wird uns dabei helfen, unsere eigene Schule aufzubauen und zu betreiben. Was wir auf der Erde wirklich brauchen, ist der Wissensaufbesserer, oder vielleicht die Möglichkeit, ihn selbst zu produzieren. Ich bezweifle, dass unsere Leute diese Stufe komplexer hochentwickelter Technologie ohne eine solche Hilfe in sich aufnehmen können. Unsere Rasse ist einfach nicht so entwickelt wie die Altairianer.«

Miles nickte. »Ich bin ganz deiner Meinung, Ethan, und habe das bereits mit Handolly diskutiert. Er ist einverstanden.

Sie werden das Rezept für das Serum dem Programm der medizinischen Replikatoren hinzufügen, die sie uns überlassen werden.«

Miles schüttelte den Kopf. »Schwer zu glauben, dass es mittlerweile 12 Jahre her ist, seit wir das Rhea-System angeflogen und damit die Zodark entdeckt haben. Hätten wir das nicht getan, bezweifle ich, dass die Altairianer jemals Kontakt mit uns aufgenommen hätten.«

Ethan zuckte mit den Achseln. »Wer weiß. Aber du hast Recht, es scheint eine Ewigkeit her zu sein. Ich bin gerade erst fünf Jahre Offizier im Weltraumkommando, und mir kommt es vor, als ob ich ihm schon mein ganzes Leben angehöre.«

»Dann stell dir vor, wie sich dein alter Vater fühlt«, lachte Miles leise. »Die technologischen Veränderungen in der menschlichen Raumfahrt, die ich seit meinem Eintritt in den Militärdienst gesehen haben, sind kaum zu fassen.« Miles legte seinem Sohn eine Hand auf die Schulter. »Ich bin froh, dass ich das hier mit dir zusammen erleben darf. Ich war mir zunächst nicht sicher, ob du mitkommen würdest.«

Ethan lachte mit diesem Kommentar. »Die Chance zu verpassen, Millionen von Lichtjahre zu durchqueren und in einer außerirdischen Hauptstadt Dutzende fremder Rassen kennenzulernen? Ja, wer sollte daran schon Interesse zeigen? Ich bin nur froh, dass du mich gefragt hast, Dad.«

Die beiden grinsten sich an und bewunderten dann weiter ihr neuestes Kriegsschiff – ein Geschenk des Galaktischen Reichs an die Menschen der Erde.

Kapitel Fünf
Fatale Folgen einer Schlacht

Planet Intus
1. Orbitales Angriffsbataillon

Der Gefreite Paul ‚Pauli' Smith riss die Einmannpackung auf und drückte ihren Inhalt direkt in seinen Mund aus.

Köstlich, Spaghettibrei!, dachte Pauli sarkastisch.

Die Wegwerfpackung war im Handumdrehen alle. Pauli sah sich um und entdeckte nahe seinem Fuß etwas gelockerte Erde. Mit dem an seiner Uniform hängenden Messer kratzte er die Erde solange weiter auf, bis das entstandene Loch groß genug war, um seinen Müll aufzunehmen. Die Packung würde mit der Zeit zerfallen, da ihre Innenseite dem Sauerstoff ausgesetzt worden war.

»He, Pauli. Alles ok?«, fragte seine Teamkameradin Amy, deren Gesicht mit Schmutz und Staub überzogen war. Die Gefreite Amy Boyles war nach der Schlacht um Neu-Eden vor beinahe zwei Jahren neu zu seinem Bataillon gestoßen. Sie kam aus Maine, während er aus Texas stammte. Ihre unterschiedlichen Akzente harmonisierten in keiner Weise, aber mit ihrer Ankunft war Amy ihm als Kampfgenossin zugewiesen worden.

»Ja, alles ok«, versicherte Pauli ihr. »Ein Wort vom Sergeant, wann wir von hier abgezogen werden?«

Seit dem ursprünglichen Einsatz auf der Planetenoberfläche, war ihr Bataillon so gut wie arbeitslos. Ihnen war die Aufgabe zugefallen, die Sicherheit für ein Ingenieurbataillon zu garantieren, das eine Startbahn und eine Reihe großer Flug- und Lagerhallen baute. Pauli hatte nicht das Geringste dagegen einzuwenden.

Amy schüttelte den Kopf. »Noch nicht. Wenn wir Glück haben, schieben wir Garnisonsdienst in dem ersten Zodark-Camp, das die Deltas eingenommen haben. Oder vielleicht hier auf dem Militärflughafen, den die Ingenieure gerade bauen.«

Pauli war skeptisch. »Schön wäre es, aber unwahrscheinlich. Das 1. OAB ist eine Kampfeinheit, die sich aus den besten Kämpfern der Republik zusammensetzt. Die ganz oben würden uns nie zum Dienst in der Garnison relegieren.«

»Die besten Kämpfer der Republik ….«, wiederholte Amy mit sarkastischem Lachen. »Ist dir klar, dass du genau wie Major Monsoor klingst?«

Der Anführer ihres Trupps, Sergeant Travis Atkins, kam auf sie zu und fuhr sie an: »He, genug gefaulenzt. Abmarsch in fünf Minuten. Schnappen Sie sich Ihr Zeug und stehen Sie bereit.«

Sergeant Atkins war nach seiner Degradierung um eine Stufe ständig leicht gereizt. Mit der Umgestaltung des irdischen Militärs in die neue Republikanische Armee waren die Rangstrukturen der Mannschaften, Unteroffiziere und Offiziere gestrafft worden. Während einige wenige Militärangehörige befördert worden waren, hatten andere eine Degradierung hinnehmen müssen, um in diese neue Struktur zu passen.

Staff Sergeant Atkins war auf den Rang eines Sergeanten zurückversetzt worden, als sein und der darüberliegende Rang eliminiert worden waren. Die reformierte Rangstruktur der Infanterie reichte nun vom Gefreiten zum Corporal, Sergeant, Master Sergeant bis hoch zum Sergeant Major. Das bedeutete, dass vier der existierenden Mannschaftsränge entfallen waren. Atkins war nicht der Einzige, der sich mit seinem Rückschritt zum Sergeanten schwer tat. Viele der unteren Mannschaftsränge waren darüber aufgebracht, plötzlich wieder einfache Gefreite zu sein. Den Offizieren war es nicht viel besser ergangen. Auch sie hatten mehrere Rangstufen verloren. Immerhin wurden die Offiziere immer noch besser bezahlt. Mit weniger Stufen, die es zu klettern gab, würde es allerdings künftig noch schwerer sein, Karriere zu machen.

»Hilf mir hoch, Pauli«, bat Amy, nachdem sie sich den Rucksack wieder über die Schultern gezogen hatte.

Pauli reichte ihr die Hand und zog sie hoch. Die Beiden gingen zum Rest ihres Zugs hinüber, der sich gerade aufreihte.

In der Ferne konnten sie die immer noch rauchenden Reste der massiven Ionenkanonen sehen, die hoch über den befestigten Standort hinausragten, der sie umgab. Der Standort hatte im Lauf des ersten Angriffs erheblichen Schaden erlitten. Ein Bataillon von Synth-Ingenieuren arbeitete fieberhaft an seiner Wiederherstellung.

Mit der Annäherung an den Rest ihrer Einheit sah Pauli Captain Trubinsky, der auf einem großen Felsbrocken stand, um für seine Männer sichtbar zu sein.

»Aufgepasst!«, schrie der Captain. »Dem Major wurde eine Mission übertragen, was bedeutet, *wir* haben eine Mission. In 30 Minuten stehen die Osprey bereit, uns 80 Kilometer von hier in die Nähe einer Primord-Stadt abzusetzen. Unsere Aufgabe ist es, den Prim bei ihrer Befreiung zu helfen.

»Den Informationen der Flotte nach existiert in diesem Bereich ein Stützpunkt der Zodark. Da er im Lauf der ursprünglichen Invasion von mehreren orbitalen Angriffen getroffen wurde, wissen wir nicht, wie viele Zodark sich weiterhin in diesem Gebiet aufhalten. Glücklicherweise sind wir nur für die Sicherung der Umgebung verantwortlich, während die Prim ihre Stadt selbst befreien. Neben den Prim-Einheiten, mit denen wir arbeiten werden, steht uns noch ein Bataillon C100 in Reserve zur Verfügung, falls wir schwerem Zodark-Widerstand begegnen sollten.«

Der Captain sah kurz auf seine Soldaten hinunter, bevor er fortfuhr: »Ihre Zugführer und Sergeanten werden zusätzliche Details an Sie weitergeben. Und nun, OAB, hier ist unsere Chance, am Kampf teilzunehmen. Zeigen wir dem Major und den Prim, was wir können. Hooah!«

»Hooah!«, kam die Erwiderung im Chor.

Der Captain sprang von seiner Empore hinunter und ging auf eine unweit von ihnen entfernte kleine Lichtung zu. Eine Reihe von Reaper und Truppentransporter waren in ordentlichen Reihen geparkt, umgeben von zahllosen Mechanikern und Waffenspezialisten.

»Ok, dann los. Gehen wir, Pauli«, forderte Amy ihn unbesorgt wie zu einem Spaziergang auf und setzte sich in Richtung des improvisierten Servicebereichs in Bewegung.

Vierzig Minuten später hoben die Osprey ab und überflogen das zerstörte Zodark-Camp. Aus der Luft konnte

Pauli erkennen, wie hart der Kampf um diese Basis gewesen sein musste. Es gab Gerüchte, dass beinahe eine ganze Kompanie Deltas während eines feindlichen Luftangriffs ausgemerzt worden war. Pauli hatte nicht einmal gewusst, dass die Zodark über Luftnahunterstützung verfügten. *Wenn eine Kompanie aufgebesserter Supermenschen ausgelöscht werden kann ....,* dachte er nervös, *.... wie würde es dann einer Einheit normaler menschlicher Soldaten wie ihnen ergehen?*

Beim Überfliegen des Waldes fiel Pauli erneut die Schönheit des Planeten auf – zumindest von dem Teil, den er gesehen hatte. Er erinnerte ihn an einen klassischen, 100 Jahre alten Film namens *Avatar*. Die Bäume auf Intus erinnerten ihn an die, die er auf Neu-Eden das erste Mal gesehen hatte. Hier waren sie noch spektakulärer. Über den Bäumen kreisten eine Vielzahl einzigartiger Vögel und fliegender Kreaturen. In der Entfernung sah er eine imposante Bergkette, die sich viele Meilen nach Norden hin erstreckte und gen Süden langsam abflachte. Auf dem Gipfel der Berge lag Schnee, etwas, das er auf einem anderen außerirdischen Planeten noch nie gesehen hatte.

Was sich wohl auf der anderen Seite dieser Gebirgskette befindet?, dachte Pauli.

Vollgepackt mit Soldaten flogen die Osprey noch etwa 30 Minuten. Gerade als die Soldaten in Paulis Trupp anfingen sich zu entspannen, drückten die Piloten, die sie in die Nähe dieser Stadt der Prim transportierten, plötzlich die Nase des Osprey nach unten und beschleunigten die Geschwindigkeit. Pauli, der schon oft in Angriffsschiffen geflogen war, war durch diese plötzliche Bewegung nicht sonderlich beunruhigt. Er vermutete, dass sie sich ihrem Ziel näherten. Die Piloten wollten sie aufwecken, um dann umsichtig aus geringer Höhe zu ihrer Landung anzusetzen.

»Oh, mein Gott!«, rief jemand und zeigte aus dem Fenster auf etwas, das einige hundert Meter links von ihnen lag.

In der Zeit, in der Pauli seinen Kopf drehen konnte, um zu erfahren, worüber sich alle so aufregten, war es bereits zu spät. Der Osprey, der einen Teil des Vierten Zugs und ihren Captain transportierte, flog in die Luft. Eine Kette roter Laserblitze zerfetzte den Flieger, bevor er auch nur ans Ausweichen denken konnte. Und dann griffen rote Lichtblitze ihren eigenen Osprey an. Glücklicherweise fuhren sie wirkungslos durch die Luft, wo sie sich Paulis Osprey noch vor einer Sekunde befunden hatte.

»Festhalten!«, rief ihnen einer der Piloten über ihre Helmempfänger zu.

Der Bordschütze, der hinter dem Piloten saß, feuerte wild auf einen unsichtbaren Feind, wahrscheinlich nur, um diejenigen, die von der Oberfläche her auf sie schossen, wissen zu lassen, dass sie Antwortfeuer erwarten durften.

»Da drüben!«, schrie ein anderer Soldat.

Er hatte den Satz kaum beendet, da rauschte eine F-97 Orion direkt über ihre Köpfe hinweg. Ihre Laserkanonen feuerten ohne Unterlass. In einiger Entfernung sahen sie eine Explosion und einen Feuerball, der zu Boden fiel. Danach schwenkte der Orion-Jäger Richtung Norden ein und feuerte seine Laser auf einen neuen unsichtbaren Feind ab.

Die Soldaten im Osprey klammerten sich krampfhaft an ihren Sitzen fest, während ihre Piloten mit aggressiven Sturzflügen und Kurswechseln den roten Laserstrahlen zu entgehen suchten, die weiter um sie herum ein Ziel suchten.

Diese Piloten wissen was sie tun, dachte Pauli. Er hatte keine Ahnung, wie es ihnen gelang, so vielen Laserblitzen erfolgreich auszuweichen.

Der Boden unter ihnen kam ihnen mit großer Geschwindigkeit entgegen. Der Osprey verlor weiter an Höhe. Eine Stimme in ihren Helmen warnte die Soldaten: »Wir werden schnell und hart landen. Sobald wir am Boden sind, sofort alle raus!«

In diesem Augenblick war es Pauli vollkommen egal, wie weit entfernt von ihrem Zielort sie landen würden. Wichtig war nur, dieser fliegenden Todesfalle zu entkommen, bevor sie alle in die Luft flogen. Am Boden hatten sie zumindest eine Chance. Hier oben lag ihr Schicksal in den Händen der Piloten und dem reinen Zufall.

Der Osprey pendelte sich ein; Erde und Teile von Bäumen wirbelten um ihn herum durch die Luft, da mehrere Laserblitze diesen Bereich immer noch unter Beschuss hielten. Dann riss der Pilot die Nase des Ospreys hart nach oben, was innerhalb von Sekunden ihre Geschwindigkeit stark reduzierte.

Pauli sah ein schwarzes Objekt, das an ihnen vorbeiflog, nach links umlenkte und an Höhe gewann. Gleich darauf jagten mehrere Laserstrahlen ihres Türschützens hinter dem feindlichen Kämpfer her und verwandelten den Jäger in ein brennendes Wrack. Paulis Osprey landete mit einem harten Aufschlag auf der Oberfläche.

»Alle raus hier!«, schrie der Mannschaftsführer den benommenen Soldaten zu.

Pauli entledigte sich seiner Sicherheitsgurte und stürzte aus dem Osprey. Der Rest seines Trupps war ihm dicht auf den Fersen, worauf die Piloten die Motoren wieder hochfuhren und so schnell sie konnten verschwanden.

An den Boden gedrückt lag Pauli mit nach vorn gerichteter Waffe im dichten Gras. Der Blick auf sein HUD ließ ihn erleichtert aufseufzen. Gegenwärtig waren sie keiner unmittelbaren Gefahr ausgesetzt. Im Himmel über ihnen tobte der Kampf weiter, aber an der Oberfläche schienen sie im Moment sicher zu sein.

»Aufgestanden! Wir versammeln uns an der Position des Lieutenants und führen von dort aus unsere Mission durch«, bestimmt der Sergeant.

Pauli bemerkte, dass Amy etwas außer Fassung zu sein schien. »Hey, alles ok. Wir haben es geschafft. Wir sind sicher gelandet.«

Amy lächelte ihn gequält an. »Das war knapp, Pauli. Der Vierte Zug hatte nicht die geringste Chance.«

Pauli zuckte mit den Achseln, während sie ihrem Sergeanten folgten. »So ist das eben, Amy. Wenn deine Zeit gekommen ist, ist deine Zeit gekommen – ohne dass es jemand aufhalten kann.«

Amy eilte hinter ihm her. Sie war gut zehn Zentimeter kleiner als Pauli. Seine langen Beine erlaubten ihm, weit größere Schritte zu machen.

Unter den beiden Trupps, die dem Sergeant folgten, herrschte überwiegend verstörtes Schweigen. Sie waren nur knapp ihrem Schicksal entgangen. Die Hälfte des Zugs bestand aus Neuankömmlingen - Ersatz für die Verluste, die das Bataillon auf Neu-Eden erlitten hatte. Dies war ihre erste Kampfsituation. Sie stellte den neuen Soldaten vor Augen, wie schnell ihr Leben ausgelöscht werden konnte. Gleichzeitig hob sie hervor, wie anfällig und zerbrechlich das wirkliche Leben war. Gerade warst du noch lebendig und von einer Minute zur anderen wirst du zu Staub, ohne dass dir deutlich wurde, was mit dir geschehen ist.

Amy schloss zu Pauli auf, als die beiden Trupps eine lockere Keilformation bildeten. »Hast du es so auf Neu-Eden erlebt?«, fragte sie.

Pauli wandte ihr nur flüchtig den Kopf zu. »He, pass auf deine Schritte auf, Amy. Komm mir nicht zu nahe.«

»Ich wollte doch nur eine Frage stellen«, erwiderte sie irritiert, fiel dann aber ein Stück zurück, um ausreichend Abstand zwischen ihnen zu gewährleisten.

Sie waren reguläre Soldaten der Republikanischen Armee, ohne eine Neurolink-Verbindung, mit der die Sondereinsatzkräfte oder hohe militärische Befehlshaber ausgestattet waren. Sie mussten auf altmodische Weise miteinander kommunizieren – sie mussten reden.

Nach eine Weile führte ihr Marsch sie auf eine Lichtung, wo sie auf die anderen Trupps ihres Zuges trafen. Der Lieutenant gewährte ihnen eine Pause, während er und die

Unteroffiziere herauszufinden versuchten, wo sich der Rest der Kompanie aufhielt und wer nach dem Tod ihres Captains jetzt die Führung übernehmen sollte.

Amy setzte sich neben Pauli. »Tut mir leid wegen eben. Ich hätte nicht so nahe aufschließen sollen.«

Pauli seufzte. Er war ihr nicht böse; andererseits hatte er aber auch nicht vor, von den Zodark überrumpelt zu werden, weil seine Kampfgefährtin nicht den Standardregeln folgte.

»Alles ok, Amy. Es gibt einen Grund, wieso wir auf Patrouille nicht zu eng aufeinander aufschließen. Sobald wir ihnen ein einfaches Ziel bieten, stehen die Chancen gut, dass die Zodark einen Schuss riskieren. Ich persönlich ziehe es vor, ihnen so wenig Grund wie möglich zu geben, auf mich zu schießen.«

Mit angsterfüllten Augen und leicht zitternder Stimme fragte Amy: »Wie war es auf Neu-Eden? Als du dort das erste Mal gelandet bist.«

Innerlich verfluchte Pauli ihre Hartnäckigkeit. Sie hatte ihn bereits mehrere Male diesbezüglich befragt, und jedes Mal hatte er einen Weg gefunden, das Thema zu wechseln. Er wollte einfach nicht darüber nachdenken.

»Sagen wir einfach, dass unser Einsatz hier bisher ein Kinderspiel war. Hoffen wir, dass es so bleibt.« Pauli hantierte an seiner Waffe.

»Die gefallenen Deltas würden ihn sicher nicht als problemlos einstufen«, hielt sie ihm entgegen.

Pauli folgte dem Beispiel einiger seiner Kameraden und nahm seinen Helm ab. Mit den Händen strich er sich durch sein kurzgeschnittenes Haar und kratzte sich die Kopfhaut. »Mit unserer Landung auf Neu-Eden brach das absolute Chaos aus. Innerhalb von fünf Minuten verloren wir die Hälfte unseres Zugs. Am Ende des Tages standen nur noch 62 Mann der gesamten Kompanie in ihren Schuhen. 62 von 260 – es war ein Blutbad. Die Zodark kämpfen wie die Tiere. Sie sind hinterhältig und unglaublich schnell. Wenn du einen siehst, darfst du in keinem Fall auch nur einen Augenblick zögern. Drück auf den Abzug und töte ihn! Die Zodark verlieren keine Sekunde im Versuch, dich zu töten.«

Ihr Zugführer, Master Sergeant Jason Dunham, trat auf ihre Gruppe zu. »Aufgepasst. Oteren, die Stadt der Prim, liegt 22 Kilometer von uns entfernt. Uns wurde mitgeteilt, dass sich in diesem Umkreis ein Außenposten der Zodark befinden soll. Die Flotte führte vor einigen Tagen einen orbitalen Angriff auf ihn durch, und die Orion wiederholten das heute früh. Unserer Kenntnis nach verschwand das dort stationierte Kontingent bereits vor dem Beschuss aus der Basis und zog sich in die Ausläufer der Berge nördlich von Oteren zurück.«

Der Lieutenant trat neben seinen Zugführer. Er erklärte: »Wir gehen zu Fuß weiter und treffen uns außerhalb der Stadt mit Charlie-Kompanie. Um 12 Uhr morgen Nachmittag trifft eine Prim-Einheit zu unserer Unterstützung ein. Die Prim befreien die Stadt, während wir die Gebirgsausläufer patrouillieren und auf Zodark-Jagd gehen.«

Viele der Soldaten, die bisher noch nicht gegen die Zodark angetreten waren, nickten begeistert. Sie suchten den Kampf. Veteranen wie Pauli wussten es besser.

Vierzehn Kilometer später schmerzten Paulis Füße stark. Bereits vor langer Zeit hatte er gelernt, dass ein Infanterist sich gut um seine Füße kümmern musste. Pauli wurde klar, dass er diese Weisheit in letzter Zeit missachtet hatte. Seine Füße zahlten es ihm jetzt heim.

Er hasste Rucksackmärsche. Lange Märsche über unebenes Terrain, beladen mit einer 100 Pfund schweren Ausrüstung und Waffen, entsprachen nicht unbedingt seiner Vorstellung von Unterhaltung. Dazu noch eine unbekannte Anzahl von Zodark, die da draußen irgendwo im Dunkeln auf einem fremden Planeten über 100 Lichtjahre von daheim entfernt auf sie lauerten, raubten ihm im Moment die Freude am Leben.

Was hatte ihm der Delta auf Neu-Eden geraten? Akzeptiere die Scheiße, Soldat, erinnerte er sich. *Alles Scheiße – ohne Zweifel!*

Dann wiederum ließ Pauli der Blick hoch auf die beiden Monde über dem Planeten einen Augenblick lang alles vergessen. Der erste Mond stand ungefähr auf halber Höhe am Himmel, der zweite stand etwas höher und lag direkt hinter dem ersten. Der größere Mond zeigte eine blau-lila-Färbung, während der kleinere rötlich gefärbt war. Ein seltsamer Kontrast. Gerne hätte er ein Foto gemacht und an die Familie daheim geschickt.

Pauli überraschte sich selbst mit der Frage, ob es den Menschen nach dem Krieg erlaubt sein würde, sich auf Intus niederzulassen. *Dieser Ort ist wirklich wunderschön,* dachte er.

»Runter auf den Boden!«, forderte sie eine dringende Stimme über das Kommunikationssystem ihrer Helme auf.

Pauli zögerte nicht. Dutzende roter Laserblitze rasten auf ihn zu. Er schlug eben noch rechtzeitig auf dem Boden auf, bevor die hellen Flammen über seinen Kopf und seinen Körper hinweg die Stelle kreuzten, an der er vor Bruchteilen von Sekunden noch gestanden hatte.

»Kontakt von links!«, rief jemand, der vor Pauli lag.

Pauli entsicherte seine Waffe und schoss mehrfach in die Richtung, aus der sie angegriffen wurden. Währenddessen kroch einer seiner Kameraden mit der M90, ihrer automatischen Trupp Waffe, rechts an ihn heran und eröffnete mit ihr das Feuer auf den unsichtbaren Feind.

Ihre HUDS zeigten ihnen, dass ihnen sowohl von vorne als auch von links Gefahr drohte. Pauli vermisste seine Kampfgefährtin Amy Boyles.

»Boyles! Verdammt, komm sofort hierher«, schrie er ihr über den wachsenden Lärm des Kampfs hinweg zu.

Als Boyles weiter nicht neben ihm erschien, sah Pauli sich kurz um. Er fand sie schreiend und weinend hinter sich, zusammengekauert in Embryonalstellung und zitternd vor Angst vor den Laserblitzen, die weiter über sie hinwegzischten. Pauli unterbrach den Beschuss und kroch zu ihr hinüber. Er zog ihr Gesicht nahe an sich heran. »Amy, reiß dich zusammen!«, forderte er sie ruhig aber mit harter Stimme auf. »Erinnere dich an dein Training. Ich brauche dich, um den Feind abzuwehren.«

Amy öffnete die Augen, als sie die bekannte Stimme hörte, die sie ein wenig zu beruhigen schien. Dann entspannte sie sich und nickte mit dem Kopf.

»Amy, Angst zu haben, ist normal. Aber du musst meinem Beispiel folgen«, drängte Pauli. »Nimm deine Waffe und krieche zum Rest des Feuerteams hinüber. Der Feind versteckt sich wenige hundert Meter vor uns dort drüben am Waldrand.« Pauli zeigte in die Richtung, in der sie schießen sollte.

Als sie zur Bestätigung erneut nickte, wandte er sich ab und kroch wieder auf seinen Posten.

Corporal Yogi Sanders empfing ihn an der Feuerlinie. »Pauli, sobald Amy hier ist, müssen wir nach vorn und die Flanke an dieser Baumgruppe dort drüben sichern«, wies er an und zeigte auf eine Position, die etwa 100 Meter links von ihnen lag.

»Verstanden«, bestätigte Pauli.

Der Gefreite Rob Anders an der automatischen Trupp Waffe hielt sein beinahe ununterbrochenes Trommelfeuer auf die feindliche Position aufrecht, die diesen Bereich und alles, was sich darin versteckte, in Stücke riss. Während Rob dem Feind in dieser Weise zusetzte, fand sich Amy neben Pauli ein und wollte ihm ihren plötzlichen Zusammenbruch erklären.

Pauli winkte ab. »Später. Halte dich nah am Boden und folge mir, solange Rob ihre Köpfe unten hält«, bestimmte er.

Pauli und drei seiner Kameraden rannten gebückt zur Baumgrenze hinüber. Zwei Gruppen - die, die den Zodark am nächsten stand, ebenso wie der Trupp an der rechten

Flanke der Zodark - setzten ihren schonungslosen Beschuss zum Schutz ihrer Kameraden fort. Sobald alle die vorgesehenen Positionen korrekt eingenommen hatten, waren die Zodark dank dieser neuen Formation eingeschlossen und einem Kreuzfeuer ausgesetzt, das sie vernichten würde.

Je näher sie dem Wald kamen, desto mehr Feindmarkierungen verschwanden von Paulis HUD. Als sein Feuerteam die geplante Position erreicht hatte, setzten ihnen nur noch zwei Zodark Widerstand entgegen, die sich endlich eines Besseren besonnen und sich tiefer in den Wald zurückzogen.

»Feuer einstellen«, befahl der Lieutenant. »Bleiben Sie, wo Sie sind, und halten Sie die Augen offen. Wir schicken Drohnen aus, um zu sehen, ob das alle waren oder ob sich im Umkreis Zodark aufhalten, von denen wir bislang nichts wissen.«

Eng an einen Baum gelehnt, suchte Pauli das Gebiet um sie herum ab. Das kleine Radargerät in ihren technologisch bestens ausgestatteten Helmen war in der Lage, drohende Gefahren bis auf zwei Kilometer Entfernung zu identifizieren – abhängig von der Dichte der Vegetation. Sobald seine persönliche AI ihr Bild mit den Daten und Bildern des restlichen Zugs vernetzte, bot ihnen das einen verlässlichen Überblick über ihr Umfeld.

Pauli wandte sich an seine Kampfgefährtin. »Alles in Ordnung mit dir, Amy?«

Zunächst gab sie keine Antwort. Ihre Augen waren hinter ihrem HUD versteckt. Schließlich antwortete sie mit zitternder Stimme: »Ich denke schon.«

Fünf Minuten später informierte der Lieutenant seine Soldaten, dass die Drohnen keine Anzeichen der Zodark entdecken konnten. Die beiden letzten Zodark waren offensichtlich entkommen, ohne dass der Lieutenant ihnen seine Drohnen hinterher geschickt hatte. Er befahl die Aufstellung von Wachen um ihren jetzigen Standort herum.

Später, auf dem Weg zurück zum Sammelpunkt des Zugs, sprach Pauli Yogi gereizt an. »He, was sollte denn das? Wieso hat der LT die Erkundungsdrohnen nicht früher aktiviert? Die hätten den Hinterhalt schon vorab entdeckt.«

Yogi zuckte mit den Achseln. »Wahrscheinlich weil ein Großteil unserer Drohnen zusammen mit dem Captain und der Hälfte des Vierten Zugs untergegangen sind. Dieser Zug war für unsere schweren Waffen und die Erkundungsdrohnen zuständig. Ich nehme an, er wollte sicherstellen, dass wir ausreichend Drohnen für das Ausspähen von Oteren haben.«

Das ist tatsächlich ein guter Grund, musste Pauli zugeben. Das hatte er nicht in Betracht gezogen. Sicher hatte

Master Sergeant Atkins dem LT geraten, er solle den Einsatz der Drohnen beschränken.

Atkins war einer der Veteranen von Neu-Eden. Pauli mochte den Mann nicht wirklich, nicht seit Atkins ihn nicht zum Corporal befördert hatte. Trotzdem, Atkins war ein erfahrener Unteroffizier. Er wusste, was er tat.

Mit dem Erreichen ihres Treffpunkts ging gerade die Sonne auf. Der Erste und der Dritte Zug übernahmen die vordere Stellung. Paulis Zug war nun für die nach hinten gerichtete Sicherheit der Kompanie verantwortlich.

Eine Gruppe von Soldaten stand mitten auf der zweispurigen Straße und starrte auf eine Leiche hinunter. Pauli trat heran, um zu sehen, wen es getroffen hatte. Der Körper war von einer riesigen Blutlache umgeben. Der Blick in das Gesicht des gefallenen Soldaten verriet Pauli, dass er einer der Neulinge war. Er war dem Zug frisch aus der Grundausbildung zugewiesen worden, nur wenige Wochen, bevor sie sich nach Intus auf den Weg gemacht hatten.

Pauli schüttelte schweren Herzens den Kopf. Der arme Junge hatte keine Chance gehabt. Der Blaster hatte ihn in den Nacken getroffen und ein großes Loch zurückgelassen. Pauli konnte nur hoffen, dass er durch den Schuss gestorben war, statt in seinem eigenen Blut zu ertrinken.

Zurück beim Feuerteam fand er Amy und zeigte ihr an, dass sie ihm folgen sollte. Amys Schritte verlangsamten sich, je näher sie dem toten Soldaten kamen. Pauli griff sie am Arm und zog sie voran. Er zwang sie, auf die Leiche hinunterzusehen.

Dann neigte er sich zu ihr hinunter, damit nur sie ihn verstehen konnte. »Das passiert, wenn du aus Furcht gelähmt bist, Amy«, erklärte er mit harter Stimme. »Das könnte ich oder jeder andere unseres Feuerteams sein. Wir können uns nicht leisten, dass du die Kontrolle verlierst; genauso wenig, wie du heulen oder dich aus Angst zusammenrollen kannst. Menschen sterben aufgrund solcher Fehler. Menschen sterben, weil sie zur falschen Zeit am falschen Ort sind. Du musst dich an dein Training halten und deinen Befehlen folgen. Tu, was dir gesagt wird, und töte den Feind ohne das geringste Zögern, sobald du ihn siehst. Hast du verstanden?«

Schock und Grauen standen in Amys Gesicht. Still nickte sie. Sie hatte ihre Lektion gelernt und würde sie so schnell nicht wieder vergessen.

****

Die Stadt Hatteng, Intus
Dritte Armee – Zweite Expeditionsgruppe

Das grünliche Wasser entlang des Küstenwegs der Stadt glänzte im Morgenlicht - ein wundervoller Kontrast zu den gläsernen Hochhäusern und den smaragdgrünen, baumbestandenen Bergen im Westen von Hatteng, der Hauptstadt von Intus.

Vor der Einnahme des Planeten durch die Zodark hatte Intus 32 Millionen Einwohner verzeichnet. Nach der Besetzung schätzten die Prim die gegenwärtige Bevölkerungszahl nur noch auf etwa die Hälfte.

Bereits am zweiten Tag der Kampagne hatten die Prim und die Erdenmenschen die Stadt befreit. Das war ein großer Tag für die Prim und die überlebenden Einwohner. Millionen Menschen hatten sich in den Straßen versammelt, um ihren Befreier zuzujubeln und das Ende des Terrorregimes der Zodark zu feiern.

Die Prim und Erdenmenschen hatten das Glück gehabt, dass die Zodark entschieden, in den Bergen und in stark bewaldeten Gebieten unterzutauchen, anstatt es auf einen Straßenkampf ankommen zu lassen. In keiner der Intus-Städte, die sie befreiten, gab es zivile Todesfälle. Stattdessen hatten sich die Zodark bewusst in ein Gebiet des Planeten zurückgezogen, das weit besser als eine Stadt zu verteidigen war. Das würde ihre Ausrottung weit schwerer machen.

General Ross McGinnis sah durch die bodenhohen Fenster des 86. Stockwerks seines Armee-Hauptquartiers nach draußen. Sie boten ihm einen fantastischen Ausblick auf die Stadt und auf die am Horizont gelegenen Berge. Er wusste, dass die Prim dabei waren, eine große Zahl an Bodentruppen in diese Berge hinauszuschicken, um die Zodark aufzuspüren. Dieser Teil des Kriegs war immer der schwerste – einen Feind zu finden, der entschieden hatte, sich im Terrain zu verstecken, statt sich dem Kampf zu stellen.

»General, Sie sollten sich wirklich nicht hier oben aufhalten«, bemerkte einer von McGinnis' Adjutanten. »Zumindest nicht, bis die Prim sichergestellt haben, dass die Stadt sich komplett unter unserer Kontrolle befindet.«

General McGinnis drehte sich zu dem jungen Captain um und nickte. »Ich weiß, aber ich konnte der Versuchung nicht widerstehen, die Berge mit eigenen Augen zu sehen.« Er seufzte. »Ok, dann eben zurück in den Bunker.«

Die beiden kehrten in den Keller des Gebäudes zurück, der vorübergehend in ein Kommandozentrum umfunktioniert worden war. Mit seinem Eintritt musterte General McGinnis den höhlenartigen Raum. Er war von der Fähigkeit seines Stabs beeindruckt, wie schnell und effektiv sie diesen Ort in eine voll funktionsfähige Kommandozentrale verwandelt hatten. Es war nicht einmal 24 Stunden her, dass sie die Stadt zurückgewonnen hatten. Innerhalb dieser Zeit hatte sein Stab das Untergeschoss dieses großen Gebäudes für sich beansprucht und umgehend mit vernetzten Computern bestückt, an denen bereits eine Reihe von Betreibern hart an verschiedenen Terminals arbeiteten.

Der General entdeckte den großen Kartentisch und trat an ihn heran. In der Mitte des Tischs stand ein holografisches Terminal. Es gab ein schwebendes Bild des Planeten wieder, in dessen Umlaufbahn sich eine beeindruckende Flotte mit einer Vielzahl von Raumschiffen aufhielt. Hunderte kleinerer Schiffe pendelten zwischen der Oberfläche und der Flotte hin und her.

Die Einnahme eines Planeten setzte ein enormes Maß an Organisation und Koordination voraus. Nachdem die Flotte die feindlichen Kriegsschiffe um den Planeten herum ausgeschaltet hatte, hatten die Prim sich an die beschwerliche Arbeit gemacht, sich das wieder anzueignen, was ihnen die letzten 300 Jahre als Kolonialwelt unterstanden hatte. Die Prim entluden über eine Million Bodentruppen, um den Kampf gegen die verbliebenen, über den Planeten zerstreuten Zodark zu unterstützen.

»General, Brigadegeneral Lucia möchte Sie wissen lassen, dass seine gesamte Division zusammen mit ihrer Ausrüstung auf der Oberfläche des Planeten eingetroffen ist«, berichtete einer von McGinnis' Stabsoffizieren. »Er bittet um Befehle. Was soll ich ihm mitteilen?«

»Zeigen Sie mir eine Karte, wo er sich aufhält«, forderte General McGinnis.

Eine Karte des Prim-Bezirks Oteren wurde sichtbar. Achtzig Kilometer von der Bezirkshauptstadt entfernt war eine der Festungen angesiedelt. Der Bereich um die ehemalige orbitale Verteidigungswaffe herum hatte sich mittlerweile in ein gigantisches Militärlager verwandelt. Ein Ingenieurbataillon hatte einen großzügigen Luftwaffenstützpunkt für Hunderte von Osprey und Orion-Jägern gebaut, die von den schweren Transportern in der Umlaufbahn auf die Oberfläche verlegt worden waren.

Weiter von der militärischen Anlage entfernt, näher zur Hauptstadt des Bezirks Oteren hin, erstreckte sich eine Kette roter Marker entlang den Ausläufern der Berge bis hinein in die bewaldeten Gebiete einige Kilometer westlich von der Stadt. Sie repräsentierten die bekannten Positionen des Feindes.

McGinnis wandte sich an den zuständigen Stabsoffizier. »Teilen Sie General Lucia mit, dass er seine Bataillone so einsetzen soll, wie er es für angebracht hält, um den Distrikt zu sichern und die Operationen der Prim zu unterstützen.«

Der Offizier nickte. »Möchten Sie ihm spezielle Anweisungen hinsichtlich des Einsatzes der C100-Bataillone geben, die in Kürze eintreffen werden?«

McGinnis dachte einen Augenblick lang nach. Die ersten Tage der Invasion hatten ihnen viele Verluste beschert. Zum jetzigen Zeitpunkt wollte er zukünftige Verluste mit allen Mitteln vermeiden.

»Geben Sie ihm auf, seine C100 so oft wie möglich bei direkten Angriffen auf große Zodark-Kräfte zu gebrauchen, um bei solchen Missionen menschliche Verluste zu vermeiden. Ich will, dass er die C100 weit mehr am Kampf beteiligt, als sie es bisher waren.«

Der Stabsoffizier nickte zur Bestätigung. Er forderte sein Team auf, diese neuen Befehle an die jeweiligen Divisionskommandanten weiterzugeben. Die Kampagne hatte erst vor vier Tagen begonnen. Vier der zehn Divisionen, die auf Intus eintreffen würden, befanden sich bereits vor Ort.

****

Oteren, Intus
1. Orbitales Angriffsbataillon

Pauli las, was die Einmannpackung #17 ihm zu bieten hatte: Rindersteak in Pilzsauce. Amy trat an ihn heran und ließ sich neben ihm ins Gras fallen. »He, willst du Mahlzeiten tauschen?«, fragte sie. »Ich habe Käsetortellini.«

Pauli furchte bei diesem Gedanken die Stirn und öffnete seine soeben erwärmte Beefsteakpackung. Nach einem langen Nachtmarsch war er heute besonders hungrig. Er hatte sich für eine der größeren Einmannpackungen entschieden, im Gegensatz zu den kleineren Quetsch-Packungen, die ihm gewöhnlich über seinen Hunger hinweg halfen.

»Die Tortellini sind gar nicht mal so schlecht, wenn du sie nur aufwärmst, Amy«, redete Pauli ihr gut zu. »Sie kommen mit einem Einwegerhitzer.«

»Ich weiß. Ich mag nur den Geruch nicht, den er beim Erhitzen abgibt«, erwiderte Amy.

»Mann, Mädchen, sei froh, dass wir die Wärmegeräte überhaupt verwenden dürfen«, kicherte Pauli. »Nach unserer ersten Landung auf Neu-Eden hatten wir keine Ahnung, von den Zodark und wie sie ausgestattet waren. Wir befürchteten, dass sie über Wärmebildvorrichtungen verfügten. Deshalb mussten wir, sobald wir auf Patrouille waren, immer alles kalt essen.«

Unbeeindruckt stopfte sich Amy eine Gabel Tortellini in den Mund und versuchte ihre Abneigung gegen diese

Mahlzeit zu unterdrücken. »Pauli, was hältst du von diesen C100?«, erkundigte sie sich. »Ich dachte, sie seien eine reine Erfindung, bis ich selbst einen zu Gesicht bekam.«

»Wieso hast du das gedacht?« Skeptisch zog Pauli eine Augenbraue in die Höhe. »Du gehörst beinahe zwei Jahre dem Bataillon an. Wir setzen die C100 schon eine ganze Weile ein.«

»Na ja, du kannst dir sicher denken, wieso sie über solche Dinge auf der Erde nicht unbedingt reden«, verteidigte Amy sich. »Das erste Mal, dass ich auch nur ein Foto von ihnen sah, war in der Einsatzbesprechung letzte Woche vor unserer Landung hier.«

Pauli schüttelte den Kopf. „Wow, Ames. Tut mir leid, ich dachte, dass die Menschen auf der Erde besser darüber informiert sind, was hier draußen vorgeht.«

Amy kicherte. „Wie lange bist du jetzt von der Erde weg, Pauli?«, befragte sie ihn.

Mit dem letzten Bissen seines Rindersteaks vor dem Mund, antwortete Pauli: »Ähm …. vier Jahre, glaube ich.«

»Verdammt, das ist ganz schön lange. Wann läuft dein Vertrag aus?«, forschte Amy.

»Wie lange hast du noch?«, stellte Pauli die Gegenfrage.

»Du weißt, dass das ein wunder Punkt mit uns Zwangsverpflichteten ist«, warnte Amy ihn.

Pauli kannte die Antwort. Er machte sich nur gern über die Eingezogenen lustig. Sobald jemand eingezogen wurde, war er für die Dauer des Kriegs verpflichtet – so wie es im Zweiten Weltkrieg vor 150 Jahren gehandhabt worden war. Nachdem nach und nach deutlich wurde, dass dieser Weltraumkrieg, in den sich die Erde verwickelt sah, niemals richtig enden würde, hatte die Einberufungsbehörde für alle Eingezogenen eine Dienstzeit von zehn Jahren festgelegt. Eine kürzere Periode machte wenig Sinn, da der Weltraum so unendlich groß war, dass es eine lange Zeit in Anspruch nehmen konnte, von einer Schlacht in die andere zu ziehen.

Pauli grinste. »Ich habe noch genau 13 Monate«, verriet er ihr. »Danach ist meine freiwillige Verpflichtung über sechs Jahre abgelaufen.«

»Wirst du dich neu verpflichten oder austreten?« Amy sah ihn neugierig an, während sie ihre Mahlzeit beendete.

Pauli zuckte mit den Achseln und schwieg einen Moment. »Ehrlich gesagt, darüber habe ich noch nicht nachgedacht. Ich versuche, von einem Tag zum anderen zu überleben. Wenn die Zeit näher gekommen ist, werde ich eine Entscheidung treffen.«

»Was gibt es da zu überlegen, Pauli? Ich an deiner Stelle würde das Militär verlassen. Du hast einen Bronzestar mit einem V-Anhänger von Neu-Eden. Du hast deine

Verpflichtung erfüllt. Kehre in die richtige Welt zurück, finde eine Frau, heirate, bekomme Kinder .... du weißt schon .... wie es normale Menschen tun.«

Pauli beendete seine Hauptmahlzeit und schob die leere Packung in seine Vorratstasche zurück. Zum Nachtisch gab es einen Jalapeño-Käse-Aufstrich, den er auf mehrere Kräcker verteilte. »Amy, ich weiß, du kannst es vielleicht noch nicht sehen, aber was wir hier tun, ist wichtig. Wenn wir diese Zodark nicht hier draußen bekämpfen ....«, schwenkte er seine Arme samt Käsekräcker umher, » .... dann müssen wir sie eines Tages daheim konfrontieren. Außerdem hat mir meine Zeit in der Armee nun schon den Besuch zweier außerirdischer Welten und mehrerer Monde eingebracht.«

»Ich bin 23 Jahre alt, Amy. In meinen fünf Jahren mit dem Militär habe ich mehr gesehen als die meisten Menschen in ihrem ganzen Leben sehen werden. Ich weiß nicht, ob ich nach Texas zurückkehren kann. Vielleicht verpflichte ich mich erneut und versuche, ein Delta zu werden, militärische Karriere zu machen.«

Ungläubig sah Amy ihn an. »Falls wir das nächste Jahr überleben, Pauli, solltest du ins Zivilleben zurückkehren. Ich weiß, dass wir hier draußen wichtige Arbeit leisten, aber du hast deine Zeit eingebracht. Es gibt Millionen Menschen wie mich, die auf zehn Jahre eingezogen wurden. Wir haben keine Wahl. Du solltest sehen, ob sie dir eine Aufenthaltsgenehmigungskarte für Neu-Eden oder für Alpha erteilen. Ein neuer Anfang auf einem neuen Planeten, wo du den Rest deiner Tage in Frieden leben kannst.«

»Alle Mann herhören!«, unterbrach ihr Zugsergeant, Master Sergeant Atkins, ihr Gespräch. Er signalisierte den Mannschaften, sich im Halbkreis um ihn herum zu versammeln. Der Mann aus Georgia hatte einen starken südlichen Akzent, der es Menschen aus dem Norden der USA, Canada oder Großbritannien schwer machte, ihn zu verstehen.

Pauli und Amy erhoben sich und folgten ihren Kameraden, um zu hören, was er zu sagen hatte.

»Captain Hiro wird das Kommando über die Einheit übernehmen«, kündigte Atkins an. »Nominell wird er weiter für uns verantwortlich sein, aber ich werde hier solange die Leitung übernehmen, bis sie uns einen neuen Offizier schicken. Wie Sie wissen, sind die C100 bereits seit gestern im Einsatz. Sie umkreisen die Stadt bis in die Ausläufer der Berge hinein, um die Zodark in ihren Verstecken aufzustöbern. In einer Stunde wird eine Einheit der Prim nahe unserer Position landen. Sie übernehmen die Führung in der Befreiung der Stadt. Unser Auftrag ist es, den C100 zu folgen, die am nordwestlichen Ende der Stadt den Wald durchkämmen. Bereiten Sie Ihre Ausrüstung vor und seien Sie einsatzbereit, sobald die Prim eintreffen.«

Nach Erhalt dieser neuen Anweisungen kehrten die Soldaten in ihren Bereich zurück und trafen alle für ihren Patrouillengang notwendigen Vorkehrungen. Nachdem sie nun schon drei Tage im Einsatz waren, waren ihre Vorratspackungen ein wenig leichter. Sie hatten bereits einen guten Teil der mitgeführten Nahrung konsumiert. Pauli war sich sicher, weitere drei Tage versorgt zu sein, bevor er sich Nachschub sichern musste.

****

Zwei Stunden später tauchten die Prim endlich auf. Später als geplant, aber so war das Militär nun einmal.

Pauli stand gegen einen Baum gelehnt da und beobachtete den Ausstieg der Prim-Soldaten aus ihren Transportern. Diese Schiffe waren von beachtlicher Größe und für eine für den Weltraumflug geeignete Transportvorrichtung auch relativ leise. Pauli bewunderte das Design. Die Transporter der Prim waren weit schnittiger und stromlinienförmiger als alles, was Pauli bis zum diesem Zeitpunkt gesehen hatte. Die Prim nutzten ein Antriebssystem, das sich von dem ihrer menschlichen

Alliierten um einiges unterschied. Es erlaubte ihnen zu schweben und mit außergewöhnlicher Geschwindigkeit durchzustarten. Pauli liebte es, die Technologie und die Ausrüstung anderer außerirdischer Spezies kennenzulernen.

Amy boxte ihm leicht in die Rippen. »Weißt du, wie die Prim aussehen?« Sie grinste spitzbübisch.

Von dieser Frage aus seinen Gedanken gerissen, wandte Pauli sich ihr zu. »Was sagst du?«, fragte er überrascht.

»Die Prim. Weißt du, wie sie aussehen?«

Desinteressiert schüttelte Pauli den Kopf. Ihm war vollkommen egal, wie sie aussahen, solange sie nur etwas vom Kämpfen verstanden.

»Sie sehen wie Elfen mit spitz zulaufenden Ohren aus«, erklärte sie lächelnd, als ob es sich hierbei um einen guten Witz handelte.

Pauli schnaubte laut bei diesem Kommentar. »Ja, mit Ausnahme ihrer langen spitzen Nasen. Nein, nicht wie Elfen – vielleicht eher wie die Vulkanier der neuen Version von *Star Trek*. Aber diese Nasen …. die ruinieren das Bild der Elfen für mich.«

»Wie auch immer. Für mich sehen sie jedenfalls wie Elfen aus«, wiederholte Amy und spazierte davon, um sich mit anderen Freunden zu unterhalten, die ihrer Einschätzung sicher zustimmen würden.

Nach Amys Abgang stand Pauli wieder alleine da und behielt die Neuankömmlinge weiter im Auge. Es war das erste Mal, dass er einen Prim in Person sah. Er wusste, sie befanden sich auf einer Welt der Prim, auf einer ihrer Kolonien, die sie seit über 300 Jahren kontrollierten.

Dreihundert Jahre .... Die Menschen hatten erst vor weniger als der Hälfte dieser Zeit die Stufe einer raumfahrenden Rasse erreicht. Es überraschte ihn immer noch zu wissen, dass es da draußen in der Galaxie Verbündete der irdischen Bevölkerung gab, die seit Tausenden von Jahren den Weltraum bereisten.

»He, Pauli. Der Master Sergeant will Sie sehen«, rief ihm Corporal Yogi Sanders, der Anführer seines Feuerteams, zu.

»Danke, Yogi. Ich sehe nach, was er will«, nickte Pauli. Es dauerte einige Minuten, bevor er ihren Zugsergeant gefunden hatte. Beim Näherkommen erkannte Pauli, das Atkins nicht länger seine Master Sergeant-Abzeichen trug. Stattdessen schmückte ein silberner Balken seine Uniform.

»Aha, da sind Sie ja, Smith«, begrüßte Atkins ihn. »Lieutenant Hiro wurde gerade von Major Monsoon zum Captain befördert. Aus mir unbekannten Gründen entschied der Major auch, ausgerechnet mich und keinen der anderen Zugsergeanten zum Offizier zu machen. Und ich musste dann einen neuen Sergeant für den Zug bestimmen. Meine

Wahl fiel auf Sergeant Dunham. Dunham hat sich für Yogi als Führer des Trupps entschieden.« Atkins hielt einen Moment inne, bevor er Pauli direkt in die Augen sah.

»Pauli, Sie hätten schon vor langer Zeit zum Corporal befördert werden sollen. Mein Vorschlag war gewesen, Sie anstatt Yogi zu befördern, aber der Lieutenant hatte andere Pläne. Hätte das Militär nicht diese massive Rangumstrukturierung vorgenommen, hätten Sie es mittlerweile längst zum Sergeant oder Staff Sergeant gebracht.

»Sie sind intelligent, Sie wissen, was von einem Soldaten verlangt wird. Sie bleiben ruhig unter Beschuss und sind ein verdammt guter Infanterist. Ich konnte Sie nicht befördern, wie Sie es sich verdient haben, aber heute befördere ich Sie zum Corporal. Ich bin stolz auf Sie. Sie übernehmen Yogis Feuerteam. Machen Sie weiter gute Arbeit und haben Sie mit uns ein Auge darauf, dass uns diese eingezogenen Neulinge nicht alle in den Abgrund stürzen. Ok?« Lieutenant Atkins zog zwei Corporal-Abzeichen aus seiner Tasche und reichte sie Pauli zum Anbringen an seiner Uniform.

Pauli hatte es die Sprache verschlagen. Er stand einen Augenblick stumm da. »Ich … jawohl, Sir. Danke für die Beförderung, Sir. Ich werde mich bemühen, Sie nicht zu enttäuschen.«

Lächelnd hielt Atkins ihm die Hand entgegen.

»Willkommen in den Rang eines Unteroffiziers, Pauli. Sie haben das im Griff. Und jetzt finden Sie Ihren Trupp und bereiten Sie sich auf den Abmarsch vor. Nachdem Sie Yogi zu mir geschickt haben.«

Auf dem Weg zurück zu seinem Trupp befestige Pauli seinen neuen Rang an Brust und Kragen seiner Uniform und an seinem Helm.

»Hey, hey. Seht euch an, wer gerade zum Corporal befördert wurde«, rief einer von Paulis Kameraden aus, woraufhin ihm alle entgegenkamen, um ihm zu diesem Ereignis zu gratulieren.

Kurze Zeit später gesellte sich auch Yogi zu ihnen – ebenfalls mit seinem neuen Rang. Er war vom Corporal zum Sergeant befördert worden.

Yogi winkte Pauli mit dem Kopf zu, er solle ihm ein Stück folgen. »Pauli, ich weiß, Sie sind mit Amy befreundet und Sie sind ein Team, aber Sie müssen ein Auge auf sie haben«, warnte Yogi leise. »Wir können uns nicht leisten, dass einer unserer Soldaten wie gelähmt dasteht und versagt. Damit bringt sie Leute um. Sie muss sich in Gewalt haben.«

Pauli nickte; er wusste, dass Yogi Recht hatte. Ihm oblag jetzt die Verantwortung für das Team – ein bedeutender Unterschied zu dem, als nur Amy und er Kampfgefährten waren. Von nun an war er der Anführer des Feuerteams. Acht Soldaten mussten sich auf ihn verlassen können.

Mann, Yogi hat jetzt 16 Soldaten in der Gruppe, für die er verantwortlich ist, ging es Pauli durch den Kopf. Eine große Verantwortung. Pauli vermisste die Tage vor der Reorganisation. Damals bestand ein Trupp aus sechs bis zehn Soldaten. Der Umfang der Trupps und Züge war erweitert worden, um deren Feuerkraft und Stärke auf Kompanie- und Bataillonsebene zu vergrößern, bevor sie auf Raumschiffen oder außerirdischen Planeten eingesetzt wurden.

»Ich weiß, Yogi«, bestätigte Pauli ihm. »Während des Hinterhalts hat sie versagt. Ich besprach das mit ihr. Sie wird diesen Fehler nicht ein zweites Mal machen. Ich zeigte ihr den Neuling, der im Kampf fiel, und warnte sie, dass uns das Gleiche passieren könnte, falls sie wieder untätig dasteht. Ich werde ein Auge auf sie haben.« Pauli zögerte einen Moment, bevor er die Frage stellte: »Was, wenn sie es nicht schafft? Nicht jeder ist für die Infanterie geeignet.«

Pauli kannte Yogi, seit sie die Erde auf dem Weg nach Neu-Eden verlassen hatten. Er gehörte der ersten Generation von Soldaten an, die Teil eines echten vorgeschobenen Weltraummilitärs gewesen waren.

Yogi verzog das Gesicht. »Das weiß ich ehrlich gesagt auch nicht. Wenn sie tatsächlich den Trupp gefährdet, kann

Atkins sie vielleicht in eine Unterstützungseinheit versetzen oder ihr einen Job besorgen, der weit vom Kampf entfernt liegt. Ich weiß nur, dass jedes Mitglied eines Trupps kampfbereit sein muss. Wir brauchen niemanden, der nicht seinen Mann steht und uns dadurch alle in Gefahr bringt …. so wie Pitaki, der damals auf Neu-Eden die Kontrolle verlor. Die Hälfte unseres damaligen Trupps ging dabei drauf, nur weil dieses Arschloch die Nerven verlor, seine Waffe fallen ließ und einfach davonrannte.«

Yogi spuckte bei dieser Erinnerung verächtlich auf den Boden. Der Gefreite Pitaki war während einer der letzten Kämpfe auf Neu-Eden an der hinteren linken Flanke stationiert gewesen. Der Angriff der Zodark hatte sich als zu viel für ihn erwiesen und er war geflohen. Ein halbes Dutzend Zodark waren durch den Abschnitt der Verteidigungslinie, die Pitaki freigegeben hatte, vorgerückt und hatten acht Mitglieder ihres Zugs getötet, bevor sie gestoppt werden konnten. Pitaki hatten sie erst Stunden später weinend und nackt in Embryonalstellung unter einem Baum gefunden.

»Gehen wir zurück, Yogi. Wir müssen unsere Leute auf den Abmarsch vorbereiten«, beendete Pauli dieses Gespräch.

Das Kontingent der Prim befand sich bereits auf dem Weg zur Stadt, die vier oder fünf Kilometer entfernt lag. Alle hofften, dass die Zodark sie tatsächlich in aller Eile aufgegeben hatten, ohne eine Kette von versteckten Sprengsätzen zurückzulassen.

Das Funkgerät in Paulis Helm krächzte. »Hier spricht Captain Hiro. Wir marschieren los. Erster Zug, Sie übernehmen die Führung. Ich schicke Ihnen die Wegpunkte durch. Mit der Ausnahme, dass wir auf Widerstand treffen, arbeiten wir uns bis Wegpunkt Delta vor. Dort campen wir für die Nacht. Und jetzt Abmarsch.«

»Sie haben den Captain gehört«, rief Lieutenant Atkins. »Abmarsch. Trupp Drei an die Spitze.«

»Abmarsch, Leute. Wir übernehmen die Führung«, wies Pauli sein Feuerteam an.

Paulis Mann, der gewöhnlich als Späher diente, führte sie in die Richtung, in die ihre HUDs sie lenkten. Der Rest des Teams folgte ihm. Es dauerte einige Minuten, bevor sie auf Paulis Anweisung hin die richtige Entfernung voneinander gefunden hatten. Er musste sicherstellen, dass sie untereinander einen Mindestabstand von drei bis fünf Meter einhielten. Er wusste nicht, wie viele der Zodark da draußen noch auf sie lauerten. Eines stand jedoch mit Sicherheit fest – der Feind hielt sich im bewaldeten Terrain des Gebirgsausläufers auf. Die Frage war eben nur, wo genau und wie viele.

Zwei Stunden später hörte Pauli überraschend eine Serie von Explosionen, gefolgt von starkem Blasterbeschuss sowohl von menschlicher Seite als auch von Seiten der Zodark her. Obwohl dieser Austausch sicher nicht in unmittelbarer Nähe stattfand, bedeutete die Tatsache, dass sie ihn hören konnten, dass der Kampf in nicht allzu weiter Entfernung ausgebrochen war.

»Weiter«, wies Pauli seinen Scout an. Er änderte die Aufstellung seiner Patrouille – vom Gänsemarsch hintereinander hin zu einer Keilformation. Seine Soldaten mussten, falls nötig, in der Lage sein, Deckungs- und Unterstützungsfeuer zu gewähren.

Beim Näherkommen an das Kampfgeschehen krächzte Paulis Funkgerät. Es war Lieutenant Atkins. »Sergeant Sanders, Corporal Smith, die C100 entdeckten ein Lager des Feindes. Deshalb das Blasterfeuer in einiger Entfernung. Captain Hiro hat unseren Zug damit beauftragt, in diesem Bereich eine Sperrzone zu etablieren.«

Auf der digitalen Karte ihrer HUDs erschien ein farblich hervorgehobener Standort. Er lag wenige Kilometer vor ihnen und befand sich direkt hinter dem feindlichen Camp, das die Kampf-Synth gerade aushoben.

»Wird erledigt, Sir«, erwiderte Yogi umgehend.

»Gut. Übernehmen Sie die Führung und finden Sie uns eine gute Verteidigungsposition. Wir müssen uns beeilen. Verlieren Sie keine Zeit. Atkins, Ende.«

Pauli informierte sein Feuerteam über das Geschehen und über die Änderung ihrer Befehle. Dann übernahm er die Führung. Nicht, dass er seinen Soldaten nicht traute. Weit gefehlt. Aber Pauli wollte jetzt derjenige sein, der seinem Trupp eine Weile vorausging.

Je näher sie ihrem geplanten Standort kamen, desto lauter wurde das Kampfgetümmel. Sie konnten deutlich erkennen, dass die C100 die Zodark direkt auf sie zutrieben.

»Hier, ein guter Ort, um die Falle zuschnappen zu lassen«, verkündete Pauli über das Netz des Zugs.

Ohne Zögern verteilte sich der Zug hinter wuchtigen Bäumen und Gestein entlang eines kleinen Wäldchens.

Pauli stellte sicher, dass sein Feuerteam auf alles, was da kommen mochte, vorbereitet war. Yogi lief geduckt zu Pauli hinüber, der hinter einem umgestürzten Baum in Deckung gegangen war. »Ein hervorragender Standort, Pauli. Gute Arbeit.«

Pauli freute sich über dieses Kompliment. »Danke. Jetzt warten wir einfach ab, ob diese verdammten Zodark auf uns zukommen oder ob sie einen anderen Weg wählen«, nickte Pauli und ließ seinen Rucksack hinter den Baum fallen.

»Nach dem, was ich höre, glaube ich, dass die C100 sie direkt auf uns zu treiben.« Yogi zögerte einen Moment, bevor er sich nach vorn beugte und flüsterte: »Pauli, halten Sie Boyles im Auge, ok? Ihre Episode von vorgestern hat eine Menge Leute im Zug sehr nervös gemacht. Sie darf nicht ausflippen, sobald die Zodark ihren Auftritt haben.«

Pauli nickte. »Ich weiß, Yogi. Ich passe auf. Soll ich einige unserer Minen auslegen lassen, bevor die Zodark noch näher kommen?«

Yogi schüttelte den Kopf. »Nein, das werden Corporal Yance und zwei seiner Leute machen.« Dann fügte er noch hinzu: »Ach ja, falls die Zodark tatsächlich diesen Weg nehmen, darf Ihr Team nicht schießen, bevor sie im Minenfeld stecken, verstanden?«

Dann ging Yogi weiter, um mit Corporal Yance und seinem Feuerteam zu sprechen.

Pauli sah, dass Amy sich 20 Meter rechts von ihm versteckt hielt. Er schickte ihr eine Nachricht über ihre HUDs zu, eine Position einzunehmen, die näher neben der seinen lag. Er fand einen guten Standort nur fünf Meter von ihm entfernt. Er wollte sie in seiner Nähe haben, für den Fall, dass sie Hilfe brauchte. Er wusste, dass für Soldaten unter feindlichem Beschuss oft schon wenige Worte des

Mutmachens ausreichten, um über ihre Angst hinauszuwachsen.

Während die Zodark und die Synth ihre Auseinandersetzung fortsetzten, lag Paulis Zug weiter versteckt im Hinterhalt und wartete ab, in der heimlichen Hoffnung, dass die Zodark sie irgendwie umgehen oder dass die C100 sie vernichtend schlagen würden.

Der Kampf nahm kein Ende. Er setzte sich ohne größere Feuerpausen noch zwei Stunden lang fort. Pauli fragte sich, ob letztendlich noch ein Zodark oder ein C100 auf den Beinen stehen würde. Er hatte eine Handvoll Reaper einfallen sehen, die im Sturzflug vorbestimmte Ziele mit ihrer präzisionsgesteuerten Munition angriffen und sie mit Bomben bewarfen. *Gut zu wissen, dass ihnen in diesem Gebiet auch Luftunterstützung zur Verfügung stand.*

Pauli verfolgte den Ablauf des Kampfs auf seinem HUD. Plötzlich leuchtete ein Warnsignal auf. Lieutenant Atkins hatte etwa zwei Kilometer vor ihrer Position eine Erkundungsdrohne stationiert, die ihnen nun offenbar die Mitteilung machte, dass die Zodark auf dem Weg waren. Es sah so aus, als hätten die Zodark ihren elektronischen Stolperdraht aktiviert.

»Aufgepasst, Leute«, warnte Lieutenant Atkins über das Netzwerk des Zugs. »Zodark auf dem Weg. Wählen Sie Ihre

Ziele sorgfältig und erlauben Sie ihnen in keinem Fall den Durchbruch.«

Pauli sah sich schnell noch einmal um, um sicherzugehen, dass alle an der rechten Flanke ihre Waffen auf die anstürmenden Zodark gerichtet hatten. Sein eigener Trupp war für die linke Flanke der Kompanie verantwortlich. Sein Feuerteam und sein Zug mussten diese Stellung unbedingt halten, um zu verhindern, dass ihre gesamte Position überrannt wurde.

Pauli wandte sich an Amy. »Ames, es ist soweit. Sie kommen auf uns zu. Wir brauchen dich. Bleib ruhig und konzentriert. Erinnere dich an dein Training und beteilige dich am Kampf. Verstanden?«

Amy bestätigte seine Ansprache mit einem Nicken, aber die Angst stand ihr im Gesicht geschrieben. Da ihr HUD aktiv war, konnte er ihre Augen nicht sehen, aber allein der Ausdruck um ihren Mund herum drückte ihre Furcht deutlich aus. *Himmel noch mal, er hatte auch Angst .... aber sie musste das tun, was ihr aufgetragen war.*

»Sie kommen!«, rief eine Stimme ins Funkgerät.

Pauli sah sich nicht um, wer da gesprochen hatte, sondern drehte sich einfach in die Richtung, aus der ihren HUDs zufolge der Feind zu erwarten war. Unvermutet füllte sich die Karte seines HUDs mit einer Unzahl kleiner roter Marker.

Verflucht! Eine ganze Horde, dachte Pauli.

»Nicht schießen, bevor sie näher sind!«, gab er über den Teamkanal weiter. Der Feind war immer noch einen halben Kilometer von ihnen entfernt. Er wollte warten, bis die Zodark auf die Landminen trafen, bevor sie das Feuer auf sie eröffneten.

Jeder Soldat des Zug trug eine Claymore Antipersonenmine bei sich. Nicht die altmodischen Minen des letzten Jahrhunderts, sondern Claymores der fünften Generation – weitaus stärker und noch tödlicher.

Die Zodark kamen ihnen mit guter Geschwindigkeit entgegen, ohne von der Falle zu ahnen, die sich direkt vor ihnen öffnete. Die erste Gruppe der Zodark, die in das Minenfeld geriet, löste Explosionen aus, die den Wald um sie herum in seinen Grundfesten erschütterte. Bäume, Gestein, Gestrüpp und Teile der Zodark wurden in sämtliche Himmelsrichtungen geschleudert.

»Feuer eröffnen!«, kommandierte Lieutenant Atkins.

Pauli entsicherte seine Waffe und legte sie an. Die künstliche Intelligenz in seinem HUD fixierte sich auf einen Zodark, der 200 Meter vor ihm vorbeistürzte. Pauli schickte drei oder vier Blasterblitze aus, worauf sein HUD ihm kurz einen Treffer bestätigte und ihn sofort auf das nächste Ziel umlenkte. Mit dem Angriff des Zugs auf die Zodark verminderte sich deren Zahl zusehends.

Gerade als er sich seinem dritten Ziel annahmen wollte, konnte sich Pauli eben noch rechtzeitig zu Boden werfen, um einer Reihe von Blasterschüssen zu entgehen. Sie schlugen in den gefallenen Baum ein, hinter dem er sich versteckt hielt. Schnell wechselte er die Position, nur für den Fall, dass seine Deckung vollkommen zerstört werden würde. Während Pauli das Feuer erwiderte, bemerkte er gleichzeitig auch Amy, die erneut vor Angst wie gelähmt da lag. Sie rührte sich nicht sondern starrte wie blind auf den Zodark, der auf ihre Position zustürzte.

Frustriert und zornig schüttelte Pauli den Kopf. Er kroch zu ihr hinüber und zog sie neben sich nach unten, bis sich ihre Helme trafen. »Verdammt noch mal, Amy, reiß dich am Riemen! Du musst das Feuer erwidern. Dein HUD soll ein Ziel für dich finden und dann drückst du auf den Abzug! Nun mach schon.«

Amy nickte und kletterte über den umgestürzten Baum, der vor ihr lag. Mit angelegter Waffe schoss sie zwei Mal und dann noch einmal. Und dann war sie voll dabei und feuerte sie so schnell es ihr möglich war auf ein Ziel nach dem anderen.

Zufrieden lächelte Pauli vor sich hin, als er sah, dass sie ihren Rhythmus gefunden hatte. *Na also, sie braucht einfach nur etwas Zuspruch,* dachte er.

Und dann sauste etwas direkt über ihrer Position über sie hinweg. »Alle Mann in Deckung!«, brüllte Yogi über das Truppennetzwerk.

Pauli ließ sich fallen und zog Amy mit sich nach unten. Unmittelbar danach brach die gesamte Welt um sie herum in Flammen aus.

Selbst durch seinen Gesichtsschutz hindurch konnte Pauli die Hitze der Flammen spüren. Seine Kleider hatten Feuer gefangen, ebenso wie die von Amy. Pauli rollte sich auf dem Boden und schlug auf die Flammen ein, um sie zu ersticken. Erleichtert sah er, dass Amy ohne Anzeichen von Hysterie das Gleiche tat. Jetzt war nicht die Zeit, in Panik zu geraten.

Nachdem sie die Flammen auf ihren Uniformen erstickt hatten, überblickte Pauli die Szene und musste entsetzt feststellen, dass die Hälfte seines Zugs entweder tot war oder in Flammen stand. Viele von ihnen rollten ebenfalls auf dem Boden, um das Feuer zu löschen, während andere mit wild fuchtelnden Armen kopflos durch die Gegend rannten.

»Amy, du musst die SAW bedienen und diese Hunde weiter unter Beschuss halten, während ich unseren Männern helfe. Wir müssen die Zodark unten halten, damit sie uns nicht überrennen!«, rief Pauli ihr eiligst zu. Er sprang auf und rannte auf zwei Soldaten zu, die voller Panik herumstolperten.

Er riss einen der Soldaten zu Boden. Mit seiner behandschuhten Hand schlug er auf die Flammen ein; dazu warf er noch lockere Erde auf die Flammenherde. Das Gleiche machte er mit dem nächsten Soldaten. Zwei ihrer Kameraden halfen Pauli aus, während andere an Amys Seite weiter pausenlos auf die Zodark schossen.

Pauli hörte das hässliche Kreischen, dass die Zodark kurz vor einem Angriff ausstießen. Er wusste, dass ihre Position verloren sein würde, falls seine Kompanie nicht mehr Leute entlang der Feuerlinie bereitstellte. Pauli sah, wie Amy mit der automatischen Trupp-Waffe hin- und herschwenkend den Feind niedermähte – und das mit ihrem eigenen wilden, manischen Geschrei. In diesem Augenblick war Pauli stolz auf sie; die Amazone in ihr war endlich erwacht.

»An die Feuerlinie! Die Zodark greifen an!«, schrie Pauli aus Leibeskräften, um über das Chaos um sie herum gehört zu werden.

Pauli griff sich einen verwundeten Soldaten, der stöhnend auf dem Boden lag, und schleifte ihn hinter einen Baumstumpf. Dort schnappte er sich die Uniformjacke des Soldaten und zog ihn nahe an sein Gesicht heran. »Ich weiß,

Sie sind verwundet. Wir sind alle verwundet. Aber die Zodark versuchen, unsere Reihen zu durchbrechen. Falls ihnen das gelingt, sind wir alle tot. Sie müssen weiter kämpfen, und zwar ohne Pause!«

Der verwundete Soldat stöhnte nur und nickte. Er zog seine Waffe an sich und tat, was er konnte.

Als Pauli endlich seine alte Feuerposition wieder erreicht hatte, wurde ihm bewusst, dass er offenbar der einzige Überlebende der äußersten linken Flanke war. Sein HUD identifizierte über 20 Ziele, die auf ihn zu kamen.

Pauli legte den Auswahlschalter vom Blaster auf den 20mm Granatenwerfer um. Er hielt die Reihe der feindlichen Soldaten in Schach, bis er das erste Magazin mit sechs Ladungen verschossen hatte. Schnell wechselte er das leere Magazin aus und lud die Waffe erneut. Die nächste volle Ladung flog der angreifenden Horde entgegen. Dabei überließ Pauli es seiner künstlichen Intelligenz für jeden Schuss zu entscheiden, wann er explodieren sollte, um so viele feindliche Soldaten wie möglich erfolgreich zu vernichten.

Kleine Wolken schwarzen Rauchs und durch Schrapnell angerichtete Schäden waren vor und inmitten der Zodark-Linie zu erkennen. Viele der barbarischen blauen

Außerirdischen stürzten zu Boden, während andere ihre Verletzungen ignorierten und unbeirrt weiter vordrangen.

Mist, sie werden mich plattmachen!, registrierte Pauli entsetzt.

»Amy, ich brauche Hilfe auf dieser Seite!«, rief Pauli laut, in der Hoffnung, sie möge ihn hören.

Pauli hielt den Finger am Abzug. Er sah, wie mehrere Blasterblitze einen Zodark trafen, worauf ihn der nächste an gleicher Stelle ersetzte. Es war zum Verrücktwerden.

Als er gewahr wurde, dass ihre einzige SAW nicht in seine Richtung umgeschwenkt war, drehte er sich suchend um. Amys enthauptete Leiche hing über der Waffe. Er war sich nicht sicher, wann das geschehen war. Sie war tot, ohne Zweifel.

Der Feind befindet sich nun 100 Meter von Ihrer Position entfernt, warnte ihn sein HUD.

Pauli verließ seine Position und rannte zum SAW hinüber. Nachdem er Amys Leiche zur Seite geschoben hatte, nahm er die Waffe an sich und zielte auf die Zodark an der linken Flanke.

Die automatische Trupp-Waffe setzte Hunderte von Schüssen pro Minute auf die anstürmenden Soldaten der Zodark ab. Viele von ihnen fielen. Eine Handvoll Zodark ging in Deckung und erwiderte von dort aus das Feuer.

Pauli duckte und rollte nach links hinter die Überreste eines brennenden Baums, während mehrere Blasterblitze die Stellung zerstörten, die er eben noch innegehabt hatte. Er setzte sich das SAW auf die Schulter und schickte den Zodark lange Feuerketten entgegen. Dabei tötete er zwei Zodark. Einem Dritten gelang es, hinter einem großen Felsbrocken in Deckung zu gehen. Mehrere von Paulis Laserschüssen prallten harmlos an diesem Stein ab.

Ein unbestimmtes Gefühl drohender Gefahr veranlasste Pauli, sich dieses Mal nach rechts zu rollen. Er sah gerade rechtzeitig hinter einem großen Felsbrocken hervor, um den Aufschlag eines Objekts nahe seinem jetzt zerstörten Baumstumpf zu sehen. Die nachfolgende Explosionswelle zog direkt an ihm vorbei. Zum Glück hatte er sich ohne Zögern wieder hinter seinen Stein geduckt.

Pauli wollte einfach nur noch die Augen schließen. Er wusste, dass er höchstwahrscheinlich das Bewusstsein verlieren würde, sobald er diesem Verlangen nachgab. *Danach würde er nie wieder aufwachen. Die Zodark waren nicht bekannt dafür, Gefangene zu machen*

Er schüttelte die Auswirkungen des Explosionsknalls ab. Mit seiner M90 in der Hand zog er sich auf das Gestein hoch, das ihm das Leben gerettet hatte. Sechs Zodark standen nur 20 Meter von ihm entfernt. Bevor sie Zeit zum Reagieren hatten, legte er mit der SAW mit allem, was die Waffe hergab, auf sie los. Alle Sechs fielen ihr zum Opfer.

»Durchhalten, Pauli!«, erklang ein Ruf hinter ihm, bevor ein halbes Dutzend Soldaten einer anderen Truppe an ihm vorbeirannten. Ihr Angriff auf die verbliebenen Zodark schloss das Loch in ihrer Verteidigungslinie.

Wenige Minuten später verstummte der Blasterlärm. Entweder hatten sie alle Zodark getötet oder die hatten die Richtung gewechselt, um einen anderen Weg um die menschlichen Soldaten herum zu finden. *Egal.* Pauli lehnte halb ohnmächtig gegen einen nahegelegenen Stein. Mit dem Ende der feindlichen Bedrohung, konnte er endlich einen Moment innehalten und durchatmen.

Benommen ließ sich Pauli zur Seite fallen. Er suchte nach dem Strohhalm seiner Camelbak-Feldflasche und trank in großen Zügen. Sein Körper rutschte weiter zu Boden, bis er praktisch flach dalag. *Gott sei Dank war es vorbei.*

»He, ich brauche einen Sanitäter!«, erklang die Stimme von jemandem in seiner Nähe. Pauli öffnete die Augen und fand Lieutenant Atkins, der mit besorgtem Gesicht über ihm stand und auf ihn hinuntersah.

»Sie sehen grauenvoll aus, Pauli«, grüßte Atkins ihn.

»Gute Arbeit, das Loch zu stopfen und die Verteidigungslinie aufrecht zu erhalten. Ein verdammt guter Job. Und jetzt bleiben Sie ruhig liegen. Wir warten auf die Sanitäter.«

Pauli grinste unter Schmerzen. Sein Körper tat ihm so weh, dass ihm gar nichts anderes übrig blieb als ruhig dazuliegen und abzuwarten.

Endlich kam ein Sanitäter auf ihn zu und ging neben ihm in die Knie. »He, Pauli. Ich will Ihren Rücken sehen. Rollen Sie sich bitte herum?«

Pauli tat ihm den Gefallen und wäre dabei vor Schmerzen beinahe ohnmächtig geworden. *Seltsam, so schlecht ging es mir vor einigen Minuten noch nicht,* dachte er.

»Ich bandagiere Ihren Rücken und geben Ihnen eine Naniteninjektion«, kündigte der Sanitäter an und machte sich an die Arbeit.

»Bitte etwas gegen die Schmerzen?«, flehte Pauli kaum hörbar.

Gleich darauf spürte er zwei Nadelstiche. Der Schmerz ebbte ab. Schnell fühlte er sich weit besser, aber physisch war er am Ende.

Nur ein paar Minuten die Augen schließen ....

Kapitel Sechs
Task Force 92

Über dem Planeten Intus
RNS *George Washington*

Captain McKee rieb sich die Augen; sie wusste, sie litt unter Schlafmangel. Es fiel ihr schwer, konzentriert und klar zu denken. Es gab viel zu viel Arbeit, für die ihr, wie gewöhnlich, zu wenig Zeit zur Verfügung stand.

Frustriert schüttelte sie den Kopf über alle Statusberichte, die ihr ihre jeweiligen Abteilungschefs zugeschickt hatten. Die *GW* hatte während des Kampfs um das Recht auf den Planeten viele Einschläge hingenommen. Ihre Besatzung gab ihr Bestes, alle Reparaturen so gut wie möglich zu erledigen. Was sie allerdings wirklich brauchten waren zwei Wochen in einer Schiffswerft.

Ihr Computerterminal informierte sie über den Eingang eines Gesprächs. McKee öffnete den Kanal und sah Admiral Abigail Halsey vor sich.

»Admiral, was kann ich für Sie tun?«

»Captain, ich sah mir Ihren Schadensbericht an. Ein Großteil Ihrer Systeme ist immer noch nicht funktionsfähig. Die Prim schicken eine Gruppe ihrer Schiffe nach Intus, das von drei Kriegsschiffen begleitet wird. Sie luden uns ein, einige unserer beschädigten Schiffe in einer ihrer Reparaturwerften im Kita-System auszubessern. Nach Kita sind es nur drei Tage im FTL, weit näher als nach Rhea oder nach Sol zurückzukehren. Sobald ihr Kontingent hier eintrifft, schicke ich die *GW*, die *London*, die *New York* und die *Midway* zur Reparatur nach Kita.

»Da dies das erste Mal ist, dass ein menschliches Schiff in einem Hauptsystem der Prim Station macht, ist es sicher unnötig zu betonen, dass sich unsere Leute von ihrer besten Seite zeigen müssen. Irgendwelche Fragen, Captain?«

McKees konnte ihr Glück kaum fassen. *Die Chance, einen entwickelten Planeten im einem der Hauptsysteme der Prim zu sehen!* Ein Lächeln überflog ihr Gesicht. »Wann geht es los, Admiral?«

Admiral Halsey erwiderte ihr Lächeln. »Wir erwarten die Schiffe der Prim innerhalb der nächsten 24 Stunden. Wir planen, so viele unserer Verwundeten wie möglich von der Oberfläche auf die Schiffe, die nach Kita reisen, zu verlegen. Die Prim sind uns im Bereich der medizinischen Versorgung weit voraus. Ihr Kommandant am Boden bot uns ihre Einrichtungen auf Kita zur Behandlung unserer Verwundeten an, was ich natürlich ohne Zögern akzeptiert habe.

»Und Captain …. Öffnen Sie die verschlüsselte Datei, die ich Ihnen sofort nach diesem Anruf zuschicken werde. Sie enthält einen weiteren Befehl.«

McKees Augenbrauen schossen bei diesem letzten Kommentar in die Höhe. Ihre Neugierde war geweckt. Beim Einsehen der Nachricht musste sie grinsen. *Eine geheime Mission ….*

****

Captain McKee stellte fest, dass ihr der Offizier der Sondereinheiten mehr als nur ein wenig Respekt einflößte. Wer in der Republik hatte den Namen Brian Royce noch nicht gehört? Er war eine Legende – bei weitem der gefährlichste Sondereinsatzsoldat der Deltas. Eine Tapferkeitsmedaille, zwei Auszeichnungen für Besondere Dienste, drei Silberne Sterne, drei Bronzesterne mit V-Anhänger und fünf Purple Heart - die Verwundetenauszeichnung …. Captain Brian Royce war ein leibhaftiger Kriegsheld, der einfach nicht zu stoppen war.

»Stehen Sie bequem, Captain. Setzen Sie sich doch. Wir haben viel zu besprechen«, forderte McKee ihn endlich auf. *Ich hoffe, ich ließ ihn nicht zu lange stehen,* dachte sie, während sie versuchte, die Röte, die ihr ins Gesicht stieg, zu verbergen. Royce war ein überaus attraktiver Mann.

Der Delta-Captain lächelte und nahm ihr am Schreibtisch gegenüber Platz. »Captain McKee, darf ich offen sprechen?«, bat Royce.

»Selbstverständlich. Und nennen Sie mich doch bitte Fran, wenn wir unter uns sind.«

»Gerne, Fran. Vor zwei Tagen war meine Kompanie gerade dabei, einen Kommandobunker der Zodark an der Seite eines Berges auszuheben«, begann Royce. »Dann erhalte ich eine kryptische Nachricht von der Dritten Gruppe, dass ich meine zehn besten Soldaten auswählen und mich mit ihnen hier auf der *GW* für irgendeinen geheimnisvollen Auftrag melden soll. Hier bin ich also. Was ist so wichtig, dass zehn meiner besten Soldaten und ich den Rest der Kompanie zurücklassen müssen und uns hier einzufinden haben?«

Der Mann gefällt mir, dachte McKee. *Direkt und auf den Punkt. Kein Reden um den heißen Brei herum.*

Sie beugte sich im Stuhl nach vorn. „Brian, die *GW*, zusammen mit einigen anderen Schiffen der Task Force erlitt beim Angriff auf den Planeten und der Rückeroberung des Systems schweren Schaden. Infolgedessen boten uns die Prim die Gelegenheit, unsere Schiffe in der Schiffswerft von Kita auf einer ihrer Hauptwelten zu reparieren. Zudem ist ihr Gesundheitssystem dem unseren weit voraus. Sie boten uns an, unsere auf Intus Verletzten zu behandeln. Aus diesem Grund evakuierten wir die Mehrzahl unserer Verwundeten auf die Schiffe, die nach Kita ablegen ….«

»Entschuldigen Sie, dass ich unterbreche, Fran, aber welche Rolle fällt uns dabei zu?«, drängte Royce. »Weder einer meiner Männer noch ich sind verletzt.«

»Brian, dies ist unser erster Besuch auf einer Prim-Welt. Noch dazu nicht auf irgendeiner Prim-Welt, sondern auf einer ihrer Hauptwelten, wobei Kita ihr militärischer Stützpunkt mit einer ihrer größten Schiffswerften ist. Angesichts dieser Tatsache will Admiral Halsey, dass Sie und Ihr Team eine verdeckte FID-Mission durchführen.«

Der Gedanke einer außerirdischen verdeckten Abwehrmission auf der Prim-Welt ließ Brian aufhorchen. Darauf waren die Deltas spezialisiert – zumindest waren sie das vor dem Krieg mit den Zodark. Andererseits, eine solche Operation hatten sie seit Jahren nicht mehr durchgeführt – um genau zu sein, seit die Erde anfing, sich als Einheit zu begreifen und ihre Regierungen konsolidiert hatte. Die Mission, die einer FID in den letzten sieben Jahren am nächsten gekommen war, war die Examinierung der Befestigungen und Lager der Zodark, um einen besseren Überblick über ihre militärischen Operationen zu bekommen.

Brian dachte einen Augenblick lang nach. »Fran, wir sind Gäste der Prim und noch dazu ihre Verbündeten. Ich verstehe die Notwendigkeit einer FID. Vielleicht wäre aber der bessere Gedanken zunächst, sie einfach um mehr Zugang und Informationen zu bitten. Es ist gut möglich, dass sie uns vollkommen offen eine Führung durch ihre Einrichtungen anbieten. Falls sie uns den Besuch ihrer Schiffswerften, Trainingseinrichtungen und militärischen Stützpunkte gestatten, bietet sich uns ein weit besseres Bild als es uns eine verdeckte Abwehrmission auf einem fremden Planeten in einer Gesellschaft, die uns weit überlegen ist, einbringen wird.«

Fran, die bei diesem Vorschlag beinahe laut lachen wollte, schüttelte nur den Kopf. »Brian, ich denke, wir werden gut zusammenarbeiten. Mit unserem Eintreffen auf Kita in wenigen Tagen, werde ich mein Gegenüber auf diese Möglichkeit ansprechen und sehen, was ich tun kann. Wenn wir Glück haben, funktioniert der Frontalangriff. Nur für den Fall, dass die Prim mein Gesuch ablehnen sollten, bereiten Sie Ihre Männer doch bitte trotzdem darauf vor, Ihre Mission auszuführen. Noch Fragen?«

Brian lächelte und schüttelte den Kopf.

»Gut. Dann genießen Sie Ihre kurze Pause. Nach dem Verlassen des Systems erreichen wir Kita innerhalb von drei Tage.«

Fran begleitete ihn bis zur Tür.

Kapitel Sieben
Neuordnung

Die Erde, Sol
Trainingszentrum Lackland, Texas
US-Weltraumkommando

»Hier sehen Sie den kompletten Nachbau der Maschinenräume, zusammen mit der Nachbildung einer Fregatte, eines Kreuzers und eines Schlachtschiffs. Das wird dem Training der neuen Rekruten zugutekommen«, erklärte der Commander.

Admiral Chester Bailey nickte erfreut. Diese kluge Idee half ihnen bei der Lösung des Trainingsproblems, dem sie plötzlich gegenüberstanden. Als die Altairianer den Erdenmenschen als Mitglieder des Galaktischen Reichs halfen, drei neue Klassen von Raumschiffen zu bauen, wurde den Menschen schnell bewusst, dass sie ein großes Problem hatten. Dank eines bewährten Trainingsprogramms wussten sie, wie sie ihre eigenen Kriegsschiffe bemannen und betreiben mussten. Diese neuen Kriegsschiffe samt ihrer integrierten und weit fortgeschrittenen außerirdischen Technologie waren den Menschen so wenig geläufig und so fremdartig, dass sie sich aktuell in aller Eile bislang unbekannte Fähigkeiten aneignen mussten. Das neue Trainingsprogramm musste spezifisch, leistungsfähig, erfolgreich und flexibel sein. Die Zeit, die eine Ausbildung in Anspruch nahm, hatte Einfluss darauf, wie schnell sie die neuen Schiffe, die die Werft verließen, mit Personal bestücken konnten.

Bailey wandte sich an die Frau, die für die Entwicklung des Trainingsprogramms zuständig war. »Wie viele Studenten und Mannschaften können wir auf jeder dieser Nachbildungen auf einmal trainieren?«, erkundigte er sich.

Commander Alisha Lopez führte ihn in den Maschinenraum ihrer Attrappe und erklärte: »Der Nachbau jedes Schiffs kann fünf Trainingskurse auf einmal bewältigen. Sobald wir über zwei Kopien von jeder Schiffsklasse verfügen, sind wir in der Lage, simultan 30 Gruppen auszubilden.«

Bailey stieß leise einen anerkennenden Pfiff aus und schüttelte erstaunt den Kopf. »Hervorragend, Commander. Aus wie vielen Studenten oder Mannschaftsmitgliedern besteht eine Gruppe?«

»Eine typische Klasse entsprechend der vollständigen Besatzung eines Maschinenraums umfasst 20 Personen«, erläuterte sie. »Jede Gruppe absolviert sechs Wochen Ausbildung im Klassenzimmer, gefolgt von je zwei Wochen

Training auf den drei Schiffen, bevor wir sie für fähig halten, eine Position auf einem der neuen Raumschiffe zu besetzen.«

Bailey rechnete kurz nach und versicherte sich: »Also ungefähr 12 Wochen um eine Maschinenraumcrew zu trainieren?«

Lopez nickte. »Richtig, Sir. Das bedeutet, dass wir Ihnen alle drei Monate 600 altairianisch- zertifizierte Ingenieure für den Maschinenraum bereitstellen werden. Andererseits denke ich, dass es etwa ein Jahr auf einem echten Schiff dauern wird, bevor unsere Absolventen tatsächlich rundum sachkundig und kompetent sind. Es wird ganz sicher viel Training am Arbeitsplatz nötig sein. Im nächsten Quartal, sobald die anderen Einrichtungen offen sind, werden wir die Zahl der zu trainierenden Rekruten verdreifachen. Es wäre ideal, zwei unserer neuesten Schiffe vom Flotteneinsatz zurückzuhalten, um den Studenten zusätzlich eine mehr praxis-orientierte Erfahrung zu vermitteln, bevor ihnen das Weltraumkommando einen Platz auf einem seiner Schiffe zuweist.«

Beim Verlassen der Trainingseinrichtung erwiderte Bailey auf diesen letzten Vorschlag. »Ich würde Ihnen gerne einige Schiffe überlassen, um ihr Programm weiter zu verbessern, aber damit müssen wir wohl noch einige Jahre warten. Die Anforderungen an die Flotte sind mit der

Einsatzgeschwindigkeit, die unsere Verbündeten von uns erwarten, enorm hoch.

»Eine Frage noch: Haben Sie dieses großartige Ausbildungsmodell für den Maschinenraum eines Schiffs auch für andere Sektionen und Abteilungen in die Wege geleitet?«

Commander Lopez sah etwas enttäuscht aus, dass sie Bailey nicht dazu überreden konnte, ihr eine oder zwei Fregatten für ihr Ausbildungszentrum zu überlassen. Dennoch erwiderte sie: »Eine gute Frage, Admiral, und ja, das haben wir. Es dauerte etwas, bevor wir alle entworfen und nachgebaut hatten, aber sie sind einsatzbereit. Ohne die große Hilfe der Altairianer wäre das sicher nicht möglich gewesen. Ihre Ausbilder, ihre Trainingsmaterialien und ihre Werkzeuge sind einfach erstaunlich.«

Während sie sprach und ihm weitere Simulatoren und Trainingsvorrichtungen vorführte, nickte Bailey nur. Er fand alles hochinteressant. Er war froh, dass er eingeflogen war, um dieses Ausbildungszentrum persönlich zu begutachten – obwohl ihn eine Unmenge anderer Dinge auf Trab hielten. Ihre Werften würden weitere acht Monate brauchen, um die neuen Fregatten fertigzustellen - was sich angesichts der Tatsache, wie sehr sie mit der Aufstellung neuer Besatzungen im Hintertreffen waren, tatsächlich als eine gute Sache erwies. Mit der Gesamtzahl der Auszubildenden, die sie akzeptieren konnten, und der Zeit, die das Training einer Person in Anspruch nahm, standen ihnen nur genug Mannschaftsmitglieder für 20 ihrer neuen Fregatten zur Verfügung. Der Plan visierte die Fertigstellung der Kreuzer sechs Monate nach den Fregatten und die Schlachtschiffe ein Jahr nach den Kreuzern an.

Bleib ruhig, machte Bailey sich selbst Mut. *Denke immer daran, dass es einige Zeit dauern wird, unsere Navy dem Standard des Galaktischen Reichs anzupassen.* Die Altairianer hatten ihnen Zeit zur Umstellung gewährt; jetzt musste sich die Erde nur noch an den Plan halten.

Bailey praktizierte immer öfter Meditationsübungen. Die Bemühungen zur Integration aller vorherigen irdischen Regierungen und die Anstrengungen zur Eingliederung in das Galaktische Reich …. Die neue Liste der Veränderungen auf der Erde, die ihre altairianischen Gönner erwarteten, die sowohl unter dem Volk als auch im Militär einigen Unmut erregt hatten …. All das stellte eine schier erdrückende Aufgabe dar, deren Bewältigung zum größten Teil auf seinen Schultern lastete.

Am Ende der Führung wandte sich Chester an Commander Lopez: »Mit der Einrichtung dieses Zentrums haben Sie ausgezeichnete Arbeit geleistet. Das Gleiche erwarte ich nun von Ihnen auf sechs weiteren Stützpunkten des Weltraumkommandos. Wählen Sie zwei Standorte in Nordamerika, einen in Afrika, einen in Europa und zwei in Asien. Unsere im Bau befindliche neue Navy setzt eine große Anzahl trainierter Mannschaften voraus. Mit der Betriebsbereitschaft aller neuen Modelle wird nach und nach die Ausbildung auf den heute im Einsatz befindlichen Schiffen auslaufen. Die alten Modelle dienen später entweder in der Reserve oder sie werden eingemottet.

»Ihr Fokus wird sich darauf richten, unsere neuen Rekruten und Mannschaften zum Einsatz auf unsere im Bau befindlichen Schiffe vorzubereiten. Dazu ist erforderlich, dass Sie Ihren Trainingsplan mit dem Zeitplan der Schiffsauslieferungen abgleichen. Unsere erste Priorität sind die in acht Monaten fälligen Fregatten, sechs Monate danach die Kreuzer, und ein Jahr später werden wir großen Bedarf an qualifizierten Mannschaften für unsere neuesten Schlachtschiffe haben.

»Und, bevor ich es vergesse, Commander – ich werde Sie zum Captain befördern. Das haben Sie sich mehr als verdient. Außerdem wird Ihnen dieser Rang, je mehr Verantwortung Sie für das Trainingsprogramm der Flotte übernehmen, die entsprechende Durchsetzungskraft verschaffen.«

Commander Lopez strahlte auf diese Ankündigung hin. Sie war eindeutig begeistert davon, die Führung des Ausbildungsprogramms zu übernehmen. Bailey wusste, dass sie auf diesem Gebiet unschlagbar war. Und der zukünftige Erfolg des Weltraumprogramms beruhte auf der Qualität der ausgebildeten Mannschaften.

****

Jacksonville, Arkansas
Hauptquartier des Weltraumkommandos

General Rob Pilsner las sich die Verlustmeldung der Befreiungsaktion auf Intus vor und schauderte. Die Invasion war 16 Tage alt und die Zahl der Verluste nahm nicht ab. General Ross McGinnis beantragte weitere 200.000 C100 und zwei zusätzliche Korps über die vier hinaus, die ihm bereits zur Verfügung standen. Das waren 130.000 zusätzliche Soldaten.

Pilsner hasste diese Anfrage, war aber nach erneutem Durchsehen der Verlustzahlen davon überzeugt, dass McGinnis in jedem Fall eine Verstärkung seiner Truppen benötigte. Darüber hinaus neigte Pilsner aus praktischer Sicht sogar dazu, über den ursprünglichen Antrag hinaus die *doppelte Zahl* an Soldaten zu genehmigen. Die Reise nach

Intus setzte beinahe zwei Monate im FTL-Antrieb voraus. *Es sei denn, die Altairianer würden seinem Militär mit einem ihrer Kreuzer oder Kriegsschiffe eine Wurmlochportal direkt von der Erde nach Intus öffnen?*

Zwei Jahre nach der Einführung des weltweiten Einberufungsprinzips waren die irdischen Bodentruppen erst sechs Millionen Mann stark, verglichen mit den 20 Millionen, die die Altairianer ihnen vorgegeben hatten. Die dank der altairianischen Technologien gesteigerten Ausbildungsanforderungen hatten der Dauer der Grundausbildung eines Soldaten zwei bis vier Monate hinzugefügt. Hängte man noch zwei bis 12 Monate zur Bewältigung eines Spezialtrainings an, war es kein Wunder, dass die Steigerung ihrer Quote nur schleppend vor sich ging.

Pilsner hörte ein Klopfen. Flottenadmiral Chester Bailey steckte den Kopf durch die Tür. »Guten Tag, Admiral Bailey«, begrüßte Pilsner ihn. »Treten Sie ein.«

Bailey lächelte und trat an Pilsners Schreibtisch heran, wo sich die beiden Männer kurz die Hände schüttelten, bevor sie Platz nahmen.

»Was kann ich für Sie tun, Sir?«, erkundigte sich General Pilsner.

»General, ich sah mir die Verlustmeldungen von Intus an. Die Operation scheint gute Fortschritte zu machen«, gab

Admiral Bailey optimistisch von sich. »Ich erhielt gerade eine neue Anfrage der Prim und Altairianer, ihnen bei der Rückeroberung einer zweiten Kolonie in diesem Bereich zu assistieren. Bevor ich dieser Bitte nachkomme, muss ich von Ihnen wissen, ob Sie es für eine gute Idee halten, einen Einsatz in etwa dem gleichen Umfang wie den jetzigen zu unterstützen. Wie denken Sie darüber? Werden wir uns verausgaben?«

Pilsner überlegte einen Augenblick sorgfältig, bevor er antwortete. »Es freut mich zu hören, dass die Prim und die Altairianer diese Operation als erfolgreich ansehen. Gut, dass wir unser Können soweit beweisen konnten, dass sie uns nun an ihrem nächsten Einsatz beteiligen möchten. Das spricht für unsere Soldaten und ihre Leistung. In Bezug auf eine weitere Mission – ja, ich denke, dass wir eine Operation im gleichen Umfang und mit dem gleichen Ziel wie auf Intus bewerkstelligen können. Lieber wäre mir, diesen ersten Einsatz abzuschließen und die gleiche Armee erneut zu nutzen …. aber ja, ich denke, dass uns eine zweite Invasion möglich ist – zumindest der Armee. Wie steht es um die Flotte? Wie ich hörte, musste sie große Verluste hinnehmen.«

Bailey verzog das Gesicht bei der Erwähnung der Schäden ihrer Flotte. »Ich will nicht lügen und behaupten, dass diese Mission uns weder Schiffe noch Mannschaften gekostet hat. Das trifft zu. Letztendlich sehe ich allerdings nicht, dass wir die Bitte der Prim und Altairianer um unsere Teilnahme an einer zweiten Invasion abschlagen können. Die Prim erlauben uns, unsere beschädigten Schiffe in ihrer Werft auf Kita zu reparieren. Kita ist offenbar eine ihrer Hauptwelten. Wenn sie und nicht dazu eingeladen hätten, müsste ich wohl eingestehen, dass unsere Flotte derzeit nicht im Stande ist, eine weitere Invasion zu bewältigen.

»Wichtig für mich ist vor allem zu wissen, ob wir auch mit diesem neuen Auftrag in der Lage sein werden, wie geplant, eine Million Soldaten im Rhea-System zu stationieren.«

Pilsner nickte. »Das können wir. Es hat eine Weile gedauert, einen steten Strom von Soldaten durch ihre Grundausbildung und ein weiterführendes Training zu schleusen, aber wir haben endlich den optimalen Punkt erreicht. Unser zweites Planziel ist realisiert. Jeden Monat beenden 200.000 neue Rekruten ihr Training. Nächstes Jahr um diese Zeit wird die Zahl doppelt so hoch sein.«

Bailey stieß einen Seufzer der Erleichterung aus. »Das sind gute Nachrichten, Rob. Obwohl die Altairianer uns einen gewissen Spielraum zugestanden haben, ihre militärischen Zielvorgaben zu erreichen, müssen wir sicherstellen, konstanten Fortschritt vorzuweisen. Auf Intus verloren wir 32.000 Soldaten. Das ist schlimm, aber nicht so schlimm, wie es hätte sein können. Ich möchte glauben, dass die Einführung des C100-Programms eine Menge Leben gerettet hat.«

»Das ist eine Tatsache«, pflichtete Pilsner ihm bei. »Ich weiß, dass das Programm anfangs große Bedenken ausgelöst hat, aber es war eindeutig die richtige Entscheidung. Wir verloren 68.000 Synth auf Intus. Ich gehe davon aus, dass wir ohne sie mindestens die gleiche Anzahl gefallener Soldaten zu beklagen hätten.«

Admiral Bailey nickte zustimmend. »Wie kommen wir mit den Sondereinsatzkräften voran?«

Pilsner zuckte mit den Achseln. »Unser längstes und schwerstes Ausbildungsprogramm. Wir brauchen immer noch knapp drei Jahre, um einen Soldaten durch das gesamte Programm zu schicken. Wir haben das Programm um 1.200 Prozent erweitert, sind aber immer noch *Jahre* davon entfernt, die Zahl dieser Kräfte zu verdoppeln oder gar zu verdreifachen.«

»Ok, bleiben Sie dran«, ermutigte Bailey ihn. »Die Sondereinsatzkräfte haben sich in diesem Krieg gegen die Zodark als ungemein effektiv bewiesen. Sobald unsere neuen Fregatten und Kreuzer bereitstehen, werden wir neuen Strategien und Wege implementieren, um unsere

Sondereinheiten erfolgreich hinter den feindlichen Linien einzusetzen.«

Pilsner lächelte. »Das klingt gut, Sir. Beachten Sie aber bitte, dass uns momentan nur eine beschränkte Anzahl qualifizierter Soldaten zur Verfügung steht. Innerhalb eines Jahres werden monatlich 3.000 neue Soldaten ihr Sondereinheitentraining abschließen. Bis dahin schlage ich vor, unser derzeitiges Kontingent so wenig wie möglich in Gefahr zu bringen - falls diese Option besteht.«

Die beiden unterhielten sich noch 30 Minuten über dies und jenes, bevor sich der Admiral verabschiedete.

Bailey hatte Pilsner Grund zum Nachdenken gegeben. Je mehr er sich ihr Gespräch ins Gedächtnis zurückrief, desto mehr wunderte sich Pilsner über einen Teil der Konversation, der ihm etwas seltsam vorgekommen war. Admiral Bailey hatte sich in der Richtung geäußert, dass er das Gefühl hatte, die Anfrage der Prim oder der Altairianer nicht ablehnen zu können. *Was er wohl damit gemeint hatte?*

Kapitel Acht
Planetensprünge

RNS *Comfort*
In der Umlaufbahn um Intus

Corporal Paul ‚Pauli' Smith hatte gerade seine Lektüre beendet, als der Arzt an sein Bett trat. »Ihre Heilung kommt gut voran«, versicherte ihm der Doktor mit dem Blick auf seine elektronische Krankenakte. »Haben Sie noch Schmerzen oder Muskelkrämpfe oder fühlen Sie sich steif?«

Pauli schüttelte den Kopf. »Nicht wirklich. Um ehrlich zu sein, fühle ich mich momentan weit besser als vor meiner Verletzung.«

Der Arzt lachte leise bei dieser Selbstdiagnose. »Kein Wunder. Schließlich wurde Ihr Körper mit medizinischen Naniten vollgepumpt«, erklärte er.

»Ach ja, diesbezüglich habe ich eine Frage«, fiel es Pauli ein. »Wie unterscheiden sich die Naniten, die wir hier bekommen, von denen, die uns unsere Sanitäter im Feld verabreichen?« Er verstand nicht viel von diesem Thema, hatte aber ein Interesse daran.

Der Arzt nickte und wurde mit seiner Erklärung ernst. »Die Naniten, die Ihre Sanitäter verabreichen, sollen Ihren

Körper stabilisieren und Sie lange genug am Leben erhalten, um ein besser ausgestattetes Feldlazarett oder ein medizinisches Versorgungsschiff wie die *Comfort* zu erreichen. Die Nanitenspritze führt Ihrem Blut etwa 10.000 winzige robotische Einheiten von der Größe Ihrer weißen Blutkörperchen zu. Diese Roboter verteilen sich umgehend in ihrem Körper und identifizieren den Schaden oder die lebensgefährliche Verletzung.

»Dann stoppen sie als Erstes eine eventuelle Blutung. Danach versuchen Sie, den Körper so weit wie möglich wiederherzustellen. Sobald Sie es in ein Feldlazarett oder auf ein Schiff wie dieses geschafft haben, geben wir Ihnen eine Bluttransfusion, die über eine Million dieser kleinen Naniten in Ihren Körper pumpt. Innerhalb von wenigen Tagen bis hin zu einigen Wochen gelingt es denen, so gut wie alles zu heilen. In Ihrem Fall waren das mehrere gebrochene Rippen, eine Fraktur Ihres Oberschenkelknochens, eine Gehirnerschütterung und Hirnverletzung, und Verbrennungen zweiten Grades an Ihren Armen und Beinen. Und da sie schon dabei waren, reparierten die Naniten auch gleich einige überbeanspruchte Waden- und Rückenmuskeln, die sicher von all Ihren Märschen und den schweren Rucksäcken, die die Infanterie mit sich herumschleppt, in Mitleidenschaft gezogen worden waren.«

Pauli war mehr als beeindruckt.

Der Doktor lächelte ihn an. »Corporal Smith, ich verordne Ihnen jetzt noch zwei Tage Physiotherapie, um sicherzustellen, dass alles wieder bestens funktioniert. Sobald Sie die erfolgreich überstanden haben, kehren Sie so gut wie neu zu Ihrem Bataillon zurück. Falls es Ihrerseits keine weiteren Fragen gibt, wünsche ich Ihnen jetzt alles Gute und hoffe, Sie nicht wiederzusehen, es sei denn, in irgendeiner Eckkneipe auf der Erde.«

Der Arzt ging weiter, um sich mit dem nächsten Soldaten oder einer Soldatin zu unterhalten, denen er sicher die gleiche Rede hielt.

****

Am nächsten Tag meldete sich Pauli in der Abteilung für physikalische Therapie. Dort machte er eine Reihe von Tests durch, um sicher zu gehen, dass all seine Verletzungen geheilt und er wieder voll funktionsfähig war. Nachdem sie ihn für diensttauglich erklärt hatten, schickten sie ihn in eine große Wartehalle auf der RNS *Comfort*. Dort sollte er auf einen Shuttle warten.

Der Warteraum war mit Etagenbetten ausgestattet, um die herum einige Sofas, Stühle und Tische arrangiert waren. Pauli ließ seine dürftigen Besitztümer auf ein leeres Bett fallen. Die Versorgungsabteilung hatte ihm eine neue Uniform ausgehändigt, da er nicht länger einen Krankenhauskittel tragen musste. Eine zweite Uniform, etwas Unterwäsche, Socken und ein neues Paar Stiefel hatte er ebenfalls erhalten. Eine neue Waffe und seine Kampfausrüstung würde ihm auf dem Planeten übergeben werden. Schließlich befand er sich hier auf einem Krankenhausschiff, auf dem kein Bedarf an einer solchen Ausrüstung bestand.

Die Wartehalle beherbergte derzeit sicher zwischen 300 und 400 Soldaten. Die meisten lasen ein Buch, hörten Musik oder folgten einem Hörbuch, unterhielten sich miteinander oder spielten ein Videospiel auf einer der vielen Unterhaltungskonsolen. Pauli musste denjenigen, die diesen Wartebereich eingerichtet hatten, ein Kompliment aussprechen. Sie hatte gute Arbeit geleistet, den Soldaten nach ihrer Entlassung aus dem Krankenhaus einen bequemen Ort zur Entspannung zu bieten, bevor sie zu ihrer Einheit zurückkehren mussten.

Täglich gegen 10 Uhr früh und 14 Uhr am Nachmittag verkündete ein Lieutenant über das allgemeine Ansagesystem und über einen Anschlag am Nachrichtenbrett die Namen der Soldaten, die auf einem der Transportfahrzeuge das Schiff verlassen würden. Mit jeder Ansage verließen etwa 50

Soldaten die Halle. Während diese Soldaten das Schiff verließen, entließ die Krankenhausseite der RNS *Comfort* neue Gruppen frisch Genesender, die sich eine freie Stelle im Hangar suchten.

Paulis Neugierde war geweckt. Er tippte einem der Flottenangehörigen auf die Schulter und fragte ihn, wie viele Verwundete das Schiff auf einmal aufnehmen konnte.

Die Antwort überraschte ihn. Die RNS *Comfort* war in der Lage, bis zu 10.000 Verwundete aufzunehmen. Das Schiff verfügte über eine Mannschaft von 320 Mann und über ein 400 Personen starkes medizinisches Personal. Diese Zahl erschien vergleichsmäßig nicht unbedingt hoch zu sein, allerdings wurden sämtliche Einrichtungen des Schiffs von 600 Synth unterstützt.

Je mehr Pauli über die medizinischen Synth nachdachte, desto mehr fragte er sich, wieso sie bislang nicht als Sanitäter in die militärischen Einheiten integriert worden waren. Es nahm Zeit in Anspruch, eine examinierte Krankenschwester, eine Arzthelferin oder einen Arzt auszubilden. Falls es möglich sein sollte, deren Kenntnisse in massivem Umfang an die C100 Kampf-Synth weiterzugegeben, konnte das sicher unzählige Leben im Verlauf einer Schlacht retten.

»Bleib bei deinen Leisten, Corporal, bleib bei deinen Leisten«, ermahnte Pauli sich selbst. »Kontrolliere die Dinge, auf die du Einfluss hast, und überlasse den Rest den anderen.« Er hatte nie viel Interesse an Meditation oder spirituellen Höhenflügen gezeigt. Während seiner Tour auf Neu-Eden hatte er dann einen Delta-Soldaten getroffen. Da Pauli erwog, womöglich selbst einmal ein Delta zu werden, hatte er ihm eine Menge Fragen gestellt.

Der Soldat der Sondereinsatztruppen hatte Pauli eine Weisheit mitgegeben, die sein Weltbild hinsichtlich des Lebens und des Militärs erheblich verändert hatte. »Der Schlüssel, es in die nähere Auswahl für die Deltas zu bringen und das Training durchzustehen, ist der, deine Welt neu zu organisieren«, hatte er ihm erklärt. »Du musst lernen, deine Welt klein zu halten. Anstatt dir zu sagen: ,Ich muss nur den Aufnahmeprozess und den ersten Teil des Trainings überstehen', musst du deine Sicht verengen. Sag dir, du musst die nächsten 20 Minuten überstehen oder die nächste Stunde. Wenn du dich allein auf die nächste Stunde oder auf die danach konzentrierst, oder auf diese Mahlzeit oder auf die danach, dann werden Körper und Geist weit weniger von dem überwältigt, was dir vorgesetzt wird.«

Der Delta hatte Pauli auch geraten: »Wenn du auf Situationen oder Menschen zornig reagierst, verlierst du die Chance, sie zu beeinflussen. Das macht es zu einer reinen Energieverschwendung, die dir nur den Kopf vernebelt.« Er hatte betont, wie wichtig es sei, das zu kontrollieren, worauf man Einfluss hatte, und das zu ignorieren, was außerhalb der eigenen Kontrolle lag. Zuerst hatte Pauli diese Vorschläge einfach nur vernommen, bevor er während der Neu-Eden-Kampagne mit der Zeit mehr und mehr dem Rat des Deltas gefolgt war. Pauli sagte sich, dass er es nur bis zum Frühstück schaffen musste, dann konzentrierte er sich auf das Mittagessen, danach auf das Abendessen und dann auf seinen Schlaf.

Innerhalb einer Woche stellte Pauli zwei Veränderungen fest. Zum einen flog die Zeit nur so vorbei. Die Tage und Wochen vergingen nicht mehr wie im Schneckentempo; stattdessen schienen die Dinge mit unglaublicher Geschwindigkeit an ihm vorbeizuziehen, obwohl sich nicht wirklich etwas verändert hatte. Sie übten ihren täglichen Wachdienst entlang der Einfassung des Artilleriestützpunkts aus und gingen auf Patrouille. Und dennoch, diese Routineaufgaben vergingen wie im Flug.

Nachdem Pauli dann auch noch aufgegeben hatte, sich über Dinge aufzuregen oder sich von Dingen frustrieren zu lassen, über die er keine Kontrolle hatte, änderte sich seine gesamte Einstellung und Perspektive. Es machte ihn zu einer weit glücklicheren Person, die weniger unter Stimmungsschwankungen litt und deren Beliebtheitsgrad stieg. Hätte er mehr dieser Ratschläge während der großen Reorganisation für sich selbst verwirklicht, wäre er schon damals zum Corporal befördert worden, statt zwei zusätzliche Jahre darauf warten zu müssen. Im Nachhinein war ihm das klar geworden.

»Sie sind Corporal Smith?«, fragte ein Sergeant mit einem Klemmbrett in der Hand.

Pauli legte sein Buch zur Seite, sah den Sergeant an und nickte. »Der bin ich. Was kann ich für Sie tun, Sergeant?«

»Das Schiff, das um 10 Uhr ablegt, ist offenbar ein großes Frachtschiff. Es hat Platz für 38 zusätzliche Passagiere. Sie sind einer von ihnen«, informierte ihn der Sergeant.

Pauli nickte. Der Sergeant wollte sich gerade abwenden, als Pauli ihn stoppte. »Sergeant, wo schicken Sie uns von hier aus hin? Ich versuche herauszufinden, wie ich meine Einheit wieder erreiche.«

»Der Rücktransport der Soldaten erfolgt immer an eine große Basis außerhalb der Stadt Hatteng«, gab der Sergeant Auskunft. »Das ist die Hauptstadt der Prim auf Intus. Ich weiß nichts Genaues über diesen Stützpunkt, nur, dass er nicht weit von der Hauptstadt entfernt liegt und dass sie dort eine Megaeinrichtung aufbauen. Ich nehme an, dass bei Ihrer Ankunft ein weiterer Transporter auf Sie wartet, der Sie

zurück zu Ihrem Bataillon oder Ihrer Kompanie bringt.«
Danach eilte der Sergeant weiter, um andere Soldaten
darüber zu informieren, sich bereitzuhalten.

Pauli hatte noch dreißig Minuten, bevor er seinen Platz
einnehmen musste. Er hatte sieben Tage auf der *Comfort*
verbracht, zwei davon in der Wartehalle. Pauli hoffte, dass es
dem Rest seines Zug und seiner Kompanie weiterhin gut
ging.

****

Nachdem alle Passagiere ihren Platz gefunden hatten,
legte die *Comfort* ab. Das Raumschiff verfügte über einige
Luken. Selbst angeschnallt in seinem Notsitz konnte Pauli
aus dem Fenster sehen. Der Anblick des Planeten aus der
Umlaufbahn bereitete ihm Freude. Intus war ein
wunderschöner Planet. In Kombination mit seinen beiden
Sonnen und zwei Monden in der Umlaufbahn war es ein
wahrhaft überwältigender Anblick.

Dreißig Minuten später war der Transporter bereits auf
dem Landeanflug auf Hatteng City. Pauli hörte einige
beeindruckte Pfiffe mit dem ersten Blick der Soldaten auf die
Hauptstadt. Eine große Zahl an Hochhäusern reichte bis hoch
in den Himmel und schien in den Wolken zu verschwinden.
Pauli war sich nicht sicher, wie hoch sie waren, aber er

konnte sich denken, dass diese Wunderwerke der Baukunst Hunderte von Stockwerken haben mussten.

Der Pilot flog über die Stadt hinweg und hielt auf die Küste zu. Noch zwei bis drei Meter in das Meer hinaus reflektierte das Wasser unterschiedliche Schattierungen von Grün, Türkis und Aquamarine. Es war das sauberste und klarste Wasser, das Pauli je gesehen hatte.

Der Anflug an den irdischen Militärstützpunkt überraschte Pauli. Die Menschen befanden sich erst wenige Wochen auf dem Planeten und hatten bereits diese massive Militärfestung errichtet. Er sah mehrere Start- und Landebahnen und unzählige Parkbuchten, in denen P-97 Orion, Reaper, Osprey und andere große und kleine Transportflugzeuge geparkt waren.

Er sah drei über die Basis verteilte Artillerieposten – und dabei handelte es sich nicht um kleine Artilleriekanonen, sondern um die neuen, verbesserten M88 Howitzer. Diese üblen Burschen konnten ein 240mm-Projektil mit 160 Pfund hochexplosivem Sprengstoff, Rauch oder weißem Phosphor bis zu 800 Kilometer Entfernung abschießen. Sie waren die ultimative schwere Waffe der Infanterie. Eine besondere Gleittechnologie erlaubte ihnen, bis zu 24 Stunden über einer Einheit zu verharren. Nachdem die Soldaten am Boden ein Objekt identifiziert hatten, fanden die von einer künstlichen

Intelligenz gesteuerten Gefechtsköpfe mit erstaunlicher Präzision dieses feindliche Ziel oder einen geografischen Standort. Dazu reduzierte ihre außerordentliche Reichweite den Bedarf an Hunderten von Artilleriestützpunkten, wie sie noch auf Neu-Eden etabliert worden waren.

Hinter den Flugbahnen, Parkanlagen und Hangars standen unzählige akkurat aufgereihte Containerwohneinheiten, die die Soldaten kurz CHUs, ausgesprochen ‚schuuhs', nannten. Jede Wohneinheit verfügte über eine eigene Toiletten- und Duschvorrichtung und beherbergte insgesamt 16 Soldaten.

Was Pauli wirklich faszinierte war der Strand. Die militärische Einrichtung lag direkt am Wasser, entlang eines Sandstrands, der sich meilenweit hinzog. Der offensichtlich populäre Strand war stark besucht. Pauli hoffte, einige Tage oder sogar eine Woche hier verbringen zu dürfen, bevor sie ihn zu seiner Einheit zurückschicken würden. Der Anblick erinnerte ihn an seine Kindheit in Texas, in der er oft entlang der Küste im Golf von Mexiko geschwommen war.

Nach der Landung des Transporters und dem Öffnen der hinteren Rampe schlug den Soldaten die erdrückende Hitze und Luftfeuchtigkeit eines Sommertags bei 34 Grad im Schatten entgegen. Die Neueingetroffenen wurde bereits von einem Sergeanten erwartet, der sie informierte: »Warten Sie dort drüben im Hangar auf Ihre Anweisungen.«

Sobald alle in Reih und Glied dastanden, rief der Sergeant jeden Einzelnen mit Namen auf und teilte sie in mehrere Gruppen ein. Dann verkündete er: »In 20 Minuten besteigen Sie einen Osprey, der Sie zu Ihrer Division oder zum Hauptquartier Ihrer Brigade bringen wird. Von dort aus organisiert diese übergeordnete Einheit die Rückkehr zu Ihren individuellen Einheiten.«

Diese Erklärung ließ einen Großteil der erst kürzlich aus der Krankenabteilung entlassenen Soldaten aufstöhnen. Offenbar hatten alle auf einige Tage an diesem Standort gehofft, um Gelegenheit zu haben, an den Strand zu gehen und im Meer zu schwimmen.

Pauli fiel auf, dass sich seine Gruppe nur aus ihm und zwei anderen Soldaten zusammensetzte. Er war sich nicht sicher, ob das ein gutes oder ein schlechtes Omen war. Wie angekündigt, landete 20 Minuten später ein Osprey nahe dem Hangar, in dem alle warteten.

Der Mannschaftsführer betrat den Hangar und rief laut: »Erstes Orbitales Angriffsbataillon!«

Pauli und die beiden anderen hoben den Kopf und winkten dem Mann zu. Er bedeutete ihnen, ihm zu seinem Vogel zu folgen.

Die Drei schnappten sich ihre wenigen Habseligkeiten und folgten dem Mannschaftsführer, der schon wieder angeschnallt dasaß und sie erwartete. Als Pauli und seine beiden Kollegen in den Osprey kletterten, sahen sie, dass der Osprey praktisch vollbeladen war. Sie konnten nur noch unter fünf offenen Sitzen wählen. Offenbar hatten sie bereits weitere Ersatzleute abgeholt oder dies war eine Einheit, die verlegt wurde.

Der Flug zum Militärstützpunkt Oteren dauerte nicht lange. Nach einem Überflug der Einrichtung landete der Osprey kurz darauf im Park- und Servicebereich. Der Pilot stellte die Motoren ab und alle stiegen aus.

Sie wurden erneut von einem Sergeant begrüßt, der sie zu einem Zelt begleitete, das dem Empfang aller eintreffenden Soldaten diente. Auch hier wurden sie bei ihrem Namen aufgerufen. Soldaten, die neu zum Bataillon stießen, wies der Sergeant einer Einheit zu und sagte ihnen, sie sollten sich gedulden.

Pauli hörte zu, wie der Sergeant die Namen aufrief und ihnen ihre Einheit nannte. Die Mehrzahl der Soldaten wurden seiner Einheit zugewiesen: Alpha-Kompanie, 1. OAB. Als der Sergeant zu Paulis Namen kam, fiel ihm auf – so sah es zumindest aus - dass er erst kürzlich von der *Comfort* entlassen worden war. »Melden Sie sich im Büro des

Bataillonskommandanten. Danach besorgen Sie sich eine neue Kampfausrüstung«, wies der Sergeant ihn an.

Pauli war sich nicht sicher, warum er in das Büro des Bataillonskommandanten befohlen wurde. Wenn Major Monsoor ihn allerdings sehen wollte, würde er ihn nicht warten lassen.

Auf dem Weg zum Büro des Kommandanten konnte Pauli sehen, dass die Menschen während seiner Abwesenheit überall große Fortschritte im Ausbau dieses Artilleriestützpunkt gemacht hatten. Seine Einheit war seit ihrer Ankunft um die Stadt Oteren herum im Einsatz gewesen. Er hatte davon gehört, dass die Brigade in der Nähe der Hauptstadt eine Basis errichtete, wusste aber nicht, wie sehr sie sich bereits vergrößert hatte.

Pauli fand Major Monsoors Zelt und trat respektvoll an es heran. Ein Sergeant, der gerade das Zelt verließ, erkannte ihn sofort. »Corporal Smith, ich dachte, ich sah Ihren Namen auf der Liste der Neuankömmlinge von heute Nachmittag. Willkommen zurück! Treten Sie näher. Der Major wollte nach Ihrer Ankunft persönlich mit Ihnen sprechen.«

Pauli wusste immer noch nicht um was es ging. Er war nur froh, dass es offensichtlich nichts Unerfreuliches war.

Die beiden Männer betraten das Zelt und traten vor den Tisch, an dem der Major saß. Der Sergeant kündigte dem Kommandanten ihre Gegenwart an.

Monsoor lächelte und erhob sich, als er Pauli vor sich sah. »Aha, Corporal Paul Smith. Ich bin froh, dass wir Sie gefunden haben. Wie war es auf der *Comfort*? Hat die Flotte sich gut um Sie gekümmert?«

Der Mann schien echtes Interesse zu zeigen. Das war der Grund, weshalb alle - vom einfachen Soldaten des Bataillons bis hin zu den Nachwuchsoffizieren - Major Monsoor mochten. Egal, wie niedrig der Rang auch sein mochte, der Major erkundigte sich nach dem Wohl aller.

Monsoor musste die Verwirrung auf Pauls Gesicht erkannt haben. »Setzen Sie sich, Corporal. Ich rief Sie zu mir, um Ihnen mitzuteilen, dass Lieutenant Atkins Sie für die Verleihung eines Silbernen Sterns für Ihren Einsatz in der ‚Schlacht der Zwei Kiefern' vor einigen Wochen vorgeschlagen hat.«

Pauli war schockiert. »Wow. Vielen Dank, Sir, aber ich habe nur meine Arbeit getan …. und versucht, mich und die Soldaten meines Trupps und meines Zugs am Leben zu erhalten.«

Major Monsoor legte eine Hand auf Paulis Schulter. »Ich weiß, Corporal. Sie haben großartige Arbeit geleistet. Sie sind weit über das normale Maß hinausgegangen, Ihre Verteidigungslinie zu organisieren und die Zodark davon abzuhalten, Ihre Position zu überrennen. Wenn Sie mich fragen, war das einfach erstaunlich. Die Auszeichnung ist wohlverdient, ebenso wie die hier.«

Der Major drehte sich um, griff nach etwas auf seinem Schreibtisch und gab es an Pauli weiter. Es war ein neues Set Winkelstreifen. »Ihr Lieutenant empfahl gleichzeitig auch Ihre Beförderung zum Sergeant. Nach Ihrer Rückkehr zu Ihrer Einheit übernehmen Sie das Kommando über Ihren alten Trupp.«

Pauli runzelte die Stirn bei der Erwähnung seines Trupps. »Was ist mit Sergeant Sanders?«, fragte er bedrückt. »Alles in Ordnung mit ihm?«

»Ja, Sergeant Sanders geht es gut«, bestätigte Monsoor entgegenkommend. »Er wird Trupp Drei übernehmen. Sie sind für Trupp Eins verantwortlich, es sei denn, Lieutenant Atkins oder Master Sergeant Dunham nahmen Änderungen vor. Tatsächlich sollte Ihre Kompanie morgen früh hier auf der Basis eintreffen. Ihre Kompanie wird den kommenden Monat auf der vorgeschobenen Operationsbasis verbringen. Sie steht seit unserer Ankunft auf dem Planeten ununterbrochen an vorderster Linie und hat fürs Erste an mehr als genug Kämpfen teilgenommen. Ihre Leute haben sich eine Pause verdient, um die Einheit zu regenerieren und wieder voll einsatzfähig zu werden«, erklärte ihm der Major.

Pauli nickte. Diese Nachricht freute ihn. Die Soldaten seiner Einheit hatten sich eine Pause wahrhaft verdient.

»In drei Tagen findet eine Zeremonie speziell für Ihre Einheit statt.«, berichtete Major Monsoor weiter, »Dort werden Sie und einige andere ausgezeichnet werden. Für heute nehmen Sie sich den Rest des Tages und den Abend frei. Lassen Sie es sich in der neuen Kantine schmecken und entspannen Sie sich. Die kommenden Wochen könnten hart werden. Wie ich höre, wird die Division uns bald eine neue Mission übertragen.«

Auf dem Weg zur Kantine stoppte Pauli gerade lange genug, um die neuen Abzeichen an seiner Uniform anzubringen. Es fühlte sich gut an, ein Sergeant zu sein. Lieutenant Atkins hatte ihm gesagt, dass er ohne die Reorganisation bereits Sergeant oder sogar Staff Sergeant wäre – und jetzt war es endlich soweit. Dazu kam noch, dass die höhere Gehaltsstufe ebenfalls nicht zu verachten war.

Der militärische Sold nach der Reorganisation war tatsächlich gar nicht so schlecht. Aufgrund der Rangreduzierungen und der Streichung des Übersee- und Gefahrenaufschlags, lag das Entgelt eines einfachen Soldaten nun bei 52.000 republikanischen Dollar. Ein Corporal verdiente 62.000 RD, ein Sergeant 73.000 RD, ein Master Sergeant 85.000 RD und ein Sergeant Major erhielt 100.000 RD.

Die typische Verpflichtungsperiode betrug sechs Jahre. Sobald ein Soldaten seinen Vertrag verlängerte, erhielt er automatisch eine Gehaltserhöhung von 5.000 RD, egal, welchen Rang er einnahm. Der militärische Sold würde niemanden reich machen, aber am Hungertuch nagte sicher niemand. Angesichts der zusätzlichen Leistungen wie 30 Tage bezahlten Urlaubs, die Bereitstellung einer Unterkunft, Ausbildungsbeihilfen und weiterführende Kurse, hielt Pauli das Militär für einen guten Karrierepfad.

Je mehr Pauli darüber nachdachte, desto deutlicher wurde ihm, dass er versuchen sollte, die Offizierslaufbahn einzuschlagen. Eine gute Idee, falls er tatsächlich vorhatte, die vollen 50 Jahre bis zum Erhalt seiner Pension dabeizubleiben. Das Gehalt der Offiziere war unglaublich – beinahe 30 Prozent höher als der Sold der Mannschaft.

Pauli erreichte die Zeltstadt, in der seine Einheit unterkommen würde, wo er überraschenderweise auf Yogi traf. »He, Yogi. Wie geht's? Ich dachte, die Kompanie kehrt erst morgen zurück?«

Yogi grinste breit. »So war's geplant. Aber Captain Hiro hat es geschafft, in zwei Transportern Plätze für uns zu reservieren. Deshalb sind wir früher eingetroffen. Die ganze Kompanie ist auf dem Weg zur Kantine. Aber hey, Pauli - alles wieder zusammengeflickt?«

Pauli ließ seine Ausrüstung und die wenigen persönlichen Dinge, die er bei sich trug, neben einem freien Feldbett fallen. »So gut wie neu, mein Freund. Das Schiff ist unglaublich. Sie pumpen deinen Körper mit neuen, medizinisch weit fortgeschrittenen Naniten voll und erlauben ihnen, einige Tage an dir zu arbeiten. Wirklich, ich habe mich sowohl körperlich als auch geistig seit Jahren nicht mehr so gut gefühlt.«

Yogi lachte laut. »Na prima, Pauli. Vielleicht sollte ich mir auch eine Schusswunde zulegen oder anderweitig verletzt werden, damit sie mir neuartige Naniten einspritzen.« Er boxte seinem Freund leicht in die Schulter. »Mir tut einfach alles weh. Zwei Monate im Feld haben mir hart zugesetzt.«

»Haben wir nach meinem Abtransport noch mehr Leute verloren?«, fragte Pauli ernst.

Yogi schüttelte den Kopf. »Nein, Gott sei Dank nicht. Aber der Angriff hat uns alles in allem viele Opfer gekostet. Der halbe Zug wurde getötet, was dazu führte, dass unser Zug mit dem dritten Zug kombiniert wurde. Angeblich schicken sie uns eine ganze Reihe von Ersatzleuten, während wir hier sind. Wir werden sehen.«

Pauli nickte bei der Erwähnung möglicher Neuzugänge. »Der Osprey, mit dem ich eingeflogen bin, war voller Neulinge. Ich wette, die meisten von ihnen werden unserem Zug zugewiesen.«

Yogi zuckte mit den Achseln. »Wir werden sehen. Gehen wir essen, mein Freund. Dann reden wir weiter.«

****

Drei Tage später stand die Kompanie in Formation vor Major Monsoor, der die Namen der Soldaten vorlas, die Medaillen und Auszeichnungen erhielten. Es war eine lange Liste. Die Hälfte der vergebenen Orden wurden posthum verliehen, das traurige Zeugnis der Brutalität und Intensität eines Kampfes, der sich über zwei Monate hingezogen hatte. Allein die ersten Tage der Invasion waren problemlos verlaufen. Keine Gefahr einer kriegerischen Auseinandersetzung. Im Lauf der nächsten Monate musste die Kompanie allerdings eine Verlustrate von 32 Prozent hinnehmen.

Der Major, der vor Pauli stand, befestigte einen Silbernen Stern an seiner Brusttasche, dazu noch ein Purple Heart, eine Verdienstmedaille der Armee, eine Intus-Verdienstmedaille, eine Orbitale Angriffsmedaille, einen Primord-Befreiungsorden, und zu guter Letzt noch einen Kampagne-Orden der Galaktischen Reichs. Pauli wusste nicht, wieso gerade ihm sieben Auszeichnungen verliehen wurden. Die letzten vier waren komplett neu für ihn. Von denen hatte er noch nie gehört.

Nach dem Ende der Verleihungszeremonie erklärte der Major die Bedeutung der letzten vier Medaillen. »Jedes Mal, wenn ein Soldat an einem orbitalen Angriff teilnimmt, erhält er eine Orbitale Angriffsmedaille; der Primord-Befreiungsorden wird für die Befreiung einer ihrer Welten oder Kolonien vergeben. Die Intus-Verdienstmedaille ehrt den Dienst eines Soldaten auf dem Planeten Intus, und die Reichskampagnenmedaille erhalten diejenigen, die an einem Einsatz zugunsten des Galaktischen Reichs teilgenommen haben.«

Paulis Ansicht nach war dieses ganze Zeug nur dazu da, Platz an seiner Uniformjacke einzunehmen. Er war sich sicher, dass einige der Versorgungshänflinge, die immer sicher im Hintergrund blieben, ungemein stolz auf ihre Orden waren, aber die einzigen Medaillen, die ihm etwas bedeuteten, waren das Purple Heart und seine Verdienstmedaillen. Die sagten aus, dass er sich mitten im

Kampfgetümmel bewiesen hatte – der Nachweis dafür, dass er ein echt harter Typ war.

Der Ansprache des Majors, der allen versicherte, wie stolz er auf sie war, folgte die Ankündigung, dass sie ein speziell für sie organisiertes Abendessen erwartete. Irgendwie, irgendwo war es ihm gelungen, zwei Fässer Bier und Steak für alle zu finden. Heute Abend würden sie wie die Könige essen und feiern - ‚Party, like it was 2099'. Das war eine schöne Geste, die die Soldaten anerkannten. In ihren Augen war der Major ein guter Mann.

******

Seit zwei Wochen schob der Zug nun schon FOBBIT, Dienst auf der vorgeschobenen Operationsbasis. Dabei handelte es sich überwiegend um Wachdienst entlang der Einfriedung des Stützpunkts. Einmal die Woche verließen sie die Einrichtung, um außerhalb 12 Stunden zu patrouillieren. Das war das Ausmaß ihrer Verpflichtungen. Nach zwei aufreibenden Monaten war jeder Soldat für diese Art von Dienst äußerst dankbar.

Und dann änderte sich ihre Welt erneut. Von der Erde trafen 350.000 menschliche Soldaten und beinahe doppelt so viele C100 ein. Damit hatte sich die Zahl der menschlichen Soldaten auf Intus mehr als verdoppelt.

Die Veteranen wussten, dass dies nur eines bedeuten konnte – die höheren Ränge bereiteten alles für eine neue Kampagne vor. Die große Frage war, wer würde auf Intus bleiben und wer würde verlegt werden? Tatsächlich kam es immer noch zu kleineren Scharmützeln auf dem Planeten, aber meist waren das isolierte, unbedeutende Versuche schwachen Widerstands. Die Truppen der Prim kümmerten sich darum, während die menschlichen Soldaten derzeit überall auf Intus Garnisonsdienst leisteten.

Endlich erreichte sie die offizielle Mitteilung, dass die menschlichen Soldaten einen anderen Planeten einnehmen würden – dieses Mal keinen der Prim, sondern eine Kolonie der Zodark. Es war zu erwarteten, dass die Zodark ihnen starken Widerstand entgegensetzen würden. Am Tag nach dieser Ankündigung sollte die gesamte Brigade mit dem Training für orbitalen Angriff beginnen. Die Transportschiffe würden eintreffen, alle Ausrüstung würde eingeladen und samt den Soldaten zur RNS *Tripoli* zurückkehren - ein Biest unter den orbitalen Angriffsschiffen, das sie mit der Hilfe der Altairianer gebaut hatten. Das Schiff war in der Lage, ein ganzes Bataillon aufzunehmen, es auf jedweden Planeten der Galaxie zu verlegen, und es bis zu drei Monaten zu unterstützen, ohne Nachschubbedarf anzumelden.

Beim Erhalt dieser Neuigkeit schüttelte Pauli den Kopf. Seine Zeit wurde knapp. Nur noch zehn Monate, bis seine Dienstzeit auslief. So kurz vor dem Ende seines Vertrags passte es nicht in seinen Plan, erneut an einer Invasion teilzunehmen. Zurück auf der *Tripoli* würde er die Personalabteilung darauf ansprechen, ob er sich für die Delta-Schule bewerben konnte oder vielleicht eine weniger risikobehaftete Stelle finden konnte, um den Rest seiner Zeit abzusitzen.

Kapitel Neun
Schiffswerft Kita

Kita, Hauptsystem der Primord
RNS *George Washington*

»Seht euch die Größe dieses Planeten an ....«, sagte einer der Brückenoffiziere mehr zu sich selbst als zu seinen Kollegen.

»Steuermann, bringen Sie uns an den Liegeplatz, den uns unsere Gastgeber zugewiesen haben«, ordnete McKees XO an.

Die *George Washington* bewegte sich langsam durch die riesige Schiffswerft voran. Die Einrichtung war größer als alle, die sie je zuvor gesehen hatten – über 200 Arbeitsbuchten. Die meisten enthielten entweder im Bau befindliche neue Schiffe oder reparierten die Kriegsschäden beschädigter Schiffe. Ein absolut enormer Betrieb.

»Captain, wir erhalten eine Nachricht aus dem Büro des Stationsleiters«, berichtete der Kommunikationsoffizier. »Sie informieren uns, dass nach dem Andocken der *GW* eine Delegation an Bord kommen wird, um uns zu begrüßen und sich mit Ihnen zu treffen. Sie bitten darum, dass wir unsere Leute zunächst an Bord zurückhalten.«

McKee bestätigte den Erhalt der Nachricht und kehrte an ihren Sitz zurück. Erneut sah sie sich die lange Liste der Schäden an, die der Reparatur bedurften. Sie war froh, diese so notwendigen Reparaturen in einer Schiffswerft durchführen zu können. Nur so konnten sie auf die nächste Kampagne vorbereitet sein, die, da war sie sich sicher, bereits in Vorbereitung war.

Nachdem das Schiff festgemacht hatte, kam eine Abordnung der Prim an Bord. Sie wurden zum Konferenzraum begleitet, wo McKee sie zusammen mit ihrem Leitenden Ingenieur und einem Großteil ihrer Abteilungsleiter bereits erwartete. Ihre Gastgeber direkt darüber zu informieren, was getan werden musste, war der schnellste Weg, die nötigen Informationen weiterzugeben.

McKee erhob sich, als die Prim den Raum betraten. Sie musste sich daran erinnern, dass die Prim sich nicht wie die Menschen zum Willkommen die Hände schüttelten, noch verbeugten sie sich leicht, wie es die Altairianer taten. Die Prim erhoben die Hand zum Gruß. Das war McKee irgendwie unbehaglich, da es sie an den Nazi-Gruß von vor zwei Jahrhunderten erinnerte.

»Captain Fran McKee, ich bin Admiral Stavanger. Das ist Mr. Hanseatic. Er ist der Leiter der Schiffswerft. Wir beide möchten die Menschen der Erde auf Kita willkommen heißen. Es ist uns eine große Ehre und ein echtes Vergnügen, solch furchterregende Krieger kennenzulernen. Meine Leute konnten uns nicht genug über Ihre gewagten Einsätze in der Schlacht um Intus berichten«, huldigte der Prim-Admiral sie in einem beinahe ehrfürchtigen Ton.

»Vielen Dank, Admiral Stavanger. Es ist uns eine Ehre und ein Vergnügen, Sie kennenzulernen«, erwiderte McKee ihrerseits. »Mein Volk kann Ihnen gar nicht genug danken, dass Sie uns anboten, unsere am schwersten verletzten Soldaten Ihren medizinischen Einrichtungen anzuvertrauen und unsere Schiffe hier zu reparieren. Wir freuen uns darauf, eng mit den Primord zusammenzuarbeiten und mehr über Ihr Volk zu erfahren.« Mit einer Handbewegung lud sie die Gruppe der fünf Prim zum Sitzen ein.

Sobald alle ihren Platz gefunden hatten, kam Hanseatic direkt auf den Punkt. »Wie ich hörte, haben Sie eine Liste der notwendigen Systeme, die der Reparatur bedürfen. Falls Sie sie zur Hand haben, würde ich sie gerne an meine Reparaturabteilung weiterleiten. Der Abteilungsleiter wird uns die genaue Zeit nennen, die wir benötigen, um ihre Schiffe wieder funktionsfähig zu machen.«

McKee nickte ihrem Leitenden Ingenieur zu, der dem Prim ein Tablet mit der kompletten und im Detail aufgeführten Liste überreichte. Mithilfe der altairianischen

Übersetzungstechnologie hatte er ihr Ersuchen bereits in die Sprache der Prim übersetzt.

Der Manager der Schiffswerft akzeptierte das Tablet und lächelte anerkennend, als er sah, dass ihm die Datei bereits in seiner Sprache vorgelegt wurde. Er übertrug die Information auf sein eigenes Tablet und sandte sie an seine Leute weiter.

Der Admiral der Prim richtete das Wort an McKee. »Captain, lassen Sie Ihre Verletzten bitte an den Anlege-Port bringen. Unser medizinisches Personal wird sie dort abholen und in die Krankenabteilung verlegen. Ihr Admiral Chester Bailey teilte mir außerdem mit, dass Sie eine ausführlichere Tour unserer industriellen und militärischen Einrichtungen wünschen. Als Ihre Verbündeten werden wir dieser Bitte nachkommen und all Ihre Fragen so gut wie möglich beantworten. Vielleicht würden einige Ihrer Soldaten im Gegenzug mit uns teilen, was sie im Kampf so erfolgreich macht. Wir bekämpfen die Zodark nun schon seit 300 Jahren. Über diese Zeit hinweg hat sich die Front oft verändert. Das ganze Galaktische Reich hegt die Hoffnung, dass die Menschen der ausschlaggebende Faktor sein werden, den Krieg endlich zu unseren Gunsten zu Ende zu bringen.«

McKee tat ihr Bestes, ihren Schock zu verbergen. *Die Prim standen seit 300 Jahren mit den Zodark im Krieg?* Einer solch endlosen Auseinandersetzung hatte sie sich beim

Eintritt in das Weltraumkommando nicht verschrieben. Sie fragte sich, ob sich die Kanzlerin beim Eintritt in das Reich bewusst gewesen war, dass dies die neue Realität für die Menschen sein würde.

McKee lächelte und zwang sich zu einem optimistischen Ton. »Das wäre großartig, Admiral. Wie es der Zufall will, befindet sich ein Kontingent unserer Spezialeinheiten auf der *GW*. Ich bin sicher, dass unsere Leute Ihren Militärführern umfangreiche Informationen darüber liefern können, wie unsere Bodenkräfte kämpfen. Meine Offiziere und ich gehören dem Weltraumpersonal an. Wir bekämpfen Raumschiffe. Unsere Kenntnisse in Bezug auf die Durchführung eines erfolgreichen Bodenkriegs sind sehr beschränkt. Wir freuen uns darauf, von Ihren Offizieren den besseren Umgang mit unseren Schiffen im Kampf zu erlernen. Des Weiteren möchten wir mit Ihnen die Integration fortgeschrittener Technologien in unsere Schiffe diskutieren, um deren Fähigkeiten auszubauen.«

Die Zeit ihrer Zusammenkunft verging schnell, während der Admiral und der Werftmanager Captain McKee und ihren Leuten einen kurzen Abriss über den Plan der kommenden zehn Tage präsentierten. Mr. Hanseatic erklärte, dass es seine Leute acht Tage kosten würde, die nötigen Reparaturen durchzuführen. »Mit Ihrer Erlaubnis werden wir den Reparatur-Synth auf Ihrem Schiff zusätzlich noch ein Update hochladen, das sie befähigen wird, einige der auf höherem Niveau gelegenen Reparaturarbeiten selbst durchzuführen", bot er an.

McKees Sondereinsatztruppe würde zwei Militäranlagen der Prim besuchen und Zeit damit verbringen, deren Militär und Kampftaktiken näher kennenzulernen. Des Weiteren würden sie den Prim den Unterschied zwischen einem Delta und einem Soldaten der regulären Armee erklären, und wie beide Gruppen Hand in Hand aber mit eindeutig unterschiedlichen Aufgaben und Fähigkeiten arbeiteten.

****

Fünf Tage später saß McKee in ihrem Büro, während ein Steward einen kleinen Tisch mit feinem Porzellan, silbernem Besteck und zwei Weingläsern eindeckte. Nachdem alle Vorbereitungen getroffen waren, verließ er den Raum, damit McKee und der Prim-Admiral sich unter vier Augen unterhalten konnten.

Die Mahlzeit war speziell im Hinblick darauf zubereitet worden, welche Nahrungsmittel akzeptabel und sicher für einen Primord waren. McKee bemühte sich, den Admiral mit einigen Delikatessen von der Erde und einem kalifornischen Merlot zu beeindrucken.

Sobald die beiden unter sich waren, genossen sie ihr Mahl und den guten Wein. Die Unterhaltung beschränkte sich überwiegend auf neutrale Themen. Captain McKee bemühte sich, Admiral Bvork Stavanger, seine Geschichte und seine Persönlichkeit kennenzulernen und besser zu verstehen. Sie hatte vor noch heute Abend eine persönliche Einschätzung des Admirals niederzuschreiben - solange die Informationen noch frisch in ihrem Gedächtnis waren.

Je länger sie sich unterhielten, desto mehr faszinierte er sie. Er war erstaunliche 362 Jahre alt, wovon er bislang 320 Jahre dem Prim-Militär gewidmet hatte.

McKee schüttelte im Unglauben darüber, wie alt er war, den Kopf. Sie konnte sich nicht vorstellen, was er über die Jahre alles gesehen haben musste. *So alt zu werden ....* Er hatte zwei Mal geheiratet; jede Ehe hatte über 100 Jahre lang bestanden. Er hatte sechs Kinder mit seiner ersten und acht Kinder mit seiner zweiten Frau, was ihm 84 Enkel und über 500 Urenkel beschert hatte.

Zuerst hielt McKee diese Zahlen für absurd. Je mehr sie allerdings darüber nachdachte, desto deutlicher wurde ihr, dass dies, falls sie so alt wie er werden sollte, ihre eigene Geschichte sein könnte. Sie war gerade erst 42 Jahre alt und alleinstehend, aber wer konnte schon wissen, was die nächsten 300 Jahre bringen würden?

Gegen Ende ihres Abendessens und nach dem zweiten Glas Wein, stellte McKee die Frage, die ihr auf der Zunge brannte. »Admiral, wie lange gehören die Primord bereits dem Galaktischen Reich an?«

Der Admiral lächelte leicht. »Bitte, Fran, nennen Sie mich einfach Bvork«, erwiderte er. »Sie und ich sind nun Freunde, und Freunde rufen sich beim Vornamen.«

Fran errötete etwas und nickte zustimmend.

»Das Reich …. oder das GR, wie es auch genannt wird …. wir Primord gehören dieser Allianz bereits seit 291 Jahren an«, erklärte Bvork.

Fran fragte sich, ob ihm wohl der Wein zu Kopf gestiegen war. Selbst wenn – sie hatte Fragen, und er hatte gerade die Büchse der Pandora für sie geöffnet. Sie würde ihre Antwort erhalten und Antwort auf die Fragen, die der republikanische Nachrichtendienst beantwortet haben wollte.

»Bvork, wollen Sie damit sagen, dass die Primord schon länger gegen die Zodark kämpfen als sie dem Reich angehören?«

Bvork nickte. »Ganz recht. Unser Volk bereist seit beinahe 500 Jahren den Weltraum. Unseren ersten Planeten kolonisierten wir 100 Jahre, nach unserem ersten Vorstoß ins All. Seitdem gab es kein Zurück mehr. Wie Sie vielleicht wissen, setzt sich unser Hauptsystem aus sechs Planeten zusammen. Fünf davon gehören zum Bestand unserer Kolonien. Insgesamt nennen wir 24 Kolonien unser eigen, wovon 19 sich über 14 andere Systemen verteilen. Unsere Bevölkerung setzt sich mittlerweile aus über 132 Milliarden Mitbürgern zusammen.

»Vor genau dreihunderteinem Jahr waren wir es, die die Zodark entdeckten. Zunächst verlief unsere Beziehung friedlich. Wir unterhielten eine kleine Bergbaukolonie in einem System, das neben einem der ihren lag. Wir standen ein Jahr lang in Beziehung, betrieben etwas Handel und tauschten Informationen aus. Und dann drangen sie unerwartet in unseren Bereich vor. Wir gingen davon aus, dass sie das nur taten, um sicherzustellen, dass wir keine Bedrohung für sie darstellten. Aus diesem Grund hielten wir die Zahlen unserer militärischen Präsenz in einem nicht allzu weit entfernten System auf einem Minimum. Zwei Jahre, nachdem wir ihnen zum ersten Mal begegnet waren, überfielen sie dann uns.

»Die Invasion war im Handumdrehen vorbei. Sie eroberten unser System inklusive der Förderkolonie und begannen im darauffolgenden Monat mit der Invasion anderer Systeme. Die nächsten sieben Jahre waren schwere, lange Jahre. Wir verlegten unser Militär und unsere Soldaten in die Kolonien an der Front, während uns die Zodark von allen Seiten aus zusetzten. Sie wissen, dass sie wie wilde Tiere kämpfen. Wir verloren Millionen von Soldaten in diesem Krieg. In der Zeit, die nötig war um die Produktion unserer Kriegsschiffe hochzufahren, hatten die Zodark sieben unserer Sternensysteme und 12 Kolonien eingenommen. Im achten Jahr dieses Kriegs gelang es uns endlich, das Blatt zu wenden. Wir stoppten ihren Vorstoß und erzielten Erfolge damit, sie zurückzudrängen. Trotzdem unterliegen immer noch zwei unserer Sternensysteme und drei der Kolonien ihrer Kontrolle. Aber jetzt - seit sich die menschliche Rasse der Allianz angeschlossen hat - bin ich optimistisch, dass wir auch sie zurückerhalten werden.«

Fran saß nur da und hörte wie vor den Kopf geschlagen zu. »Bvork, wie ist es möglich, dass sich dieser Konflikt so lange hingezogen hat?«, fragte sie schockiert. »Wie ist es möglich, dass keine Seite einen Sieg erringen konnte oder dass es je zu einer Friedensvereinbarung kam? Uns Menschen scheint es unverständlich, dass es Ihnen mit Ihrer weit fortgeschrittenen Technologie, mit einer Prim-Bevölkerung von mehreren Milliarden und mit all Ihren Raumschiffen bislang unmöglich war, den Zodark einen Sieg abzuringen. Wieso sind sie so schwer zu besiegen?«

Bvork lachte. »Die Politik, Fran, die Politik. Sie müssen im Auge behalten, dass sich dieser Krieg nicht nur in einigen wenigen Systemen oder Regionen des Weltraums, sondern in ganzen Galaxien abspielt. Wir sind nur eine der Dutzend Galaxien, um die es in diesem gigantischen An-sich-Reißen der Macht geht. Wir bekämpfen nicht nur die Zodark. Die Orbot kennen Sie ebenfalls schon, diese halb- Maschine, halb-biologischen Biester. Darüber hinaus gibt es noch andere Spezies von Außerirdischen, die uns ebenfalls feindlich gesinnt sind. Dieser Krieg, Captain, zieht weit größere Kreise, als Sie es sich vorstellen können. Wir sind nur ein unbedeutender Teil dieser galaktischen Kriegsmaschine. Die Altairianer sind diejenigen, die die übergreifende Strategie dieses Konflikts planen. Sie entwickeln die Vorgehensweise und koordinieren sie über die Galaxien hinweg, während wir unbedeutenderen Spezies diese Pläne umsetzen und kämpfen.«

Fran seufzte. Sie dachte darüber nach, was Bvork ihr gerade erzählt hatte. Und obwohl es Sinn machte, schien irgendetwas an dieser Geschichte nicht zu stimmen. Nach all diesen Jahren hätte schon vor langer Zeit eine Generalflotte oder eine alles entscheidende Schlacht organisiert werden sollen. Aus irgendeinem Grund war dem nicht so. Das verstand sie nicht.

»Bvork, ich bin nur der Kapitän eines Raumschiffs. Ich gehe dorthin, wohin meine Befehle mich senden, und greife die an, die ich angreifen soll. Wieso organisieren wir nicht eine riesige Flotte von Kriegsschiffen und Soldaten und dringen in die Heimatwelten der Zodark vor? Wieso versuchen wir nicht, den Krieg mit den Zodark und Orbot zu beenden, oder sie zumindest als ständige Bedrohung gegen uns auszuschalten?«, bat sie mit beinahe flehender Stimme um sein Einverständnis.

Bvork setzte sich in seinem Stuhl zurück, während er sie ruhig ansah. »Fran, dieser Gedanke ist nicht neu. Vor vielen Jahren entwickelten die Primord zusammen mit einer anderen Rasse, den Tulley, Pläne für die Invasion der Hauptsysteme der Zodark. Unglücklicherweise erfuhren die Altairianer von diesen Plänen, worauf sie und eine andere Spezies, die Gallentiner, die Sie bald kennenlernen werden, uns auf ihre Hauptwelt Altus befahlen. Sie konfrontierten uns mit ihrem Wissen und verboten uns, unsere Pläne zu verwirklichen. Sie sagten uns, dass eine Invasion der Zodark-Welten die Orbot provozieren könnte, und was noch schlimmer wäre, eine Ältestenrasse innerhalb des Schattenreichs – das sogenannte Kollektiv. Das Kollektiv ist den Orbot einen Schritt voraus, sowohl in der Technologie als auch in ihrer körperlichen Gestalt. Ungleich den Orbot, die Cyborg sind, sind die Mitglieder des Kollektivs reine Maschinen ....«

»Halt, Bvork. Wie ist das möglich?«, unterbrach ihn McKee. »Was heißt, sie sind Maschinen? Und wieso haben wir noch nie von ihnen gehört?« Diese neue Information hatte sie aus der Bahn geworfen.

Bvork schien plötzlich zu zögern, so als ob er gerade zu viel verraten hätte. »Fran, die Menschen sind einfach noch zu neu im Galaktischen Reich«, beschwichtigte er sie. »Vielleicht haben die Altairianer Ihnen davon noch nichts erzählt, weil sie nicht wollen, dass Sie sich um etwas Gedanken machen, das Sie bislang nicht betrifft.«

Frustriert schüttelte Fran den Kopf. »Einer unserer Marineoffiziere, der wohl am meisten bewanderte und tapferste Raumschiffskapitän unseres Militärs, Rear Admiral Miles Hunt, befindet sich gerade auf Altus. Ich denke, dass sie ihn dort sicher informieren werden. Aber diese Frage stellt sich mir, Bvork. Wieso sollten die Gallentiner und die Altairianer Bedenken vor der Einmischung des Kollektivs haben? Leitet das Kollektiv das Schattenreich? Führt es das Kommando über die feindliche Allianz?« Fran bombardierte den armen Mann praktisch mit Fragen. Sie brauchte Antworten; die Menschen brauchten Antworten.

Bvork griff nach seinem Glas Wein und leerte es. Vermutlich wollte er Zeit gewinnen, um zu überlegen, wie viel er ihr mitteilen sollte.

»Fran, es gibt vieles, was Sie von dem Galaktischen Reich noch nicht wissen. Mit der Zeit werden Sie mehr darüber erfahren. Im Moment steht im Vordergrund, dass Sie ihr Volk darauf vorbereiten, seine Position als dominierende militärische Macht im Weltraum einzunehmen. Sie müssen Ihre Wirtschaft so ankurbeln, dass sie diesen nicht enden wollenden Krieg unterhalten kann. Dazu müssen Sie Ihr Bestes geben, so schnell wie möglich unabhängig von den Altairianern zu werden. Eine Weile werden Sie deren Hilfe noch akzeptieren müssen; Sie werden sie brauchen. Früher oder später werden Sie lernen, entweder selbst auf deren Technologie aufzubauen oder die Technologien der Zodark oder Orbot in Ihre eigene zu integrieren. Damit bieten Sie Ihrem Volk besseren Schutz und können unabhängiger vom Galaktischen Reich denken und handeln.«

Fran wusste, dass ihr Gesicht ihre absolute Verwirrung ausdrückte, aber das war ihr egal. Sie hatte gerade bedeutende Informationen erhalten. »Bvork, Sie haben mir viel Stoff zum Nachdenken geliefert. Ich habe noch so viele Fragen, die ich Ihnen stellen möchte. Zunächst aber, denke ich, sollte ich mich persönlich mit den Themen auseinandersetzen, die Sie gerade angesprochen haben.

»Mr. Hanseatic sagt, dass unsere Schiffe in einigen Tagen wieder betriebsbereit sind. Darf ich Sie bevor wir ablegen, noch einmal zu einem privaten Abendessen einladen?«

Bvork nickte. »Das mache ich gerne. Aber bevor ich mich heute Abend verabschiede, möchte ich Ihnen noch von unserer neuen Kampagne berichten. Sie wird in der Hauptsache von uns Primord und den Menschen ausgefochten werden. Die Altairianer, Tully und Gallentiner werden nicht daran teilnehmen.

»Wie Sie wissen, kontrollieren die Zodark immer noch zwei unserer Kolonien. Eine von ihnen ist der Planet Rass. Das war unsere erste Kolonie, die die Zodark uns vor über 300 Jahren abgenommen haben. Gegenwärtig ist es eine Welt der Zodark. Auf dieser Kolonie lebten bei ihrer Einnahme weniger als 20,000 Menschen. Unseren neuesten Informationen nach haben die Zodark und Orbot ein Industriezentrum und einen militärischen Außenposten aus ihr gemacht.

»Diese Invasion wird nicht einfach werden; sie werden hart um diesen Planeten kämpfen. Ich schlage vor, dass wir den Planeten folgendermaßen angreifen ….«

Die folgende Stunde verbrachten sie damit, die Details der bevorstehenden Auseinandersetzung zu diskutieren. Es würde ein brutaler Kampf werden, aber einer, der unumgänglich war. Er war der sprichwörtliche Schlag ins Gesicht des Feindes, den Fran für nötig hielt.

Kapitel Zehn
Realistisches Training

RNS *Tripoli*
Planet Intus

Sergeant Paul ‚Pauli' Smith entledigte sich seiner Panzerweste und ließ sich auf sein Bett fallen. Sein Bataillon hatte soeben die vierte Woche Training hinter sich gebracht. Seit drei Monaten bereiteten sie sich nun schon zugunsten ihrer neuen Mission auf orbitale Angriffe vor. Das Training war intensiv: sie spielten mögliche Kampfsituationen so realistisch wie möglich durch.

»Hey, Pauli, Ihr Termin mit dem S1 wurde auf 17 Uhr verlegt«, informierte Master Sergeant Dunham ihn, während er seine Weste von sich warf und sich ebenfalls erschöpft auf sein Bett fallen ließ.

Der Sergeant des Zugs war erledigt. Es war schwer, die neu zu ihnen gestoßenen Soldaten und gleichzeitig auch alle anderen zu motivieren. Es war harte Arbeit, die Neuzugänge kampfbereit zu machen. Sicher, sie brachten einiges aus der Grundausbildung mit, aber ein orbitaler Angriff lag eben doch weit über diesem Niveau.

»Danke, Master Sergeant«, erwiderte Pauli. »Es war nett, dass Sie mir zu diesem Termin verholfen haben.«

»Na ja, jeder, der nach sechs Jahren Dienst in der Infanterie ein Delta werden will, ist meine Art von verrückt. Ich hoffe, sie werden akzeptiert, Pauli. Sie sind ein fabelhafter Soldat«, antwortete Dunham, der auf seinem Bett lag und weiter versuchte, seine Atmung unter Kontrolle zu bekommen.

****

Zwei Stunden später stand Pauli vor einer Bürotür, deren Schild ‚S1, Personal' verkündete. Er trat ein und suchte nach dem Lieutenant, mit der er den Termin hatte.

»Aha, da sind Sie ja, Sergeant Smith«, begrüßte ihn der Lieutenant freundlich. »Nehmen Sie doch bitte Platz. Ich habe Sie bereits erwartet.«

»Vielen Dank, dass Sie sich mit mir treffen, Lieutenant Tyrus«, entgegnete Pauli höflich, während er sich einen Stuhl heranzog.

»Sowohl Master Sergeant Dunham als auch Lieutenant Atkins legten uns nahe, Sie zu sehen. Nachdem ich mir Ihre Militärakte ansah, verstehe ich warum. Sie ist wirklich beeindruckend. Bronzestern, Silberner Stern, Purple Heart, zwei Orbitale Angriffsmedaillen, zwei Einsätze auf Neu-Eden und Ihr Einsatz auf Intus. Sie haben im Laufe Ihrer kurzen Karriere im Militär schon viel gesehen.« Der Lieutenant blätterte auf ihrem Tablet Paulis Akte durch, bevor sie es vor sich auf dem Tisch ablegte. »Dabei fiel mir auf, dass Ihr jetziger Vertrag in sieben Monaten abläuft.«

Pauli nickte. »Aus diesem Grund bin ich hier. Ich möchte mich neu verpflichten, aber nur, wenn ich mich um eine Position mit den Sondereinsatztruppen bewerben kann. Ich will ein Delta werden.«

Skeptisch sah sie ihn an. »Sie wollen sich neu verpflichten, aber nur, wenn Sie ins Trainingsprogramm für die Sondereinsatzkräfte aufgenommen werden?«

Pauli richtete sich gerade auf. »Richtig. Ist das ein Problem?«

Lieutenant Tyrus sah zum Sergeant Major hinüber, der am Schreibtisch neben ihrem saß. Er zuckte mit den Achseln und konzentrierte sich wieder auf das, woran er gerade arbeitete.

Der Lieutenant rutschte leicht in ihrem Stuhl hin und her. »Sergeant, die Sondereinsatzkräfte sind seit drei Jahren dabei, ihr Trainingsprogramm hochzufahren«, begann sie. »Ein Teil der neu Eingezogenen werden dieser Tage sofort zum Training für die Sondereinsatztruppen abgestellt. Es ist nicht länger, wie es einmal war – dass jemand zunächst in der Infanterie dienen muss, bevor er für die Spezialeinheiten in Erwägung gezogen wird. Lassen Sie mich etwas überprüfen.«

Mit dem Tippen des Lieutenants sah Pauli seine Chance schwinden. Seit Jahren hatte ihn allein der Traum, ein Delta zu werden, motiviert, sein Bestes zu geben.

»Ah, da ist es. Ok, Sergeant, so sieht es aus. Wie Sie wissen, zieht sich das Training der Sondereinsatzkräfte über drei Jahre hin. Als Erstes müssen Sie es durch die Auswahl schaffen – dieser Abschnitt zieht sich über zwei Wochen hin. Danach folgen zwei Wochen medizinischer Evaluierung, um zu sehen, ob ihr Körper die physischen Verbesserungen verkraften kann, die ihm zugemutet werden. Nachdem Sie diese beiden Auswahlkriterien erfolgreich bestanden haben, werden Sie einer Klasse zugeordnet und erhalten das Startdatum für Ihr Training.

»Mit dem Schulbeginn absolvieren Sie zunächst zwei Monate Training, bevor die medizinische Verwandlung beginnt. Ich will Sie nicht anlügen, Sergeant. Dieser Prozess ist schmerzhaft und langwierig. Die Erholung nach der Operation nimmt zwei Monate in Anspruch, gefolgt von der dreimonatigen Trainingsphase Eins, in der Ihr Körper und Ihr Geist lernen werden, mit Ihrem neuen Körper umzugehen. Falls Sie Phase Eins nicht bestehen sollten, werden Sie sofort zur Infanterie zurückversetzt, wo Sie den Rest der Zeit Ihres Vertrags ….«

Pauli unterbrach sie. »Wie hoch ist die Prozentzahl derjenigen, die den ersten und zweiten Teil des Auswahlprozesses nicht überstehen?«

Lieutenant Tyrus öffnete den Mund, um etwas zu sagen, hielt dann aber inne und sah auf ihren Bildschirm. »In Phase Eins sind es um die 52 Prozent, Phase Zwei, die medizinische Kontrolle, 12 Prozent. Phase Drei, das körperliche Training, um Sie den Umgang mit Ihrem Körper zu lehren, sechs Prozent. Von 100 Personen, die mit dem Training beginnen, schaffen es letztendlich nur 39 Anwärter. Die erwartet dann ein zweieinhalbjähriges Spezialtraining, bevor sie endlich einer Einheit zugeordnet werden. Es ist ein langer und sehr anstrengender Prozess, Sergeant.«

»Klingt, als ob Sie mir die Neuverpflichtung ausreden wollen«, bemerkte Pauli düster.

Der Sergeant Major, der nebenan saß, mischte sich nun in die Unterhaltung ein. »Nicht, dass wir Ihnen die Idee ausreden wollen, Sergeant. Wir wollen nur, dass Sie wissen, worauf Sie sich einlassen.«

»Das ist in Ordnung, Sergeant Major. Was muss ich sonst noch wissen?«

»Also - zunächst verlangt die Armee aufgrund der Länge des Trainings und der Investition, die in Sie gemacht wird, eine lange Vertragszeit. Die Armee will sicher sein, dass ihre Investition Rendite zeigt«, erklärte er.

Lieutenant Tyrus fügte noch hinzu: »Außerdem sollten Sie wissen, dass gegenwärtig eine Verluststopp-Anordnung existiert. Als Sie in die Armee eintraten, musste jeder mit einem sechsjährigen Vertrag zwei zusätzliche Jahre in der inaktiven Reserve, der IRR, verbringen. Heute ist es so, dass die Kanzlerin und der Verteidigungsminister die inaktiven Reservisten aktiviert und eine Verluststopp-Anordnung für alle Soldaten mit regulären Verpflichtungsverträgen ausgesprochen haben. Das bedeutet, dass Sie selbst nach Ablauf Ihres Vertrags in sieben Monaten für weitere zwei Jahre als aktivierter Reservist dienen müssen.«

Erregt schüttelte Pauli den Kopf. »Lieutenant, Sergeant Major - damit wollen Sie mir also sagen, dass ich, selbst wenn ich mich nicht neu verpflichte, noch mindestens zwei weitere Jahre in der Infanterie dienen muss?«

Beide nickten.

Pauli atmete tief durch. *Kontrolliere die Dinge, die du kontrollieren kannst. Lass die Dinge los, die du nicht kontrollieren kannst.*

»Ok, unterstellt, ich will weiter zu den Spezialeinsatzkräften«, sagte er. »Wenn dem so wäre, wie lange müsste ich mich verpflichten?«

Der Ton des Sergeant Major erwärmte sich ein wenig. »Sergeant, der Vertrag der Sondereinsatzkräfte läuft über 14 Jahre. Die ersten drei Jahre vergehen mit dem Training, und sobald das abgeschlossen ist, will das Militär gute zehn Jahre Dienst von ihnen sehen. Da Sie obendrein zwischendurch sicher noch zusätzliche Weiterbildungskurse besuchen werden, hängt das Militär einfach noch ein Jahr an. Damit sind wir bei einer Verpflichtung von 14 Jahren.

»Andererseits, falls Sie sich tatsächlich für die Sondereinsatzkräfte entscheiden und damit Ihre Unterschrift unter ihren zweiten Verpflichtungsvertrag setzen …. dann steht Ihnen ein Bonus zu. Und der hat sich gewaschen.«

Pauli lehnte sich nach vorn. »Wie viel?«

»Eine halbe Million RD«, verkündete Lieutenant Tyrus. Pauli stieß einen anerkennenden Pfiff aus.

»Ein Viertel davon erhalten Sie nach der erfolgreichen Beendigung von Phase Drei«, erklärte sie. »Ein weiteres Viertel ist nach dem Abschluss der Schulung für Sondereinsatzkräfte fällig, ein Viertel im siebten Jahr Ihrer Verpflichtung, und das letzte Viertel, sobald Sie die 10-Jahres Grenze erreicht haben.«

Das sind eine Menge republikanischer Dollar, dachte Pauli. Sicher mehr, als er je in den Händen gehabt hatte. Andererseits …. da er die längste Zeit seines Lebens mit dem Militär entweder auf Neu-Eden oder auf Intus verbracht hatte, hatte er selbst bereits 130.000 RD zur Seite legen können.

»Ok, wenn ich mich also auf eine 14-jährige Verpflichtung einlassen will, wann kann ich mit dem Training beginnen?«, erkundigte sich Pauli.

Lieutenant Tyrus suchte auf ihrem Bildschirm nach seiner Antwort. »Der nächste Auswahltermin, für den wir Sie registrieren können, findet im März 2116 statt. Alle anderen Stellen sind bereits besetzt.«

Pauli ließ sich in seinem Stuhl zurückfallen. »Das bedeutet also, dass ich mich auf 14 Jahre verpflichten muss, das Training aber erst in 13 Monaten beginnen kann?«

Sie nickte. »Im Prinzip, richtig. Mit der Ausnahme, dass zum Zeitpunkt Ihres offiziellen Trainingsbeginns die Zeit, die sie mit Warten verbrachten, zu den 14 erforderlichen Jahren hinzuaddiert wird. Das Militär besteht darauf, die vollen 14 Jahre von Ihnen zu bekommen. Erst zu dieser Zeit beginnt dann auch Ihre Bonusuhr zu ticken.«

Der Sergeant Major meinte: »Ich weiß, das klingt wie ein schlechtes Geschäft, Smith. Bedenken Sie aber – egal, ob Sie es mit den Sondereinsatzkräften versuchen oder nicht – Sie müssen nach dem Ablauf Ihrer jetzigen Vertragsperiode mindestens zwei zusätzliche Jahre bis zu Ihrer tatsächlichen Freistellung dienen. An Ihrer Stelle würde ich mich für die Spezialeinheiten entscheiden. Ich denke, dass Sie es nicht bereuen werden. Ein unglaubliches Abenteuer erwartet sie. Natürlich können Sie auch den Rest Ihrer Zeit und die Zeit in der Reserve absitzen, aus dem Dienst ausscheiden und das Militär hinter sich lassen.«

Pauli überlegte einen Augenblick. »Ok, so machen wir's«, erklärte er voller Selbstvertrauen. »Ich unterschreibe den Vertrag für die Sondereinsatzkräfte. Davon träume ich schon seit Jahren.«

****

RNS *Tripoli*

Konferenzraum der 1. OAB

Major Monsoor beobachtete die Gesichter der Offiziere und Unteroffiziere, die vor ihm saßen. Er sah ihre Nervosität. Auch er war nervös. Sie hatten eine schwere Mission vor sich.

Captain Shinzo Akio fragte: »Major, was, wenn es unserer Flotte nicht gelingt, die Reihe der Zodark-Schiffe zu durchbrechen? Werden Sie die Invasion absagen, wenn wir nicht in der Lage sind, den Kampfplatz zu sichern?«

Mehrere andere Offiziere nickten. Während der Invasion von Intus hatten sie über 7.000 Soldaten verloren, die kampflos an Bord ihrer Transporter abgeschossen worden waren. Den Transportern war ein Entkommen unmöglich gewesen, als die Schlachtschiffe der Orbot und die Kreuzer der Zodark plötzlich unvermutet in den Reihen der irdischen Flotte aufgetaucht waren.

»Soweit ich weiß, wird es wie auf Intus zwei Flotten geben«, antwortete Major Monsoor. »Die erste Flotte wird in das System springen und umgehend das Sternentor sichern. Danach wird sie die feindliche Flotte über dem Planeten Rass angreifen. Sobald das erledigt ist, wird die zweite Flotte mit den Transportern durch das Sternentor springen und den Planeten ansteuern.«

»Auf diesem Planeten gibt es mehrere Zodark-Stützpunkte. Unser Ziel ist die Einnahme dieses Kamms. Er gibt uns einen guten Überblick über das gesamte Tal und die etwa 32 Kilometer entfernt liegende feindliche Basis. Hinter dem Kamm befindet sich ein großes Plateau. Dort bauen wir die schwere Artillerie auf. Die M88 werden das Lager unter Beschuss nehmen, bevor wir mehrere Brigaden der C100 auf sie loslassen. Nach der Zerstörung oder der Einnahme dieser Einrichtung sehen wir, was die Division als nächstes für uns geplant hat.«

»Wann geht es los?«, erkundigte sich ein anderer Offizier.

Major Monsoor lächelte. »Die Flotte legt in drei Tagen ab. Wir müssen 12 Sternentore durchqueren, bevor wir unseren Sammelpunkt erreichen. Der Captain informierte mich, dass er mit einer Reisezeit von vier Monaten rechnet. Das bedeutet, uns steht viel Zeit zur Verfügung. Schicken Sie Ihre Einheiten und Ihre Züge so oft wie möglich durch die Simulatoren. Seien Sie sicher, dass Ihre Leute alles, aber auch alles, über diesen Planeten und unsere Angriffsziele wissen. Ich habe keine Ahnung, wie lange sich diese Kampagne hinziehen wird. Was ich allerdings weiß ist, dass diese Mission anders als die auf Intus sein wird. Nachdem sie ihn vor über 300 Jahren den Primord abgenommen haben, gehört dieser Planet jetzt den Zodark. Er beherbergt ein Militärdepot und ist ein zentraler Industriestandort für die Zodark und die Orbot. Die Hoffnung ist, dass wir nach der Einnahme der Basis und dem damit verbundenen Ende aller wirtschaftlichen Aktivitäten, den Zodark und Orbot einen entscheidenden Schlag versetzt haben, der ihnen die Fortführung dieses Kriegs nicht länger erlaubt.«

Kurz danach endete die Besprechung. Alle Anwesenden waren deutlich nervös aber auch enthusiastisch bei dem Gedanken, ein militärisches und industrielles Zentrum der Zodark anzugreifen.

****

»Ich kann immer noch nicht glauben, dass du dich für weitere 14 Jahre verpflichtet hast. Du musst total verrückt sein, Pauli«, erklärte sein Freund Yogi. Sie hatten sich im Aufenthaltsraum zu einem Footballspiel auf dem Computer getroffen.

»Durch den Verluststopp konnte ich sowieso nach dem Ende meiner Verpflichtungsperiode nicht einfach gehen«, konterte Pauli. Sein Quarterback warf gerade seinem weit offenen Receiver einen 36-Meter Pass zu.

Yogi fluchte, als sein Cornerback den Ball nicht aufhalten und an sich reißen konnte. Paulis Mann gewann weitere 18 Meter an Boden, bevor er selbst zu Boden ging.

»Ok, aber trotzdem, wieso gerade die Sondereinsatzkräfte?«, wunderte sich Yogi. »Wie ich hörte, zahlt dir die Infanterie einen Bonus von 10.000 RD für jedes Jahr, für das du dich erneut verpflichtest. In der gleichen Zeit hättest du dir zusätzliche 140.000 RD verdienen können.«

Pauli lachte. »Weißt du, wie hoch der Bonus für die Spezialeinheiten ist, Yogi?«

Yogis Verteidiger und einem seiner Spieler gelang es, Paulis Quarterback neun Meter Boden abzunehmen.

»Über 140.000?«

Pauli drehte sich zu seinem Freund hin. »Was hältst du von 500.000?«

Yogi sah ihn entgeistert an. »Mann, Kumpel. Vielleicht sollte ich das auch in Betracht ziehen, bevor mein Vertrag ausläuft. Das ist eine Menge Geld. Ich wette, dass du dir mit so viel Knete ein schönes Stück Land auf Neu-Eden sichern kannst.«

»Vielleicht, aber ich denke, ich werde versuchen, eine Aufenthaltsgenehmigung für Intus zu bekommen«, erwiderte Pauli. »Der Planet war noch schöner als Neu-Eden.«

»Ja, aber Intus ist eine Prim-Welt. Gut möglich, dass du der einzige Mensch auf dem ganzen Planeten sein wirst«, gab ihm Yogi zu Bedenken.

Pauli zuckte nur mit den Achseln.

»Pauli, Yogi, kommen Sie mit«, forderte Master Sergeant Dunham die beiden Männer beim Betreten des Aufenthaltsraum auf. Sie beendeten ihr Spiel und folgten ihrem Zug-Sergeant. Worum es auch ging, sie würden es in Kürze erfahren.

Sämtliche Sergeanten aller Züge und Einheiten waren bereits in Captain Shinzos Büro versammelt und warteten nur noch auf sie. Pauli war leicht beschämt, als letzter zu erscheinen.

»Nehmen Sie Platz, meine Herren. Wir haben viel zu besprechen«, hieß Captain Shinzo alle willkommen. »Ok, hier die Information. Wir nähern uns unserem Ziel. Wir erhielten gerade unsere erste FRAGO, eine Korrektur unseres ursprünglichen Auftrags. Das 1. Bataillon, 4. Sondereinsatzgruppe hat beantragt, dass unser Bataillon sie bei ihrer Aufgabe unterstützt. Es ist die gleiche Gruppe, mit der wir auf Neu-Eden gearbeitet haben. Ihr Kommandant war offensichtlich von unserem Können beeindruckt und hat General McGinnis namentlich um uns gebeten. Der Major war *so* aufgeregt, dass er nicht mal danach gefragt hat, worum es bei der Mission geht.« Einige der Sergeanten kicherten. »Vor einer Stunde wurden wir über den Job aufgeklärt. Und wenn ich das so sagen darf, die Mission ist absolut einzigartig.«

Pauli fand es toll, dass die 4. Spezialeinheitengruppe sie namentlich angefordert hatte. Sie hatten über sechs Monate lang nebeneinander auf Neu-Eden gekämpft. Tatsächlich waren es zwei Soldaten dieser Einheit, die Pauli endgültig davon überzeugt hatten, sich als Delta zu bewerben. Er war begeistert, wieder mit ihnen arbeiten zu dürfen.

»Ich gehe davon aus, dass diese Mission ein reiner Spaziergang sein wird?«, sprach Lieutenant Atkins laut zum Kummer der Anwesenden aus.

Captain Shinzo brummte. »Und das ist keine Übertreibung, Lieutenant. Der Job stinkt zum Himmel. Er wird verflucht schwer werden. Ehrlich gesagt, verstehe ich nicht, wie der Major sich damit einverstanden erklären konnte. Er muss vergessen haben, dass wir keine verbesserten Supermenschen wie sie sind. Der Job ist so schwierig und gefährlich, dass das gesamte Bataillon mit Delta-Panzeranzügen ausgestattet und Delta-Ausrüstung erhalten wird. Der Grund, weshalb ich Sie heute hier zusammenrief, ist der, dass uns morgen die neuen Ausrüstungsgegenstände geliefert werden. Sie müssen Ihre

Männer gnadenlos darin und darauf trainieren. Wir haben wenig Zeit, uns vorzubereiten. Und was noch schlimmer ist, wir werden mit einer vollkommen neuen Ausrüstung und mit Waffen kämpfen, an die wir nicht gewöhnt sind ....«

»Neue Waffen? Welche denn?«, fragte einer der Master Sergeant grinsend.

Shinzo zuckte mit den Achseln. »Nicht unbedingt *neue* Waffen. Wir benutzen weiter die M85, M90 und M91, nur in der Ausführung für die Spezialeinheiten. Generell sind sie kleiner und kompakter als unsere Infanteriewaffen. Die Akkus für die Blaster wurden ebenfalls verbessert, was die Anzahl der Schüsse, die sie abfeuern können, verdoppelt hat. Auch die Magrail und die präzisionsgelenkten 20mm Granaten sind nun doppelt so stark. Die größte Umstellung für uns werden wohl die Körperpanzer sein. Sie bestehen aus einem leichtgewichtigen Verbundstoff, sind aber auch sperrig und denken Ihren ganzen Körper ab ....«

»Entschuldigen Sie, dass ich Sie unterbreche, Sir«, meldete sich Lieutenant Atkins erneut zu Wort. »Wenn die Jungs von den Spezialeinheiten uns ihre supercoolen Anzüge und ihre verbesserten Waffen geben, dann erwarten sie einen ausgesprochen hässlichen Kampf. Wie genau lautet unsere Mission?«

Captain Shinzo schnaubte mit der Direktheit dieser Frage. Seine und Atkins' Diskussionen waren berüchtigt. Atkins war mit 30 Jahren im Dienst ein Veteran der Infanterie. Er brachte alles auf den Punkt. Ihm entging nur selten etwas.

»Im Gegensatz zum Rest der Invasionsgruppe dringen die Deltas mit der ersten Welle vor. Dieses Mal fällt ihnen die Aufgabe zu, eine militärische Einrichtung der Zodark in der hohen Umlaufbahn um den Planeten herum anzugreifen«, erklärte Shinzo. »Sobald sie in die Einrichtung vorgedrungen sind, wollen sie, dass wir ihnen dabei behilflich sind, die Basis zu sichern.«

Der Captain rief einige Bilder der Station auf, die die Primord ihnen zur Verfügung gestellt hatten, und zeigte ihnen einen kurzen Videoclip, wie der Angriff vonstatten gehen sollte. Die Prim würden mit einigen ihrer Schiffe die Defensivwaffen der Station ausschalten. Nachdem das geschehen war, sollten die Deltas ein Kontingent ihrer Soldaten auf der Außenhaut der Station landen. Nachdem sie die durchbrochen und ihren Weg in die Station gefunden hatten, würden sie sich zur Flughalle begeben. Sobald diese Bucht gesichert war, sollte Paulis Einheit einfliegen und dabei helfen, den Bereich des Hangars fest in ihrer Hand zu behalten, während mehr und mehr Truppen nachfolgen würden. Von dieser gesicherten Ausgangsstellung aus würden sie weiter in die Einrichtung vordringen. Das erklärte Ziel der Mission war, die Station einzunehmen und sämtliche Technologien oder Geheiminformationen, die sie finden konnten, an sich zu bringen.

Lieutenant Atkins räusperte sich. »Na schön, klingt als ob uns harte Arbeit bevorsteht. Wie viele Wochen haben wir? Ungefähr drei ganze Wochen, bis wir im System eintreffen? Klingt wie immer ... Alles Routine, nichts Interessantes zu vermelden.«

Die Anwesenden lachten.

****

RNS *Tripoli*
Trainingsbucht

»An die Panzerung und die hochgezüchteten Waffen könnte ich mich gewöhnen, Sarge«, sagte einer der Neuen.

»Denken Sie immer daran, dass der Panzer vielleicht einen Blasterblitz vom Eindringen abhält, was aber noch lange nicht bedeutet, dass es nicht schmerzhaft sein wird«, warnte Pauli seinen Trupp. »Sie müssen ständig äußerste Wachsamkeit walten lassen und alles um sie herum im Auge behalten, wenn Sie überleben wollen. Uns steht ein schwerer Kampf bevor. Wir werden auf einer Sternenbasis festsitzen.

Das ist ungleich einem Kampf auf einer Planetenoberfläche, auf der wir uns ausbreiten können. Es wird eng werden. Ein direkter schmutziger Nahkampf mit den Zodark. Darauf müssen Sie eingestellt sein, ok?«

Seine beiden Corporals nickten. Ihnen war klar, dass es ihre Aufgabe war, sicherzustellen, dass jedes Feuerteam auf diesen besonderen Kampf vorbereitet war.

Die folgenden zwei Wochen trainierten sie auf einer simulierten Sternenbasis für den Nahkampf. Sie übten die Aufklärung und das Räumen von Zimmern, Fluren, Flughallen, und was ihnen sonst noch einfiel. Sie veranstalteten tägliche Läufe in ihren Panzeranzügen und mit kompletter Ausstattung, einschließlich den modifizierten Waffen. Offiziere und Unteroffiziere taten was sie konnten, um ihre Männer auf einen Kampf vorzubereiten, der seinesgleichen suchen würde.

Je näher sie dem Planeten Rass kamen, desto intensiver wurde das Training. Ihnen stand eine Mission bevor, die bisher noch nie unternommen worden war – die Einnahme einer feindlichen Sternenbasis. Wenn alles nach Plan verlief, würden sie die Einrichtung übernehmen und danach einiges mehr über ihren Feind erfahren.

Kapitel Elf
Task Force Rass

RNS *George Washington*
Sternentor 352-NHW

»Sie schaffen das, Captain McKee«, versicherte ihr Admiral Abigail Halsey über das holografische Kommunikationssystem. »Ich habe absolutes Vertrauen in Ihre Fähigkeit, diese Task Force zu leiten.«

In ihrem Innern spürte McKee ein überwältigendes Gefühl von Selbstzweifeln und Unsicherheit. Während des Angriffs auf Intus hatte sie viele Freunde verloren und viele Schiffe, die ihrem Kommando unterstanden, waren zerstört worden. Das bedrückte sie ungemein.

»Ich wollte, unsere neuen Kriegsschiffe wären einsatzbereit«, entgegnete McKee. Das Gespräch fand nur privat zwischen ihnen beiden in ihrem Büro statt. In der Öffentlichkeit würde sie nie eine solche Aussage machen.

Halsey verzog das Gesicht. »Wir alle wünschen uns die neuen Schiffe, Fran«, nickte sie. »Leider müssen wir warten, bis sie online sind und bis wir genug Zeit hatten, unsere Mannschaften im Umgang mit ihnen auszubilden. In der Zwischenzeit setzen wir den Zodark und Orbot mit dem zu, was uns zur Verfügung steht. Und nicht zu vergessen: Unsere neuen Primord-Freunde, Admiral Stavanger und seine Flotte, stehen Ihnen zur Seite. Tatsächlich brachten sie mehr Schiffe zu diesem Kampf mit als wir in der gesamten Flotte haben. Ich bin mir sicher, dass dieser Kampf anders als der letzte verlaufen wird.«

»Danke für den Zuspruch, Admiral. Den habe ich gebraucht. Es bereitet mir immer noch Probleme, so viele Schiffe und Menschen zu kommandieren. Es tut weh, zu wissen, dass der Verlust eines Schiffes 1.100 Menschen das Leben gekostet hat, und dass ich diejenige war, die das Schiff in seine Position befohlen hatte«, klagte Fran.

Abigail nickte zustimmend. »Warten Sie, bis Sie Admiral sind und eine solche Entscheidung in weit größerem Rahmen treffen müssen. Plötzlich tragen Sie die Verantwortung für Dutzende von Kriegsschiffen mit Zehntausenden von Menschen an Bord. Mit der Zeit lernen Sie, dass Menschen sterben werden, egal, welche Entscheidung Sie auch treffen. Das liegt in der Natur eines Krieges. Unsere Aufgabe ist es die Zahl der Verluste so gering wie möglich zu halten und unsere Chancen auf einen Sieg zu vervielfachen.«

****

»Die Prim-Flotte setzt zum Sprung durch das Tor an«, verkündete Captain McKees S3, ihr Stabsoffizier, mit erregter und angespannter Stimme.

»Bereiten Sie sich darauf vor, zu folgen«, befahl Captain McKee. Ihr Schiff und 16 weitere RNS-Kriegsschiffe waren auf den bevorstehenden Kampf eingerichtet.

Fünf Minuten lang sahen sie zu, wie eine Primord-Gruppe nach der anderen durch das Sternentor sprang. Allen war klar, dass sie auf der anderen Seite eine feindliche Flotte erwartete. Die Erdenmenschen gingen davon aus, unmittelbar nach ihrem Sprung in ein wildes Schlachtgetümmel verwickelt zu werden.

McKee richtete das Wort an ihren Flugbetriebsoffizier. »Sobald wir auf der anderen Seite des Sternentors erscheinen, schicken Sie sofort unsere Staffel der Orion aus. Wir wissen nicht, wie gravierend die Schlacht auf der anderen Seite ist. Schicken Sie sie raus mit dem Auftrag, uns beizustehen. Halten Sie die B-99 ebenfalls zum sofortigen Einsatz bereit. Ich will, dass unsere Bomber ihre Waffen auf jedes Zodark- oder Orbot-Kriegsschiff konzentrieren, das uns erwartet. Es ist entscheidend, diese Schiffe als erstes zu zerstören.

»EWO, ich weiß, dass sie wohl zu nahe sein werden, um ihre Waffen effektiv zu blockieren. Versuchen Sie es trotzdem. Schwerpunkt auf die kleineren Fregatten und Kreuzer, deren Abwehrvorrichtungen vielleicht nicht so stark wie die der Kriegsschiffe sind. Stellen Sie sicher, dass wir unablässig unsere SW-Antilaserraketen abschießen. Kreieren Sie einen Sturm von Sand und Wasser um uns herum, selbst wenn wir uns voran bewegen.«

Nach diesen letzten Instruktionen an ihre Mannschaft war McKee bereit, sich dem zu stellen, was sie auf der anderen Seite erwartete. Auf Biegen und Brechen, diese Schlacht würde eine Entscheidung bringen: entweder würden sie den Feind bis ins Mark treffen und zum Rückzug zwingen, oder die Alliierten mussten sich zurückziehen und ihre Strategie neu überdenken.

Endlich. Die Zeit war gekommen, dass die *GW* in Begleitung von zwei Schlachtschiffen, sechs Kreuzern und sechs Fregatten den Sprung wagte. Die Gruppe näherte sich dem Tor und wartete. Mit der Aktivierung des Tors erschien in seinem Zentrum eine schimmernde Flüssigkeit – das Signal, dass das Tor bereit war sie aufzunehmen. Sobald sie die Schwelle überschritten hatten, folgte die Brückenbesatzung ihrem Weg, der sie abwechselnd ungeheuer schnell nach unten, nach oben und entlang den Seiten einer Art von Tunnel zu führen schien. Währenddessen wirbelten für die wenigen Minuten der

Durchquerung leuchtend bunte Lichter um sie herum. Obwohl nur zwei Minuten vergangen waren, fühlte es sich wie eine Ewigkeit an, bevor das Tor sie am anderen Ende in die Schwärze des Alls ausstieß.

Durch die Verzögerung, die der Sprung durch ein Tor mit sich brachte, dauerte es einige Minuten, bevor ihre Sensoren das Geschehen um sie herum aufgriffen und das Licht der nahen Sonne und der Planeten des Systems wiedergaben. Sekunden danach leuchteten ihre Radarschirme mit einer enormen Anzahl von Kriegsschiffen der Prim und der Zodark auf. Des Weiteren entdeckten sie zwei Dutzend Lasertürme und andere Waffen, die um das Tor herum verankert waren. Diese Torwaffen waren neu – die menschliche Flotte war ihnen bislang nicht begegnet. McKees Gruppe hatte ausgesprochenes Glück gehabt. Die Sternentorwaffen waren immer noch mit den Prim-Schiffen beschäftigt, die vor ihr durch das Tor gesprungen waren.

Die Sensoren verrieten McKee, dass die Zodark-Schiffe den Prim hart zusetzten, im Bemühen, sie auszuschalten, bevor die irdischen Alliierten durch das Tor kommen und ihnen beistehen konnten. Mehrere Prim-Kreuzer explodierten in Stücke gerissen überall um sie herum.

Verflucht, auf was haben wir uns da eingelassen?, fragte Fran sich still.

»Nehmen Sie die Torwaffen unter Beschuss! Vernichten Sie sie, bevor noch mehr Schiffe durch das Tor springen. Und dann finden Sie uns ein Ziel für unsere Plasmakanone!«, kommandierte sie, während die Brückenbesatzung frenetisch versuchte, alle hereinströmenden Daten zu analysieren und zu verarbeiten.

Ihre Waffenabteilung zielte sowohl mit den primären als auch mit den sekundären Türmen auf die am Tor installierten Waffen. Schon nach wenigen Schüssen mit den Schlittenkanonen waren die Torwaffen außer Gefecht.

Nach deren Stilllegung lenkten sie ihre Magrail-Gefechtstürme auf ein Schlachtschiff der Zodark um, das mit einem Kriegsschiff der Prim gleißende Lichtstrahlen austauschte. Jeder Laser schnitt tiefer in das Schiff des Feindes ein. Trümmerteile, Atmosphäre und sogar Leichen wurden von den Raumschiffen ausgeworfen, während sie weiter aufeinander einschlugen.

Dann mischte sich die *GW* in den Kampf ein. Sie schickten Hunderte von 36- und 60-Zoll Projektilen zum feindlichen Kriegsschiff hinüber. Die enormen Projektile setzten dem Zodark-Schiff schwer zu. Diejenigen, die durch den äußeren Panzer in das Schiff vordringen konnten, entzündeten ihre hochexplosiven Gefechtsköpfe, was dem

Feind zusätzlichen Schaden und größere Zerstörung seines Schiffs einbrachte.

»Plasmakanone abgefeuert!«, rief einer ihrer Zielauswahloffiziere aus.

Die massive Kanone feuerte und unterbrach kurzzeitig die Funktion aller Bildschirme. Sobald sie wieder in der Lage waren, ihr Umfeld zu überblicken, bemerkten sie, dass die Plasmakanone einen direkten Treffer auf dem Kriegsschiff der Zodark gelandet hatte. Das gesamte Schiff war von einem 20 Meter breiten Loch durchbohrt. Das Loch in seiner Mitte und der nicht-enden-wollende Beschuss mit Magrail-Projektilen zwang das Zodark-Schiff in die Knie. Es brach in zwei Teile auseinander, in deren Hälften sekundäre Explosionen weiter ihr Unheil anrichteten.

»Beschuss auf diese feindlichen Kreuzer umlenken!«, rief Captain McKee gleich danach aus. Um das Tor herum lieferten sich wohl 30 Zodark-Kreuzer eine Schlacht mit den Primord-Schiffen. Diese Herde mussten sie ausdünnen, bevor die Prim überwältigt wurden.

Auf getrennten Bildschirmen konnte McKee die *GW* selbst beobachten und auch die Schlacht, die sich um sie herum entwickelte. Die primären und sekundären Waffen der *GW* schossen auf die feindlichen Kreuzer. Ihre einzige

Plasmakanone machte sich nun die beiden verbliebenen feindlichen Kriegsschiffe zum Ziel.

»Setzen Sie die Bomber frei«, befahl McKee den Flugoperationen. »Torpedos und Raketen auf die Kriegsschiffe.«

Kurz darauf steckten die F-97 Orion mitten im Getümmel, stark engagiert mit den Jägern der Zodark. McKee verfolgte die Explosion zweier Primord-Kreuzer, die dem feindlichen Beschuss, der von oben auf sie herabregnete, nicht standhalten konnten.

Die *GW* selbst wurde mehr und mehr durchgeschüttelt. Mehrere feindliche Kreuzer umringten sie und schossen ihre mächtigen Laserblitze auf sie ab. Der Feind versuchte, ihre primären und sekundären Waffen auszuschalten, wohl wissend, welchen Schaden die *GW* mit ihnen anrichten konnte.

Plötzlich aktivierte sich das Sternentor erneut. Drei RNS-Schlachtschiffe wurden sichtbar, die von zwei Dutzend Fregatten begleitet wurden. Die irdischen Schiffe fuhren so schnell sie nur konnten ihre Motoren auf volle Geschwindigkeit hoch und brachten Abstand zwischen sich und das Sternentor.

Die zusätzliche Feuerkraft dieser Schiffe würde sich als große Hilfe in dieser Schlacht erweisen. Die Schiffe der

Primord taten ihr Bestes, den Zodark-Schiffen standzuhalten. Trotzdem unterlagen mehr und mehr dem schieren Volumen an Beschuss, dem sie ausgesetzt waren. Diese Schlacht am Sternentor würde als monumentaler Kampf in die Geschichte eingehen.

Während weitere Primord- und irdische Schiffe durch das Tor vordrangen, tauchten gleichzeitig unzählige Zodark-Schiffe zur Unterstützung ihrer Flotte auf. Die Zahl an Schiffen, die sich in diesem Bereich des Weltraums gegenüberstanden, kreierten eine wahrhaft hektische und chaotische Szene. Den Zodark war offensichtlich bewusst, dass sie in Gefahr liefen, das ganze System zu verlieren, falls sie aus dieser Schlacht nicht als Sieger hervorgingen.

Und wieder aktivierte sich das Sternentor. Augenblicke später erschienen 32 Primord-Kreuzer und -Schlachtschiffe auf der Szene, unmittelbar gefolgt von dem Rest der irdischen Flotte. Damit war die Flotte des Galaktischen Reichs den Zodark-Schiffen im Verhältnis von 5:1 überlegen. Mehrere Zodark-Schiffe am äußeren Rand des Kampf verschwanden, wahrscheinlich zurück zum Planeten Rass und den dortigen Orbitalstationen.

Die Schlacht um das Sternentor herum setzte sich fort, allerdings war ihr Ende absehbar. Während die Primord- und Zodark-Schiffe sich gegenseitig wiederholt mit ihren Lasern,

Masern und Strahlenwaffen beschossen, nutzten die irdischen Schiffe ihre magnetischen Schlittenkanonen, um die dünner bewehrten Zodark-Schiffe zu pulverisieren.

Eine Strahlenwaffe konnte den Zodark-Schiffen keinen größeren Schaden zufügen, da sie ihre Schiffe mit einem organischen Material umgaben, dass die hohe Energie eines Lasers absorbierte und abstrahlte. Diese Panzertechnologie hatte ihnen erlaubt, die Weltraumfahrt Hunderte von Jahren oder vielleicht sogar länger zu dominieren. Demgegenüber hatte das Auftauchen der Menschen, die sich stark auf ihre Magrail stützten, einen unmittelbaren Effekt auf die Zodark.

Obwohl sie, wie andere Rassen es sahen, eine alte, überholte Technologie einsetzten, pulverisierten die irdischen Schiffe problemlos ihre ihnen technologisch weit überlegenen Kontrahenten. Leider fehlte es den Erdenmenschen an den nötigen Schiffen sowie an ausreichend trainierten Mannschaften, um sich wie ihre Verbündeten in ausufernden Schlachten zu engagieren. Sie waren noch nicht lange genug an diesem Krieg beteiligt, um ihre Schiffwerften dem gesteigerten Bedarf an Schiffen anzupassen, oder ihre Wirtschaft auf eine solide Kriegsbasis umzustellen. Es würde sie volle zehn Jahre kosten, ein echtes, voll einsatzfähiges Mitglied des Galaktischen Reichs zu werden.

»Captain McKee, die feindlichen Schiffe, die entkommen konnten, sind mit Warp-Geschwindigkeit Richtung Rass unterwegs. Soll ich einen Kurs zur Verfolgung eingeben?«, fragte ihr Steuermann.

»Kom, verbinden Sie mich mit Admiral Stavanger. Ich muss sofort mit ihm reden«, wies McKee an.

Es dauerte einen Moment, bevor das Primord-Schiff antwortete. Dann erschien das Bild von Admiral Stavanger auf ihrem Hauptbildschirm. »Captain McKee, bitte geben Sie mein Kompliment an Ihre Besatzung für ihr unglaubliches Kampfvermögen weiter. Meine Schiffe werden die Zeit einer Ihrer Stunden dazu nutzen, unsere Rettungskapseln einzuholen und unseren Leuten Zeit zu geben, unsere Schiffe zu reparieren. Möchte Ihre Flotte den Angriff auf den Planeten anführen?«

McKee überlegte einen Moment; sein Angebot war eine große Ehre und eine gute Gelegenheit, sich weiter zu etablieren. »Meine Flotte kann das gerne tun, Admiral. Allerdings müssen wir sicher sein, dass wir einige Schiffe am Tor zurücklassen, um die Kontrolle über das Sternentor zu garantieren. In Kürze werden Hunderte von Transportern vor diesem Tor stehen.«

Admiral Stavanger nickte. »Wenn Sie damit einverstanden sind, schlage ich vor, dass wir eines Ihrer

Kriegsschiffe und zwei von meinen zurücklassen; und vielleicht vier Ihrer Kreuzer und zehn Fregatten. Ich stelle das gleiche Kontingent. Das sollte uns hinreichend Schutz geben, falls die Zodark vorhaben, ihre Kräfte in diesem System aufzustocken.«

McKee sagte diese Idee zu. »Das klingt wie ein solider Plan, Admiral«, stimmte sie ihm lächeln zu. »Legen wir fest, wer zurückbleibt. Und danach müssen wir den Planeten sichern und diese Stationen und andere orbitalen Plattformen einnehmen. Ich werde den Befehl an meine Bodentruppen weitergeben, ihren Teil des Plans umzusetzen.«

Nach dem Ende dieser Übertragung, befahl McKee ihrem Kommunikationsoffizier, eine Kom-Drohne durch das Sternentor zurückzusenden, mit der Aufforderung an ihre Angriffstruppen mit ihrem Teil der Operation zu beginnen. Sobald die vereinte Flotte vor Rass versammelt wäre, würde der wirkliche Kampf beginnen.

****

RNS *Midway*
1. Bataillon, 4. Spezialeinheitengruppe

Captain Brian Royce stand vorne im Konferenzraum, in dem er die Einsatzbesprechung abhielt. »Dieser Einsatz ist vollkommen neu für uns – die Einnahme einer feindlichen Station. Da wir so etwas noch nie gemacht haben, will ich nicht vorgeben, zu wissen, ob es ein reiner Spaziergang oder eine höllische Mission werden wird. Ich weiß es einfach nicht. Was ich Ihnen sagen kann ist, dass wir meiner Ansicht nach einen guten Plan entwickelt haben, es lebendig auf die Station zu schaffen.«

Royce hielt einen Moment inne, während er mehrere Nahaufnahmen der Station aufrief. »Wie Sie sehen, wird die Station durch eine Reihe von Geschütztürmen, die mit Nahbereichsverteidigungswaffen bestückt sind, geschützt. Eine Handvoll der Primord-Fregatten werden ihr Bestes geben, sie unschädlich zu machen. Worauf ich Sie aber besonders hinweisen möchte, sind diese Punkte hier«, sagte er und zeigte mit einem Laserpointer auf die Abbildungen.

»Hier, meine Herren, finden Sie unsere Einladung in die Station. Sobald die Prim die Gefechtstürme ausgeschaltet haben, fliegen unsere Piloten jeweils einen unserer Züge an eine dieser Zugangstüren. Nachdem die Osprey sich darauf niedergelassen haben, gehen wir wie bei einer unserer gewöhnlichen Schiffsenteroperationen vor. Tatsächlich folgen wir dem gleichen Muster wie mit dem Zodark-Träger, den wir vor vielen Jahren über Neu-Eden eingenommen haben.

»Das Einbruchsteam des Zugs öffnet einen Zugang durch die Tür und erlaubt dem Rest des Zugs, in die Station vorzudringen. Von dort aus muss jeder Zug sich anstrengen, diesen Punkt hier zu erreichen. Die Informationen, die uns die Prim lieferten, lauten, dass dieser Ort nicht allzu weit von der Flughalle entfernt ist. Die müssen wir öffnen, damit der Rest unserer Kräfte dort landen und uns dabei helfen kann, die Station einzunehmen. Ich weiß nicht, wie vielen Zodark wir auf der Station begegnen werden, aber Sie dürfen davon ausgehen, dass es eine ansehnliche Zahl sein wird. Je schneller wir den Hangar öffnen, desto schneller steht uns Verstärkung zur Seite.«

Einige der Soldaten pfiffen, andere flüsterten und brummten unzufrieden vor sich hin. Diese Mission wurde mit jeder neuen Information, die sie erhielten, besser und besser.

»Bevor wir mit dieser Mission beginnen, werden jedem Zug vier Prim-Kommandotruppen zugeordnet werden. Sobald wir es in die Station geschafft und Zutritt zum Hangar haben, werden sie ihn entsperren und für uns öffnen. Ihre Aufgabe ist es, die Flughalle zu sichern und weiter in die Station vorzudringen, um uns mehr Raum zu verschaffen. Ich kann Ihnen nicht sagen, wie lange es dauern wird, bevor die Verstärkung eintrifft, das heißt, Sie müssen sich darauf einstellen, die Stellung so lange wie möglich zu halten.

»Schicken Sie sofort, nachdem wir drinnen sind, unsere Scout-Drohnen aus. Sie sollen die Station so schnell wie möglich kartieren. Wir brauchen einen Lageplan der Station und müssen wissen, welchen Gegner wir zu erwarten haben.«

Captain Royce wandte sich an seine Zugführer. »Zweiter Zug, Ihre Aufgabe ist es, die Flure und Kreuzungen unmittelbar um den Hangar herum zu halten, nachdem sie gesichert wurden. Etablieren Sie einen soliden Sperrverband, der die Zodark davon abhält, Verstärkung in die Flughalle zu schicken. Erster Zug, Ihre Aufgabe ist es, über den ersten Schritt hinaus vorzudringen und auf Jagd zu gehen. Das Chaos, das Sie in der Station verursachen werden, wird die feindlichen Kräfte in Alarmbereitschaft versetzen. Falls Sie auf Widerstand treffen, den Sie nicht alleine bewältigen können, ziehen Sie sich auf die Standorte zurück, die der Zweite Zug innehat und verstärken dort deren Linien. Wir hoffen, dass uns Ihre Aktivitäten mehr Zeit einbringen werden.

»Dritter und Vierter Zug, Ihnen fällt der Job einer schnellen Eingreiftruppe für den Ersten und Zweiten Zug zu. Wer immer Probleme hat oder die größte Hilfe braucht, das ist der Zug, dem Sie helfen.«

Nachdem sie noch zehn Minuten weitere Details der Mission besprochen hatten, fragte einer der Zugführer: »Sir, ist es eine gute Idee, eine normale Armee-Einheit zur Unterstützung hinzuzuziehen? Warum wurde uns nicht eine zweite Spezialeinheit zugeordnet?«

Mehrere Soldaten nickten zu dieser Frage, die auch sie beschäftigt hatte.

Royce seufzte. »Ich weiß, dass Sie lieber mit anderen Deltas zusammenarbeiten würden, aber das steht nicht in den Sternen. Unser Bataillon und der Rest der Gruppe werden ihre eigenen Missionen auf der Oberfläche erfüllen. Die Einheit der Armee, die uns aushelfen wird, ist die 1. OAB, mit der wir in der Vergangenheit auf Neu-Eden zusammengearbeitet haben. Damals waren sie verlässliche Kämpfer, von daher bin ich zuversichtlich, dass sie sich auch dieses Mal bewähren werden.

»Ok, Zeit unsere Ausrüstungen, Waffen und Munition zu überprüfen. In 90 Minuten kommen wir aus dem Warp. In 70 Minuten will ich Sie in Ihren Ospreys sehen. Wir müssen bereit sein, die *Midway* zu verlassen, sobald wir im System und unserem Ziel nahe sind. Verstanden?«

Alle stießen das obligatorische ‚Hooah!' aus. Sobald die Zeit gekommen war, würden Sie ihren Befehlen so gut wie irgend möglich nachkommen.

****

»Halten Sie sich bereit. Die *Midway* kommt aus dem Warp«, kündete der Osprey-Pilot an. Royce hatte sich zu den Piloten im Cockpit gesellt, während sie auf den Beginn ihres Einsatzes warteten.

Minuten später kam die *Midway* tatsächlich aus dem Warp. Sie waren nun weniger als 500.000 Kilometer von der feindlichen Station entfernt. Sobald sie im Bereich um die *Midway* herum mögliche feindliche Ziele ausmachen konnten, ging ihnen auf, dass sie in einem wahren Hornissennest gelandet waren.

Über den Kampfbereich verteilt standen ihnen zwei Dutzend Kreuzer der Zodark, zumindest eines ihrer Trägerschiffe und drei Schlachtschiffe gegenüber. Dazu kamen noch je ein Kreuzer und ein Kriegsschiff der Orbot.

Captain Royce und die Piloten sahen, dass die *George Washington* ihre Plasmakanone gegen das Orbot-Kriegsschiff einsetzte. Die Strahlenwaffe schlug mit enormer Gewalt auf das Schiff ein. Die massive Explosion nahe dem hinteren Teil des Orbot-Schiffs verursachte sekundäre Explosionen, die durch das gesamte Schiff rasten.

Unmittelbar danach eröffnete die *GW* mit ihren primären Waffensystemen das Feuer auf die Orbot; ihre 60-Zoll Magrailtürme warfen dem feindlichen Schiff endlose Ketten von Projektilen entgegen. Gleichzeitig widmeten ihre sekundären Waffen, die 36-Zoll Magrail, den Zodark-Kreuzern all ihre Aufmerksamkeit, im Bemühen, diese Gefahr auszuschalten.

Vier Kriegsschiffe der Prim manövrierten sich in Position, um die Schlachtschiffe der Zodark zu bekämpfen, während die sechs irdischen Kriegsschiffe ihr Feuer weiter auf den Träger der Zodark und das Orbot-Kriegsschiff konzentrierten. Die irdischen Kreuzer und Fregatten, wie die der Prim, schossen sich auf die verbliebenen Schiffe ein. Eine kleine Gruppe von Prim-Fregatten nahm direkten Kurs auf die feindliche Station. Diese Schiffe hatten den Auftrag, die Waffen der Orbitalstation außer Gefecht zu setzen. Bevor sie nicht ausgeschaltet waren, konnte die *Midway* ihre Entermannschaften nicht freisetzen, um die Station einzunehmen.

Die Schlacht um sie herum tobte gut eine halbe Stunde, in der die Schiffe der Prim sich ihren Weg zur Station erkämpften. Es gelang den Prim, die feindlichen Kanonen zu neutralisieren - dank der Unterstützung zweier republikanischer Kreuzschiffe nahe der Station, die ihnen Feuerschutz gaben. Außerdem boten diese Schiffe auch der *Midway* und der *Tripoli* Deckung, während sie sich der Station näherten. Der Hälfte des Delta-Teams auf der *Midway* fiel die Aufgabe zu, die Station anzugreifen: die andere Hälfte würde sich identifizierten Zielen unten auf dem Planeten annehmen. Die 1. OAB an Bord der *Tripoli* würde gemeinsam mit den Deltas die Station angreifen.

Der Osprey-Pilot sprach Captain Royce an. »Sie schnallen sich besser an, Sir. Wir heben gleich ab. Unser Flug in dieses Chaos hinein dürfte interessant werden.«

Royce nahm diesen Rat an und kehrte auf seinen Sitz zurück. Er schnallte sich an und bereitete sich geistig auf einen bewegten Flug vor.

Augenblicke später schoss der Osprey durch die Abschussröhre in die Dunkelheit des Weltraums hinaus. Nachdem ihr Osprey die Sicherheit der *Midway* hinter sich gelassen hatte, verband sich Royces AI mit der Kamerasicht der Piloten, um einen Eindruck davon zu erhalten, was um sie herum vorging und ein Auge auf ihr Zielobjekt zu haben - die äußere Servicetür, in die sie ihr Einstiegsloch schneiden mussten.

Um die sich bekämpfenden Schiffe durchbrachen gleißende Blitze die Schwärze des Alls. Eines der Primord-Schiffe feuerte Laserstrahlen in alle möglichen Richtungen ab, während es von einer Staffel kleinerer Zodark-Jäger bedrängt wurde. Eine Reihe der Jäger fielen nach kleineren Explosionen aus dem Himmel, während einige ihrer

Kollegen Plasmatorpedos in die benachbarten Primord-Schiffe sandten, die dort großen Schaden anrichteten.

Die Zodark-Jäger, die sich nach dem Abschuss ihrer Torpedos vorübergehend von den Primord-Schiffen zurückzogen, drehten sich praktisch um ihre eigene Achse, bevor sie zunächst ihre Geschwindigkeit reduzierten und dann erneut mit voller Kraft auf die Primord-Schiffe zuhielten. Ein halbes Dutzend Plasmatorpedos schüttelte eines der Prim-Schiffe gewaltsam und sprengte das alliierte Schiff nach mehreren internen Explosionen in zwei Teile.

Nach dem Erfolg dieser Aktion gruppierten sich die Zodark-Jäger von neuem, um sich auf ein zweites Prim-Schiff zu konzentrieren. Dabei übersahen sie mehrere P-97 Orion, die ihnen von hinten mit ihren 20mm-Projektilen in den Rücken fielen. Die Hälfte der Zodark-Jäger explodierte noch bevor ihnen bewusst werden konnte, dass sie angegriffen worden waren. Die verbliebenen feindlichen Schiffe verteilten sich in aller Eile und schwenkten ihre Laser-Gefechtstürme auf die irdischen Schiffe ein. Deren unablässiger Beschuss führte zur Zerstörung zweier Orion, allerdings nicht, bevor sich ihre Piloten in der Rettungskapsel absetzen konnten.

Eine irdische Fregatte mischte sich nun in diesen Kampf ein. Hell aufleuchtende Lichtblitze aus den 20mm-Kanonen ihrer CIWS, ihren Nahbereichsverteidigungssystemen schossen durch den Raum. Die hohe zyklische Schussrate dieser siebenläufigen, flüssigkeitsbetriebenen Waffen war einfach erstaunlich. Jedes fünfte Projektil war eine Leuchtspurrakete, deren Explosion Royce an die Unabhängigkeitstagfestivitäten von daheim erinnerte. Der Rest der Zodark-Jäger, der der Vielzahl dieser Wolfram-Projektile, die auf sie einstürzten, nicht ausweichen konnte, wurde zerfetzt.

Royce verlor sich in der Beobachtung der Schlacht, die um ihn herum stattfand. Schließlich zwang er sich, den Kampf hinter sich zu lassen und schaltete seine Kamerasicht auf die sich schnell nähernde Station um. Der Kampf um sie tobte weiter. Schwarze Brandmarkierungen kennzeichneten die Standorte, an denen die Fregatten der Prim bereits einige der Laser-Gefechtstürme und anderen Nahverteidigungswaffensysteme zerstört hatten. Das war die Voraussetzung dafür, dass die Osprey an den Serviceluken anlegen konnten, um den Zugang zur Station zu erzwingen.

Einer der Prim-Fregatten gelang es, zwei weitere Lasertürme zu zerstören, nur um unmittelbar danach von einem Zodark-Kreuzer abgeschossen zu werden. Royce hatte keine Ahnung hinsichtlich der Dimension dieser Kreuzer; verglichen mit den Osprey schienen sie riesig zu sein.

Glücklicherweise zeigte das feindliche Schiff keinerlei Interesse an ihrem kleinen Schiff. Stattdessen änderte es die Richtung und hielt auf eines der irdischen Schlachtschiffe zu. Nun war die *Bishop* unter Beschuss, das Schwesterschiff der *Rook* zu deren Glanzzeit.

Trotz des Kampfgewühls, das sich um sie herum unvermindert fortsetzte, manövrierte sie der Pilot ihres Osprey auf dem Weg zur Station gekonnt voran. Er umging mehrere Raketen, zwei Laserangriffe und zu guter Letzt einen Zodark-Jäger, bevor der von einem Orion abgefangen wurde. Mit großem Talent und viel Glück gelang es dem Piloten, sie über die Zugangsluke zu platzieren, durch die sie das Loch schneiden mussten. Nach der Landung der Fähre begann er den Prozess der hermetischen Abriegelung, damit die Mitglieder der Spezialeinheit an Bord sicher ihren Weg auf die Sternenbasis finden konnten.

Sobald eine solides Siegel zwischen dem Schiff und der Station bestand, entriegelte einer der Mannschaftsführer ihre Bodenluke und öffnete sie. Das Enterteam wartete bereits direkt hinter ihm mit ihrem speziell gefertigten Schneidbrenner. Einer der Deltas stieg durch die Luke auf die Oberfläche der Station hinunter, wo er den Schneidbrenner anstellte und am Umriss der beabsichtigten Öffnung zu arbeiten begann, die sie in die Station einlassen sollte.

In der Zwischenzeit bereiteten die Soldaten im Truppenbereich des Osprey sich und ihre Ausrüstung auf ihren Einsatz vor. Sie wussten, dass es mit der Betreten der Station kein Zurück gab. Niemand wusste, wie viele Zodark sich auf der Station aufhielten oder welche üblen Überraschungen sie dort drinnen erwarteten.

Die Deltas, die vor einigen Jahren am Kampf um die Eroberung des Zodark-Trägers teilgenommen hatten, wussten aus Erfahrung, wie hart der Kampf werden würde. Falls ihre heutige Aufgabe der letzten gleichen sollte, würden sie eine Menge Handgranaten brauchen, um die verschiedenen Flure und Räume zu sichern.

Die Deltas hatten zehn ihrer C100 mitgebracht. Diese Gruppe von Terminatoren hatte spezifische Befehle für diese Mission erhalten: ‚Tötet alles auf der Station, was nicht menschlich oder Primord ist'. Dies war der erste Einsatz der Kampf-Synth in einer Nahkampfsituation. Falls sie sich bewähren sollten, würden sie sie künftig wohl öfter einsetzen.

Royce trat neben seinen Männern an die Bodenluke heran, um den Soldaten zu sehen, der an der Öffnung arbeitete. »Wie lange noch?«, fragte er.

Der Soldat hielt inne und sah zu ihm hoch. »Mindestens fünf Minuten, Sir. Ich arbeite so schnell ich kann. Dieses Tor scheint recht dick zu sein und wurde außerdem mit dem organischen Material verstärkt, das wir von ihren Schiffen kennen.«

Royce nickte; er wusste, der Mann tat sein Bestes. Ihn wiederholt um Updates zu bitten, würde die Sache auch nicht schneller machen. Sie würden den Zugang zur Station noch früh genug erhalten.

Die Minuten schienen sich zu einer Ewigkeit zu strecken, während die Schlacht um die Station herum weiter tobte. Ihre Fähre saß ungeschützt wie ein Floh auf dem Bauch eines Hundes da. Sie konnten jeden Augenblick von einem feindlichen Laser anvisiert und zerstört werden. Das war wohl das gravierendste Gefühl der Hilflosigkeit, das je einer der Deltas empfunden hatte.

Dann drang die gute Nachricht zu ihnen vor. »Ich bin durch. Ich muss die Öffnung nur eintreten und wir sind drinnen.«

Royces Anspannung und Furcht ließ nach. In wenigen Augenblicken würden sie die Sternenbasis betreten und sich nicht länger wehrlose Opfer auf der äußeren Ummantelung der Basis präsentieren.

Die Delta-Gruppe reihte sich hinter den C100 auf. Anstatt selbst ins Unbekannte vorzudringen, war es sicherer, es den Kampf-Synth zu überlassen, ihnen den Weg in die

Station zu ebnen. Sobald die ersten Synth den Einbruchsbereich entweder als geräumt oder sicher erklärt hatten, würde ihnen der Rest des Zugs und die übrigen C100 folgen.

Auf der Station selbst war geplant, die C100 in fünf Zwei-Mann-Teams einzuteilen und sie durch die Station ausschwärmen zu lassen, während der Zug der Delta die Flughalle sicherte. Nach der erfolgreichen Einnahme der Flughalle würde die Verstärkung eintreffen und der Kampf um die Station ernsthaft beginnen.

»Durchbruch«, rief einer der C100 mit dem gewohnt monotonen Ausdruck in der Stimme, während sein mechanisches Bein das aufgeschweißte Tor mit ungeheurer Wucht tief in den Korridor dahinter trat. Die Tötungsmaschine fiel beinahe in den Gang und musste zunächst mit wedelnden Armen und ausgestreckten Beinen ihr Gleichgewicht zurückgewinnen. Sobald er wieder fest auf den Beinen stand, war der C100 mit angelegter Waffe aktionsbereit. Gefolgt von seinen Kollegen betrat der Anführer der Terminatoren den Korridor.

Da die beiden Synth der ersten Reihe nicht umgehend zusammengeschossen wurden oder selbst das Feuer eröffneten, begann auch der Zug der Menschen, in den Gang einzudringen. An der nächsten verschlossenen Tür, die vor ihnen lag, nutzten sie eine elektronische Vorrichtung, die kurz deren Verschlussmechanismus manipulierte. Die Leuchtanzeige des Geräts wechselte von Rot auf Grün. Die Tür war entriegelt. Der Anführer der Synth drückte vorsichtig gegen die Tür. Sie gab bereitwillig nach. Daraufhin drängte sich die erste Gruppe der Synth mit schussbereiten Waffen durch die Öffnung und schwärmte aus.

Dieser Raum hinter dem Gang, den sie gerade verlassen hatten, schien eine Art Warenlager zu sein. Innerhalb von Sekunden folgten ihnen die Trupps des Delta-Zugs in den riesigen Bereich. Sie verteilten sich und durchsuchten das Lager sorgfältig, um sicherzustellen, dass sich der Feind nicht zwischen den aufgestapelten Gütern versteckte. Gleichzeitig orteten sie die zusätzlichen Eingänge und Flure, die in diesen Bereich hinein oder aus ihm heraus führten.

So weit, so gut. Nicht ein Zodark war zu sehen. Diese Tatsache beunruhigte Royce allerdings leicht. Es konnte nicht allzu lange dauern, bevor sie in Kontakt kamen. Sobald das geschah, würde es kein Halten mehr geben.

Einer von Royces Soldaten ließ seinen Rucksack zu Boden gleiten und entnahm ihm ein Dutzend Mikrodrohnen, die sogenannten ‚Libellen'. Sie hatten die ungefähre Größe einer 50-Cent-Münze. Die Aktivierung sämtlicher Drohnen nahm einige Minuten Zeit in Anspruch, bevor der Soldat sie mit einem kleinen Tablet synchronisieren konnte, das er an der linken Seite seines Unterarms trug.

Behutsam öffneten die Deltas sämtliche weiterführenden Türen, worauf der Drohnenbetreiber jeweils die gleiche Anzahl Drohnen in die vor ihnen liegenden Räume hineinschickte. Die Drohnen bewegten sich dicht unter der Decke - hoffentlich außer Sichtweite der Gegner. Mit dem tieferen Vordringen in die Station hinein sandten sie fortwährend ein schwaches Radarsignal aus, das es den Besetzern ermöglichen würde, ein Bild vom Inneren der Basis zu erarbeiten. Die Libellen waren zudem mit einem besonderen elektronischen Scanner ausgestattet, der ihnen erlaubte, durch eine Wand zu sehen, um zur gleichen Zeit auch das Layout des benachbarten Raums zu eruieren.

Während der Drohnenbetreiber seine Drohnen auf den Weg brachte, setzte ein zweiter Soldat einen kleinen Scanner ein, der ihm den Blick durch die Wände des Lagerraums eröffnete, in dem sie sich gerade aufhielten. Dieses Gerät lieferte eine detailliertere Version der Bilder, die die Drohnen kreieren konnten.

»Ich habe was, Sir!«, rief der Mann plötzlich aufgeregt.

Gefolgt von der Hälfte seines Zugs eilte Royce zu dem Corporal hinüber, der sie gerufen hatte.

»Was gibt es, Corporal?«, fragte Royce knapp. Die Verantwortung für drei Züge lastete auf ihm.

»Sir, hinter dieser Wand liegt unser Hauptziel, der Hangar. Soweit ich sehen kann, halten sich dort nicht mehr als fünf Zodark auf. Ich denke, wir erreichen den Hangar, wenn wir diesem Flur folgen«, erklärte der Soldat und zeigte auf eine der Türen. »Danach einmal nach rechts und fünf bis zehn Meter voran. Der Eingang zur Flughalle sollte dann rechts vor uns liegen.«

Royce kniff die Augen zusammen und starrte auf das Bild. Der Abgleich mit den Bildern, die ihnen die Scout-Drohnen geliefert hatten, bestätigte die Aussage des Corporals und ließen Royce zum gleichen Schluss kommen.

»Gute Arbeit, Corporal«, lobte Royce. »Ausgezeichnete Entdeckung.« Er wandte sich an seinen Lieutenant. »Der Zug soll sich in Bewegung setzen. Wir müssen die Flughalle umgehend sichern. Schicken Sie die Terminatoren durch die Station, um Chaos auszulösen, während wir unsere Position im Hangar befestigen.«

Die nächsten Minuten vergingen mit einer Vielzahl an Vorbereitungen. Der Drohnenbetreiber lud das Layout der Station - soweit es die Libellen bereits vervollständigt hatten - in das Bewusstsein der Terminatoren hoch. Zudem synchronisierten sich die C100 selbst mit den

Erkundungsdrohnen und würden sie als ihre Augen und Ohren bei der Durchforstung der Station nutzen.

Parallel zum Abmarsch der C100 verließ der Zug das Warenlager und arbeitete sich mit aller Vorsicht zum Hangar vor. Ungehindert erreichten sie das Tor der Flughalle und bereiteten sich auf ihr Eindringen vor.

Ich werde versuchen, die Tür zu entriegeln, teilte der Zugsergeant allen über den Neurolink mit. *Alle Mann bereit zum Durchbruch.*

Der Sergeant setzte die Entriegelungsvorrichtung auf das elektronische Tastenfeld der Tür zur Flughalle und klopfte einige Male darauf. Die Leuchtanzeige des Geräts wechselte von Rot auf Grün ... und dann zischte die Hangartür und zog sich in die Wand zurück.

Das Öffnen der Tür überraschte ein halbes Dutzend Zodark, die sich unvermittelt einer bewaffneten Gruppe von Soldaten gegenübersahen, die direkt auf sie zielten. Für den Bruchteil einer Sekunde herrschte regungslose, absolute Stille. Dann unternahm einer der Zodark den Versuch, mit seinem Blaster auf sie anzulegen, woraufhin die Deltas das Feuer eröffneten. Bevor die feindlichen Soldaten reagieren konnten, lagen sie bereits am Boden.

Die Männer der Sondereinheit eilten voran und durchsuchten die großangelegte Einrichtung sorgfältig nach bislang unentdeckten Zodark, die auf ihre Gelegenheit warteten, oder die sich möglicherweise in einer der vielen geparkten Shuttles oder Jäger versteckt hielten. Die Soldaten brauchten weniger als fünf Minuten, um den Hangar zu überprüfen und ihn offiziell als eingenommen und gesichert zu erklären.

Captain Hopper schickte eine Nachricht an die *Midway*, mit der Aufforderung, den Rest der Mannschaft und die C100 zusammen mit den RA-Soldaten auf der *Tripoli* herunterzuschicken. Der Landepunkt war gesichert. Jetzt mussten sie die Station mit Verstärkung überfluten, bevor den Zodark aufging, was sich auf ihrer Station abspielte.

»Captain Royce, Sir – eine Gruppe der Terminatoren ist auf starken Widerstand gestoßen«, informierte ihn einer seiner Zugführer. »Soll ich ihnen ein Team zur Unterstützung schicken?« Der junge Lieutenant war erst vor wenigen Monaten zu Royces Einheit gestoßen.

Royce sah sich die Situation mithilfe seines HUDs an. Zwei der C100-Teams waren auf eine schnelle Eingreiftruppe der Zodark gestoßen, die wohl ausgeschickt worden war, um zu sehen, was sich in der Flughalle zugetragen hatte.

Royce stimmte dem Lieutenant zu. »Ja, nehmen Sie Trupp zweit und drei, um ihnen zu assistieren.«

Royce zögerte einen Augenblick, während er weiter die Stationskarte auf seinem HUD überflog. *Da bist du ja*, dachte er.

»Die Libellen fanden unser sekundäres Ziel – das Forschungslabor, um dessen Einnahme uns der G2 gebeten hat«, ließ Royce den Lieutenant wissen. »Da ist es.« Er markierte den Standort auf der digitalen Karte seines HUDs. »Trupp Eins soll sein Bestes geben, das Labor mit den verbliebenen C100 zu sichern, bis ich ihnen neuen Truppen von der *Midway* und der *Tripoli* schicken kann. Verstanden?«

Der Lieutenant nickte und rief den Truppenführern schon auf dem Weg zu ihnen ihre neuen Befehle zu.

Der nächste Osprey, den sie erwarteten, hätte sich auf die gleiche Weise wie Royces Gruppe den Zugang zur Station erzwingen sollen. Da es aber mehreren feindlichen Kämpfern gelungen war, die Deckung zu durchbrechen, die den Osprey gewährt werden sollte, hatte der Osprey den Anflug auf die Station abgebrochen. Die Piloten wollten vermeiden, ungeschützt an der Seite der Station festzumachen und dort in voller Sicht der feindlichen Kräfte einen zeitintensiven Durchbruch zu versuchen. Da Captain Royce signalisiert hatte, dass der Hangar der Station in sicheren Händen war, entschied der Osprey-Pilot sich für den direkten Anflug, um dort seine menschliche Fracht zu entladen.

Nervös studierte Royce das Schutzschild, das die Flughalle vom Vakuum des Raums trennte. Angespannt wandte er sich an den Vertreter der Primord-Kommandotruppe. »Und Sie wissen mit Bestimmtheit, dass unsere Fähre hier landen kann, ohne vom Schutzschild abgestoßen zu werden oder daran zu zerschellen?«, drängte er besorgt.

Der alliierte Kommandosoldat gab etwas in ein Bedienungsfeld ein, das das Nervenzentrum des Hangars zu sein schien. Das äußere Schutzschild flimmerte kurz auf und wechselte dann die Farbe. »Das Schutzschild ist deaktiviert«, versicherte ihm der Prim. »Sie werden ohne Probleme einfliegen können.«

Captain Royce schüttelte den Kopf, wie knapp der Osprey dem Untergang entgangen war. »Vielleicht hätten Sie das tun schon sollen, bevor ich um Verstärkung bat, die von der Notwendigkeit eines Durchbruchs an den Seiten der Station ausging.«

Der Prim zuckte mit den Achseln. »Falls es mir nicht gelungen wäre, das Schutzschild zu deaktivieren, hätte ich Sie gewarnt, die Fähre umzulenken und den Durchbruch anderweitig zu versuchen. Aber alles ist in Ordnung. Ihre Leute können nun unbesorgt landen.«

Royce sah durch das inaktive Schutzschild hindurch. Es hatte gerade noch genug Farbe, um zu verdeutlichen, dass es auch weiterhin das Vakuum des Weltraums davon abhielt, sie alle ins All hinauszusaugen.

Außerhalb der Membrane, die es den alliierten Schiffen nun erlaubte, die Station anzufliegen, setzte sich die brutale Schlacht weiter fort. Mehrere Zodark-Jäger umkreisten Schiffe der Prim und der Republik. Irdische Magrailgeschosse schlugen erbarmungslos auf Zodark-Schiffe ein. Die Kontrolle über das Gebiet um die Station herum war weiter schwer umkämpft.

Während er den Verlauf der Schlacht verfolgte, fiel ihm nun auch der Osprey ins Auge, der auf die Station und die Flughalle zuhielt, in der er gerade stand. Royce sah die Laserblitze, die dem Flug des Osprey folgten. Der Osprey konnte von Glück sagen, dass er bislang keine Einschläge hinnehmen musste. Dafür war Royce allerdings mehr als dankbar. Knapp 60 seiner Männer saßen eingepfercht im hinteren Teil dieses Gefährts. Und dann glitt der Osprey wohlbehalten in die Flughalle ein und rollte auf einem leeren Parkplatz ganz in ihrer Nähe aus.

Der Shuttle ließ die hintere Rampe herunter, worauf sich ein Zug Soldaten und zehn C100 im Hangar formierten. Während der Zugführer auf ihn zukam, teilte Royce seinem

Lieutenant mit, dass er die Synth zusammen mit zwei der vier neu eingetroffenen Trupps in Reserve zurückhalten sollte. Die beiden anderen Trupps sollten die Einheiten auf der Station unterstützen, die gegenwärtig die Zodark-Patrouillen bekämpften.

Die nächste halbe Stunde auf der Sternenbasis brachte immer härter werdende Auseinandersetzungen mit sich. Der Osprey, der Royce und seine Männer abgesetzt hatte, hatte das Loch, durch dass sie eingedrungen waren, wieder verschlossen und war auf dem Weg zurück zur *Midway*, um zusätzliche Soldaten und Ausrüstungsgegenstände zu laden.

Während sich der Umfang und die Brutalität der Kämpfe in der Station steigerten, nahm die Schlacht um die Station herum ebenfalls kein Ende. Die irdischen Schiffe und die der Prim schlugen weiter unerbittlich auf die verbliebenen Zodark-Schiffe ein, die einfach nicht aufgeben oder fliehen wollten. Obwohl sie hoffnungslos in der Unterzahl waren, waren sie offenbar fest entschlossen, bis auf den letzten Mann zu kämpfen.

Der nächste Osprey brachte Royces Dritten Zug mit sich. Er durchbrach das Kraftfeld, landete wohlbehalten und lenkte auf einen Abstellplatz zu.

Verdammt, diese Technologie müssen wir in unsere Schiffe integrieren, dachte Royce. Er war erneut davon beeindruckt, wie hervorragend diese Außerirdischen die vielen Probleme weltraumreisender Nationen gelöst hatten.

Der Pilot des Osprey ließ sein Gefährt an die Seite der riesigen Halle rollen und stellte die Motoren ab. Sofort nach ihm flog ein T-92 Starlifter ein. Die Starlifter waren ihre neuesten Fähren, die umfangreiche Fracht und schwere Ladungen wie gepanzerte Fahrzeuge oder große Infanterieverbände transportieren konnten. Mit nur zwei CIWS-Waffen an Bord waren sie praktisch schutzlos. Dafür konnten sie bis zu 420 Soldaten oder 26 Palletten an Ausrüstungsgegenständen, sechs leicht gepanzerte Fahrzeuge, vier Panzer, oder sogar 16 Mechs transportieren. Normalerweise kamen die Starlifter erst zum Einsatz, nachdem das Schlachtfeld geräumt war. In diesem Fall kam der Landung vieler Soldaten innerhalb kürzester Zeit allerdings der absolute Vorrang zu. Nach dem Aufsetzen des ersten T92 näherte sich auch schon ein zweiter und richtete seine Nase zum sicheren Einflug in die Halle aus.

Sobald die Transporter erfolgreich im Hangar eingetroffen waren, entließen sie ihre Soldaten und die zusätzlichen Ausrüstungsgegenstände. Neben Captain Royces drei letzten Zügen formierten sich 400 Kampf-Synth und das 1. Orbitale Angriffsbataillon– alle bereit zum Einsatz.

Captain Royce identifizierte den Anführer der Synth und marschierte direkt auf ihn zu. »Synchronisieren Sie sich mit den Synth, die sich bereits auf der Station befinden. Sie verfügen über wichtige Informationen, die Sie zum sofortigen Einsatz benötigen«, befahl er. Danach wies er ihn an, seine Synth in Trupps und Züge einzuteilen, um mithilfe des Layouts, das die Libellen bereitgestellt hatten, die wichtigsten Objekte des Schiffs anzugreifen.

Ein Major der regulären Armee kam mit aufgeblähter Brust auf Royce zu. *Das ist meine Operation*, war das Erste, was Royce bei seinem Anblick dachte. *Ich gebe die Kontrolle sicher nicht an einen Soldaten der regulären Armee ab, egal für wie wichtig er sich auch hält.*

»Sie sind Captain Brian Royce?«, fragte der Major. Royce tat sein Bestes, einen neutralen Gesichtsausdruck zu bewahren. Die RA-Soldaten traten trotz ihrer Delta-Anzüge und den gleichen Waffen wie seine Männer eindeutig unsicher auf – ihr Erscheinungsbild unterschied sich klar von den Soldaten der Spezialeinheiten.

»Das bin ich. Ich bin der Delta-Kommandant dieser Mission. Sie müssen Major Monsoor sein. Wie viele Leute Ihres Bataillons haben Sie mitgebracht?«, fragte Royce.

»Gut, Sie zu sehen, Captain Royce. Ich denke, als wir uns das letzte Mal sahen, waren Sie noch ein Lieutenant.«

Bei diesem Kommentar zuckte Royce nur mit den Achseln. »Die Verluste eines Krieges tragen zur Beförderung anderer bei, Major. Ich bin mir sicher, dass Sie und ich, falls wir noch einige Jahre leben, noch eine oder zwei Stufen höher fallen werden.«

Major Monsoor lachte. »Ich denke, ich werde gerne mit Ihnen zusammenarbeiten«, sagte er. »Also, was erwarten Sie von meinen Soldaten? Ich habe etwa zwei Drittel des Bataillons dabei. 810 Männer und Frauen. Der Rest trifft mit dem nächsten Starlifter ein, zusammen mit weiteren Ausrüstungsgegenständen.«

Royce nahm diese Information in sich auf. Achthundertzehn kampferprobte reguläre Armeesoldaten würden einen gravierenden Unterschied machen. »Ok, Major, begleiten Sie mich an meinen Schreibtisch«, lud er Monsoor auf dem Weg zu seinem improvisierten Einsatzzentrum ein.

»Wir schickten Dutzende unserer Libellen aus, um ein aktuelles Layout der Station zu erarbeiten«, erklärte Royce. »Achtzig C100 und die uns gegenwärtig zur Verfügung stehenden Züge erlauben uns, in die Offensive zu gehen. Wenn Sie Ihre Soldaten für fähig halten, Räume oder sogar eine ganze Ebene von den Zodark zu befreien und zu sichern, dann nenne ich Ihnen gerne einige unserer Ziele. Und nach dem versprochenen Eintreffen des letzten C100-Bataillons dringen wir dann tiefer in die Station vor, um sie endgültig einzunehmen.«

Während Captain Royce seinen Plan darlegte, zeigte einer von Royces Stabsoffizieren den beiden Männern mithilfe eines Computers und eines kleinen holografischen Projektors das Layout der Ebene, auf der sie sich befanden. Obwohl mehrere ihrer Libellen entdeckt und zerstört worden waren, arbeiteten noch ungefähr 14 funktionsfähige Drohnen daran, einen Weg auf die anderen Ebenen der Station zu finden.

Die Karte des Zuschnitts der Station auf ihrer Ebene und die Zählung der Zodark, die sich auf ihr aufhielten, war mittlerweile sehr präzise. Sechs C100 waren in eine schwere Auseinandersetzung verwickelt. Zwei Delta-Trupps eilten ihnen zur Hilfe. Allerdings war klar ersichtlich, dass die Überwindung dieser Engpasses schwer werden würde. Die Zodark hatten diesen Bereich der Station in hohem Maße befestigt und kämpften, mit allem was sie hatten, um die Invasoren zurückzuhalten.

In der entgegengesetzten Richtung steckten zwei Teams der C100 ebenfalls in denen ihnen zugewiesenen Gängen fest. Der Delta-Trupp, der ihnen nachgeschickt worden war,

war zwar in der Lage, den bereits befreiten Bereich zu sichern, würde aber in Kürze Verstärkung benötigen.

»Major, bitte schicken Sie eine der Größe einer Kompanie entsprechende Gruppe zur Unterstützung meiner beiden Trupps dorthin«, zeigte ihm Royce auf der Karte an. »Der Kampf auf dieser Station ist anders als der, an den unsere Truppen gewöhnt sind, da es sich überwiegend um einen Nahkampf handelt. Es wäre gut, wenn Ihre Soldaten einen Weg fänden, Löcher in einige der Wände zu sprengen, um diese feindliche Position hier zu umgehen.

»Entlang dieses Gang brauche ich mindestens einen oder zwei Züge, um dem einzigen Trupp und den vier Synth, die dort die Stellung halten, zu assistieren. Und finden Sie, falls irgend möglich, auch hier einen Weg um den Feind herum. Des Weiteren erklären Sie bitte eine Ihrer Einheiten zur schnellen Eingreiftruppe, für den Fall, dass es dem Feind gelingen sollte, unsere Kompanie zurückzudrängen.

»Und lassen Sie eine Ihrer Kompanien hier im Hangar zurück. Seine Sicherung ist von allerhöchster Bedeutung. Wir müssen ihn für das Eintreffen weiterer Verstärkungen offen halten«, schloss Captain Royce die Aufgabenaufteilung der RA-Soldaten ab.

****

Lieutenant Atkins signalisierte dem Zug, sich um ihn herum zu versammeln. Sobald alle im Halbkreis um ihn herum standen, begann er, Befehle zu erteilen. »Sergeant Smith, Sie begeben sich mit Ihrem Trupp an diesen Standort hier.« Er schickte die entsprechenden Koordinaten der neu entwickelten Stationskarte an dessen HUD. »Dort halten ein Delta-Trupp und vier C100 die Stellung. Es ist wichtig, diese Position zu verteidigen, da sich im Flur dahinter ein wissenschaftliches Labor befindet, das sich die höheren Chargen näher ansehen wollen.«

Dann war Yogi an der Reihe. »Sergeant Sanders, Ihr Trupp wird Smith unterstützen. Er leitet den Einsatz, aber Sie arbeiten Hand in Hand mit ihm zusammen. Wenn ich recht verstehe, treffen mit dem nächsten Transporter einige Erkundungsteams ein. Ich werde zusammen mit dem Rest des Zugs sicherstellen, dass der Bereich um das Labor herum fest in unseren Händen bleibt, während sie das Labor auf seinen Inhalt untersuchen werden. Die Teams werden so viel wie möglich scannen oder auf Video aufzeichnen, um es zur Analyse zurückzuschicken. Im Fall, dass Sie ernsthaft in Schwierigkeiten geraten, lassen Sie es mich wissen, und ich schicke Ihnen noch einen Trupp. Wahrscheinlich wird das aber alles sein, was ich für Sie tun kann, es sei denn, wir erhalten weitere Verstärkung. Denken Sie daran, dass wir nur wenige Stunden durchhalten müssen, bevor das erwartete Bataillon der Terminatoren eintrifft. Sobald sie auf der Station sind, werden sie uns helfen, den Rest der Station einzunehmen. Hooah?«

»Hooah«, lautete die Antwort.

****

»Ok, Sie haben den Lieutenant gehört. Zeit, uns unser Brot zu verdienen«, rief Sergeant Paul ‚Pauli' Smith. »Zeigen wir diesem Delta, dass Infanteristen der regulären Armee etwas vom Kampf verstehen und sich sehr wohl behaupten können.« Seine kleine Ansprache zeigte die gewünschte Wirkung; sein Trupp war bereit.

Unter Zuhilfenahme der HUD in ihren neuen Helmen legte Pauli ihren Weg fest. Er bedeutete seinen Männern, ihm zu folgen. Der Weg aus der Flughalle heraus führte sie in einen dunklen, schäbigen Gang – ein starker Kontrast zu ihren eigenen Sternenbasen, die immer gut beleuchtet und sauber waren. Andererseits waren die Flure der Zodark viel breiter und höher als die einer irdischen Einrichtung - was Pauli daran erinnerte, wie viel größer die Zodark im Vergleich zu den Menschen waren.

Schließlich näherten sie sich einer Stelle, an der der Korridor einen Bogen machte. Nach der vorsichtigen

Umrundung dieser Biegung lagen ihnen eindeutige Beweise intensiver Kämpfe zu Füßen. Das Labor, sowie der Bereich um es herum, war von Einschüssen gezeichnet. Überall lief bläuliches Blut und die Überreste fünf toter Zodark lagen verstreut vor ihnen.

Der Eingang zum Labor wurde von einem einzigen C100 bewacht, der zunächst bedrohlich auf ihr Erscheinen reagierte. Erst nachdem er sie identifiziert hatte, wandte er den Kopf ab und starrte in die Richtung, in der die verbliebenen Zodark-Soldaten sich mit den Invasoren bekämpften.

»Mir nach«, forderte Pauli seinen Trupp auf und ließ die Leichen der Zodark hinter sich zurück. Egal wie oft er einen von ihnen sah, sie sahen selbst tot immer noch gefährlich aus.

Die RAS näherten sich den auf ihren HUD markierten Koordinaten, als Pauli plötzlich lautes Schreien und einen Schusswechsel vernahm. Die Blasterfeuer zweier schwerer M85 schlugen auf etwas ein. Die Sondereinsatzkräfte vor ihnen waren klar in einen Kampf verwickelt.

Dann trat Figur auf sie zu. Es war einer der Deltas. »Ich wurde darüber informiert, dass zwei Trupps zu uns auf dem Weg sind. Ich bin Sergeant Riceman«, stellte er sich vor. »Tut mir leid, dass uns wenig Zeit zur Vorstellung oder zum Kennenlernen bleibt, aber wir haben ein Problem. Mein

Trupp versucht gerade, diese blauen Monster davon abzuhalten, unsere Position zu überrennen. Lassen Sie mich erklären, was ich von Ihnen brauche.«

»Klingt gut. Ich bin Sergeant Smith, aber alle nennen mich nur Pauli. Das ist Sergeant Sanders, aber ihn rufen alle nur bei seinem Vornamen Yogi. Wie können wir helfen?«

Sergeant Riceman forderte ihn und Sergeant Sanders mit einer Kopfbewegung auf, ihm weg von ihren Männern auf die andere Seite des Gangs zu folgen. »Die Lage dort drüben ist ziemlich ernst. Diese verdammten Zodark greifen uns wieder und wieder uns an, während wir in diesen engen Korridoren feststecken. Das bedeutet, dass wir nicht an ihnen vorbeikommen oder nicht viel anderes tun können, als sie davon abzuhalten, unsere Linie zu durchbrechen.«

Sergeant Riceman zeigte ihnen eine Skizze des Bereichs, dessen Layout ihnen dank der kleinen Libellen-Drohnen zur Verfügung stand. »Hinter Ihnen befindet sich ein Lagerraum, in dem einige Kisten untergebracht sind. Ich habe keine Ahnung, was sie enthalten, aber darauf kommt es auch nicht an. Allein die hier ist wichtig«, sagte Riceman und markierte die hintere Wand des Lagerraums. »Sprengen Sie ein Loch durch diese Wand und nachdem Sie von dort aus Zugang zu diesem Flur haben, arbeiten Sie sich mit Ihrem Trupp zu dieser Tür vor, die in diesen großen Bereich führt.

»Von diesem Stützpunkt aus versuchen die Zodark, unsere Position zu stürmen. Setzen Sie Granaten oder was immer Sie wollen ein, stoßen Sie vor und töten Sie sie – jeden einzelnen von ihnen! Mit dem Beginn Ihrer Aktion bringe ich meinen Trupp nach vorn und treffe mich mit Ihnen. Ich werde die beiden C100, die mir noch geblieben sind, abstellen, den neuen Zugang bewachen, den Sie in diesen Raum schlagen. Der darf in keinem Fall unbewacht bleiben. Dafür können wir uns allerdings nicht leisten, die Hälfte Ihres Trupps dort zurückzulassen.«

Yogi und Pauli tauschten einen nervösen Blick aus. Das war ein wahrhaft dreister Plan, den ihnen Sergeant Riceman gerade unterbreitet hatte. Pauli war sich nicht sicher, ob einer von ihnen die kommenden 20 Minuten überleben würde. Aber das war die Art riskanter Mission, für die die Spezialeinheiten bekannt waren – unglaublich harte Jobs, die trotz allem erledigt werden mussten.

»In Ordnung, Sergeant Riceman, wird gemacht«, versicherte Pauli ihm selbstbewusst. »Yogis und mein Trupp geben uns insgesamt 34 Mann. Jemand auf der *Midway* war so nett, uns mit Ihren Schutzanzügen und mit Ihrer Version unserer eigenen Waffen auszustatten. Wir werden unser Bestes geben, Sie zu unterstützen.«

»Das hätte ich von den RA-Soldaten nicht anders erwartet«, nickte Riceman zufrieden. »Ihr Bataillon hat auf Neu-Eden gut zusammen mit uns gekämpft. Ich bin mir sicher, dass Sie das ebenso gut, wenn nicht noch besser, auf dieser verdammten Station tun werden. Und jetzt los. Diese Biester müssen ausgerottet werden, und wir sind hier, um genau das zu tun.«

Die untere Hälfte des Gesichts des Sergeanten war unter seinem HUD sichtbar. Yogi und Pauli konnten das mörderische Grinsen des Mannes sehen. Es war offensichtlich, dass der Mann seinen Job – das Töten der Zodark – liebte.

Pauli wandte sich zu den Soldaten um, die sich hinter ihnen im Korridor drängten. Er versicherte sich, dass sein HUD mit denen beider Trupps synchronisiert war. »Aufgepasst. Unsere Delta-Freunde beauftragten uns mit einer knallharten Mission. Ziehen Sie sich in diesen Vorratsraum dort drüben zurück. Durchbruchteam, halten Sie Ihren Sprengstoff bereit und treffen Sie mich an der westlichen Wand.«

Die Soldaten drangen in den Raum vor. Drei Mannschaftsmitglieder zogen vor der ausersehenen Wand schmale Streifen Sprengmaterials hervor. Pauli erklärte ihnen, was zu tun war. Seine Männer diskutierten diese

Aufgabe einen Augenblick lang. Nachdem ihr Plan feststand, begannen sie damit, den Sprengstoff an der Wand zu befestigen.

Einer der Männer fing entlang dem Fuß der Wand an und rollte danach den Streifen Sprengstoff wie ein Maßband bis auf drei Meter Höhe aus, bevor er ihn etwa eineinhalb Meter nach rechts und wieder zurück zum Boden führte. Im Prinzip hatte er ein Rechteck in der Form einer großen Tür kreiert. Ein Corporal befestigte an einem Ende der Sprengstoffschnur einen kleinen Chip und meldete dann, dass sie zum Durchbruch bereit seien.

Pauli sprach Yogi an. »Eines deiner Feuerteams soll sich rechts halten«, bestimmte er. »Sie müssen uns Rückendeckung geben, während wir in den Bereich vorstoßen, den uns der Sergeant gezeigt hat.«

Yogi nickte und gab den Befehl weiter. Dann nickte Pauli dem Corporal zu, der den Zünder in der Hand hielt.

Bumm!

Die Explosion war nicht so laut, wie Pauli erwartet hatte – vielleicht weil es keine allzu große Ladung war, oder vielleicht, weil die speziellen Panzeranzüge, die sie trugen, das Explosionsgeräusch dämpften. *Aber egal.* Sobald die Wand in sich zusammenfiel, winkte Pauli dem Anführer seines eigenen Feuerteams zu, sich in Bewegung zu setzen.

Sieben Soldaten sprangen durch den Rauch und Staub voran und schwenkten umgehend nach links ein. Sie würden solange in den Gang vordringen, bis sie die nächste Biegung erreichten oder ihnen jemand Gegenwehr entgegensetzen würde. Sofort nachdem die Öffnung wieder frei war, sprang Yogis Feuerteam hinterher. Sie hielten sich rechts und würden dem Beispiel ihrer Kameraden folgen. Ihre Gegenwart würde sicherstellen, dass ihnen niemand folgte und sie von hinten überfiel.

Pauli selbst führte das zweite Feuerteam an, das sich bemühte, in aller Eile zum ersten Team aufzuholen. Der Sprint entlang des Flurs erinnerte Pauli daran, wie ungewohnt ihnen ihre neue Ausrüstung tatsächlich noch war. Sowohl die Panzerweste als auch der Exoskelett-Kampfanzug der Deltas waren dynamisch und eine tolle Sache - für eine nicht darauf trainierte Person allerdings schwer zu kontrollieren. Er musste lernen, seine Laufgeschwindigkeit seiner Ausstattung anzupassen, obendrein musste er darauf achten, wie fest er etwas anpackte. Die Ausrüstung war fantastisch, ja, aber sie zu nutzen folgte nicht ihren natürlichen Bewegungsabläufen.

Pauli sah, dass das Feuerteam vor ihnen vor der nächsten Biegung angehalten hatte. Er erkundigte sich bei seinem Corporal: »Wieso geht es nicht weiter?«

Ohne die Augen von dem abzuwenden, das er gerade beobachtete, erwiderte der Soldat: »Wir haben die Bucht gefunden, in der sich die Zodark versteckt halten. Eine riesige Meute. Hier, sehen Sie selbst.«

Der Corporal trat einen Schritt zurück, um Pauli den Weg freizumachen.

Pauli glitt an ihm vorbei und zog einen kleinen Kamerastift aus seiner Weste, um mit ihm um die Ecke zu sehen. Was er sah, überstieg beinahe sein Vorstellungsvermögen. Nicht nur, dass sich der Raum weiter mit mehr und mehr Zodark-Soldaten füllte, dazu kam auch noch das überraschende Auftreten der befremdlichsten Rasse, die er je gesehen hatte.

Pauli stellte über seinen HUD-Kommunikator eine Verbindung zu Sergeant Riceman her. »Sergeant, wir fanden einen Weg in die große Halle, aus der die Zodark sie weiter angreifen. Aber Sie müssen sich etwas ansehen. Ich zoome näher heran, um Ihnen ein besseres Bild von dem zu liefern, was wir hier sehen.«

Pauli fütterte einige seiner Videoaufnahmen in den offenen Chat-Kanal zwischen den beiden ein. Riceman musste es die Sprache verschlagen haben. Er gab keinen Ton von sich. Dann schalteten sich mehrere neue Leute zu ihrem

Kanal hinzu: Captain Royce, der Pauli unbekannt war, and dann noch Lieutenant Atkins und Major Monsoor.

»Das ist gute Arbeit, Sergeant Smith«, lobte Sergeant Riceman. »Captain Royce, ich denke, was Smith da gefunden hat, ist ein Orbot. Er sieht wie auf den Bildern aus, die uns die Altairianer und die Prim gezeigt haben. Aber heute ist das erste Mal, dass wir einem von ihnen persönlich begegnen. Was denken Sie, Sir?«

»Sie haben Recht«, stimmte Captain Royce ihm zu. »Er sieht tatsächlich wie die Orbot aus, von denen uns die Altairianer berichteten. Sergeant Smith, können Sie uns einen besseren Überblick über den Raum geben? Ich will sehen, ob es dort noch mehr von ihnen gibt.«

Pauli justierte die optische Entfernung der Kamera und schwenkte sie langsam von einer Seite des Raums zur anderen. Mindestens 100 Zodark waren hier versammelt. Sie waren dabei, sich in kleinere Gruppen zu formieren und nahmen offenbar Befehle entgegen, was sie als Nächstes zu tun hatten. Außerdem standen ungefähr 20 Orbot im Raum.

Pauli war von diesen biomechanischen Cyborg fasziniert. Der untere Teil ihres Körpers ähnelte einer mechanischen Spinne mit nur vier Beinen, während ihr Oberkörper mehr einem C100 glich. Sie schienen Schusswaffen in der Hand zu halten und trugen militärische Ausrüstungsgegenstände an ihrem Brustpanzer. Zweifellos waren diese Orbot ebenfalls Soldaten, so wie die Zodark in diesem Raum.

Paulis HUD-Funkgerät krächzte. Captain Royce meldete sich: »Sergeant Smith, die Transporter, die wir erwarten, sind sie noch mindestens 20 Minuten entfernt. Ich muss Sie bitten, etwas wirklich Unerhörtes zu tun. Sie müssen in den Bereich, der vor Ihnen liegt, eindringen und so viele der Biester wie möglich aus dem Weg räumen. Es ist offensichtlich, dass sie sich auf einen neuen Angriff auf den Korridor vorbereiten, der letztendlich zum Hangar führt. Das müssen wir mit allen Mitteln verhindern. Die Angriffsplanung vertraue ich Ihnen an, aber Sie müssen sich beeilen. Uns bleibt nicht viel Zeit.«

Pauli durchdachte die Lage. Die Chancen, dass sie alle in wenigen Minuten tot sein würden, standen gut, aber er sah keine Alternative zu Captain Royces Aufforderung. *Sie mussten diese ihnen zahlenmäßig weit überlegene Kraft davon abhalten, ihren unmittelbar bevorstehenden Angriff zu beginnen. Das fiel in den Aufgabenbereich einer Spezialeinheit. Die Delta fürchteten sich nicht vor unvorstellbaren Situationen, sondern stürzten sich bereitwillig in Gefahr. Und am Ende traten sie immer als Sieger hervor.*

»Verstanden, Sir. Wir bekommen das hin«, war alles was Pauli auf Royces Befehl erwiderte.

Wieder drehte er sich zu seinen hinter ihm aufgereihten Soldaten um. »Wir machen folgendes. Alle, die ein M85 tragen, stellen auf präzisionsgesteuerte Granaten um. Sobald wir die Ecke umrunden, leeren Sie Ihre Magazine in die Masse der Feinde hinein. Stellen Sie sicher, dass wir den gesamten Bereich abdecken. Sobald Ihr Magazin leer ist, fallen Sie auf die Knie und laden neu.«

Dann sprach Pauli die beiden Soldaten mit den M91 und die vier Soldaten mit den M90 an. »Während wir den Bereich mit Granaten pflastern, beschießen Sie die Horde mit Ihren schweren Maschinengewehren. Die M91 konzentrieren sich vorwiegend auf die Orbot-Soldaten. Lassen Sie dabei aber nicht außer Acht, dass die Zodark unglaublich schnell sind. Sie verkraften eine Menge Einschüsse und Schrapnell, bevor sie endlich aufgeben. Sie müssen mehrere Schusswunden erleiden. Sobald der Spaß beginnt, schießen Sie von daher ohne Unterlass weiter.«

Er drehte sich wieder der ersten Gruppe von Soldaten zu. »Sobald Sie neu geladen haben, setzen Sie den Granatenbeschuss fort. Versuchen Sie mit dem zweiten Magazin die Orbot zu treffen. Machen Sie sie zu Altmetall. Und nachdem Ihr zweites Granatenmagazin leer ist, stellen Sie wieder auf die Blaster um und stürzen Sie sich ins Getümmel.

»Tun Sie, was Sie können, gelegentlich die Position zu wechseln. Denken Sie in jedem Fall daran, dass die ersten Sekunden dieses Angriffs darüber entscheiden, ob wir leben oder sterben werden. Unser erstes Trommelfeuer muss so viele dieser Monster wie möglich ins Jenseits befördern. Hooah?«

»Hooah!«, kam die Erwiderung seiner Männer.

»Wir schaffen das, Pauli«, versicherte Yogi seinem Freund mit einem Nicken und mit zuversichtlichem Gesichtsausdruck.

Pauli sah sich die Reihen seiner Soldaten ein letztes Mal an. Er wusste, es war Zeit. Seine Männer waren soweit – genau wie die Zodark, die gerade ihr raues Kriegsgeschrei ausstießen. Das war ein klarer Hinweis darauf, dass sie kurz davor standen, den nächsten Angriff zu starten – einen Angriff, der ihnen die Rückeroberung der Flughalle einbringen sollte.

»Mir nach!«, brüllte Pauli. Er stieß seinen eigenen gutturalen Schrei aus, während sein Körper mit Adrenalin überflutet wurde.

Beim Sturm um die Biegung herum fiel Pauli als Erstes eine große Gruppe von Zodark ins Auge, die gerade in den Gang vordringen wollte, der zum Hangar führte. Er legte seine M85 auf die Masse der feindlichen Soldaten an und schoss eine 20mm-Granate nach der anderen ab, bis er das Magazin mit den acht Granaten geleert hatte. Seine Mannschaft hatte sich dem Kampf angeschlossen. Sie überzogen den gesamten Raum mit präzisionsgesteuerten Granaten. Dann eröffneten seine Männer mit den schweren Maschinengewehren das Feuer auf die Orbot und sandten Ketten blauer Licht in deren Richtung. Die vier RAS mit den M90 beschossen gnadenlos eine Horde feindlicher Soldaten. Es schien beinahe zu einfach zu sein. Paulis HUD informierte ihn, dass sich 123 Zodark und 31 Orbot in diesem höhlenartigen Raum aufhielten.

Sekunden nach dem unerwarteten Auftauchen der irdischen Soldaten reagierten die Soldaten der Orbot bereits mit der Erwiderung des Feuers. Ihre Waffen setzten einen kleinen Rauchfaden frei, der den Läufen entwich und auf die menschlichen Soldaten zuraste. Sobald eine der Rauchfahnen auf die Panzerweste und den Exo-Skelett-Kampfanzug eines Soldaten traf, war es, als sei dieser mit einem Vorschlaghammer getroffen worden. Der menschliche Soldat wurde von den Füßen gerissen und stürzte rückwärts zu Boden. Pauli war sich nicht sicher, was er von diesem Beschuss halten sollte, als einer seiner Männer zu Boden ging, sein HUD ihm aber mitteilte, dass der Mann nur verletzt und nicht tot war.

Mit dem Laden des zweiten Magazins präzisionsgesteuerter Granaten wandte er seine Aufmerksamkeit den Orbot zu, denen er einen Hagel an Granaten zukommen ließ. Zu seiner Überraschung schossen die Cyborg auf die Granaten, nicht auf die Menschen. Ihre internen Systeme mussten die Granaten als die momentan größere Bedrohung identifiziert haben.

Paulis Männer mit den M90 und seine Grenadiere machten kurzen Prozess mit den eng nebeneinander stehenden Zodark, während sie nur drei der Orbot ausschalten konnten. Pauli wusste, dass er sich schleunigst etwas anderes einfallen lassen musste, bevor es zu spät war.

»An alle, Umstellung von Blaster auf Magrail, Konzentration auf die Orbot. Unsere Blasterblitze werden von ihrer Panzerung abgestoßen und sie schießen unsere Granaten aus der Luft, bevor die sie erreichen können!«, rief Pauli über ihr Kom-System erregt aus.

Pauli betätigte seinen eigenen Auswahlschalter und zielte auf einen der Orbot, gerade als der seinen letzten M91-Schützen tödlich verwundete. Sofort nach dem Druck auf den Abzug entließ Paulis Schienengewehr sein Projektil mit solch unglaublichem Druck, dass es den Helm des Cyborg durchschlug. Der Kopf des Orbot, auf den Pauli gezielt hatte, explodierte. Eine Mischung aus biologischen und mechanischen Komponenten spritzte aus dem hinteren Loch seines Helms heraus Der Orbot fiel tot zu Boden.

Mittlerweile konzentrierten die Orbot ihre gesamte Energie auf Paulis Team. *Die verdammten Cyborg waren äußerst treffsicher und verfehlten ihr Ziel weit weniger als es die Zodark taten.*

Pauli hielt seinen Beschuss aufrecht, fand es aber schwierig, die ständig neu eintreffenden Informationen seines HUD zu verarbeiten und gleichzeitig weiter auf die feindlichen Soldaten um sie herum zu zielen. Ihm standen weder die kybernetischen Implantate noch die Neurolinks zur Verfügung, die die Sondereinsatzkräfte zu dem machten, was sie waren. Pauli warf einen kurzen Blick auf den Tracker, der ihm den Stand seiner Gruppe mitteilte. Die Hälfte von ihnen war den Gegners bereits zu Opfer gefallen.

Verdammter Mist! Weniger als eine Minute, und 16 seiner Soldaten waren tot. Pauli holte tief Luft und verbannte das Gefühl aufsteigender Verzweiflung aus seinen Gedanken.

»Sergeant Smith, mein Trupp und einige Terminatoren sind auf dem Weg«, versicherte Sergeant Riceman ihm. »Sie müssen nur noch wenige Minuten durchhalten.«

Pauli hatte das unbestimmte Gefühl, sich ducken zu müssen. Er fiel gerade noch rechtzeitig auf eines seiner Knie, bevor der Schuss eines Orbot-Blasters über seinen Kopf hinwegsegelte. Pauli wechselte umgehend in eine neue Position nur wenige Meter weiter und hob den Kopf gerade lange genug um, um seinem HUD zu erlauben, einen Orbot zu identifizieren. Er legte auf ihn an. Teile des Cyborg-Körpers flogen durch die Luft. Der Orbot brach zusammen. Obwohl er teilweise funktionsunfähig war, versuchte er dennoch weiter, auf Pauli zu schießen. Diesem Bemühen des Orbot bereitete Pauli mit einem weiteren Projektil direkt in seinen Kopf ein Ende.

Pauli schnappte sich eine seiner M99-Splittergranaten aus der Schnelllösevorrichtung an seiner Weste. Dem Druck auf den Aktivierungsknopf der Granate folgte ein gezielter Wurf in Richtung der Orbot. *Diese verdammten Cyborg waren ständig in Bewegung und suchten unter dem Schutz neuer Deckung nach Wegen, der tödlichen Umklammerung der menschlichen Soldaten zu entkommen.*

Die M99 waren die neueste Version einer sehr, sehr alten Kriegswaffe. Nach dem ersten Zusammentreffen mit den Zodark war der Armee bewusst geworden, dass sie besonders auf diese Gegner zugeschnittene Waffen benötigen würden. Die bisherige Generation der Splittergranaten war hochwirksam im Einsatz gegen die Menschen, verzeichnete aber bei weitem nicht den gleichen Erfolg gegen die Zodark. Die Haut der Zodark war zu zäh. Zudem waren ihre

Körperpanzer stark genug, die ältere Version der Granaten unbeschadet zu überstehen. Demgegenüber hatten es die M99 in sich. Sie waren zwei Mal so stark wie die alten Granaten. Ihr speziell entwickelter Mantel barst während der Detonation in mehrere große Stücke, die die Wahrscheinlichkeit, einen Zodark damit zu töten, weit erhöhte.

Paulis Granate landete genau zwischen zwei Orbot. Die Explosion riss sie in Stücke. Und dann musste Pauli zu seinem Entsetzen feststellen, dass es etwa zwei Dutzend Zodark gelungen war, die linke Flanke seiner Soldaten zu umgehen, während die ihre Aufmerksamkeit allein den Orbot gewidmet hatten.

Pauli sah, dass die acht Soldaten, die diese exponierte Flanke hatten sichern sollen, tot am Boden lagen. *Nein, dem Tracker nach ist einer von ihnen noch am Leben*, registrierte er. Allerdings war dieser Soldat bewusstlos und in schlechtem Zustand.

»Hinter uns! Ich brauche sofortige Hilfe!«, schrie Pauli über das Kom, in der Hoffnung, dass ihn jemand hören würde.

Yogi wandte sich um, sah das Chaos und eröffnete mit seiner M85 das Feuer gegen die angreifende Horde. Ein zweiter Soldat schoss eine präzisionsgesteuerte 20mm-Granate in die Masse ihrer Gegner.

Pauli spürte, wie etwas auf seine Brust aufschlug und ihm unmittelbar die Atmung nahm, nachdem ihn etwas hart in die Magengegend oder auf sein Zwerchfell traf. Yogi sah, wie er zu Bogen ging und wollte ihm zur Hilfe kommen. Voller Grauen musste Pauli zusehen, wie sich der Körper seines Freundes von mehreren Zodark-Blastern getroffen um sich selbst drehte und laut auf den Boden aufschlug.

Gerade als Pauli überzeugt war, dass ihre letzte Stunde geschlagen hatte, stürmte Sergeant Riceman zusammen mit seinen Delta den Raum vom zweiten Eingang her. Sie stürzten sich ohne Zögern auf die Zodark, die sie ohne Unterlass beschossen. Auf das Ende ihrer M85-Gewehre waren neu entwickelte Klingen oder Bajonette montiert, die den Sondereinheiten und C100 im Nahkampf gegen die Zodark einen entscheidenden Vorteil bringen sollten.

Die Deltas hieben und stießen auf die Zodark ein, während die C100 sich direkt den Orbot widmeten. Pauli versuchte, die Augen offen zu halten und seinen Körper erneut zum Kampf zu motivieren. Je stärker er es versuchte, desto schwächer wurde er, bevor zu guter Letzt alles um ihn herum schwarz wurde und sein Kopf zur Seite rollte.

****

»Bereitet diesen Vierbeinern ein Ende!«, brüllte Captain Brian Royce seinen Soldaten zu, sobald sie in den Raum eilten. Die Primord nanten die Orbot ‚Vierbeiner' - und nachdem die menschlichen Soldaten ihnen nun ebenfalls begegnet waren, begann sich dieser Name durchzusetzen.

Seine C100 bewegten sich mit großer Geschwindigkeit auf die Orbot zu. Nachdem Royce beobachten konnte, was die RAS mit ihren Magrail erreicht hatten, hatte er seinen Soldaten ebenfalls befohlen, auf die Magrail umzustellen. Es schien die einzige Waffe zu sein, die die Körperpanzer der Cyborg zu durchdringen schien.

Royce erblickte nur noch zwei RA-Soldaten, die auf der anderen Seite des Raums weiter den Feind beschossen. Die meisten waren während des Angriffs getötet worden. Plötzlich flackerte ein dringender Alarm über den Schirm seines HUDs.

Einstellung des Betriebs .... Einstellung des Betriebs ....

Es dauerte einen Augenblick, bevor Royce klar wurde, wer oder was diese Aussage machte. Es war eine Handvoll seiner C100. Eben noch hatten sie den Orbot zugesetzt – und im nächsten Moment stürzten ihre metallenen Gerippe mit lautem Geschepper zu Boden.

Was zum Teufel ist da gerade mit den Terminatoren passiert?!, fragte sich Royce verwirrt.

Royces Master Sergeant meldete sich zu Wort. »Sir, es ist möglich, dass die Orbot unsere C100 gehackt und sie abgeschaltet haben.«

Verflucht noch mal! Falls sie tatsächlich unsere Betriebssysteme hacken können, können sie sie gegen uns aktivieren, dachte Royce aufs Äußerste alarmiert.

Royce vernetzte sich mit allen noch funktionsfähigen C100 auf der Station und mit denen auf dem Transporter, der in diesem Moment gerade dabei war, auf der Station zu landen. »Notabschaltung, Code: Bravo, X-Ray, November, November, Drei, Eins, SOFORT!«

Blasterblitze der verbliebenen Zodark und Rauchfahnen aus den Waffen der Orbot zischten weiter um die Delta herum, die ihrerseits den Beschuss auf die feindlichen Kräfte fortsetzten. Die wenigen Zodark, die noch auf den Beinen standen, begannen nun, sich tiefer in die Station hinein zurückzuziehen, um dem Feuer der menschlichen Soldaten zu entgehen. Demgegenüber hielten die Orbot nicht nur ihre Position, sondern versuchten als schlüssige Einheit die Delta so effektiv wie möglich zu bekämpfen. Dennoch wurde ein Orbot nach dem anderen ausgeschaltet. Ihre Weigerung, sich zusammen mit den Zodark zurückzuziehen - oder vielleicht war es auch ihre Programmierung, die ihnen einen solchen Schritt nicht erlaubte - führte schließlich zu ihrem Untergang.

Nach dem Ende der Auseinandersetzung in dieser Halle organisierten mehrere Sergeanten zwei Trupps, die den Zodark in die Station hinein folgen sollten. Sie wollten ihnen in keinem Fall die Gelegenheit geben, eine Pause einzulegen oder sich auf einen erneuten Gegenangriff vorzubereiten.

Während die Spezialeinheiten ihren Angriff weiter fortsetzten, trafen mehr und mehr reguläre Armeesoldaten – die letzten Kräfte von Major Monsoors Bataillon - ein. Die lang erwartete Ankunft seiner noch ausstehenden Delta-Züge erlaubte Royce, sie zur Unterstützung seiner Trupps an der vordersten Front auszusenden.

Offiziell hatten sie damit einen Stützpunkt auf der Station etabliert. Jetzt mussten sie diesen sprichwörtlichen Landekopf nur noch erweitern und die Station und alles, was in ihr lag, unter ihre Kontrolle bringen.

Endlich konnten sich nun auch eine Handvoll Sanitäter um die verwundeten RAS und die Soldaten der Spezialeinheiten kümmern. Sie taten ihr Bestes, die Verwundeten zu stabilisieren und zurück in die Flughalle zu transportieren, von wo aus sie in die Krankenabteilungen der *Midway* oder der *Tripoli* zur Weiterbehandlung befördert werden würden. Erst nachdem der Kampfbereich um die

Station herum endgültig geräumt worden war, würde ihr medizinisches Versorgungsschiff in das System springen.

Während die Sanitäter sich um die Verwundeten bemühten, trat eines der Mitglieder des technischen Erkundungsteam an Royce her. »Entschuldigen Sie, Captain Royce?«, fragte der Mann, unsicher, ob er den richtigen Offizier gefunden hatte.

»Ja, ich bin Captain Royce«, bejahte der. »Was kann ich für Sie tun?«

»Sir, Sie befahlen vor einer Weile die Notabschaltung der C100. Würden Sie mir den Grund dafür erklären?«, bat der Techniker. »Vielleicht kann ich Ihnen bei der Lösung dieses Problems behilflich sein.«

Royce widersetzte sich dem Verlangen, sich von der Unterbrechung dieses Mannes aufbringen zu lassen. Vielleicht könnte er ihm ja tatsächlich helfen. »Sicher, das erkläre ich Ihnen gerne. Ich bin mit allen C100 vernetzt. Das erlaubt mir als ihr Kommandant, sie gegen spezielle Ziele einzusetzen oder Anweisungen ihrer künstlichen Intelligenz außer Kraft zu setzen, mit denen ich nicht einverstanden bin. Ihre AI ist gut, sieht aber manchmal nicht weit genug voraus, was geschehen wird. Das ist meine Aufgabe. Als unsere C100 die Orbot angriffen, ist etwas vorgefallen. Ich erhielt eine Nachricht mit der Aussage über das Versagen des

Systems. Und nicht eine Sekunde später fielen die C100 wie große Stücke unbrauchbaren Metalls in sich zusammen.«

Royce bedeutete dem Techniker, ihn auf dem Weg zum Labor zu begleiten. Aus diesem Grund war das Erkundungsteam schließlich hier. »Dann erwähnte mein Zugsergeant die Möglichkeit, dass die Orbot möglicherweise gehackt und auf diese Weise ausgeschaltet worden seien. Mir schoss der Gedanke durch den Kopf, falls die Orbot tatsächlich in das Betriebssystem der C100 eindringen konnten, wären sie auch in der Lage, sie gegen uns zu aktivieren. Dieses Risiko durfte ich nicht eingehen. Deshalb erließ ich den Abschaltbefehl an alle C100 auf der Station und an alle, die der soeben gelandete Transporter anlieferte. Ich weiß, Sie sind hier, um das Labor zu untersuchen, eine ungemein wichtige Aufgabe. Denken Sie, es wäre dennoch möglich, einen Systemcheck der C100 durchzuführen, um zu sehen, ob ihr Betriebssystem von den Orbit kompromittiert wurde?

Der Techniker überlegte einen Augenblick. Vor dem Eingang zu Labor antwortete er endlich. »Sie haben Recht, Captain. Die Arbeit im Labor steht an erster Stelle. Sobald die beendet ist, ja, dann sollten wir uns die C100 ansehen. Halten Sie bitte die, die sich selbst abgeschaltet haben, von den anderen C100 getrennt. Falls sie gehackt wurden, waren sie als Erste betroffen. Wir müssen sehen, ob jemand die Firewall umgehen konnte. Wenn ja, dann haben wir ein Problem, das meine technischen Fähigkeiten übersteigt. Jemand von Walburg Industries wird Ihnen damit aber sicher helfen können.«

Kapitel Zwölf
Kampf um Rass

RNS *George Washington*

»Schadensbericht!«, verlangte Captain McKee mit Nachdruck in der Stimme.

»Primäre Kanonen eins bis sechs weiter inoperabel. Primäre acht, neun und 12 steuerbord nicht funktionsfähig. Ungefähr 50 Prozent unserer sekundären Gefechtstürme auf beiden Seiten sind weiter beschädigt, ebenso wie die Torpedoabschussgeräte«, informierte sie der Leiter der Schadenskontrollteams.

»Waffenoffizier, wie viele Raketen sind uns geblieben?«, forschte McKee, deren Nervosität sich proportional zu der Anzahl ihrer nicht funktionsfähigen Waffensysteme steigerte, während die Schlacht da draußen ungehindert weiter tobte.

»Vierzig Prozent unserer Schiff-Schiff-Raketen sind verschossen«, rief ihr Lieutenant Commander Cory LaFine über die Alarmsignale, Warnungen und den anderen Lärm hinweg zu, der auf der Brücke herrschte. »Ich schlage immer noch vor, dass wir unsere Magazine auf die restlichen Zodark- und Orbot-Schiffe leeren, solange unsere Abschussgeräte noch einsatzfähig sind.«

Ihr Waffenoffizier hatte während des Kampfs hervorragende Arbeit geleistet, indem er die Schiffe identifizierte, deren Zerstörung ihnen am ehesten zum Sieg verhelfen konnten. Die Kampfgruppe war seinen Empfehlungen gefolgt und hatte diese Ziele zur taktischen Priorität erklärt. In der Folge richteten sie ihre vereinte Feuerkraft zunächst auf das eine und dann auf das nächste und das nächste Schiff. Außerdem drängte LaFine darauf, die Gesamtheit ihrer nuklearen Gefechtsköpfe und Raketen auf die restliche Flotte der feindlichen Schiffe abzuschießen. Hier zögerte McKee jedoch. Sie war besorgt, dass gegnerische Verstärkung eintreffen könnte, der sie nicht unbewaffnet gegenüberstehen wollte.

McKee sprach ihre taktische Abteilung an. »Commander Arnold, wie viele Zodark- und Orbot-Schiffe sehen Sie und wie viele Schiffe der Prim und der Republik sind noch kampffähig?«

Arnold brauchte einen Augenblick, um die entsprechende Information zu finden. »Wir haben zwei einsatzfähige Schlachtschiffe, drei Kreuzer, 12 Fregatten und die *GW*. Die Prim haben fünf Kriegsschiffe, 12 Kreuzer und 14 Fregatten. Ihnen ist es insgesamt besser als uns ergangen.«

»Und wie viele feindliche Schiffe?«, fragte McKee erneut.

»Zwei Kriegsschiffe der Orbot und einen Kreuzer. Weiter da draußen gibt es irgendwo noch ein Versorgungsschiff, aber ehrlich gesagt, wissen wir nicht, was das Ding wirklich ist oder wozu es dient«, zuckte Commander Arnold mit den Schultern, um seine Unwissenheit zu demonstrieren. »Es nimmt nicht am Kampf teil. Die Zodark haben noch zwei Trägerschiffe, sechs Schlachtschiffe, einen Zerstörer und acht Kreuzer. Der Abschuss ihrer Kreuzer ist relativ einfach, deshalb war es uns möglich, ihre Zahl schnell zu dezimieren.«

Captain McKees Kampfgruppe hatte sich in den Hintergrund zurückgezogen, um die Hauptlast des Kampfs vorübergehend an die Prim abzutreten. Admiral Stavanger hatte McKee angewiesen, ihre Schiffe zurückzubeordern, um die erlittenen Schäden unter Kontrolle zu bekommen. Er erinnerte sie ein weiteres Mal daran, dass sich Weltraumschlachten immer eine Weile hinzogen. Eine solche Auseinandersetzung war kein Sprint, sondern ein Marathonlauf, bei dem es darum ging, seine Schiffe so lange wie möglich im Spiel zu behalten.

»Schadenskontrolle, wie lange, bevor mehr unserer primären und sekundären Gefechtstürme online sind?«, war McKees nächste Frage.

Commander Dieter Bonhauf drehte sich zu ihr um. »Wenigstens zwei der Gefechtstürme an Steuerbord werden innerhalb von zwei bis drei Stunden repariert sein. Zwei der sekundären Plattformen an Backbord sind in einer Stunde online. Für die übrigen Waffen brauchen wir einen oder mehrere Tage.«

Verdammt, das sind keine guten Nachrichten, war sich McKee bewusst. *Die Hälfte unserer primären und sekundären Waffen sind aus dem Spiel. Dennoch, sie mussten sich weiter am Kampf beteiligen.* Admiral Halsey wartete immer noch darauf, ihre Landungstruppen einzusetzen. McKees Gedanken überschlugen sich bei der Überlegung, was zu tun war. *Sie mussten der Infanterie den Weg ebnen – und zwar umgehend.*

McKee adressierte die Brückenmannschaft. »Ok, hier ist der Plan. Wir bewegen die Flotte wieder auf den Kampfort zu. Unsere Kampfgruppe manövriert sich entlang der Kampflinie in Position, um die beiden Orbot-Schiffe anzugreifen. Lieutenant Commander LaFine, sobald Sie denken, dass wir den optimalen Punkt erreicht haben, feuern Sie unsere Starburst-Raketen ab. Überwältigen Sie ihre Sensoren so effektiv wie möglich. Gleichzeitig setzen Sie auch 20 unserer Attrappen ab. Sobald die Orbot ihre Täuschkörper zu deren Ablenkung losgelassen haben, schlagen Sie mit jeweils 20 unserer nuklearen Gefechtsköpfe zu. Wir müssen sie beseitigen, bevor sie die Prim in Stücke reißen.«

Nach dem Erhalt ihrer neuen Befehle machte sich die Mannschaft daran, die Kampfgruppe erneut auf die Herausforderungen der Schlacht vorzubereiten. Die Schiffe des Verbunds bildeten sowohl über als auch unter der *GW* eine Kampflinie, um das Feuervolumen, dem sie die feindlichen Kriegsschiffe aussetzen würden, zu maximieren.

Es dauerte eine Weile, aber schließlich waren die Schiffe so organisiert, dass sie in den Kampf zurückkehren konnten.

Die Primord-Schiffe waren dabei, den Kampfplatz zu verlassen, um sich neu zu formieren und sich auf den nächsten Angriff vorzubereiten. Die Bewegungen der Zodark-Schiffe ließen vermuten, dass sie das Gleiche vorhatten, während die Schiffe der Orbot sich in Position brachten, um es mit der menschlichen Flotte aufzunehmen.

Die *George Washington* führte die republikanischen Schiffe an. Im Abstand von einer Million Kilometer versuchten die Orbot, ihre Waffen auf die *GW* auszurichten. Ihre kleineren Kreuzer rasten auf die Kampfgruppe zu, um sich in geeignete Positionen zu bringen.

»EWO, blockieren Sie ihre Schiffe so gut Sie können«, rief Commander Arnold aus. »Weps, SW-Raketen abschussbereit machen. Wir haben einen fast vollen Vorrat, also stellen Sie sicher, dass wir von einem dichten Vorhang komplett abgeschirmt werden.«

Die Beförderung von John Arnold zum Commander hatte ihn vor einem Jahr vom Leiter der Abteilung für Schiffsoperationen zum Leiter der Technischen Abteilung gemacht. Und nachdem sein Vorgänger während der Intus-Invasion ums Leben gekommen war, war ihm dann die Rolle des XO zugefallen.

McKee lächelte Arnold zu und nickte, um ihn wissen zu lassen, dass sie mit ihm zufrieden war. Sie mochte John; er war ein intelligenter, talentierter Offizier. Bei der Mannschaft war er ebenfalls beliebt, was möglicherweise aber mehr mit seiner Stellung als Organisator der vor dem Beginn des Kriegs üblichen wöchentlichen Pokerspiele zu tun hatte.

»Sie sind blockiert, zumindest im Augenblick«, berichtete ihr EWO, Lieutenant Commander Robinson. »Sobald wir die 350.000 Kilometer-Marke erreicht haben, trifft das nicht länger zu.«

Captain McKee biss sich auf die Lippen und wartete. Die Gruppe der Orbot-Kreuzer hatte sich ihnen weit vor den Kriegsschiffen genähert. Kurz darauf kündigte der EWO an: »Dreihundertsechzigtausend Kilometer – noch ein wenig näher und unser elektronischer Zauber verliert seine Wirkung.«

»Lieutenant LaFine, die primären und sekundären Türme sollen die Kreuzer ins Visier nehmen. Werfen wir ihnen einen Hagel von Projektilen entgegen. Einige werden treffen«, erklärte McKee zuversichtlich. Sie wollte Teile der feindlichen Flotte zerstören, bevor es der möglich sein würde, die Gefechtstürme der *GW* unter Beschuss zu nehmen.

Lieutenant Cory LaFine sollte es mittlerweile schon längst zum Commander gebracht haben. Er war mit Abstand einer der besten Waffenoffiziere der Republik – zumindest nach Ansicht von Admiral Hunt und Captain McKee. Unglücklicherweise hatte er sich vor seiner Beförderung zum Lieutenant Commander eine Dummheit geleistet, die ihm einigen Ärger eingebracht hatte. Seine Affäre mit der Frau eines Master Chiefs war an die Öffentlichkeit gelangt. Die Fraternisierung zwischen Offizieren und Mannschaftsdienstgraden wurde immer noch höchst ungern gesehen – aber die Fraternisierung mit dem Ehepartner eines Mannschaftsdienstgrads war in der Regel ein Grund zur Entlassung aus dem Militär.

Es hatte viel Druck auf Admiral Hunt und später auch auf Captain McKee gegeben, ihn aus dem Dienst zu entfernen.

Aber mit der Zunahme der kriegerischen Aktivitäten hatten die beiden das Gremium überzeugt, ihn in der Uniform zu behalten. LaFine würde auf Weiteres der *GW* zugeordnet sein, wo er ‚beaufsichtigt' werden konnte. Er musste seinen Beförderungsanspruch aufgeben und seine Zeit als Lieutenant von Neuem beginnen. Das bedeutete, dass er weitere drei bis fünf Jahre dienen musste, bevor er für eine mögliche Beförderung in Frage kam. Je nachdem wer zu dieser Zeit im Gremium sitzen würde, würde ihm vielleicht vergeben. Falls der nachtragende Master Chief allerdings etwas damit zu tun hätte, würde er jeden Offizier des Gremiums solange unter Druck setzen, bis garantiert war, dass die Beförderung erneut an LaFine vorbeigehen würde.

LaFine wandte sich zu ihr um: »Wird gemacht, Captain. Ich werde unsere regulären Havoc und auch die Nuklearraketen auf sie loslassen. Unsere neuesten Errungenschaft hebe ich für die Schlachtschiffe auf.«

McKee lächelte. »Ja, klingt wie ein guter Plan, Lieutenant. Tun sie das.«

Die *GW* vibrierte leicht, als die primären und sekundären Gefechtstürme eine Salve nach der anderen auf die Gegner abschossen.

Sobald die *GW* ihre Waffen abfeuerte, initiierten die Kreuzer umgehend unterschiedliche Ausweichmanöver. Die

Orbot hatten schnell gelernt, dass sie von der Art Beschuss, der sie gerade ausgesetzt waren, nur wenige Treffer einstecken konnten.

Die Kreuzer hatten die Distanz nun auf unter 300.000 Kilometer verringert – nahe genug, um das elektronische Blockierungssignal der *GW* unwirksam zu machen. Sie schossen ihre Maser auf das Schiff der Menschen ab. Ungleich den Zodark, die sich auf hochleistungsfähige Laser verließen, nutzen die Orbot eine fortgeschrittene Maserwaffe, die auf Mikrowellentechnologie basierte.

»Abwehrmaßnahmen eingeleitet!«, rief Lieutenant LaFine als Antwort auf den Angriff der Kreuzer.

Ihr Schiff stieß Dutzende kleiner SW-Raketen aus, die nach 25.000 Kilometern Flug eine riesige dichte Wolke einer feinen Sand- und Wassermixtur freigaben. Diese Wolkenwand kreierte eine Barriere zwischen dem Schiff und den Lasern oder Masern, die sich ihm näherten. Obwohl die Laser oder Maser durch dieses künstliche Hindernis nicht aufgehalten wurden, reduzierte oder streute es jedoch in großem Umfang die Kraft der Strahlen, bevor sie auf der *GW* landen konnten.

Dennoch, das Schiff schüttelte sich gewaltig. Nicht so gravierend, als es ein Treffer von den Schlachtschiffen der

Orbot mit sich gebracht hätte, aber schwer genug, sodass die Besatzung es spürte.

McKee verfolgte auf ihrem Monitor wie einer der Orbot-Kreuzer im vorderen und mittleren Bereich durch ein Trommelfeuer von 60-Zoll-Projektilen durchlöchert wurde. Er verlor seinen Antrieb und trieb hilflos im All, während sich eine Reihe sekundärer Explosionen durch das Schiff fortsetzten. Schließlich explodierte es auf spektakuläre Weise.

Die Kriegsschiffe und Kreuzer der irdischen Flotte empfingen die überlebenden Kreuzer mit einem Feuerwerk an Projektilen. Der intensive Beschuss zwang sie schnell in die Knie. So etwas hatte McKee noch nie gesehen. Sie nahm sich vor – unterstellt, dass sie diesen Kampf überstehen würden – diese spezielle Formation ihrer Schiffe genauer zu studieren. Sollte sich diese neue Taktik als erfolgreich herausstellen, war dies vielleicht der Weg, es mit weiter entwickelten Schiffen aufzunehmen. *Heute hatten sie die Orbot-Kreuzer jedenfalls erfolgreich pulverisiert. Zeit, sich auf die Schlachtschiffe zu konzentrieren. Das waren härtere Nüsse.*

»Abschuss der Plasmakanone!«, rief LaFine.

Die Paradeschiffe der Orbot-Flotte hielten sich nun etwa 500.000 Kilometer von ihnen entfernt auf. Aus dieser

Entfernung war es ihnen möglich, die elektronischen Kriegsführungsinstrumente der *GW* zu umgehen. Gleichzeitig waren sie noch zu weit entfernt, um den Magrail-Kanonen der menschlichen Flotte einen Treffer zu gönnen.

Der Abschuss der Plasmakanone ließ die Bildschirme der *GW* kurz aufflimmern. Nach der Rückkehr des Bildes sahen sie, wie der weiße Ball aus Plasmaenergie auf das führende Schiff der Orbot zuhielt. Das Schiff war einfach zu groß, um ihm ein radikales Ausweichmanöver zu erlauben. Zudem schoss das Plasma zu schnell voran – 300.000 Kilometer pro Sekunde, die dreifache Geschwindigkeit ihrer Schlittenkanonen.

Der Schuss traf das feindliche Raumschiff und resultierte in einem riesigen Loch, das sich von einem Ende des Schlachtschiffs zum anderen erstreckte und eine scheinbar endlose Zahl an Trümmern ins All schleuderte. Das war bei einem Angriff auf ein Kriegsschiff der Orbot sicher nicht immer der Fall. Sie mussten einen Schwachpunkt getroffen haben, um einen solch großen Schaden anzurichten.

»Vorbereiten auf Einschlag!«, rief Commander Bonhauf aus.

Die *GW* wurde von dem Maser-Einschlag hart gebeutelt. Es war einer dieser in die Knochen gehenden Einschläge, bei denen der Besatzung sogar die Plomben in den Zähnen wackelten.

»Raketenabschuss erfolgt«, berichtete McKees Waffenoffizier.

Ihre Magazine gaben Rakete über Rakete frei. McKee hatte die Entscheidung getroffen, dass sie in diesem Kampf alles auf eine Karte setzen würden. Sie mussten die feindlichen Schiffe vernichten – auf der Stelle - bevor die einen Sprung aus dem System beschlossen, nur um später zurückzukehren und ihre Truppenschiffe ins Visier zu nehmen - so wie sie es auf Intus getan hatten.

Die erste Salve der *GW* sandte SM-97 Starburst-Raketen aus, die auf halbem Weg zum Feind explodierten. Mit der Explosion ging ein hell aufblitzendes Licht einher, dessen speziell entwickeltes elektronisches Meisterwerk das feindliche Zielauswahlsystem vorübergehend erblinden ließ.

Den SM-97 folgten in kurzem Abstand die SM-98. Das waren die Attrappen. Im Anschluss an die Explosion der Starburst würde das Gehäuse der 98er fünf kleinere Raketen auswerfen, die die gleiche elektronische Unterschrift wie die 98er oder die neueren SM-99 Trident hatten. Die Trident waren ihre Nuklearwaffen - die, die wirklich eine Aussage machten. Obgleich die Attrappen ebenfalls mit einem 10.000 Pfund schweren hochexplosiven Gefechtskopf ausgestattet waren, waren sie in keinem Fall mit den flexibel einstellbaren nuklearen Waffen der Trident zu vergleichen.

Falls die Raketen richtig auf den Weg gebracht wurden, würde das Orbot-Schiff nicht wissen, was ihm bevorstand, bevor es zu spät war. Die Menschen setzten diese neue Kampfstrategie mit der wachsenden Hoffnung ein, die Zodark- und Orbot-Schiffe auf diese Weise letztendlich besiegen zu können.

»Alle Raketen abgefeuert, Captain«, meldete LaFine.

McKee nickte bestätigend und drehte sich dann zu Commander Bonhauf um. Vor der großen Neuorganisation hatte Bonhauf in der Marine der Großen Europäischen Union gedient. Er gehörte einer Gruppe von Offizieren der GEU und der Asiatischen Allianz an, die als Teil des republikanischen Integrationsprogramms auf die *GW* transferiert worden war.

»Commander Bonhauf, wie geht es uns?«, wollte McKee wissen. Sie sorgte sich um den Umfang des Schadens, den sie hinnehmen mussten. Die feindlichen Schlachtschiffe konzentrierten mittlerweile all ihre Bemühungen auf die *GW*. Und obwohl die *George Washington* ein großer Panzer von einem Schiff war, konnte sie dennoch nicht unbegrenzt Schaden einstecken.

Bonhauf verzog das Gesicht. »Bis jetzt ist unsere Panzerung noch intakt, aber ich fürchte, dass es damit bald vorbei sein wird. Die Schlachtschiffe konzentrieren ihren Beschuss auf unsere Hauptkanone und dann auf die primären und sekundären Waffen, in dieser Reihenfolge. Gegenwärtig stehen uns backbord nur noch 32 Prozent unserer primären und sekundären Gefechtstürme zur Verfügung. Gut, dass wir unsere Raketenvorräte verschossen haben – die Einschläge der Maser, die wir gerade erlebt haben, zerstörten unsere Raketenbatterien.«

Frustriert von dieser Nachricht schüttelte McKee den Kopf. *Wie lange würden sie noch durchhalten können, bevor sie in ernsthafte Schwierigkeiten gerieten?* Jeder Maser-Einschlag zersetzte mehrere Meter ihrer neuen Panzerung und fraß sich weiter zum Innern des Schiffes vor.

»C-FO, wenn wir unsere Jäger und Bomber jetzt abschicken, wie lange, bevor sie in Reichweite sind, um eine Chance für einen erfolgreichen Angriff auf die Schlachtschiffe zu haben?«, erkundigte sich McKee bei dem Kommandanten ihrer Flugoperationen.

Captain Anatoly Kornukov runzelte die Stirn, während er einige Berechnungen anstellte. Es ging nicht nur darum, das Fliegergeschwader zu aktivieren. Sie mussten vielmehr sicher sein, dass die Jäger und Bomber eine Position finden konnten, die nahe genug war, um die Orbot-Schiffe anzugreifen, ohne selbst in Gefahr zu geraten, ihre Waffen zu verlieren oder zerstört zu werden. Falls sie ihre Jäger aus zu großer Entfernung in den Einsatz befahlen, blieb den Orbot genug Zeit, sie ins Visier zu nehmen und auszuschalten, ohne dass die F-97 ihre Raketen absetzen konnten.

Er beendete seine Kalkulation und erwiderte: »Wenn Sie möchten, können wir sie umgehend aktivieren. Allerdings schlage ich vor, dass sich das Geschwader hinter den Kriegsschiffen nahe dem hinteren Ende unserer Kampfgruppe formiert. Das gewährt ihnen Deckung, während wir uns dem Feind weiter nähern. Mit unverändertem Kurs und bei gleichbleibender Geschwindigkeit stehen wir den Orbot innerhalb von 90 Minuten in einer Entfernung von 86.000 Kilometern gegenüber. Ich schlage vor, das Fliegergeschwader erst dann ausschwärmen zu lassen, um den Orbot alles, was sie haben, entgegenzuwerfen. Danach können sie sich in aller Eile wieder hinter den Kriegsschiffen verbergen, während wir am Gegner vorbeifliegen.«

Captain McKee reagierte nicht sofort. Sie hielt eine Hand hoch, zum Zeichen, dass sie einen Moment über diesen Vorschlag nachdenken musste. Dieser Idee zu folgen würde bedeuten, dass sie nicht weniger als 90 Minuten lang dem

Beschuss der Orbot-Schiffe trotzen mussten, bevor die Bomber ihre nuklearen Sprengköpfe entladen konnten. Sie schüttelte ein zweites Mal innerhalb kürzester Zeit frustriert den Kopf, bevor sie seinem Plan endlich zustimmte.

Der ehemalige russische Offizier alarmierte die vier Staffeln ihrer F-97 Orion und die beiden Staffeln der B-99 Raider.

»Captain, die *Paris* verlor soeben die Reaktorkontrolle!«, rief Lieutenant Commander Molly Branson, McKees Kom-Offizier aus. Die *Paris* war eines der neuesten republikanischen Kriegsschiffe. Obwohl es nicht die Version der altairianischen Schiffe war, die sich noch im Bau befanden, war es dennoch ein äußerst solides und fähiges Schlachtschiff.

In ihrem Kapitänsstuhl rief McKee eine Ansicht der *Paris* und deren Umfeld auf ihrem Monitor auf. Dieses Bild zeigte ihr, dass nicht nur die *Paris* in Schwierigkeiten steckte. Die *Amsterdam*, die *Shanghai* und die *Tokyo* standen ebenfalls vor dem Aus. Jedes dieser Schiffe wies gravierende Einbrüche in seinen Schiffskörper, die Verwüstung durch riesige Brandherde und den Verlust des Sauerstoffs auf.

Wenige Minuten vergingen, bevor die *Paris* endgültig explodierte. Deren Kapitän hatte seine Mannschaft glücklicherweise rechtzeitig in die Rettungskapseln befohlen.

Es sah so aus, als ob eine große Zahl der Besatzungsmitglieder sich vor der Explosion hatte retten können.

Die Schiffe der Republik und der Orbot kamen sich unaufhaltsam näher. Die Verringerung der Distanz erhöhte die Schlagkraft der Orbot-Maser, die immer größeren Schaden anrichteten. Andererseits bedeutete das allerdings auch, dass die republikanischen Magrail-Projektile die Erfolgsquote beim Erreichen ihrer Ziele beträchtlich erhöhen konnte.

»Captain, zwei weitere Orbot-Schiffe sind kampfunfähig«, informierte sie eines ihrer Besatzungsmitglieder.

McKee erkundigte sich nicht danach, wen es getroffen hatte. Sie war zu sehr damit beschäftigt, ein bestimmtes Orbot-Schiff zu beobachten. Sie konnte den Verdacht nicht abschütteln, dass etwas mit ihm nicht stimmte. Während die Kriegsschiffe sich unbeirrt ihren Herausforderungen stellten, hielt sich dieses Schiff im Abstand von mehreren Millionen Kilometern im Hintergrund, ohne in den Kampf einzugreifen.

»Captain, unsere Raketen stehen kurz vor der Kontaktaufnahme«. Lieutenant LaFines Stimme verriet seine Nervosität.

Dieses Mal wandte McKee den Kopf von ihrem Schirm ab, um zu sehen, wie viele ihrer nuklearen Sprengköpfe es durch die feindliche Linie schaffen würden. Beinahe ein Dutzend wurde von den Orbot abgefangen. Zweien gelang der Durchbruch. Die Explosion der 25 Megatonnen starken Gefechtsköpfe erhellte den Weltraum, als zeugte sie von der Geburt einer neue Sonne.

Das Erlöschen des Aufblitzens ließ Fran erkennen, dass die Treffer das feindliche Schiff in zwei Teile gespalten hatten. Drei weiteren Gefechtsköpfen gelang der Einschlag in zwei der verbliebenen Orbot-Schiffe, wo auch sie beträchtlichen Schaden anrichteten.

Commander Arnold kam auf McKee zu und nahm neben ihr im Stuhl des XO Platz. »Das lief nicht ganz so gut wie vorgesehen«, flüsterte er ihr zu.

McKee kreuzte die Arme vor der Brust. »Was wollen Sie damit sagen, John? Drei ihrer Schlachtschiffe sind zerstört, und die übrigen sind dabei, über die Torlinie zu treten. Wir stehen kurz davor, sie endgültig zu vernichten.«

»Ich spreche davon, dass wir insgesamt über 600 Raketen abgefeuert und nur 18 Treffer gelandet haben«, erklärte Arnold. »Wenn wir vorhaben, künftige Auseinandersetzungen zu überleben, müssen wir unseren Durchschnitt um einiges verbessern.«

Bevor einer der beiden die Gelegenheit zum Weitersprechen hatte, wurden sie von der Gewalt eines Einschlags beinahe aus ihren Sitzen geworfen. Sich so nahe einem Orbot-Schiff dessen Angriff auszusetzen bedeutete, dass deren Maser nun eine ungeheure Schlagkraft hatten.

»Rumpfeinbruch, Deck Zwei, Sektion J«, warnte Commander Bonhauf mit rauer Stimme. »Rumpfeinbruch, Deck Drei, Sektion Q. Rumpfeinbruch, backbord, auf dem Flugdeck.«

Gelbe und rote Warnlichter auf der Schadenskontrolltafel zeigten mehrere Einschläge auf den Schiffskörper und damit verbundene Feuer an. Fran wusste, sie steckten in Schwierigkeiten.

Die nächsten 40 Minuten vergingen in angespannter Erwartung, ob die Synth-Techniker die Feuer unter Kontrolle bringen und das Schiff wieder abdichten konnten. Um die Ausbreitung der Feuer zu stoppen und zusätzlichen Druckverlust zu vermeiden, mussten sie einige Bereiche des Schiffs abschotten, was Dutzende von Mannschaftsmitgliedern hilflos in ihren Abteilungen einschloss.

Die sich bekämpfenden Parteien waren sich mittlerweile so nahe, dass die republikanische Kampfgruppe im Vorbeiflug an den Orbot-Schiffen nach Steuerbord

einschwenkte und die Schlacht auf diese Seite ihrer Schiffe konzentrierte. Anstatt jedoch ihre eigenen Schiff auf die Erwiderung eines Angriffs vorzubereiten, sprangen plötzlich etwa ein Drittel der Orbot-Schiffe aus dem Kampfbereich hinaus. Die zurückgebliebenen Schiffe schienen einen Selbstzerstörungsmechanismus zu aktivieren. Nachdem das seltsam aussehende Raumschiff der Orbot, das sich am Rand des Geschehens aufgehalten hatte, Zeuge von deren Explosion geworden war, sprang auch es im Warp davon.
****

Eine Woche später
RNS *George Washington*

Admiral Halsey und Captain McKee standen neben dem Walburg-Techniker, der sich den C100 besah, den er gerade überprüft hatte.
»Also, was wissen wir?«, fragte Halsey.
»Ok, sicher ist, dass die Orbot die Firewall der C100 überwunden haben«, erklärte der Techniker emotionslos. »Wollen Sie die gute oder die schlechte Nachricht hören?«
»Die gute, bitte», stöhnte Captain McKee.
»Da Royce sämtliche C100 umgehend stillgelegt hat, sieht es so aus, als seien diejenigen, die sich nicht im Raum

mit den Orbot aufhielten, nicht davon betroffen. Keine der Störmeldungen der Orbot wurde auf die anderen C100 übertragen.«

»Und die schlechte Nachricht?«, drängte Halsey.

»Wir wissen immer noch nicht, wie sie es geschafft haben«, musste der Techniker zugeben. »Sie gaben keinen neuen Code ein, das steht fest. Ich habe so etwas noch nie gesehen. Wir müssen die betroffenen C100 zur Erde zurückbringen, um dort weitere Recherchen anzustellen, wie genau es den Orbot gelang, die Firewall zu umgehen.

»In der Zwischenzeit installiere ich einen speziellen Notausschalter, von dem ich glaube, dass er die C100 abstellen wird, falls die Orbot erneut versuchen sollten, sie zu manipulieren. Auf diese Weise entsteht keiner dauerhafter Schaden.«

Halseys Frustration war offensichtlich. »Fantastisch. Dann müssen wir im Einsatz gegen diese Missgeburten in naher Zukunft zunächst allein auf menschliche Soldaten zählen. Die Bodentruppen werden davon nicht begeistert sein.«

»Tut mir leid, Admiral«, versicherte ihr der Techniker. »Ich wollte, ich könnte mehr für Sie tun. Aber die Lösung dieses Problems wird Zeit in Anspruch nehmen.«

Kapitel Dreizehn
Der Rat des Galaktischen Reichs

Hauptplanet Altus

Admiral Miles Hunt saß auf seinem angestammten Sitz im Kriegsrat. Erstaunlich, wie viele Schlachten und Auseinandersetzungen in den verschiedenen Universen stattfanden – nicht nur in ihrer Galaxie, sondern in Dutzenden von Galaxien, die dem Galaktischen- und dem Schattenreich angehörten. Es war unfassbar, wie viele Spezies and Rassen dort draußen in der Lage waren, die Sterne zu bereisen.

Hunt hatte zwei Stunden damit verbracht, Berichten über eine Reihe von Kämpfen zwischen den Tully und den Zodark zuzuhören, gefolgt von einem einstündigen Update über die Schlacht auf Intus – dem ersten Kampf, an dem die von Menschen geführte Republik beteiligt war. Er war stolz darauf, wie tapfer sie gekämpft hatten, und verstört darüber, wie viele Schiffe und Soldaten sie verloren hatten. Im Endeffekt schien es eine vollkommen bedeutungslose Auseinandersetzung gewesen zu sein, die den Ausgang des Krieges in keiner Weise beeinflusst und dennoch Zehntausenden von Menschen das Leben gekostet hatte.

Nach der Berichterstattung über den Kampf auf Intus dachte er, dass damit das Thema der militärischen Heldentaten der republikanischen Armee abgehandelt sei. Er war nicht glücklich darüber, nicht persönlich die Kräfte der Republik angeführt zu haben.

Der nächste Sprecher, ein Primord, erhob sich. Er gab den Anwesenden einen kurzen Überblick über die Anstrengungen, eine ihrer ehemaligen Kolonien zurückzugewinnen - einen Planeten namens Rass, den sie vor über 300 Jahren verloren hatten. Offensichtlich hatte zunächst über zehn Jahre lang eine freundschaftliche Beziehung zwischen den Primord und den Zodark geherrscht, was Admiral Hunt echt überraschte. Die Erzählung, wie sich die Zodark schließlich gegen die Primord gewandt und sie hinterhältig und brutal überfallen hatten, stimmte dann wieder mit dem überein, was Hunt von den Zodark wusste.

Der Repräsentant der Primord war ein Senator namens Bjork Terboven. Miles hatte ihn während seiner Zeit auf Altus recht gut kennengelernt. Terboven und er waren sich sympathisch und waren seither öfter ins Gespräch gekommen.

Während Bjork sprach, fühlte sich Miles wahrhaft geehrt zu hören, wie gut sich die republikanischen Kräfte in dieser Auseinandersetzung bewährt hatten. Die Altairianer und viele andere im Galaktischen Reich hegten ihre Zweifel hinsichtlich der Menschen. Jeder Sieg und jeder Kampf würde diese Skepsis reduzieren.

Captain Fran McKee hatte die Hauptkampfgruppe der republikanischen Kräfte angeführt – eine Position, um die Hunt sie beneidete. Ihre Flotte von Schlachtschiffen und Kreuzern hatte neun Schiffe der Zodark zerstört - und was noch wichtiger war - acht Schiffe der Orbot, einschließlich vier ihrer Kriegsschiffe. Es war ein überwältigender Sieg, einer der die Altairianer und den Rest des Galaktischen Reichs aufhorchen ließ.

Der Ausgang dieser Schlacht zog allerdings beträchtliche Konsequenzen nach sich. Die Einnahme von Rass gab dem GR einen Stützpunkt am Rand des von den Zodark kontrollierten Bereichs. Soweit Hunt verstand, plante das Galaktische Reich, Rass in ein Sprungbrett zur Invasion in das von den Zodark beherrschte Gebiet auszubauen.

Im Verlauf der Diskussion der Gruppe begann Hunt sich allerdings Sorgen hinsichtlich des Zeitplans der Invasion zu machen. Die Repräsentanten sprachen von mehreren Jahren für den Aufbau der nötigen Kräfte, um in das Zodark-Reich vorzudringen. Demgegenüber fürchtete Hunt, dass das Verzögern einer solch wichtigen Invasion dem Feind Zeit gewähren würde, zusätzliche Kräfte aufzustellen, um den

Invasoren eine Falle zu stellen oder sogar einen Gegenangriff durchzuführen.

Als Admiral Hunt an der Reihe war, seine Meinung kundzutun, stand er auf und räusperte sich. »Ich weiß, dass ich neu in dieser Gruppe bin. Neu in der Kriegsführung bin ich allerdings nicht, noch neu im Kampf und im Sieg gegen die Zodark. Der Plan, den Sie entworfen haben, ist ein guter Plan. Allerdings enthält er einen fatalen Fehler.«

Mehrere Senatoren des Rats runzelten die Stirn, schwiegen aber, um abzuwarten, was dieser Neuling zu sagen hatte.

»Als das Reich Rass einnahm, eroberte es sich damit eine Position am Rand des von den Zodark beherrschten Gebiets. Wir wissen das, und sie wissen das. Vorgeschlagen wurde, dass wir uns vor einem Angriff mehrere Jahre Zeit nehmen, unsere Kräfte in diesem Bereich aufzubauen. Das ist ein Fehler.«

Eines der Mitglieder der Allianz unterbrach ihn. »Admiral Hunt, die Verlegung von Kampfgruppen und Soldaten nimmt Zeit in Anspruch. Es ist unmöglich, genug Kräfte auf Rass zu verlegen, um eine Invasion in das Gebiet der Zodark zu einem früheren Zeitpunkt vorzunehmen.«

Ein weiteres Mitglied der Allianz fügte hinzu: »Ohne die Aufstockung unserer Kräfte auf Rass lassen wir den Planeten schutzlos zurück. Wir müssen die Station nach ihrer Rückeroberung wiederherstellen. Wir müssen die orbitale Verteidigung des Planeten ausbauen und eine Garnison auf ihm etablieren. Es gibt noch viel zu tun, bevor wir den nächsten Schritt machen können.«

Hunt nickte höflich zu diesen Kommentaren. Erst nachdem sie geendet hatten, fuhr er unbeeindruckt mit seiner Argumentation fort. »Wenn unser Ziel die Einnahme von Zodark-kontrolliertem Raum und ihr Zurückdrängen ist, dann schlage ich eine sofortige Invasion von Tueblets vor, mittels der Kräfte, die sich gegenwärtig auf Rass befinden«, verkündete er selbstbewusst mit vorgeschobenem Kinn.

Hunt wusste, dass er anmaßend auftrat, aber er war es leid, Plan über Plan von Kampagnen zu hören, die diesen Krieg nie zu Ende bringen würden. Ihm kam es beinahe so vor, als kämpften sie allein um des Kampfes willen.

Seine Idee schockierte und erschreckte eine Reihe der Anwesenden. Aber die Repräsentanten der Primord und der Tully lächelten. Sie verstanden, was Hunt da gerade vorgeschlagen hatte.

Eines der altairianischen Mitglieder rief mit echter Emotion in der Stimme aus: »Vollkommen ausgeschlossen!« Das war der gewaltigste Gefühlsausbruch, den Hunt je von einem Altairianer erlebt hatte. »Wir können nicht mit der

Invasion von Tueblets beginnen. Er liegt 21 Systeme von Rass entfernt, praktisch im Zentrum der Hauptwelten der Zodark. Ein solcher Angriff wird in jedem Fall die Orbot auf den Plan rufen, vielleicht sogar das Kollektiv.«

Einige Mitglieder begannen bei der Erwähnung des Kollektivs in gedämpftem Ton zu flüstern. Hunt hatte das bereits wiederholt erlebt – als ob ein Schreckgespenst umging, das ihnen Angst einflößte. Alle sprachen nur mit leiser Stimme von ihm, als ob sie nach der lauten Erwähnung seines Namens erwarteten, vom Blitz getroffen zu werden.

Hunt drehte sich den Altairianern zu. »In der Mitte ihres Reichs und 21 Systeme von Rass entfernt ist genau der Grund, weshalb wir sie sofort dort angreifen sollten«, bestand er auf die Logik seines Vorschlags. »Weder die Zodark noch die Orbot erwarten einen solchen Überfall. Wir zerstörten gerade 18 ihrer Schiffe, mit denen sie die Zodark unterstützen wollten. Es ist uns gelungen, ihnen einen entscheidenden Schlag zu versetzen. Und jetzt ist es an der Zeit, ihnen sofort weitere Verluste beizubringen, bis sie den Krieg endgültig für verloren erklären oder wir sie zwingen, um Frieden zu betteln.«

Hunt fühlte sich lebendig und voller Energie. Diese innere Energie sprudelte nur so aus ihm heraus, während er weiter seiner Strategie darlegte - solange, bis die drei Altairianer des Rats entsetzt den Kopf schüttelten.

»Das ist unmöglich, Admiral Hunt. Es gibt Regeln. Wir können die Grenzen des Möglichen nicht so weit überschreiten, ohne die Aufmerksamkeit des Kollektivs zu erregen«, erklärte einer der Altairianer sanft, als ob er zu einem Kind sprechen würde, dem der Überblick über den größeren Zusammenhang fehlte.

»Regeln, welche Regeln? Mir wurde nichts von Regeln gesagt«, konterte Hunt. »Entschuldigen Sie meine Direktheit, aber wir verbrachten die letzten vier Stunden mit nichts anderem, als die Ergebnisse von einer Kampagne nach der anderen zu hören. Das Problem ist, dass keine dieser Kampagnen von Bedeutung war. Nicht eine brachte uns einen Schritt näher zum Sieg, mit Ausnahme der Schlacht um Rass. Dort zerstörten wir die Zodark und die Orbot. Jetzt ist nicht die Zeit, uns zurückzuziehen – ganz im Gegenteil, wir müssen diesen Vorteil ausnutzen und sie sofort ein zweites Mal hart treffen. Wenn wir zusätzliche Truppen zur Unterstützung der Truppen auf Rass verlegen, sind wir innerhalb von sechs Monaten und nicht nach drei oder mehr Jahren zum Angriff bereit.«

Die Altairianer schwiegen zunächst, bevor sie sich privat unterhielten. Es war klar, dass Hunt einen wunden Punkt unter den Mitgliedern der Allianz angesprochen hatte. Einige waren deutlich aufgebracht, dass diese ‚weniger entwickelte' Spezies Mensch solch einen dreisten Plan vorschlagen sollte. Andere hingegen nickten zustimmend. Sie wollten diesen Krieg zu Ende bringen. Hunt nahm sich vor, sich später mit diesen Mitgliedern näher zu unterhalten. Er versuchte immer noch zu eruieren, wie der Rat funktionierte und wer hier wirklich das Sagen hatte.

Endlich sprach der Altairianer, der ihm vorhin so vehement widersprochen hatte, Hunt erneut an. »Admiral Hunt, Sie haben uns einen …. einen interessanten Plan unterbreitet. Ich möchte sagen, dass mir so etwas nicht in den Sinn gekommen wäre. Dennoch ist er womöglich der weiteren Diskussion wert. Ich schlage vor, dass wir die nächsten Tage mit der Überlegung verbringen, ob und wie wir einen solchen Plan in die Realität umsetzen können. Falls sich ein Weg finden sollte, stimmen wir im Anschluss daran über ihn ab. Ich muss Sie allerdings dringend warnen. Wenn wir nicht vorsichtig sind, stechen wir in ein Greifvogelnest.«

Hunt hatte in diesem Zusammenhang noch nie von einem Greifvogelnest gehört, ging aber davon aus, das er ein Wespennest meinte. Er nickte dem Altairianer seine Zustimmung zu diesem Vorgehen zu und nahm Platz. Die Konferenz ging weiter. Hunt war froh, dass er seinen Punkt dargelegt hatte. Vielleicht nahmen sie ihn ernst, vielleicht versuchten sie aber auch nur, ihn zu beschwichtigen. In jedem Fall war Hunt mehr als bereit, sein neues Kriegsschiff nach dessen Fertigstellung in Empfang zu nehmen und in den Krieg zurückzukehren. Er wollte einen Weg finden, diesem Konflikt ein Ende zu bereiten - nicht ihn weitere 100 oder sogar 1.000 Jahre schwelen zu lassen.

****

Nach der Konferenz trat Bjork an Hunt heran. „Hallo, Admiral. Eine beeindruckende Rede, die Sie da gerade gehalten haben.«

Hunt lächelte höflich. »Wahrscheinlicher ist, dass ich mich gerade um Kopf und Kragen geredet habe.«

Bjork lachte leise bei diesem Kommentar und erwiderte dann: »Sie sprachen die Tatsachen aus, wovor viele im Rat sich den Altairianern gegenüber zu fürchten scheinen.«

Die beiden Männer bewegten sich auf die Büro-Suite zu, die der Republik als Arbeitsbereich diente. Hunts Stab umfasste 100 Personen, das diplomatische Korps war kleiner, nur 20 Mitarbeiter. Egal was man davon hielt, die Republik war das Mitglied einer militärischen Allianz, in der die Angelegenheiten des Krieges in den Augen der Altairianer und aller anderen an erster Stelle standen.

Kurz vor der Tür zu Hunts Büro kam ein General der Tully auf sie zu. Seine Spezies erinnerte Hunt an einen Wookie in *Star Wars* mit kürzerem, verfilztem Haar. Die Tully sahen nicht wirklich hart aus. Sie hatten ein interessantes Sprechmuster und sprachen mit leiser Stimme. Ihre erstaunliche Intelligenz war offensichtlich. Sie bereisten den Weltraum seit über 600 Jahren. Ihre Allianz mit den Altairianern bestand seit 500 Jahren.

»Entschuldigen Sie, Admiral Hunt, Bjork. Wäre es vielleicht möglich, mich mit Ihnen beiden …. privat zu unterhalten?«

Bjork antwortete für sie beide: »Selbstverständlich. Wir wollten gerade in Admiral Hunts Büro. Bitte begleiten Sie uns, General Atiku Muhammadu.«

Zusammen betraten die drei Hunts Büro, das selbst nach irdischen Maßstäben sehr großzügig ausgelegt war.

Hunt übernahm die Führung. »Ich bin mir nicht sicher, wie der Brauch in solch einer sozialen Situation bei Ihnen aussieht, aber auf meinem Planeten, in einem privaten Gespräch zwischen hochrangigen Militärs und politischen Führern, biete ich gewöhnlich ein starkes Getränk an. Wenn Sie möchten, serviere ich Ihnen gerne etwas Alkohol zum Versuch«, bot er etwas unbeholfen an.

Bjork lächelte. »Ich akzeptierte gerne ein Glas von dem, was Sie Bourbon nennen. Ich hatte einen Versuch auf einer Ihrer diplomatischen Veranstaltungen und muss sagen, dass ich ihn aromatisch und geschmacksreich fand. Tatsächlich stehe ich gerade in Gesprächen, wie wir einige Kisten davon auf unsere Heimatwelten bringen können. So gut ist er.«

»Ok, wenn Bjork sagt, er ist gut, dann trifft das sicher zu. Ich nehme auch einen Schluck«, nickte General Atiku Muhammadu. »Nebenbei, die Altairianer leisten gute Arbeit sicherzustellen, dass Nahrungsmittel und Getränke entweder sicher für den Konsum aller sind oder dass eine klare Warnung auf den Etiketten steht, welche Spezies ein bestimmtes Produkt vermeiden sollte. Das hat den Handel um so vieles einfacher gemacht, ebenso wie die Möglichkeit, dass die unterschiedlichen Rassen gemeinsam essen und trinken können.«

Admiral Hunt hatte keinerlei Vorkenntnisse über General Muhammadu, außer dass jemand von der Asiatischen Allianz seinen Namen vielleicht schon einmal erwähnt hatte. Die Tully waren als Streithähne bekannt, das wusste Hunt. Sie mochten den Kampf und verstanden es, ihren großen, massigen Körperbau zu diesem Zweck zu ihrem Vorteil zu nutzen.

General Muhammadu nahm das Glas von Hunt entgegen und hielt es sich unter die Nase. Er roch daran und nahm dann einen kleinen Schluck. Seine Augen weiteten sich, als der Alkohol seine Zunge berührte. »Das ist gut, Bjork.« Und dann leerte der General das ganze Glas auf einen Zug.

Bjork zuckte unbesorgt mit den Achseln, als er Hunts Gesichtsausdruck sah. »Er wird es herausfinden.«

»Was herausfinden?«, fragte der General und stieß lautstark auf.

Hunt versuchte vom Gestank, der dem Magen des Generals entwich, nicht ohnmächtig zu werden. »Das ist Alkohol«, erklärte er. »Wenn Sie zu viel davon oder zu schnell trinken, hat er einen interessanten Effekt auf Ihren Geist und Ihren Körper. Vielleicht beeinflusst er Sie nicht so wie mich, aber wenn ich zu viel zu schnell trinke, fühle ich mich …. wie drücken Sie es aus? Angeheitert? Ich bin mir nicht sicher, ob es dieses Wort in Ihrer Sprache gibt.«

Dem General war dies offenbar egal. Er hielt Hunt sein Glas zum Nachfüllen hin. Admiral Hunt sah zu Bjork hinüber, als ob er um sein Einverständnis bitten wollte. Der Primord nickte und grinste verschmitzt.

Nachdem er dem General sein zweites Glas Bourbon überreicht hatte, erkundigte sich Hunt bei ihm: »General, was wollten Sie mit uns besprechen? Was kann ich oder die Republik für die mächtigen Tully tun?«

General Muhamaddu beugte sich vor. »Zunächst, nennen Sie mich doch bitte Atiku. Dies ist kein formelles Treffen. Und in Bezug darauf, was Sie für mich tun können …. das kommt darauf an. Ich hörte von Ihrem Vorschlag im Rat. Darf ich das mit Ihnen diskutieren?«

Miles fühlte, wie er errötete - und nicht vom Alkoholkonsum. Er hoffte, er hatte sich nicht gerade einen schweren Fall von Ins-Fettnäpfchen-Getreten zugezogen. Nicht jedes Mitglied des Rats hatte seinen Vorschlag mit Wohlwollen aufgenommen.

Atiku, der sein Unbehagen erkannte, fügte schnell hinzu: »Ich bin ganz Ihrer Meinung. Dieser Krieg zieht sich schon viel zu lange hin. Es gibt viel, was Sie über diesen Konflikt noch nicht wissen oder darüber, wer im Hintergrund die Fäden zieht. Das geht weit über Ihr bisheriges Verständnis hinaus.«

»Dieses Gefühl habe ich nach jedem Treffen«, bestätigte ihm Hunt. »Dass sich mehr hinter den Kulissen abspielt, als mir mitgeteilt wurde. Ich verstehe, dass wir Menschen erst seit kurzer Zeit Mitglied des Rates sind. Aber ich habe den Eindruck, dass es so viel zu lernen gibt, ohne ausreichend Zeit zu haben, das auch zu tun.«

»Sie werden immer viel lernen müssen, Miles«, tröstete Bjork ihn. »Ihre Spezies ist jung. Die Gattung der Menschen existiert noch nicht so lange wie viele der anderen im Rat. Dieser Krieg wird über mehrere Galaxien hinweg von Spezies geführt, die noch fortgeschrittener als die Orbot oder die Altairianer sind, wenn Sie das glauben können. Das Kollektiv und die Gallentiner gehören zu diesen Rassen. In unserer Galaxie gehören diese beiden zu den ältesten und dominanten Spezies, aber da draußen gibt es noch weit ältere Rassen.«

Hunt leerte sein Glas und setzte es auf dem Beistelltisch neben seinem Stuhl ab. Er lehnte sich vor und studierte seine Besucher. »Die Zodark kontrollieren mehrere Planeten, auf denen sie Menschen wie mich versklaven. Die will ich befreien. Wie viel Widerstand werden die Altairianer mir entgegensetzen, wenn ich solch einen militärischen Vorstoß vorschlage?«

»Teilten die Altairianer Pläne zum Bau einer Reihe von Schiffen mit Ihnen?«, fragte der General der Tully.

Hunt runzelte die Stirn und nickte.

»Mein Vorschlag wäre, dass Sie lernen, diese Schiffe selbst zu bauen«, sagte Atiku. »Lernen Sie, sämtliche Technologien, die sie Ihnen gegeben haben, nachzubauen. Ihr Ziel sollte es sein, Ihre Schiffe so unabhängig wie möglich von altairianischen technologischen Komponenten zu machen. So lange Ihre Schiffe von ihrer Technologie und ihrer Wirtschaft abhängig sind, steht den Altairianern immer ein Weg offen, Sie zu kontrollieren. Damit will ich nicht sagen, dass Sie in diesem Krieg die falsche Seite gewählt haben. Das Kollektiv ist weit schlimmer. Aber die Altairianer haben ihre eigene Vorstellung von der Galaxie, die nicht unbedingt mit der Ihren übereinstimmen muss.«

Bjork hielt ebenfalls nicht mit seiner Meinung zurück. »Es gibt einen Grund, warum sich dieser Krieg bereits seit Hunderten von Jahren ohne Ende in Sicht hinzieht. Nicht jeder *will* dem Krieg ein Ende bereiten.«

Hunt dachte, dass er hier der Wahrheit nun endlich auf der Spur war. »Daran habe ich auch schon gedacht. Aber wozu? Wo liegt der Vorteil, einen unendlichen Krieg zu führen?«

»Überlegen Sie. Die Altairianer nehmen an diesem Krieg nicht wirklich teil«, betonte Bjork. »Sie statteten uns ‚unterentwickelte Spezies' neu aus und trainierten uns darauf, ihren Kampf zu führen. Das brachte ihnen Hunderte von Jahren an Frieden und Stabilität ein, was ihrem Wachstum und ihrer Entwicklung zugutekam. Dafür nahmen sie allein an kleineren Auseinandersetzungen teil oder höchstens an einer oder zwei größeren Kampagnen. Es ist nicht ihre

Bevölkerung, die dem Krieg zum Opfer fällt, oder die all ihre Ressourcen in diesen Krieg investiert. *Wir* sind es, und Sie, als jüngstes Mitglied der Allianz.«

»Hatte denn nie jemand die Idee, eine neue Allianz zu gründen?«, wunderte sich Hunt. »Eine, die entweder den Sieg über oder den Frieden mit den Zodark und den Orbot sucht?«

Der General der Tully schüttelte den Kopf. »In der Vergangenheit wurde das diskutiert. Das Problem ist, dass nicht eine unserer Rassen über die technologische Überlegenheit verfügt, sich allein den Orbot zu stellen, viel weniger noch dem Kollektiv - falls es sich jemals zeigen sollte. Allein unserer strategischen Allianz mit den Gallentinern ist es zu verdanken, dass wir nur selten einem Schiff des Kollektivs begegnen müssen. Falls sich mehrere Mitglieder vom Galaktischen Reich lossagen würden, wären wir auf uns selbst gestellt. Ohne die Hilfe der Altairianer würde sich die Mehrheit unserer Welten schwer tun, gleichzeitig gegen die Zodark und die Orbot anzutreten.«

Miles dachte einen Augenblick über das Gesagte nach. »Dann müssen wir einen Weg finden, unsere Unabhängigkeit von ihnen zu erhöhen«, stellt er fest.

»Das ist einfacher gesagt als getan«, kommentierte Bjork bedrückt.

Hunt kicherte. »Freunde, habt ihr nicht verfolgt, wie die unterbewerteten Menschen den Zodark die letzten 12 Jahre das Fell versohlt haben? Wir haben jeden einzelnen Kampf gegen sie gewonnen. Sie haben die bessere Panzerung, die besseren Laser, das schnellere Antriebssystem – und dennoch finden wir in jeder Auseinandersetzung einen Weg, sie zu besiegen.«

»Ihr Menschen hattet Glück. Das ist alles«, wehrte Atiku ab.

»Ach ja, Glück gehabt?« Hunt zog die linke Augenbraue nach oben. »Ist es das, was acht Schiffe der Orbot im Kampf um Rass zerstört hat? Das ist kein glücklicher Zufall, mein Freund. Das ist Strategie. Wir Menschen sind intelligent und aggressiv. Wir können kämpfen und verstehen es, zu gewinnen.«

»Wie haben die Menschen eine solche Gesellschaft von Kriegern entwickelt? Ich habe Geschichten über Ihr Militär gehört …. Über Ihre Spezialeinheiten, so nennen Sie sie doch? Die Delta, richtig?«

»Mein Volk bekämpft sich seit Urzeiten untereinander. Wir verbrachten über eine Million Jahre damit, uns gegenseitig zu töten. Den Menschen liegt der Krieg und das Töten im Blut. Ein Krieg nach dem anderen zieht sich durch unsere Geschichte. Ich hasse es, das zuzugeben, aber die

Kriegslust ist in unseren Genen verankert. Das trifft insbesondere auf mein vormaliges Land zu, denke ich.

»Bevor die Republik gegründet wurde, war unser Planet in drei große Faktionen aufgeteilt. Ich gehörte der Republik an. Letztendlich absorbierten wir die anderen Faktionen. Und bevor wir die Republik waren, nannten wir uns die Vereinigten Staaten von Amerika. Mein Land war über 100 Jahre lang die dominante militärische Kraft auf dem Planeten. Auf die eine oder andere Weise waren wir 200 Jahre hindurch an beinahe endlosen Konflikten beteiligt. Aufgrund unserer Geschichte der ständigen Kriegsführung entwickelten wir ein Kriegerethos und eine Kriegerklasse. Das machte es uns möglich, uns härter und weiter als alle anderen Soldaten, auf die wir je gestoßen sind, einzusetzen.«

»Sie glauben allen Ernstes, dass Ihre Soldaten besser als die der Zodark oder der Orbot sind?«, fragte Atiku skeptisch.

»Atiku, ich kann Ihnen ohne Übertreibung versichern, dass unsere Soldaten, die Delta, niemals einen Kampf gegen die Zodark oder die Orbot verloren haben«, bekräftigte Hunt. »Unsere Leute sind nach Jahren speziellen Trainings darauf trainiert, wie wilde Tiere zu kämpfen. Sie stürzen sich absolut furchtlos ins Gefecht, ohne einen Gedanken an ihre persönliche Sicherheit zu verlieren. Unser Trainingsprogramm ist so intensiv, dass unsere Leute mit dem Beginn der Auseinandersetzung automatisch auf ihr Training zurückgreifen und wie von künstlicher Intelligenz gesteuerte Maschinen agieren. Aber ungleich einer AI sind wir in der Lage, uns ohne Zögern einer sich ändernden Situation zu unserem Vorteil anzupassen. Das macht uns zu wahren Kriegern.«

Der Tully-General nickte. »Dann verstehe ich, wieso die Altairianer so erpicht darauf waren, Sie ins Reich einzubringen«, sagte er sanft. »Sie wollen Ihre Spezies als Kanonenfutter für ihren Krieg nutzen.«

Hunt schüttelte den Kopf. »Die Altairianer sollen denken, was sie wollen. Was ich Ihnen klarmachen möchte, Atiku und Bjork, ist, uns niemals zu unterschätzen. Wir sind weit klüger als Sie denken. Die Wissensaufbesserungsspritzen, die uns die Altairianer verabreicht haben, brachten uns einen größeren Vorteil ein, als sie sich vorgestellt hatten, denke ich. Sobald wir die den Menschen auf unserem Planeten bringen, werden Sie von den Innovationen überrascht sein, die unseren Wissenschaftlern einfallen werden. Ich las, dass die Republik, die während der Schlacht um Rass die Orbitalstation der Zodark und Orbot einnahm, dort eine Menge hochwertiger kritischer Informationen und Technologien vorfand. Alles ist mir noch nicht bekannt.

Sobald der abgeschlossene Erkundungsbericht eintrifft, werde ich mehr wissen.«

Bjork lehnte sich vor. »Mit dieser Information sollten Sie vorsichtig umgehen, Miles. Die Altairianer werden erwarten, dass Sie diesen Bericht mit dem Rat teilen, wonach sie auch entscheiden wollen, wie die Information verwertet wird.«

Hunt hob den Kopf und grinste ihn offen an. »Damit wollen Sie mir doch nicht sagen, dass es ein Problem mit der Übersendung des Berichts hierher geben sollte? Vielleicht sollte er stattdessen in einer Kiste Bourbon eintreffen, die für eine Ihrer Hauptwelten bestimmt ist?«

Bjork lachte leise bei diesem Vorschlag. »Das wäre doch äußerst praktisch, nicht wahr?«

Atiku stieß ebenfalls ein gutturales Lachen aus. »Ja, aber nur, wenn er auch in einer Lieferung Ihres wunderbaren Getränks für eine meiner Heimatwelten ankommt.«

Hunt lächelte in sich hinein. Er hatte neue Freunde und potenzielle Verbündete gewonnen.

Die Leute der Gegenspionage hatten Recht, dachte er. *Die Tully und die Primord sind unzufrieden damit, wie der Krieg verläuft. Wir brauchen Zeit .... Zeit, uns auf den neuesten Stand zu bringen und Zeit, unseren Planeten zu organisieren und eine Flotte eigener Schiffe zu bauen.*

****

Wenige Tage später klopfte Pandolly an die Tür von Hunts Büro. Hunts Adjutant öffnete ihm und kündigte das Eintreffen des Altairianers an.

»Pandolly, schön Sie zu sehen«, begrüßte Hunt ihn herzlich, während er aufstand, um ihn willkommen zu heißen. »Danke, dass Sie sich die Zeit nehmen, sich mit mir zu treffen. Ich weiß, Ihre Zeit ist kostbar. Sie haben viel zu tun.«

»Freut mich auch, Miles. Es ist gut, Sie zu sehen. Wie ich hörte, haben Sie in der letzten Ratssitzung einige Mitglieder außer Fassung gebracht.«

Hunt zuckte mit den Achseln. »Ich bin Taktiker und der Kommandant einer Kampfgruppe. Ich trug nur meine Meinung vor, basierend auf den Kämpfen, die ich gegen die Zodark- und die Orbot-Schiffe geführt habe.«

Pandolly nickte, während er auf einem der Stühle Platz nahm, der ihm einen wunderbaren Ausblick auf einen Innenhof mit blühenden Bäumen und Blumen gewährte.

»Miles, für eine Weile erkundigten sich Botschafterin Chapman und Sie bei mir, ob wir Ihnen bei der Organisation einer Expedition behilflich sein könnten, um die von den Zodark gehaltenen menschlichen Planeten zu befreien. Ist das etwas, an dem Sie weiter Interesse haben?«

Diese Frage erregte Admiral Hunts Aufmerksamkeit. Die Idee einer solchen Intervention versuchte er bereits seit ihrem Eintreffen vor knapp einem Jahr voranzubringen. Er wollte die menschlichen Planeten aus den Fesseln der Sklaverei befreien und sie im Anschluss daran der Republik zuführen.

Hunt, der neben Pandolly Platz nahm, erwiderte: »Das haben wir. Allerdings habe ich auch den Eindruck, dass dieses unterschwellige Angebot eine Bedingung mit sich bringt?«

Pandolly lächelte ein wenig, ein wahrhaft seltenes Zeichen der Emotion eines Altairianers. »Ihr Menschen seid wirklich scharfsinnig und clever, nicht wahr?«

Es war eine rhetorische Frage, aber Hunt verstand, worauf sie hinauslief. Die Altairianer wussten, dass er ihnen im Kriegsrat Probleme bereiten könnte.

»Miles, den Vorschlag, den Sie dem Rat machten …. nicht, dass es eine schlechte Idee war …. Tatsächlich ist es eine wirklich gute Idee - gemäß unserer eigenen internen Analyse. Besser als nur eine gute Idee. Es ist genau die Art von Kampagne, die die Zodark aus dem Krieg zwingen oder sie zumindest kampfunfähig machen könnte. Anderseits ist es genau diese Art der Operation, die mit Sicherheit die Intervention des Kollektivs nach sich ziehen wird. Und während manche Altairianer die Gelegenheit begrüßen würden, das Kollektiv zu bekämpfen, sind viele von uns davon überzeugt, dass wir noch nicht so weit sind.

»Unsere strategische Allianz mit den Gallentinern ist im Moment in einer schwierigen Lage. Sie sind gegenwärtig in einer anderen Galaxie mit einer anderen schweren Kampagne beschäftigt. Das bedeutet, dass sie uns nicht zu Hilfe kommen könnten, falls das Kollektiv sich zur Einmischung entschließen sollte. Deshalb möchte ich Ihnen folgende Alternative vorschlagen. Die Republik zieht ihren Antrag auf eine Abstimmung über die Kampagne der Invasion und Übernahme von Tueblets zurück. Im Gegenzug dafür empfehlen wir eine Abstimmung über den Plan der Republik, den Zodark die Kontrolle über die menschlichen Planeten zu entreißen, und lassen ihm unsere volle Unterstützung zukommen.«

Hunt setzte sich in seinem Stuhl zurück und überdachte, was er gerade gehört hatte. Pandolly hatte ihm soeben eine einzigartige strategische Information geliefert. Er hatte ihn wissen lassen, wieso es die Altairianer in Bezug auf den Plan der Republik nicht auf eine Abstimmung ankommen lassen wollten. Er würde aller Wahrscheinlichkeit nach akzeptiert werden, könnte letztendlich aber fehlschlagen und sie alle zerstören.

»Dann sind Sie also meiner Meinung, dass der Plan, den ich vorgeschlagen habe, eine echte Chance zur Wende des Kriegs und sogar zu seiner Beendigung in sich trägt – zumindest für die Zodark?«, verlangte Hunt zu wissen.

Der Altairianer nickte leicht. «Ja, das bin ich. Ich wusste vom ersten Augenblick als ich Sie traf, dass Sie ein außergewöhnlicher Taktiker sind. Aus diesem Grund baten wir auch darum, dass Sie als Repräsentant der Republik im Kriegsrat sitzen sollten. Das ist auch der Grund dafür, dass wir gewillt sind, Ihnen ein Schlachtschiff zu bauen, für das Ihre Spezies - um bei der Wahrheit zu bleiben - noch nicht reif ist. Ich halte Sie für den Militärführer, auf den viele von uns im Rat gewartet haben. Aber Sie müssen noch viel lernen. Sie müssen mehr über das Kollektiv erfahren, etwas, das wir Ihnen bislang vorenthalten haben.«

Pandolly zögerte einen Moment, bevor er fortfuhr: »Ich denke, es ist Zeit, dass wir eine kurze Reise unternehmen und uns privat mit den Gallentinern treffen. Die Gallentiner können Ihnen mehr über das Kollektiv berichten und wieso sie so gefährlich sind. Ich weiß, dass Sie es jetzt noch nicht verstehen, Miles, aber im Umgang mit dem Kollektiv müssen wir sehr vorsichtig sein. Wenn Sie die Orbot oder die Zodark für grausame Krieger halten, sind die verglichen mit dem

Kollektiv relativ harmlos. Das Kollektiv assimiliert alles, was es anfasst, alles was es angreift.

»Fordern Sie Botschafterin Chapman auf, uns zu begleiten. Außerdem können Sie einen Ihrer Adjutanten mitbringen. Packen Sie Ihre Taschen. In zwei Tagen werden Sie mich begleiten, und ich werde Ihnen mehr zeigen, als Sie sehen und hören wollen.«

****

Hauptplanet Altus
Die Botschaft der Republik

Botschafterin Nina Chapman liebte ihre neuen Posten. Nach allem, was sie nach der Entführung durch die Zodark auf Neu-Eden durchgemacht hatte, fühlte sie sich endlich wieder lebendig. Die viermonatige Reise von Sol zur Heimatwelt der Altairianer hatte ihr viel Zeit zum Lesen gelassen; nicht nur über die Altairianer, sondern auch über die anderen Rassen, die das Galaktische Reich ausmachten, dem nun auch die Republik angehörte. Jedes Mal, wenn sie das Wort ‚Reich' aussprach, musste sie entweder kichern oder innerlich seufzen. Sie bevorzugte den Begriff ‚Republik'. Der Ausdruck ‚Reich' ließ sie mehr an Könige und Königinnen denken, die über ihr Land herrschten, als an eine demokratische oder republikanische Form der Regierung, in der die Bevölkerung zumindest eine Stimme hatte.

Nachdem Nina die Injektion mit dem Wissensaufbesserer erhalten hatte, hatte sich ihr eine vollkommen neue Welt des Verständnisses eröffnet. Komplexe Themen waren plötzlich einfach zu verstehen. Die Erinnerung an Namen, Gesichter, Orte und Gespräche verursachte keine Mühe. Ihr Gedächtnis glich einem Computer, der unmittelbar alles aufrufen konnte und der die Fähigkeit hatte, alles, was er sah und hörte zu verarbeiten. Zwölf Monate danach existierte dieses Gefühl, unablässig Wissen in sich aufsaugen zu wollen, weiter – insbesondere angesichts der Zehntausende, wenn nicht Millionen Jahre an Geschichte und dem aus ihr zu ziehenden Verständnis. Nachdem Nina und ihr kleines diplomatisches Team eine Unterkunft gefunden und sich eingerichtet hatten, hatte Nina begonnen, regelmäßig Sprecher einzuladen, die ihre Mitarbeiter auf ihre neue Mission vorbereiten sollten.

Dreimal die Woche organisierte Botschafterin Chapman jeweils einen dreistündigen Vortrag von einem der Mitglieder der Allianz, die den Anwesenden über ihren geschichtlichen Hintergrund, ihren Planeten und dessen Bevölkerung berichteten. Diese ersten Vorträge entwickelten sich mit der Zeit zu weit mehr – Diskussionen über

Wirtschaft, Industrie, Rohstoffmanagement, interplanetarischer Handel, Kolonisierung, Industrialisierung, Evolution und natürlich der galaktische Krieg, der sie alle zusammengebracht hatte.

Am interessantesten fand Chapman, wie all diese unterschiedlichen Spezies miteinander auskamen. Von der Allianz ging ein Sinn von Ordnung aus, den sie so nicht erwartet hatte. Sie wusste nun, dass die Altairianer mit jeder Rasse zusammengearbeitet hatten, um herauszufinden, welche Planeten für sie am besten geeignet waren. Jede Rasse hatte individuelle Anforderungen, denen sie gerecht werden mussten.

In der Zusammenarbeit als Kollektive wurden Monde und Planeten an die Rassen gemäß deren Bedürfnissen verteilt. Diese wurden als ihre Heimatwelten bekannt. Die meisten Nationen erhielten zwischen sechs und zehn Heimat- oder auch Hauptwelten, wobei die Altairianer regelmäßig zusätzliche Welten vergaben. Dieser Zuweisungsprozess verwandelte gewisse Bereiche des Weltraums und die darin enthaltenen Systeme mit der Zeit in einen multikulturelles, diverses Gebiet alliierter Rassen.

Nach Monaten dieser Art von Gesprächen reduzierte Chapman sie auf spezifische Themen, die ihrem Team helfen sollten, sich besser im Bereich ihres jeweiligen

Aufgabengebiets auszukennen. Einer der Hauptaufträge, den die Erde ihr erteilt hatte, war die Acquisition neuer Technologien und das Studium des Reichs und der Rassen, die die Allianz ausmachten. Es war eine weitreichende, aber sehr zufriedenstellende Aufgabe.

Obwohl Botschafterin Chapman nicht oft mit Rear Admiral Miles Hunt zusammenarbeitete, schienen sich ihre Wege in letzter Zeit öfter zu kreuzen. Und gerade letzte Woche hatte sie die seltsame Bitte Admiral Hunts erhalten, eine Lieferung Bourbon an die Tully und die Primord zu arrangieren. Sie wunderte sich über den beschränkten Umfang der Bestellung dieser braunen Flüssigkeit – nur einige tausend Kisten. Sie hätte eine Anfrage nach Hunderttausenden von Kisten erwartet.

Und dann hatte Pandolly sie zu ihrer Überraschung auf eine besondere Reise mit Admiral Hunt eingeladen. Das Ziel hatte er ihr nicht verraten, nur erklärt, dass sie ungefähr zehn Tage nach Menschenrechnung unterwegs sein würden. Er hatte ihr ans Herz gelegt, neben regulärer Kleidung und ihrer Arbeitsuniform auch elegante Kleidung für formelle Anlässe einzupacken.

Mehrere Male hatte sie versucht, den Hunt dazu zu bewegen, ihr das Reiseziel zu verraten. Das Einzige, was er dazu zu sagen hatte, war, dass es ein besonderer Ort war, und dass er ihr nach dem Ablegen mehr mitteilen würde. Wo immer es auch sein mochte, sie war mehr als neugierig.

Admiral Hunt, begleitet von seinem persönlichen Assistenten – in diesem Fall sein Sohn – traf gleichzeitig mit Chapman am Treffpunkt ein. Sobald sich Pandolly zu ihnen gesellte, wurden die vier auf ein altairianisches Schiff im Orbit teleportiert.

Chapman war bereits zweimal teleportiert worden, von daher war es also nicht unbedingt neu für sie. Trotzdem musste sie jedes Mal lächeln, wenn sie in ihre wesentlichen Bestandteile zerlegt und dann an einem neuen Ort wieder rekonstruiert wurde. Es war eine unglaubliche Technologie, die ihre Herren auf der Erde unbedingt erlangen wollten.

Auf dem Weg zu den Unterkünften der menschlichen Delegation fragte Nina endlich: »Ist es jetzt sicher, mir mitzuteilen, wohin die Reise geht?«

Die Frage ließ den Admiral leicht zusammenzucken, bevor er erwiderte: »Ja, jetzt darf ich es Ihnen verraten. Diese Geheimniskrämerei tut mir leid, aber Pandolly bat mich, niemanden davon in Kenntnis zu setzen, bevor wir auf dem Weg sind. Wir werden die Förderer der Altairianer, die Gallentiner, treffen.«

Chapman riss die Augen auf. Das waren fantastische Neuigkeiten. Trotz all ihrer Anstrengungen hatte sie bislang nur sehr wenig über die Gallentiner erfahren – einzig, dass sie in ihrer Entwicklung noch vor den Altairianern und den Orbot lagen.

»Das ist unglaublich, Miles. Wie haben Sie erreicht, dass Ihnen eine Audienz gewährt wurde?«

Der Admiral schüttelte den Kopf. »Das war nicht ich. Pandolly bot es mir in einer Art Handel an.«

Interessiert sah sie ihn an. »Ach ja? Das müssen Sie mir näher erklären.«

Das Schiff, auf dem sie sich befanden, war kein Kriegsschiff, sondern schien ein VIP-Transporter zu sein. Die Repräsentanten der Republik folgten einem Flur, der vor der dekorativen Tür einer riesigen Suite endete. Die Suite verfügte über drei getrennte Schlafzimmer und ein in der Mitte gelegenes Wohnzimmer. Der zentrale Raum gab aus wunderbaren deckenhohen Fenster den Blick auf die Sterne, Nebelflecken und auf alles, was das Schiff sonst noch umgab, frei – wenn sie nicht gerade durch Wurmlöcher sprangen.

Sie nahmen im Sitzbereich des Wohnzimmers Platz, um sich weiter zu unterhalten. Der Admiral saß in einem der gepolsterten Stühle und begann. Er erklärte, was sich im Kriegsrat zugetragen hatte, und wie Pandolly ihn kurz darauf besucht und ihm angeboten hatte, dass die Menschen Sumara und die anderen menschlichen Planeten befreien durften, falls Hunt seinen Angriffsplan auf Tueblets fallen ließ.

»Tatsächlich?« Nina war perplex. »Das ist eine große Sache, Miles. Wir wollten die sumarische Heimatwelt schon so lange befreien. Das würden sie uns tatsächlich zugestehen?«

»Ja. Und nicht nur das. Die Altairianer bieten uns ihre Unterstützung und ihre Ressourcen an, um dieses Ziel zu erreichen«, berichtete Hunt weiter. »Mit diesem besonderen Angebot auf dem Tisch habe ich zugestimmt, den weit aggressiveren Plan der Republik zugunsten dieses Projekts zurückzuziehen.«

Nina nickte zustimmend. Das war einer der Gründe, weshalb sie gern mit Admiral Hunt zusammenarbeitete. Er hatte ein Auge für die Zukunft, erkannte aber auch einen guten Handel, wenn er ihm präsentiert wurde.

»Hervorragend, Miles«, freute Nina sich. »Ich denke, dieser Handel wird uns einige Vorteile einbringen. Diese Planeten der Republik zuzuführen, wird uns nicht nur stärker machen, sondern erhöht auch unsere Chancen, in naher Zukunft autark zu werden.«

Diese Mission lag ihr bereits am Herzen, seit Admiral Hunt sie zum ersten Mal vorgeschlagen hatte, ohne dass die beiden diesbezüglich jemals vorangekommen waren. Bis jetzt hatten die Altairianer die Republik dazu benutzt, den Primord in ihren Kämpfen um verlorene Territorien beizustehen – etwas, worüber Chapman nicht glücklich war. Das Gleiche galt für Hunt, das wusste sie.

Der jüngere Hunt unterbrach ihre Diskussion. »Nur eine Erinnerung, dass wir in 30 Minuten mit Pandolly zum Abendessen verabredet sind. Falls Sie sich frisch machen wollen, wäre jetzt wohl die Zeit dazu.«

Sie unterbrachen ihr Gespräch, um sich auf das Abendessen vorzubereiten.

Auf dem Weg in ihr Zimmer beschloss Chapman, Pandolly ein wenig mehr über die Komplexität der Beziehungen innerhalb der Allianz auszufragen. Sie war neugierig, wieso die Altairianer einen Plan, der geeignet war, den Krieg ein für alle Mal zu beenden, ablehnen wollten.

Kapitel Vierzehn
Neue Befehle

RNS *Midway*
Krankenabteilung

Sergeant Paul ‚Pauli' Smith wachte zu einem rhythmischen Piepsgeräusch auf. Der Ton war unverkennbar. Es war das gleiche Piepsen, das er nach seiner ersten Verwundung auf der RNS *Comfort* gehört hatte.

Geschwächt öffnete Pauli die Augen und wartete darauf, dass sich seine Sicht stabilisierte. Der Nebel in seinem Kopf begann sich ebenfalls zu lichten. Er hob den Kopf ein wenig an, um sich umzusehen. »Das ist nicht die *Comfort* oder die *Tripoli*«, stellte er laut fest.

»Schön, Soldat, Sie sind aufgewacht. Wie fühlen Sie sich?«, erkundigte sich eine Krankenschwester, die den Monitor neben seinem Bett bediente.

»Wo bin ich?«, stammelte Pauli.

Die Frau, die vielleicht Mitte Zwanzig war, lächelte ihn freundlich an. »Sie sind auf der RNS *Midway*, mein Freund. Sie wurden vor fünf Tage eingeliefert«, erklärte sie. Ihr australischer Akzent und ihre braunen Welpenaugen ließen Paulis Herz schneller schlagen.

Verdammt .... sie ist bildhübsch. Ich muss öfter verwundet werden .... dachte er, während er versuchte, sein Gehirn zu aktivieren, das immer noch nicht recht kooperieren wollte.

»Tut .... tut mir leid«, stotterte er. »Wie lange bin ich schon hier? Ich dachte, ich hätte fünf Tage gehört, aber Ihr wunderschönes Lächeln muss mich abgelenkt haben.«

Sie neigte den Kopf leicht zur Seite und lachte. »Die Medikamente haben Ihre Fähigkeit zu flirten offensichtlich nicht beeinträchtigt«, erwiderte sie. »Sicher ein Zeichen der Besserung, Sergeant. Aber ja, Sie haben richtig gehört. Sie sind seit fünf Tagen hier. Sie wurden in ein medizinisch induziertes Koma versetzt, damit die Naniten ihre Arbeit tun und sie wiederherstellen konnten.«

Jetzt trat ein Arzt an Pauli heran und griff nach einem Tablet am Fuß seines Betts. Er schien zwischen fünfzig und sechzig Jahren oder vielleicht auch älter zu sein. Dieser Tage konnte niemand mehr das Alter einer Person genau bestimmen, dank der Einführung der Anti-Aging-Naniten für den menschlichen Körper.

»Hallo, Sergeant Smith. Ich bin Dr. John, einer der Ärzte auf der *Midway*. Wenn ich mich nicht täusche, nennen Ihre Freunde sie Pauli, also folge ich deren Beispiel, wenn das ok ist. Hier auf der *Midway* versuchen wir weniger formell als auf anderen Schiffen zu sein«, zwinkerte ihm der Arzt lächelnd zu.

Etwas an diesem Mann gefiel Pauli. Vielleicht war es sein entspanntes Auftreten.

»In der RA sehen wir die Rangordnung auch entspannter«, erwiderte Pauli. »Aber was war mit mir los? Wieso lag ich fünf Tage lang in einem medizinisch induzierten Koma, und wieso bin ich auf der *Midway* anstatt auf der *Tripoli* oder auf einem der medizinischen Versorgungsschiffe?«

Der Doktor trat um den Fuß des Bettes herum und zog sich einen Stuhl an Paulis Bett heran, während die Schwester ging, um sich um andere Patienten zu kümmern.

Der Arzt lächelte, als er bemerkte, dass Paulis Augen der australischen Schwester folgten. »Sie kommt stündlich zurück, um nach Ihnen zu sehen. Keine Sorge.«

Pauli errötete, sagte aber nichts.

»Die Medikamente, die wir Ihnen gaben, um Sie im Koma zu halten, sollten sich innerhalb der nächsten Stunde verflüchtigen. Sie erinnern sich sicher nicht, aber wir beide führten heute früh tatsächlich schon ein gutes Gespräch. Ich erkläre Ihnen alles gerne noch einmal.«

Pauli war sich bewusst, dass Dr. John seinen verwirrten Gesichtsausdruck registrierte – was ihm seine ursprüngliche

Annahme bestätigte, dass Pauli keinerlei Erinnerung an ihre morgendliche Unterhaltung hatte.

»Ihr Bataillon unterstützte das 1. Bataillon, 4. Spezialeinsatztruppe bei der Einnahme der Zodark-Station über dem Planeten Rass. Sie, zusammen mit 82 anderen Soldaten Ihres Bataillons, wurden auf die *Midway* transportiert, nachdem Ihr Schiff, die *Tripoli*, während der Schlacht ernsthaften Schaden hinnehmen musste. Da sie dort ihren Verwundeten nicht weiter helfen konnten, wurden alle hierher verlegt.

„Und nun zu Ihren Verletzungen – sie erlitten 14 Rippenbrüche, eine Quetschung der linken Lunge, ein gebrochenes Schlüsselbein, einen gebrochenen Oberschenkelknochen, eine traumatische Gehirnverletzung und einen gebrochenen Kiefer. Sie litten unter starken inneren Blutungen und einer Schwellung des Gehirn. Deshalb war es wichtig, Sie ins Koma zu versetzen, um Ihrem Gehirn und dem Rest Ihres Körpers Zeit zur Heilung zu geben. Tatsächlich waren sie während des medizinischen Transfers auf unser Schiff für kurze Zeit klinisch tot. Einem der Sanitäter gelang es, Sie zurückzubringen und Sie 36 Minuten lang am Leben zu erhalten, bis wir Sie endlich in unserer Krankenabteilung aufnehmen konnten.«

Der Doktor hielt einen Moment inne und überprüfte etwas in den digitalen medizinischen Unterlagen seines Patienten. »Pauli, bei Ihrer Ankunft waren Sie in schlechtem Zustand. Von Rechts wegen wären Sie gestorben, ohne das eine Wiederbelebung möglich gewesen wäre. Sie hatten das große Glück, dass wir als Schiff der Spezialeinheiten über eine ebenso hochentwickelte Krankenabteilung wie die Comfort und die Mercy verfügen. Wir konnten Ihnen die nötige Behandlung zukommen lassen. Nachdem Sie nun aufgewacht sind, behalten wir Sie sicherheitshalber noch einige Tage hier, damit die Naniten weiter Ihren Körper reparieren können.«

Sprachlos starrte Pauli den Arzt an, während er diese Informationen in sich aufnahm. Dieses Ausmaß der Verletzungen hatte er nicht erwartet. Seine letzte Verwundung hatte ihn nur für einen Tag außer Gefecht gesetzt – nicht für eine knappe Woche.

»Doc, wie geht es meinen Soldaten?«, musste Pauli wissen. »Ich war während der Schlacht für zwei RA-Trupps verantwortlich. Wissen Sie, wie viele von ihnen überlebt haben und ob einige von ihnen ebenfalls hier liegen?«

»Ich dachte mir, dass Sie sich, sobald Sie bei Bewusstsein sind, danach erkundigen würden. Deshalb sah ich nach.« Die Haltung des Arztes veränderte sich ein wenig.

»Es tut mir leid, Ihnen mitteilen zu müssen, dass nur fünf Ihrer Soldaten überlebt haben. Alle anderen sind im Kampf gefallen.«

Pauli fühlte sich wie vom Schlag getroffen. *Sein erstes Kommando als Sergeant. Zwei Trupp beinahe vollständig ausgemerzt ....*

»Da war noch ein zweiter Truppenführer, Sergeant Yogi Sanders. Hat er überlebt?«

Dr. John tippte etwas auf seinem Tablet ein und nickte dann. »Ja, das hat er. Sein Zustand war nicht ganz so gravierend wie Ihrer, aber auch er liegt noch in der Krankenabteilung. Mindestens noch einen Tag.«

Pauli stieß einen Seufzer der Erleichterung aus. Er war glücklich zu hören, dass sein Freund überlebt hatte. Yogi und er hatten sich in der Grundausbildung kennengelernt und fünf Jahre des Kriegs miteinander durchgestanden. Yogi war wie ein Bruder für ihn. Mit den Jahren hatte Pauli viele Freunde verloren. Yogi und er hatten bisher alles überstanden, was der Krieg ihnen entgegenwerfen konnte.

Dr. John erhob sich. »Ok, Pauli, ich muss noch andere Patienten besuchen. Falls Sie etwas brauchen, lassen Sie es eine der Krankenschwestern wissen.«

Nachdem der Arzt gegangen war, lag Pauli im Bett und versuchte herauszufinden, was er als nächstes tun sollte. Je mehr die Wirkung der Drogen nachließ, desto eindringlicher kehrten seine Erinnerungen an das Geschehen zurück. Zudem spürte er die Müdigkeit seines Körpers, der sich weiter um seine Wiederherstellung bemühte. Pauli wusste, dass er ruhen sollte, aber die Verantwortung, den Familien seiner gefallenen Soldaten einen Brief zu schreiben, lastete schwer auf seinen Schultern. Einen Brief an die Hinterbliebenen zu schreiben, war eine der schwierigsten Aufgaben, denen er sich je hatte stellen müssen. Dennoch, als Truppenführer und ihr Sergeant hielt er es für seine Pflicht, Kontakt zu den Familien aufzunehmen. Sie verdienten, vom Tod ihres geliebten Menschen von jemandem zu erfahren, der in der Nähe war, als es geschah - statt eine solche Nachricht durch ein unpersönliches Formschreiben des Kriegsministeriums zu erhalten.

Pauli bat die australische Krankenschwester um ein Tablet. Die folgenden neun Stunden verbrachte er damit, einen persönlichen und individuellen Brief an sämtliche Hinterbliebenen seiner gefallenen Soldaten zu schreiben:

Herr und Frau Locke,

Ein formelles Schreiben des Kriegsministerium hat Sie sicher schon darüber informierte, dass Ihre

Tochter ihren im Kampf erhaltenen Verletzungen erlegen ist. Ich war anwesend, als Ihre Tochter starb. Ich war ihr Truppenführer, ihr Sergeant. Unser Trupp hatte den Auftrag, die Mission einer Spezialeinheit zu unterstützen, die Einnahme einer orbitalen Station der Zodark über dem Planeten Rass verlangte. Es war eine schwere und gefährliche Mission über Rass, weshalb sie der Einheit Ihrer Tochter, dem 1. Orbitalen Angriffsbataillon, übertragen wurde.

Ihre Tochter zeichnete sich durch ihre Tapferkeit im Kampf aus. Sie führte ihren Trupp in einem Angriff gegen die überlegenen Kräfte der Zodark und der Orbot an, ohne im Angesicht der Gefahr auch nur einen Moment zu zögern. Sie führte ihr Team furchtlos bis zu ihrem Tod an. Ihr Tod war schnell und schmerzlos. Ohne ins Detail zu gehen, kann ich Ihnen versichern, dass sie nicht leiden musste. Sie starb im Kampf Seite an Seite mit ihren Freunden und Kameraden. Sie starb als Mitglied des besten Bataillons der Armee, in einem Kampf, an den sie glaubte. Ich weiß, dass weder Worte noch Taten sie zurückbringen werden. Sie dürfen sich jedoch sicher sein, dass sie von ihren Brüdern und Schwestern geliebt wurde. Sie starb nicht alleine und sie musste nicht leiden.

Ich werde sie für die Verleihung einer Ehrenmedaille vorschlagen und alles daran legen, dass diese genehmigt wird. Sie war eine echte Heldin.

Hochachtungsvoll,
Sergeant Paul ‚Pauli' Sanders

Erschöpft ließ Pauli das Tablet sinken, nachdem er all seine Briefe an die Familien der in der letzten Schlacht Gefallenen geschrieben hatte. *Lieber Gott, ich hoffe, dass ich nicht viel mehr von ihnen schreiben muss. Ich weiß nicht, wie die Offiziere es tun.*

Nachdem er einige der AARs, der Einsatznachberichte der überlebenden RA-Soldaten und der Delta gelesen hatte, kehrten Paulis bisher verschwommene Erinnerungen an die Auseinandersetzung in vollem Umfang zurück. Das erlaubte ihm, seine nächste Aufgabe anzugehen – die individuellen Auszeichnungen für die Mitglieder seines Trupps und die der anderen, die Teil dieser Angriffskraft waren, vorzuschlagen.

Als Unteroffizier wusste Pauli, wie wichtig es war, die Tapferkeit seiner Leute hervorzuheben. Und das schloss auch diejenigen ein, die die Schlacht nicht überlebt hatten. Er entschied sich für die Empfehlung, dass jedem an der Schlacht gegen die Zodark und die Orbot beteiligten Soldaten ein Bronzestern mit V-Anhänger verliehen werden sollte. Zwei seiner Soldaten sollten einen Silbernen Stern erhalten – sie hatten nicht nur den Kampf gegen eine Überzahl von Zodark überlebt, sondern hatten sich zudem auch im Kampf gegen eine Zahl Orbot-Soldaten im Umfang von zwei RA-Trupps bewährt.

»Wie geht es Ihnen, Sergeant?«, fragte ein Delta, der an Paulis Bett herantrat. Die Kapitänsabzeichen und der Name ‚Royce' auf seinem Namensschild verrieten Pauli, dass dies der Befehlshaber des Einsatzes war, den sein Bataillon unterstützt hatte.

»Ich denke, es geht mir besser, Sir«, antwortete Pauli und versuchte, sich gerader aufzurichten. »Als ich hier eintraf, war ich leicht angeschlagen.«

»Ich bin froh, dass die Ärzte sich hier gut um Sie kümmern. Ich wollte Sie besuchen und Ihnen sagen, dass Sie und Ihre Trupps unglaublich gute Arbeit geleistet haben«, führte Captain Royce aus. »Dies war das erste Mal, dass wir diese Vierfüßler bekämpften. Wir hatten keine Vorstellung davon, wie wir mit ihnen umgehen und was wir von ihnen erwarten sollten. Ihr Einsatz brachte uns einige sehr wichtige Informationen ein.«

»Wir sind nur unseren Befehlen gefolgt. Allerdings hätte ich mir gewünscht, dass mehr meiner Soldaten überlebt hätten«, erwiderte Pauli niedergeschlagen.

Captain Royce trat einen Schritt näher an ihn heran. »Es ist hart, Soldaten zu verlieren, und ich kann Ihnen mit Sicherheit sagen, dass das selbst mit der Zeit nicht einfacher wird.«

Mit offensichtlichem Respekt und Bewunderung für diesen Captain, einem verbesserten Supersoldaten, erkundigte sich Pauli: »Wie verarbeiten Sie als Anführer so vieler Soldaten die Verluste, ohne dass es Sie geistig negativ beeinflusst?«

Captain Royce sah sich um und entdeckte den Stuhl, auf dem der Arzt gesessen hatte. Er zog ihn wieder näher an das Bett heran und setzte sich. »Bevor ich herkam, sah ich mir Ihre Dienstakte an. Sie sind beinahe sechs Jahre bei der Armee und waren an den Kämpfen um Neu-Eden, Intus und Rass beteiligt. Nach jeder dieser Schlachten wurde Ihnen eine Ehrenmedaille verliehen. Wissen Sie warum?«

Pauli fühlte sich in diesem Moment etwas befangen und schüttelte den Kopf. Er hatte keine Ahnung, weshalb er diese oder jene Auszeichnung erhalten hatte. In seinen Augen erfüllte er nur seine Aufgabe.

»In jeder dieser Auseinandersetzungen gingen Sie weit über Ihre Pflichten hinaus, Sergeant Smith. Eben diese Einstellung macht es Ihnen möglich, die damit einhergehenden Verluste zu verkraften«, erklärte Royce. »Sie sind nicht einer dieser Soldaten oder Wehrpflichtigen, die sich um ihre Pflichten drücken oder die nur das Nötigste tun. Sie heben sich in jeder Lage von anderen ab, um entweder die Führung zu übernehmen oder eine Situation zu kontrollieren. Die Soldaten, die die Verluste nicht verkraften können, sind die ‚Hätte ich nur'-Soldaten, die nicht verstehen, dass sie einzig die Dinge kontrollieren können, die ihrer Kontrolle unterliegen, und dass sie die Dinge, die sie nicht kontrollieren können, gehen lassen müssen.«

»Das ist nicht eines der Delta-Mottos, oder?«, grinste Pauli. »Während unseres gemeinsamen Einsatzes auf Neu-Eden, traf ich einen Delta, der mir genau das Gleiche sagte. Tatsächlich hat mir diese Weisheit über eine Reihe schwieriger Situationen hinweg geholfen.«

Captain Royce lehnte sich zurück und lachte. »Nein, ein offizielles Motto ist es nicht, aber es ist ein gängiger Spruch unter unseren Leuten. Bei der Durchsicht Ihrer Akte fiel mir auch auf, dass Sie sich neu verpflichtet und sich für die Ausbildung zum Delta angemeldet haben.«

Pauli nickte. »Richtig. Ich dachte mir, wenn ich beim Militär bleibe, dann will ich das in den Sondereinsatzkräften tun.«

Royce strich sich über das Kinn und sah Pauli direkt in die Augen. »Sie wissen, dass es eine harte und lange Ausbildung ist, richtig?«

»Schwerer als drei planetarische Invasionen und über dreißig Orbot zu bekämpfen kann es sicher nicht sein«, kicherte Pauli.

Royce schüttelte den Kopf. »Bei den Spezialeinheiten geht es mehr darum, seinen Geist darauf zu trainieren, den Körper davon zu überzeugen, dass er genau das tun kann, was er für unmöglich erachtet. Das Training ist besonders für diejenigen schwer, denen es an der nötigen mentalen Disziplin fehlt. Ich denke, Sie hätten damit sicher keine Probleme.

»Ach ja, der Kommandant Ihrer Einheit hat Sie für einen zweiten Silbernen Stern und ein Purple Heart vorgeschlagen. Unser Bataillon will dies zu einer Auszeichnung für Besondere Dienste aufwerten. Ihre Entscheidung beim Beschuss der Orbot auf die Magrail umzustellen, anstatt es weiter mit den Blastern zu versuchen, führte die entscheidende Wende herbei. Wäre Ihnen diese Idee nicht gekommen, hätten wir es nicht als erfolgreiche Strategie erkannt und hätten demzufolge sicher weit mehr Menschen im Kampf verloren. Ihr schnelles Denken hat einer Menge Menschen das Leben gerettet.«

Pauli spürte, wie er bei diesem Kompliment rot anlief.

»Sergeant, ich habe eine Frage an Sie, auf die ich eine ehrliche Antwort erwarte. Vor der Entstehung der Republik waren die amerikanischen Spezialeinheiten in mehrere Gruppen eingeteilt. Jeder Gruppe kam eine bestimmte Rolle zu, um das Militär insgesamt zu unterstützen. Es gab die Navy SEALs, die Green Berets und die Ranger der Armee, das Marine Raider-Bataillon und die Taktische Luftkontrolle der Luftwaffe. Nachdem die Republik aus der Asche des letzten Großen Kriegs auferstand, wurden die meisten dieser Einheiten in die Delta-Truppen integriert.«

»Mm-hmm«, brummte Pauli, der auf die Frage wartete.

»In diesem neuen Krieg gegen die Zodark und Orbot sind wir Delta mehr als je zuvor auf die Unterstützung der RAS angewiesen. Unter den Spezialeinheiten wird gegenwärtig diskutiert, eine dieser ehemaligen Sondereinsatzkräfte zur Verstärkung der Delta zurückzubringen.«

Pauli gefiel diese Idee. »Das ist mir neu, aber der Plan klingt gut.«

»Das 1. OAB hat die 4. Sondereinsatzgruppe bereits bei zwei militärischen Einsätzen begleitet. Es gibt Diskussionen, Ihre Brigade abzuspalten, Ihre Leute als Ranger neu zu trainieren und die gesamte Gruppe zu einer Direkten Einsatzgruppe zu machen, die uns, den Delta, bei der Erfüllung unserer Missionen zur Seite steht. Was halten Sie als jemand, der nicht den Sondereinsatzkräften angehört und der die meiste Zeit in der Armee verbracht hat, von diesem Gedanken?«

Pauli überlegte. »Ich bin mir nicht sicher. Was würden Sie von dieser Gruppe erwarten, wozu die RAS nicht schon heute in der Lage ist?«

»Eine gute Frage. Ehrlich gesagt, nicht viel. Wir brauchen eine Einheit, die uns behilflich sein kann, eroberte Ziele zu halten oder falls nötig, selbst einzunehmen, während wir uns auf spezifischere Projekte konzentrieren. Ich gehe davon aus, dass sie mit der Gründung einer solchen Einheit die gleichen Neurolink-Implantate und vielleicht auch einige der körperlichen Aufbesserungen wie wir erhalten würden. Die Panzerung, mit der sie ausgestattet würden, wäre sicher der größte Unterschied. Die Sondereinsatzkräfte erhalten in Kürze eine neue Form der Panzerung, die den Zodark-Blastern besser als das jetzige Zeug widerstehen kann. Diese neue Einheit würde außerdem auch weit mehr Training in der

Einnahme von Zielobjekten und in etwas erhalten, das wir ‚Blitzangriff' nennen – ungefähr das, was Sie sahen, als Sergeant Ricemans Trupp kurz bevor Sie ohnmächtig wurden den Raum stürmte«, erläuterte Royce.

»Das klingt interessant«, pflichtete Pauli Royce bei. »Es scheint, dass diese Art Einheit tatsächlich Sinn macht. Wie Sie schon sagten, zieht sich das Trainingsprogramm der Spezialeinheiten über drei Jahre lang hin. Wenn es Ihnen möglich ist, eine unterstützende Einheit in weniger Zeit aufzubauen, müssen die Delta nicht länger als Stoßtrupp dienen, sondern können wieder ihre angestammte Rolle einnehmen.«

Captain Royce lächelte. »Mit Ihrer Intelligenz werden Sie es in der Armee weit bringen, Sergeant Smith. Dann lassen Sie mich Ihnen eine weitere Frage stellen: Falls Ihrem Bataillon und Ihrer Brigade tatsächlich eine andere Rolle zufallen sollte, möchten Sie Teil davon sein? Oder würden Sie diese Rolle lieber als Ranger oder Raider - wie immer sie sie auch nennen werden - innerhalb einer Einheit antreten?«

»Falls mein Bataillon den Sondereinsatzkräften zugeordnet werden sollte, möchte ich Teil von ihm bleiben und dabei helfen, ein neues Bataillon der Sondereinsatzkräfte aufzubauen«, erklärte Pauli ohne Zögern.

Captain Royce nickte zufrieden auf diese schnelle Antwort hin. »Ich denke, wir werden uns künftig öfter sehen, Sergeant. Ruhen Sie sich weiter aus und erholen Sie sich . In den kommenden Wochen und Monaten steht uns viel Arbeit bevor.«

Kapitel Fünfzehn
Die Große Armee der Republik

Neu-Eden
Die Dritte Armee

General Ross McGinnis atmete beim Verlassen der Fähre tief ein. Seine vier Monate lange Reise zurück nach Neu-Eden lag hinter ihm. So lange auf einem Schiff eingepfercht zu sein, konnte einen Mann klaustrophobisch machen.

McGinnis hatte Neu-Eden vermisst. Er hatte über drei Jahre in dieser Kolonie gedient. Eine Weile hatten sie ständige Überfälle der Zodark abwehren müssen, die zum heutigen Tag aber weitestgehend ausgerottet waren.

McGinnis streckte sich und genoss die warmen Strahlen der drei Sonnen am Nachmittagshimmel auf seinem Gesicht, die ihm den Stress der letzten Kriegsjahre zu nehmen schienen. Dieser Ort war so friedlich, so einladend …. er fühlte sich wie sein Zuhause an.

»Da sind Sie ja, General McGinnis. Schön, Sie wiederzusehen«, begrüßte ihn Gouverneur Crawley. »Ich war hocherfreut zu hören, dass Ihre Kräfte nach dem Ende der beiden letzten Kampagnen nach Neu-Eden zurückkehren würden.«

Die Männer schüttelten sich die Hände. Normalerweise brachte McGinnis Politikern wenig Sympathie entgegen. David Crawley, der Gouverneur von Neu-Eden, war ihm allerdings ans Herz gewachsen. Die beiden glichen sich in ihren Einstellungen praktisch wie ein Ei dem anderen. Vielleicht arbeiteten sie deshalb so gut zusammen.

»Schön, wieder daheim zu sein, mein Freund«, bestätigte McGinnis. »Machen wir einen Spaziergang, damit Sie mich entfernt von neugierigen Ohren über alles aufklären können, was sich in meiner Abwesenheit alles ereignet hat.«

McGinnis wandte sich an seinen Adjutanten. »Der Gouverneur und ich gehen in die Stadt. Teilen Sie allen mit, dass sie sich den Rest des Tages einrichten sollen. Der Stabschef soll einen einfachen Dienstplan erstellen, mit Rücksicht darauf, dass wir so vielen Soldaten wie möglich einen 48-Stunden-Freipass für die Stadt geben. Sagen Sie General Rossi, dass ich später mit ihm sprechen werde.«

Sein Assistent nickte und eilte davon, um die Wünsche des Generals weiterzugeben.

»Gehen wir, David«, forderte McGinnis ihn auf. »Es gibt viel zu besprechen.«

Crawley lächelte leicht amüsiert darüber, wie schnell der General gerade eine Menge Arbeit verteilt hatte. »Hier entlang, Ross. Tesla hat ganze fünf Jahre gebraucht, um diese verdammte Fabrik zu bauen, die monatlich nur eine begrenzte Anzahl von Fahrzeugen produziert. Trotzdem ist es mir endlich gelungen, uns einige halbwegs vernünftige Fahrzeuge zu besorgen.«

Weg von der Fähre und durch den Raumhafen hindurch gingen sie auf den Parkplatz zu, der für VIPs reserviert war.

»Tesla, was? Weder Ford noch GM hier draußen?«, grinste McGinnis.

Crawley lachte. »Natürlich sind die auch hier, aber mir gefällt der neue Tesla eben. Er ist verteufelt schnell und echt bequem.«

»Mir kommen dieser Tage alle Wagen gleich vor. Elektrisch und praktisch, ohne Neuerungen oder Unterschiede untereinander«, gab McGinnis seine Meinung kund.

»Ach, habe ich schon erwähnt, dass das neueste Tesla-Modell ein Schwebeauto ist?«, stichelte Crawley.

McGinnis blieb wie angewurzelt stehen: »Du willst mich wohl auf den Arm nehmen! Sag mir, dass das nicht stimmt?«

Crawley stieß ein schallendes Gelächter aus. »Ungelogen, Ross!« Er zeigte auf das Auto, das direkt vor dem bodenhohen Fenster des Eingangs zum Raumhafen auf sie wartete.

General McGinnis bewunderte den Wagen ausgiebig. Er war fantastisch; größer als die meisten Kleinwagen dieser Tage. Der General war so etwas wie ein Auto-Snob und Crawley wusste das von ihm.

McGinnis war im ‚Show-Me'-Staat Missouri aufgewachsen. Seine Familie war lange im Autogeschäft gewesen. Seit dem Jahr 1930 hatten ihr vier Ford-Niederlassungen um die Stadt Kansas City herum gehört.

Der Blick auf den neuen Tesla ließ McGinnis an den Bentley Continental GT mit Stoffdach aus dem Jahr 2021 denken – die Erstausgabe des Wagens, der eine Legende unter den Bentley-Marken geworden war. McGinnis' Urgroßvater hatte sich so in dieses Auto und sein Design verliebt, dass er in Springfield, Missouri - am einzigen Ort im Staat, an dem er eine Händlerlizenz erhalten konnte - eine solche Lizenz erworben hatte.

Vor dem Fahrzeug fragte McGinnis: »Bietet Tesla als Einziger ein Schwebeauto an?«

Crawley nickte. »Im Augenblick ja. Das ist einer der ersten. Gegenwärtig sind sie nur auf Neu-Eden und nur zum kommerziellen Gebrauch zugelassen. Ich denke, sie wollen erst herausfinden, wie sie von der Gesellschaft aufgenommen werden, bevor sie sie auf der Erde unter 12 Milliarden Menschen ausliefern.«

Behutsam strich McGinnis mit der Hand über die nahtlose Seite des Fahrzeugs, während er es von allen Seiten bewunderte. Er registrierte sämtliche Details, jede noch so kleine Besonderheit, die ihm beim Betrachten ins Auge sprang.

»Darf ich ihn fahren?«, bat er endlich.

Crawley fand diese Bitte amüsant. »Vergiss es. Dieses Gefährt hat mich eine schöne Stange Geld gekostet und du hast absolut keine Ahnung, wie es bedient wird.«

General McGinnis lächelte und nickte. Er nahm auf dem Beifahrersitz dieses neuen Fahrzeugs Platz, in das er sich sofort verliebt hatte. Das Innere sah wie das Cockpit eines Jagdflugzeugs aus. McGinnis war zur Abfahrt bereit.

Gouvernor Crawley drückte auf den Startknopf und der Wagen erwachte zum Leben. Innerhalb weniger Sekunden erschien ein digitales HUD auf der Windschutzscheibe, das ihnen mehrere Schlüsseldaten anzeigte.

»Schnall dich an, Ross. Wir machen eine Rundfahrt durch die Hauptstadt, damit du siehst, was sich seit deiner Abwesenheit getan hat. Danach habe ich im Ocean View einen privaten Raum zum Abendessen reserviert. Dort können wir ungestört essen und uns unterhalten.«

Sobald Crawley den Gang einlegte, hob das Fahrzeug ab. So sanft, stufenlos und geschmeidig, dass McGinnis erst kurz darauf bemerkte, dass sie bereits mit 160 Stundenkilometern unterwegs waren.

Der Wind blies McGinnis durchs Haar. Er hob seinen rechten Arm und erlaubte ihm, sich wie beim Wellenreiten rhythmisch hoch und runter durch die Luft zu bewegen - so wie er es als Kind mit seinem Urgroßvater getan hatte. Er liebte Kabrios. Sie erinnerten ihn an glücklichere Zeiten mit seiner Familie …. vor der Entdeckung der Zodark und diesem nie-enden-wollenden Krieg, in den sie hineingerutscht waren.

Crawley steuerte auf eine Fahrbahn hinüber, die McGinnis für die Expressspur hielt. Sobald ihr Fahrzeug in der Spur war, drehte Crawley zuerst an einem Knopf, bevor er auf einen zweiten Startknopf drückte. Sie setzten ihren Weg bei guter Geschwindigkeit fort, bevor sie plötzlich an Höhe gewannen und 30 Meter über dem Boden zu schweben begannen.

»Wow. Ist das schon alles? So einfach ist es, dieses Ding in ein Schwebeauto zu verwandeln?«, fragte McGinnis, der nicht glauben konnte, wie einfach und übergangslos dieser Prozess zu sein schien.

Crawley nickte stolz. »Ja, das ist es. Sobald du den Modus des Fahrzeugs wechselst, hebt es auf sechs bis neun Meter Höhe ab. Danach fährt unter der Karosserie auf der

Fahrer- und Beifahrerseite jeweils ein Flügel aus. Sieh nach unten. Sie sind nicht sehr groß, aber sie helfen dem Wagen, an Höhe zu gewinnen, während wir mit den Landeklappen unsere Höhe regulieren. Wenn du dich umdrehst, siehst du auch ein kleines Heckruder, das uns erlaubt, nach rechts oder links zu steuern.«

»Einfach erstaunlich, David. Wie hoch steigt das Ding und was ist seine Höchstgeschwindigkeit?«

Mit den Augen auf der ‚Straße' vor ihnen, musste Crawley ihn enttäuschen. »Nicht so hoch, wie du es vielleicht erwartest. Der Antrieb der Schwebeautos ist nur stark genug, um in der Luft 500 Stundenkilometer zu erreichen. In Bezug auf die Höhe – dank der kleinen Flügel und mit relativ niedrigem Auftrieb sind auch ihr Grenzen gesetzt. Ich glaube, die maximale Höhe liegt bei circa 150 Metern.

»In Zusammenarbeit mit dem Verkehrsministerium führen wir hier eine Reihe von Tests und Sicherheitsanalysen durch, um herauszufinden, wie wir diese Fahrzeuge zurück auf der Erde regulieren wollen. Momentan müssen die Leute, die Richtung Norden fliegen, dies auf einer Höhe zwischen 15 und 20 Metern bei einer Höchstgeschwindigkeit von 350 Stundenkilometern tun. Flüge Richtung Westen finden auf 30 bis 40 Metern Höhe statt. Zwischen jeder Spur ist ein Sicherheitsbereich oder -abstand von 10 Metern eingeplant.

Und da wir vertikal unterwegs sind, organisieren wir die Fahrspuren der Schwebeautos übereinander. Das garantiert, dass es in der Luft nicht zu Unfällen kommt«, beendete Crawley seine Erklärung, während sie einige langsamere Fahrzeuge überholten.

McGinnis sah, dass ein anderes Schwebefahrzeug direkt auf sie zuhielt. Gerade als er seinen Freund davor warnen wollte, sah er auf dem HUD, dass das näherkommende Fahrzeug mehr als 30 Meter über ihnen lag. Genau wie Crawley es ihm erläutert hatte. Und dann war das Fahrzeug schon über sie hinweg.

General McGinnis hatte diese neue Erfahrung in echte Begeisterung versetzt. »Verdammt, mein Freund, das ist so, so cool! Aber jetzt erzähle mir, wie die Kolonisierung in meiner Abwesenheit vorankam.«

»Es ist schon seltsam, Ross«, stellte Crawley gleich zu Anfang fest. »Manchmal läuft alles wie am Schnürchen und wir bauen ein größeres Projekt oder eine Siedlung im Handumdrehen. Und dann zieht sich ein Projekt endlos hin oder wir müssen den Bau sogar einstellen, weil uns die Baumaterialien ausgehen. Wir haben gute Fortschritte beim Bau von Produktionsstätten gemacht, trotzdem gibt es immer noch Waren, die wir nicht selbst herstellen können. Wir sind noch mehrere Jahre davon entfernt, über alle Einrichtungen zu verfügen, die wir benötigen, um in Bezug auf kritische Güter von der Erde unabhängig zu ....«

McGinnis unterbrach ihn. »Hast du das der Kanzlerin oder sonst jemandem auf der Erde mitgeteilt?«

»Natürlich habe ich das. Mehrere Male sogar«, parierte Crawley leicht irritiert. »Sobald ich unser Versorgungsproblem anspreche, teilt man mir mit, dass die Mehrzahl unserer Transporter zugunsten einer großen Kampagne der Allianz abgestellt sind. Mir wurde gesagt, dass es sich dabei nur um ein Kurzzeitproblem handelt, um das ich mir keine Sorgen machen soll. Und als sich nichts änderte und ich erneut nachfragte, wurde mir gesagt, dass soeben eine zweite Kampagne begonnen hatte. Es würde wohl noch ein weniger länger dauern, bevor das System jeden Bedarf abdecken kann. Jetzt hege ich die Hoffnung - da deine Armee offensichtlich auf Neu-Eden zurückversetzt wird - dass unser logistisches Netzwerk endlich wieder ins Laufen kommt.«

McGinnis brummte etwas Unverständliches. Er hatte nicht gewusst, dass seine letzten Kampagnen die Kolonisierung von Neu-Eden unterbrochen, wenn nicht sogar gestoppt hatten. Die Kolonie Neu-Eden so schnell wie möglich absolut autark und voll funktionsfähig zu machen, stellte eine kritische Priorität sowohl der Republik als auch des Galaktischen Reichs dar. Neu-Eden sollte das Sprungbrett künftiger Operationen werden. Außerdem sollte Neu-Eden die Kriegsanstrengungen durch den Bau von Schiffen unterstützen.

Die Männer schwiegen, während sie in die Stadt einfuhren. McGinnis bewunderte ihre Skyline. Für sich dachte er, dass sie bei der Entwicklung des Planeten wirklich gute Arbeit geleistet hatten, selbst wenn es hin und wieder zu Lieferproblemen kam. Die Megastädte hatten sie speziell im Hinblick darauf ausgelegt, dass sie Millionen Menschen aufnehmen konnten, ohne das noch im Bau befindliche öffentliche Verkehrssystem zu überfordern. Ein Netzwerk von Untergrundtunneln und öffentlichen Versorgungseinrichtungen lagen unter der Stadt. Anstatt den LKWs zu erlauben, die Straßen zu blockieren, hatten sie ein einzigartiges Netz von Untergrundstraßen für sie angelegt, dazu noch ein separates Untergrundliefersystem, das Nahrungsmittel und andere Waren direkt an die Keller der individuellen Häuser anlieferte.

Einige der bereits fertiggestellten Gebäude reichten bei 1.400 Metern Höhe beinahe bis in den Himmel hinauf. Auf bis zu 350 Stockwerken boten sie Wohn- und Geschäftsräume an. Interessant war, dass sich auf der Ebene des einhundertsten und des dreihundertsten Stockwerks ein sich über fünf Stockwerke erstreckender Freiraum befand, der zwei spezifischen Funktionen diente. Zum einen bot dieser Zwischenraum der Luft hier einen widerstandsfreien Durchzug und zum zweiten diente er der Brandschutzvorsorge, sollte das jemals nötig sein. Diese überaus beliebten Freiräume hatten die Anwohner in Grünflächen mit Blumen, Hängepflanzen und Bäumen verwandelt, die zur Sauerstoffproduktion des Planeten beitrugen, und die den Einwohnern dieser neuen Stadt viel Freude brachten.

»Trotz eurer Nachschubprobleme habt ihr während meiner Abwesenheit fabelhafte Arbeit geleistet, die Stadt auszubauen«, komplimentierte McGinnis den Gouverneur. Er war vom Gesamtbild der Stadt beeindruckt.

»Das verdanken wir in erster Linie den Altairianern und einer kleinen Armee von Bauhandwerker-Synth«, berichtete Crawley. »Walburg Technologies nahm vor zwei Jahren hier auf Neu-Eden eine Fertigungsstätte in Betrieb. Die Synthetiker verfügen sogar über ihr eigenes Versorgungs- und Logistiksystem, d.h., sie bringen selbst all ihre Komponenten ein. Obwohl es Walburg gelang, die Produktion auf 2.000 Synth pro Woche hochzufahren, übersteigt die Nachfrage weiterhin das Angebot.«

»Wie steht es um die Einwanderung? Findet die weiter statt?«, erkundigte sich McGinnis.

Crawley konzentrierte sich auf eine Kurve auf ihrer Schnellstraße des Himmels, bevor er antwortete. »Ja, aber wie alles andere auch, hat sich auch die Einwanderung verlangsamt. Monatlich trifft ein Ark-Transporter und vielleicht ein Dutzend kleinerer Transporter ein. Ich schätzte, dass die Einwanderungsquote bei ungefähr 90.000 Personen pro Monat liegt – zu wenig, um unseren Ansprüchen gerecht zu werden. Unabhängig von den Versorgungsproblemen verlangsamen wir nun den Ausbau der Innenstadt. Wir bauen weit über die benötigten Kapazitäten hinaus.«

»Unsere Rückkehr wird das hoffentlich ändern«, kommentierte McGinnis. »Soweit ich weiß, findet die nächste Kampagne erst in knapp einem Jahr statt. Sie wollen warten, bis eine Reihe unserer neuen Schiffe aus der Werft kommen. Außerdem steht uns eine Reorganisation und viel Training vor dem Beginn der nächsten Kampagne bevor.«

»Ich habe von den Verlusten gehört. Da draußen scheint ein echtes Scheibenschießen stattzufinden«, bemerkte Crawley leise.

Ross reflektierte über die nahe Vergangenheit. Gedankenverloren starrte er auf einige der fertigen und halbfertigen Gebäude. Die Todeszahlen ihrer kriegerischen

Einsätze belasteten ihn schwer. Er hatte über 130.000 Soldaten vorloren; vier Mal so viele wurden verletzt. Glücklicherweise konnten die aber den Dienst wieder aufnehmen. Diese Kampagne hatte viele Opfer gekostet.

»Das war es«, gab McGinnis schließlich zu. »Jetzt ist Zeit, sich zu erholen und uns auf den nächsten Schachzug vorzubereiten. Ok, wie lange noch bis zu diesem Restaurant, von dem du so geschwärmt hast? Ich kann es kaum erwarten, frische Nahrung zu mir zu nehmen, die nicht aus einem Replikator stammt.«

»Nun komm schon, Ross, so schlimm sind die nun auch wieder nicht«, lachte Crawley. »Aber keine Sorge, in zehn Minuten sind wir da. Dann kannst du den frischen Fisch unserer neuen Welt versuchen. Er ist wirklich köstlich und noch dazu gesund, sagt zumindest mein Arzt.«

****

Camp Victory
Hauptquartier Dritte Armee

Lieutenant General Ross McGinnis schwieg im Bewusstsein, dass sein Gesichtsausdruck für ihn sprach: »Das kann doch nicht dein Ernst sein?«

General Benni Pilsner, der Inspekteur des Heeres reagierte. »Ich weiß, Ross. Ihre Truppen sind gerade von einer brutalen mehrjährigen Kampagne zurückgekehrt. Aber sie sind unsere kampferprobteste Kraft. Wenn wir die Zweite Armeegruppe schicken, wird es eine Menge Tote geben, bevor die gelernt haben, was Ihre Leute bereits wissen. Die 1. AG steht außer Frage – die Kanzlerin lässt nicht zu, dass sie Sol verlassen. Sie sind in ständiger Bereitschaft für den Fall, dass sich die Zodark oder die Orbot zu einem Angriff auf die Erde oder auf den Mars entscheiden sollten.«

»General Pilsner, Sir, Sie wissen, dass meine Kräfte auf 77 Prozent reduziert sind«, konterte McGinnis frustriert. »Wir sind nicht annähernd darauf vorbereitet, eine neue Mission zu übernehmen. Meine Leute sind zermürbt. Sie brauchen Zeit, um sich zu erholen, bevor wir an die nächste lange Kampagne denken können.«

»Wir sind unter uns, Ross. Nennen Sie mich Benni«, bat Pilsner, der sich kurz abwandte und tief durchatmete. »Ross, ich bin so unglücklich wie Sie über dieses neue Ersuchen. Unsere Kräfte sind nicht ausreichend darauf vorbereitet, die nächste große Kampagne angehen zu können. Ich bin vollkommen Ihrer Meinung. Ich versuche immer noch, die Armee auf die verlangte Größe hochzufahren, aber das braucht Zeit. Und zwei langwierige Missionen, die unsere

Soldaten schneller dahinrafften, als wir sie trainieren können, waren sicher nicht hilfreich dabei.«

Auf diesen Kommentar hin schnaubte McGinnis laut und verärgert. »Es war nicht unsere Absicht, Ihnen Ihren Rekrutierungsjob schwerer zu machen«, gab er in eisigem Ton zurück. »Die Hunde verstehen etwas vom Kampf. Und uns fehlt weiter eine bessere Ausrüstung, um sie zu bekämpfen.«

Abwehrend hielt Pilsner die Hand hoch. »Das habe ich damit nicht gemeint, Ross. Ihre Männer haben tapfer gekämpft und haben ausgezeichnete Arbeit geleistet. Sie sind von der Anzahl und vom Umfang unserer Aufträge frustriert. Ich bin von der Zahl der Rekruten frustriert, deren Einziehung und Training mir jeden Monat abverlangt werden, um in einem Krieg zu kämpfen, der keinerlei strategischen Sinn zu haben oder je zu Ende zu kommen scheint.«

General McGinnis warf Pilsner einen kritischen Blick zu. Dieser letzte Kommentar hatte ihn überrascht. »Sie denken also auch, dass mit diesem Krieg etwas nicht stimmt?«

Pilsner runzelte die Stirn und schwieg einen Augenblick. Dann landeten seine Augen auf einer exquisiten Karaffe auf einem kleinen Tisch entlang der Wand des Büros, deren braune Flüssigkeit ihn anzog. Er stand auf, trat an den Tisch heran, und füllte zwei reich verzierte Glencairn-Gläser bis zum Rand. Eines davon reichte er McGinnis.

McGinnis akzeptierte den angebotenen Bourbon und trank einen Schluck.

Pilsner sah tief in Gedanken versunken auf sein Glas hinunter, bevor er es unvermittelt mit einem einzigen Schluck leerte. »Diese Unterhaltung muss unter uns bleiben, Ross. Ich bin mir nicht sicher, ob mir diese Allianz gefällt«, gab er zögerlich zu.

McGinnis nickte, sagte aber nichts. Er wollte Pilsner das Reden überlassen. In den zweieinhalb Jahren seiner kriegsbedingten Abwesenheit hatte McGinnis wenig über das aktuelle Geschehen auf seiner Heimatwelt erfahren.

Pilsner fuhr fort: »Als wir vor knapp drei Jahren Mitglied des Galaktisches Reichs wurden, übergab uns das GR eine Liste ökonomischer und militärischer Bedingungen, denen wir nach der Aufnahme gerecht werden mussten. Die ökonomischen Bedingungen kenne ich nicht. Ich weiß nur, dass die Leute in diesen Abteilungen so gestresst wie ich sind, diesen Erwartungen nachzukommen. Auf militärischer Seite wird von uns erwartet, dass wir über einen Zeitraum von fünf Jahren ein 20 Millionen starkes Militär aufbauen. Ich informierte die Altairianer, dass dies aufgrund der Organisation unserer Kräfte unmöglich ist. Die

Grundausbildung ist nur der erste Abschnitt des Trainings eines Soldaten, gefolgt von einer jobspezifischen, fortgeschrittenen Ausbildung. Daraufhin verlängerten die Altairianer unsere Frist; anstatt fünf Jahre geben sie uns nun sieben.«

Sprachlos saß McGinnis da und hörte Pilsners Erklärung zu. Er leerte sein Glas und stand auf, um nach der Flasche zu greifen. Er hatte das Gefühl, sie würden sie brauchen. Ein Blick auf die Wanduhr informierte ihn, dass es bereits 18:23 Uhr war. *Lange nach Dienstschluss.* McGinnis schenkte Pilsner ein zweites Glas ein und der alte General sprach weiter.

»Ross, wir kennen uns seit gut 50 Jahren. Deshalb rede ich offen mit Ihnen. Ich glaube, dass wir Menschen dazu auserwählt wurden, als Kanonenfutter im Krieg der Altairianer zu fungieren. Das sage ich, weil die erste Kampagne auf Intus, obwohl sie erfolgreich war, keinerlei strategischen Einfluss auf das Ende des Krieges hatte. Im Anschluss an das Ende dieses Kampfs plante das GR die sofortige Invasion und Einnahme von Rass. Was – und das muss ich zugeben - strategischen Sinn machte, da sie die GR-Kräfte an die Grenze des von den Zodark kontrollierten Bereichs brachte.

»Was wir hätten tun sollen – und ich weiß, dass Admiral Hunt dies den Altairianern im Rahmen einer Sitzung des Kriegsrats des GR vorgeschlagen hat .... Wir hätten eine sofortige Invasion des von den Zodark besetzten Gebiets durchführen sollen. Ich sah eine Kopie von Admiral Hunts Empfehlung. Er unterbreitete einen Plan, Tueblets anzugreifen. Im Fall, dass Sie nicht genau wissen, wo sich Tueblets auf der Sternenkarte befindet, lassen Sie mich Ihnen etwas über dieses System erklären. Außer der Tatsache, dass Tueblets eine ihrer Heimatwelten ist, ist er auch ein ernstzunehmendes Transit-Drehkreuz mit sage und schreibe *neun* Sternentoren im System. Admiral Hunt wollte das System angreifen und die Kontrolle darüber übernehmen. Damit hätten wir das Zodark-Reich effektiv in zwei Hälften gespalten. Diese Ausgangsposition hätte uns erlaubt, eines ihrer Systeme nach dem anderen anzugreifen, bis wir sie entweder alle eingenommen oder die Zodark zur Kapitulation und in Friedensverhandlungen gezwungen hätten.«

»Ich schätze, die Altairianer waren dagegen?«, fragte McGinnis trocken.

»Das waren sie«, bestätigte Pilsner seine Vermutung. »Und dann machten sie einen Gegenvorschlag: die Befreiung der sumarischen Heimatwelt und der zusätzlichen Planeten und Systeme in dieser Kette, die im Nirgendwo endet.«

Jetzt verstand McGinnis, wieso seine Armee gerade das eroberte Gebiet verlassen und vier Monate durch die Tiefen des Weltraums hindurch auf Neu-Eden zurückgekehrt war.

General Pilsner lehnte sich vor. »Ich muss eines von Ihnen wissen, Ross. Was brauchen Sie, um die sumarische Heimatwelt und die gesamte Kette des Systems zu befreien? Mir wurde gesagt, dass es dort acht Systeme gibt mit insgesamt 12 Planeten, die für Menschen bewohnbar sind. Ungeachtet der Tatsache, dass es womöglich einen Kampf um jeden der 12 Planeten geben könnte, wäre es ein echter Gewinn für die Republik, so viele bewohnbare Planeten unter unsere Kontrolle zu bekommen. Wir brauchen Raum, um zu wachsen. Von Ihnen muss ich nur wissen, was Sie brauchen, um dies zur Realität zu machen?«

McGinnis setzte sich in seinem Stuhl zurecht und überlegte. In Gedanken erstellte er eine Liste von dem, was er brauchte, im Vergleich zu dem, was er gerne sehen würde.

»Als Erstes muss meine Armee wieder auf ihre ursprüngliche Stärke aufgestockt werden«, begann er seine Aufzählung. »Zweitens brauchen meine Soldaten bessere Schutzanzüge. Drittens brauche ich eine größere Infanterie. Wir haben ausreichend Verstärkungspersonal, aber letztendlich müssen wir Raum einnehmen und ihn halten. Das kann ich nur mit der Infanterie. Viertens brauchen wir bessere Fahrzeuge zur Unterstützung am Boden und mehr Osprey. Während der Intus-Kampagne wurde uns nach der Landung eines Großteils unserer Truppen deutlich, dass es uns an gepanzerten Fahrzeugen fehlte, um eben diese Soldaten an ihren Einsatzort zu transportieren. Wir waren entweder von massiven Verlegungen durch die Luft abhängig oder mussten endlos lange Fußmärsche überstehen. Und zu guter Letzt muss die Flotte bessere Arbeit leisten, unsere Schiffe zu schützen. Wir verloren über eine Brigade an Soldaten samt ihrer Ausrüstung, als zwei Transporter im Anflug auf Intus zerstört wurden.«

Pilsner machte sich Notizen auf seinem Tablet. Diese Aufgaben würde er später an seine Adjutanten weitergeben. »Ich möchte noch ein zweites Thema ansprechen, Ross. General Reiker von SOCOM sagte mir, dass er einige Bitten für die Gründung einer neuen Spezialeinheitentruppe erhalten hat.«

»Wirklich?«, reagierte McGinnis überrascht. »Es dauert jetzt schon drei Jahre, ein Delta-Mitglied zu trainieren. Können wir uns wirklich leisten, die Warteschlange zu verlängern oder mit mehr Auszubildenden zu verstopfen?«

»Ich bin ganz Ihrer Meinung. Es macht wenig Sinn, die Warteliste für das Deltatraining weiter zu verlängern«, versicherte ihm Pilsner. »Andererseits sind wir nicht bereit, das Training zu verkürzen, um schneller einsatzbereite Soldaten zu produzieren. Dieser Verlust wertvoller Erfahrung würde sich gegenüber den Zodark als Nachteil erweisen. Nein, was wir gegenwärtig diskutieren ist das Training einer neuen Gruppe – einer etwas kleineren Truppe, die fähig ist, einige der Aufgaben zu übernehmen, die uns viele der Deltas kosten.«

»Orbitaler Angriff und Direkter Einsatz?«, schätzte McGinnis.

»Ganz recht.«

»Genau dafür sind die Delta perfekt«, trug McGinnis gegen Pilsners Vorschlag vor. »Ihre körperlichen Verbesserungen, zusätzliches Training, ihre Neuolinks und die besseren Kampfanzüge machen sie zu den idealen Kandidaten für solch harte Einsätze. Eben aus diesen Gründen bevorzuge ich sie für solche Aufträge.« Ihm war bewusst, dass seine Stimme klaren Widerstand gegen dieses neue Programm ausdrückte.

»Ich weiß, Ross. Deshalb wollen wir eine zweite SOF-Einheit gründen, deren Training speziell auf orbitale Angriffe und Aufgaben des direkten Einsatzes ausgelegt ist. Wenn wir hierfür weiter unsere Deltas verwenden, werden wir deren Verluste nie wettmachen, es sei denn, wir verkürzen ihr Training und reduzieren damit die Qualität ihres

Trainings. Demgegenüber sind die Verluste, die wir mit dem Einsatz regulärer Soldaten hinnehmen müssten, unakzeptabel. Wir müssen eine Gruppe aufstellen, die auf diese Art von Mission spezialisiert ist.«

McGinnis, der nun doch Interesse zeigte, machte seinerseits einen Vorschlag. »Benni, meine 1. Orbitale Angriffsdivision - sie leistete gute Arbeit während der ersten Welle, entweder in Zusammenarbeit mit den Delta oder mit ihrem Eintreffen kurz nach ihnen. Ein besserer Kampfanzug und bessere Waffen, und sie wären für diese Art Einsatz geeignet.«

Pilsner lächelte. »Das hat General Reiker auch gesagt.«

General McGinnis schlug die Arme vor der Brust übereinander. »Was bedeutet das also? Einfach eine bessere Ausstattung?«

»Nein, Ross«, lachte Pilsner leise und schüttelte den Kopf. »Reiker schlägt vor, die 1. OAD in die 1. Orbitale Rangerdivision umzubenennen. Hier haben wir bereits kampferprobte Soldaten, die sich auf dem Schlachtfeld auskennen. Denen lassen wir zusätzliches Training als Sondereinsatztruppe zukommen, einschließlich den Neurolinks und einigen körperlichen Aufbesserungen. Damit gewinnen wir Zeit, eine 2. Rangerdivision von Grund auf neu zu trainieren. Außerdem erlaubt das den Deltas endlich wieder, ihrer eigentlichen Aufgabe - speziellen Sondereinsätzen - nachzukommen.«

»Ok, alter Freund, mir scheint, als ob diese Entscheidung bereits gefallen ist. Habe ich Recht?«, stellte McGinnis mit einigem Sarkasmus in der Stimme fest.

Pilsner lächelte sanft und zuckte leicht mit den Achseln. »Nachdem wir dies nun diskutiert haben, ist es wohl so …. Es sei denn, Sie möchten eine gute Alternative vorschlagen?«

McGinnis hatte keine. »Stellen Sie nur sicher, dass mir von AG2, der 2. Armeegruppe, eine Division zugeteilt wird, die meine Ränge auffrischt. Meine Armee muss lange bevor die neue Kampagne beginnt, wieder auf den Beinen sein. Ach ja, und wann soll dieser nächste Abschnitt beginnen?«

»Mir wurde gesagt, dass wir in 12 bis 15 Monaten mit dem nächsten Einsatz rechnen sollen«, gab Pilsner weiter.

Danach wechselte die Unterhaltung auf mondänere Themen. Die Männer nahmen sich jetzt Zeit, ihre Gläser zu leeren, bevor sie ein spätes Abendessen einnahmen und sich schließlich freundschaftlich trennten.

****

Zwei Wochen später
1. Orbitale Angriffsdivision

Sergeant Pauli Smith hasste nichts mehr am Militär als mit Tausenden anderer Soldaten schwitzend in der Hitze auf dem Paradefeld zu stehen und darauf warten zu müssen, dass irgendein Colonel und General eine Ansprache hielt. Manchmal wurden während diesen Veranstaltungen besondere Ehrungen vergeben oder es fand ein Kommandowechsel statt. Heute wusste niemand, worum es ging. Das konnte nur eines von zwei Dingen bedeuten: Entweder würde etwas Aufregendes geschehen oder sie hatten gerade den Schwarzen Peter gezogen und ihnen stand ein neuer Einsatz bevor. In jedem Fall standen sie nun bereits seit 15 Minuten stramm.

Nur nicht schwach werden; nur nicht schwach werden, dachte Pauli.

»Wann kreuzt der Kerl endlich auf?«, beschwerte sich einer von Paulis Soldaten leise, ohne jemanden direkt anzusprechen.

»He, wer sagt denn, es ist ein Mann? Es könnte auch 'ne Frau sein«, beschwerte sich eine der weiblichen Ersatzsoldatinnen.

»Lasst den Unsinn, Leute«, ermahnte Pauli die beiden gerade laut genug, damit sein und die umstehenden Trupps es hören konnten. »Hier ist nicht der Ort für epische Diskussionen. Behalten Sie Ihre Gedanken und Meinungen für sich, bis dieser Zirkus hier vorbei ist.« Pauli wollte in jedem Fall vermeiden, dass sein Zug in einer Gruppenformation wie dieser zu viel Lärm machte und die Aufmerksamkeit des First Sergeant erregte.

Nach ihrer letzten Kampagne hatten sie einen neuen First Sergeant bekommen. Er war durch und durch Soldat – ein genau nach Vorschrift handelnder, nüchterner und humorloser Trainingsnazi. Anstatt ihnen während ihrer viermonatigen Rückkehr nach Neu-Eden Freizeit und Entspannung zu verordnen, hatte er sie hart in den Simulatoren oder am Schießstand gedrillt. Danach hatten sie das Entern von Schiffen und Aufklärungs- und Feindfindungsoperationen geübt. Dieser First Sergeant schien sich nicht im Klaren darüber zu sein, dass sie ihren Einsatz eben erst beendet hatten und nun auf dem Weg nach Hause waren, um eine wohlverdiente Ruhepause zu genießen.

Eine Gruppe von Offizieren betrat die kleine Bühne, vor der die Division versammelt war. Es war schwer, sie von seiner Position aus zu sehen. Pauli gehörte dem 1. Bataillon der 1. Brigade der Division an. Seine Einheit stand am weitesten links, wobei die Alpha-Kompanie ganz am Rande stand. Sie hatten echte Schwierigkeiten, das Zentrum der Formation zu sehen und wer anwesend war.

Glücklicherweise hatte jemand daran gedacht, an den Seiten der Formation zwei sechs Meter hohe Bildschirme aufzustellen. Das half.

»Division! Stillgestanden!«, dröhnte eine Stimme über die Lautsprecher.

Gleich darauf betrat ein einzelner Mann die Bühne und ging auf das Rednerpult zu. Begleitet wurde er von zwei Zivilisten und mehreren hochrangigen Militärangehörigen. Pauli erkannte General Ross McGinnis, der sich zum Sprechen bereitmachte, nicht wie eigentlich erwartet, der Divisionskommandant.

»Guten Morgen, Soldaten! Ein großartiger Tag, um in der Armee zu sein, richtig?«

»Hooah!«, erklang die Ein-Wort-Antwort, die jeder Soldat einem hochrangigen Offizier gibt, der ihm eine Frage stellt.

»Ich besuche Ihre Division aus zweierlei Gründen. Als Erstes werden wir fünf hochverdiente Medaillen an ihre würdigen Empfänger vergeben. Zwei Ehrenmedaillen, die Gouverneur David Crawley in Vertretung der Kanzlerin vergeben wird, die leider nicht anwesend sein konnte, gefolgt von drei Distinguished Service Crosses, der Auszeichnung für besondere Dienste. Die werde ich verleihen. Sergeant Major, treten Sie doch bitte vor und verlesen Sie die Namen.

Nach der Verleihung der Auszeichnungen habe ich eine besondere Ankündigung für Ihre Division, die ich persönlich mit Ihnen teilen möchte.«

Der Sergeant Major, der gut einen halben Kopf kleiner als der General war, trat ans Podium und bat alle um ihre Aufmerksamkeit. Dann verlas er fünf Namen und bat die betreffenden Personen nach vorn zu kommen. Yogi, der hinter Pauli stand, stieß ihm in den Rücken.

»Pauli, wach auf«, rief Yogi ihm zu. »Los, auf die Bühne mit dir!«

Pauli hatte nicht wahrgenommen, dass er aufgerufen worden war. Er setzte sich sofort in Richtung Bühne in Bewegung. Ebenso wie die anderen, deren Name auf der Liste gestanden hatte, war auch er leicht schockiert. Als er von der Bühne her auf seine gesamte Division hinuntersah, fiel es ihm schwer zu glauben, dass ausgerechnet er - unter all diesen Soldaten dort draußen - sich eine Auszeichnung verdient haben sollte. Er fühlte sich beschämt. Er hatte einzig seine Arbeit gemacht und dabei überlebt, im Gegensatz zu über der Hälfte der beiden Trupps, für die er verantwortlich gewesen war.

Auf dem Weg zurück zu seiner Kompanie kam Pauli nach dem Ende der Verleihungszeremonie an Captain Hiro vorbei, der ihm zulächelte und anerkennend nickte. Selbst dieser grantige harte Knochen von First Sergeant zeigte ihm Respekt, als Pauli wieder seinen Platz vor dem Ersten Trupp, Zweiter Zug einnahm.

Dann machte General McGinnis seine besondere Ansage. »Dieser neue Krieg, in den wir verwickelt sind, erweist sich als schwierig. Die Zodark und ihre Schirmherren, die Orbot, haben sich als ungemein harte Widersacher entpuppt. Unabhängig davon haben wir jedoch bislang keinen Kampf gegen die Zodark verloren. Das ist ein Kraftakt, den selbst unsere uns in der technologischen Entwicklung überlegenen Alliierten nicht für sich beanspruchen können.

Sie alle wissen, dass der Armee zwei Schlüsselfunktionen zukommen – zum einen die reguläre Armee, oder wie wir auch genannt werden, die RAS. Daneben gibt es die Spezialeinsatzkräfte, die Delta. Beiden Gruppen fallen in diesem Krieg unterschiedliche Aufgaben zu. Im Moment kämpfen und sterben unsere Brüder in den Sondereinheiten im Schnitt in weit höheren Zahlen als wir, die RAS, es tun. Ihre Zahl verringert sich schneller als wir sie ersetzen können. Dies ist der Grund, weshalb wir eine größere Integration von C100 in den Delta-Einheiten sehen.

»Vor wenigen Wochen unterhielt ich mich mit General Pilsner, dem Inspekteur des Heeres. Er informierte mich von der Gründung einer neuen Sondereinheit, um den Deltas einen Teil ihrer Mission abzunehmen, damit die sich erneut auf ihre spezifische Rolle konzentrieren können. Diese neue Gruppe wird sich die 1. Orbitale Ranger-Division nennen. Wie das ehemalige 75. Ranger-Regiment wird diese neue Division die Deltas unterstützen, Hand in Hand mit ihnen arbeiten, und einen gewissen Teil ihrer direkten Einsätze übernehmen.

»General Pilsner teilte mir mit, dass die 1. Orbitale Angriffsdivision dazu ausersehen wurde, diese Mission zu erfüllen. Demgemäß wird Ihre Division in zwei Wochen in die 1. Orbitale Ranger-Division umbenannt werden. Das bringt noch schwerere und gefährlichere Aufträge mit sich, als Ihre Division in der Vergangenheit erfolgreich bewältigt hat. Und wie für alle Sondereinsatzkräfte, die diesen Titel tragen möchten, sind gewisse Voraussetzungen zu erfüllen. Als Erstes akzeptiert die neue Division nur Soldaten, die sich freiwillig melden und die den Vertrag zur Übernahme in diese neue Spezialeinheiten-Division unterschreiben – der, das muss ich hinzufügen, ein Vertrag über eine sehr lange Zeit ist. Zweitens müssen Sie einen Auswahlprozess durchmachen, genau wie die Delta-Einheiten. Das bedeutet, dass Sie, selbst wenn Sie dieser Division heute angehören, nicht automatisch in die neue Division übernommen werden. Drittens werden diejenigen von Ihnen, die dieser neuen

Ranger-Division nicht angehören möchten, in die neu aufzubauende 1. Orbitale Angriffsdivision versetzt, die den Platz ihrer alten Division einnehmen wird.«

General McGinnis zögerte einen Moment und sah auf die Gruppe der Soldaten vor ihm hinaus. »Ihnen bietet sich hier die einzigartige Gelegenheit, Teil einer neuen Sondereinsatzgruppe zu werden. Bevor Sie sich entscheiden, sollten Sie allerdings wissen, dass diese Einheit weit mehr Action als die normalen Armeeeinheiten sehen wird. Die Chance, in dieser neuen Division verletzt zu werden oder im Kampf zu fallen, ist weit größer als in der regulären RA.

»Wie geht es also weiter? Im Lauf der kommenden Wochen werden alle Mitglieder der Division einer ärztlichen Untersuchung unterzogen, um zu sehen, ob sie aus körperlicher Sicht geeignet sind, Teil der neuen Division zu werden. Erst danach werden wir Sie fragen, ob Sie in der RA bleiben oder zu den Spezialeinheiten wechseln möchten. Nehmen Sie diese Entscheidung bitte nicht auf die leichte Schulter. Überlegen Sie gut. Heute ist Freitag. Als Gruppenkommandeur des Heeres erteile ich Ihnen allen einen 48-stündigen Ausgang, der Ihnen die Zeit geben soll, Ihre Entscheidung zu überdenken. Seien Sie bei Ihrer Rückkehr am Sonntagabend bereit, Ihre Entscheidung zu fällen.«

General McGinnis fuhr in seiner Rede noch einige Minuten fort, bevor der Divisionskommandeur einige Worte sprach und die Soldaten entließ.

****

Auf der Terrasse eines Restaurants, die den Genfer See überblickte, trank Pauli ein Schluck seines Wassers, das die Kellnerin ihm gerade gebracht hatte. Die kalte Flüssigkeit fühlte sich gut in seiner Kehle an. Er schloss die Augen und hielt sein Gesicht den drei Sonnen entgegen, deren Wärme in seine Haut eindrang.

»Alles ok mit dir, Pauli?«, erkundigte sich Yogi. »Wartest du vielleicht darauf, dass die hübsche Bedienung zu dir rüberkommt und dir einen dicken Kuss gibt?«, frotzelte er gutgelaunt und leerte dann mit einem Schluck die Hälfte seines Biers.

Lachend öffnete Pauli die Augen. »Nein, das wäre wohl zu viel verlangt. Ich genieße die Sonne. Dieser Tag war einfach toll. Eine Wanderung durch den Wald, um den Wasserfall zu sehen, Schwimmen im See, und jetzt das hier. Was will ich mehr?«

»Hmm, wie wär's mit Sex? Das ist ungefähr das Einzige, was mir den Tag noch versüßen würde«, lachte Yogi nun seinerseits.

Pauli schüttelte den Kopf. »Und du wunderst dich, weshalb du Single bist.«

Mit vorgetäuschtem schmerzlichem Gesichtsausdruck konterte Yogi: »Nicht, dass wir je die Gelegenheit haben, Zivilisten kennenzulernen und mit ihnen auszugehen. Du weißt, dass der Captain und der First Sergeant Beziehungen innerhalb der Kompanie nicht gerne sehen.«

Pauli kicherte leise. »Nicht gern sehen, das stimmt wohl. Es verhindern, wohl eher nicht. Aber ja, ich verstehe, was du meinst. Für uns ist es am besten, keine Freundin zu haben oder in einer Beziehung zu stehen. Wir sehen, wie schwer es die verheirateten Soldaten bedrückt. Ich kann mir nicht vorstellen, ein Kind zu haben und es zwei oder drei Jahre lang nicht zu sehen, weil wir fortwährend durch die Galaxie springen. Das wäre einfach zu belastend.«

Yogi nickte nun ernst und wechselte das Thema. »Was ist mit der Ranger-Sache? Wirst du das machen oder weiter auf die Delta-Schulung warten?«

Mit dieser Frage hatte sich Pauli das ganze Wochenende beschäftigt. Seit seinem Gespräch mit der Personalabteilung auf Neu-Eden hatte er ein offizielles Startdatum zum Beginn der Deltaauswahl erhalten. Seit Jahren war es sein Traum gewesen, den Sondereinsatzkräften anzugehören. Die sich neu bietende Gelegenheit mit den Rangern ließ ihn jedoch schwanken.

»Ich denke lange und hart darüber nach«, gab er endlich zu.

»Das hat sie auch gesagt«, scherzte Yogi mit kaum kontrolliertem Lachen.

»Verdammt, Mann. Ich versuche, mich ernsthaft mit dir zu unterhalten und du reißt blöde Witze.« Pauli trat seinem Freund unter dem Tisch ans Schienbein.

Die beiden hänselten sich noch einige Minuten in aller Freundschaft, bis die Kellnerin ihnen ihr Essen brachte. Beide hatten ein andorianisches Steak, medium, mit einer reduzierten Rotweinsauce, überbackene Kartoffeln und grüne Bohnen mit Speck bestellt. Das Mahl roch köstlich auf einem appetitlich angerichteten Teller.

»Oh Mann, das Steak sieht fantastisch aus, Pauli«, schwärmte Yogi und fächelte sich mit der Hand mehr heißen Dampf in die Nase. Die beiden machten sich über ihre Mahlzeit her.

Auf Neu-Eden gab es wenig Vieh. Es wurde immer noch importiert, um den bislang dürftigen Bestand weiter auszubauen. Aber sie hatten ein anderes Tier als guten Ersatz gefunden, eines, das sie Andora getauft hatten. Diese Tiere waren groß - ungefähr doppelt so groß wie ein amerikanisches Bison – was bedeutete, dass es eine Menge essbares Fleisch gab. Dazu waren sie in großer Zahl auf dem Planeten vertreten. Und was noch besser war, das Fleisch eines Andora war fettarm, reich an Proteinen und enthielt weitere lebenswichtige Mineralien und Vitamine. Manche nannten es bereits das Superfleisch. Die Andora-Haltung hatte sich demzufolge auf dem Planeten bereits als bäuerliches Gewerbe durchgesetzt.

»Zurück zu meiner Frage. Wozu neigst du, Pauli? Wirst du bleiben?«, fragte Yogi mit seiner Gabel und einem Steakmesser in der Hand.

Pauli schluckte den Bissen seiner überbackenen Kartoffel. »Ich verrate es dir gleich, aber was wirst du tun?«, richtete er die gleiche Frage an seinen Freund. »Bleibst du bei der RA, scheidest du am Ende deines Dienstes aus, oder bleibst du, um ein Ranger zu werden?«

»Ich bleibe«, erwiderte Yogi mit vollem Mund, was Pauli nur schwer ertragen konnte. »Ich will in die neue Ranger-Einheit der Sondereinsatzkräfte. Ich weiß, dass ich mich ständig über die Armee beschwere, aber um ehrlich zu sein, genieße ich die Freundschaften und die Kameraderie. Außerdem weiß ich, wozu diese Hunde fähig sind. Deshalb werde ich tun, was ich kann, um sie von meiner Familie fernzuhalten. Zuhause bin ich der Älteste von sieben

Kindern. Wie du, habe ich mich im Alter von 18 Jahren verpflichtet. Meine Geschwister sind alle mindestens sechs Jahre jünger als ich. Ich hoffe, dass mein Dienst in der Armee verhindert, dass meine Brüder und Schwestern eingezogen werden. Dank der neuen Regelung kann die Armee neben mir keinen meiner Geschwister einziehen.«

»Eine Familienquote?«, fragte Pauli interessiert. »Davon höre ich zum ersten Mal.«

Seine Unwissenheit schien Yogi zu überraschen. »Im Prinzip sagt die Regierung, dass eines von je vier Kindern einer Familie eingezogen werden kann. Auf diese Weise ist nicht eine Familie im Dienst der Republik gezwungen, eine größere Last als eine andere zu erbringen. Das ist die einzige Ausnahme, die als Zurückstellungsgrund anerkannt ist. Und da meine Eltern sieben Kinder haben, bin ich als der Älteste der Einzige, der eingezogen werden könnte – was bedeutet, dass sich keiner meiner Geschwister darum sorgen muss, unfreiwillig eingezogen zu werden.«

Pauli nickte anerkennend, während er seine Kartoffel zu Ende aß. »Ich finde es toll, dass du das für deine Familie tust, Yogi. Ich hoffe, deinen Geschwistern ist bewusst, welches Opfer ihr großer Bruder für sie bringt.«

Yogi lachte. »Oh ja, das wissen sie. Sie fragen mich jedes Jahr, ob ich weiter dienen werde oder ob sich meine Pläne geändert haben. Keiner will eingezogen werden. Ok, das nehme ich zurück. Meine jüngste Schwester - sie ist zehn - will den F-97 Orion fliegen. Ich schenkte ihr eine Drohnenversion zu Weihnachten und sie spricht von nichts anderem. Leider war meine Mutter nicht sonderlich von meinem Geschenk angetan. Sie will das Baby der Familie in Sicherheit wissen. Sie soll nie das Haus verlassen und sich einer Gefahr aussetzen. Du weißt schon .... Aber hast du nicht auch Brüder und Schwestern, Pauli? Ich dachte, dass du mir schon einmal ein Bild von ihnen gezeigt hast?«

Pauli nickte und trank einen Schluck seines Biers. »Ja, ich habe Geschwister. Sie sind sehr viel jünger als ich. Nach meiner Geburt konnte meine Mutter keine biologischen Kinder mehr gebären. Nachdem ich mich dem Militär verschrieben hatte, starteten meine Eltern neu durch und adoptierten Babys, die niemand wollte. Wenn eine Frau auf dem Weg zur Abtreibungsklinik war, versuchten sie sie davon zu überzeugen, dass Kind zu behalten, um es später dann zu adoptieren.«

»Wirklich? Wie kommt es, dass wir seit beinahe sieben Jahren befreundet sind und du mir das von deinen Eltern nie erzählt hast? Und nebenbei, wie funktioniert das? Von Leuten, die so etwas tun, habe ich noch nie gehört.« Yogi schluckte den letzten Bissen seines Steaks und machte sich über die grünen Bohnen her.

»Wir unterhalten uns eben nicht allzu oft über unsere Familien oder unser Leben außerhalb des Militärs, denke ich«, erwiderte Pauli. »Gewöhnlich bietet meiner Mutter einer Frau, die eine Abtreibungsklinik betreten will, eine Starbucks-Geschenkkarte im Wert von 50 RD für fünf Minuten ihrer Zeit an. Wenn es zum Gespräch kommt, gelingt es meiner Mutter in der Regel, sie davon zu überzeugen, nicht abzutreiben. Meine Eltern unterstützen die Frau während ihrer Schwangerschaft finanziell. Und nach der Geburt des Babys unterschreiben sie die legalen Adoptionspapiere, wonach meine Eltern diese Kinder dann als ihre eigenen großziehen. Bisher habe ich fünf Brüder und Schwestern. Die Älteste ist sechs Jahre alt.«

»Das ist echt bemerkenswert, Pauli! Aber nun zu einem anderen Thema. Morgen ist unser letzter freier Tag. Ich treffe ich mit einem Andora-Züchter, um möglicherweise in seine Rinderfarm zu investieren. Willst du mitkommen?«

Pauli war verblüfft. Ihm war nicht bewusst, dass Yogi an solche Dinge wie ans Investieren dachte. Aber auch darüber hatten sie nie gesprochen.

»Hmm …. vielleicht. Was kannst du mir darüber erzählen?«, forschte Pauli.

Yogi lächelte. »Ein alter Schulfreund von mir hat mich darauf gebracht. Er hatte das Glück, eine der begehrten Aufenthaltsgenehmigungen für Neu-Eden zu ergattern und lebt nun hier. Zusammen mit zwei anderen Freunden aus der Highschool kauften sie 4.000 Hektar Land gut 40 Kilometer außerhalb der Stadt. Dort richten sie eine große Ranch ein, auf der sie Andoras ziehen, um sie später auf der Erde gewinnbringend zu verkaufen. Er sagt mir, dass es eine der Industrien mit enormen Zukunftsaussichten ist.«

»Verdammt, das klingt interessant«, stimmte Pauli Yogi zu. »Und wo liegt der Haken? Will sagen, was erwarten sie von dir?« Mehr als satt, ließ er sich in seinem Stuhl zurückfallen.

»Geld«, erwiderte Yogi. »Sie brauchen mehr Startkapital. Ihr ganzes Bargeld ging für den Erwerb des Geländes und dessen Ausbau drauf – Dinge wie Zäune, Scheunen, Ställe, usw. Als nächstes wollen sie ein Schlachthaus bauen und danach das Land besser bewirtschaften. Sie haben weit über eintausend Hektar Nutzholz, das gefällt werden muss, um die Fläche in Felder für das Grasen der Rinder zu verwandeln. Sie versuchen, 30 Millionen RD einzubringen, um voll operationsfähig zu werden.«

Pauli pfiff leise durch die Zähne. *Das war eine stattliche Summe. Yogis Freunde hatten sich hohe Ziele gesetzt. Ein* republikanischer Dollar entsprach nicht dem Wert des alten amerikanischen Dollars. Da Edelmetalle dank des Abbaus auf den Asteroiden mittlerweile in hohem Maß vorhanden waren, sicherte die Republik all ihre Währungen damit. Das Gehalt, das die Soldaten heute erhielten, war im Vergleich zu dem ihrer Kameraden von vor 50 Jahren tatsächlich recht hoch. Ein Jahr lang irgendwo an einem Kampf beteiligt zu sein, ohne Gelegenheit zu haben, Geld auszugeben, bedeutete auch, dass viele Soldaten Geld entweder investieren oder es auf alberne Dinge wie schnelle Autos, mit denen sie kaum fuhren, verschleudern konnten.

»Welche Kapitalverzinsung bieten sie?«

Yogi zog sein Tablet hervor und öffnete eine Datei. »Vierteljährlich schütten sie eine zehnprozentige Dividende auf deine Investition aus. Das ist akzeptabel. Wenn du andererseits auf deine Dividende verzichtest, wird sie reinvestiert und dein Anteil an der Firma wächst. In einem Monat findet eine Börsenbewertung statt, um zu sehen, wo der Wert ihrer Firma angesiedelt ist. Das beeinflusst die Höhe des Aktienpreises. Alle drei Jahre findet eine weitere Börsenbewertung statt. Für dich bedeutet das, dass du vor der zweiten Börsenbewertung so viele Aktien der Firma wie möglich kaufen solltest. Die zweite Bewertung wird uns zeigen, wie sich unsere Investition bewährt hat.«

»Ich bin beeindruckt, Yogi. Du hast deine Hausaufgaben gemacht«, bewunderte Pauli ihn. »Wie viel wirst du investieren?«

»Ich konnte so gut wie all meinen Sold sparen und werde den Großteil davon in ihr Projekt investieren«, gab Yogi mit dem Blick auf sein Tablet Auskunft. »Das sind ungefähr 180.000 RD. Ich halte 25 Prozent meiner Ersparnisse zurück, aber den Rest überlasse ich ihnen.«

Pauli dachte nach. Sein Bonus für die Vertragserneuerung mit den Sondereinsatzkräften lag noch unberührt auf seinem Konto. Jeder Soldat, der sich für die Ranger entschied, erhielt einen Bonus. Insgesamt verfügte Pauli über 320.000 RD. »Ok, Yogi. Du hast mich überzeugt. Wir sehen uns morgen diesen Betrieb an. Und wenn er mir gefällt und alles ordnungsgemäß aussieht, werde ich wohl im gleichen Umfang wie du einsteigen. Am Nachmittag, bevor wir uns zurückmelden müssen, treffe ich mich mit einer anderen Firma, auch in Bezug auf eine mögliche Investition. Vielleicht würde sie dir auch zusagen. Es ist ein kleiner Betrieb, der ein spezifisches technologisches Produkt für Tesla herstellt. Ohne diese Komponente funktioniert das Schwebeauto nicht. Das Patent auf ihre Technologie ist mindestens 25 Jahre lang gültig. Damit sollten sie eine gute Weile Einkommen erzielen.«

»Echt?«, fragte Yogi beeindruckt. »Wie hast du davon erfahren?«

»Als ich vor einigen Wochen das erste Schwebeauto sah, begann ich aus reinem Interesse Fragen zu stellen. Ein Captain in S4 hat mir davon erzählt. Er brachte mich mit jemanden von der Firma in Verbindung, der für die Anlegerpflege zuständig ist. Die einzige Hürde hier ist, dass du ein Minimum von 100.000 RD investieren musst, um dabei zu sein.«

»Diversifizierung, das gefällt mir«, freute sich Yogi. »So machen wir's. Bevor wir uns morgen zum Dienst zurückmelden, sehen wir uns beide Einrichtungen an.«

****

»Sie wollten mich sehen, Sergeant Major?«, fragte Pauli.

»Tatsächlich wollten wir drei Sie sehen«, korrigierte ihn Captain Hiro. »Setzen Sie sich, Smith.« Paulis First Sergeant and der Sergeant Major saßen neben Hiro.

»Sergeant Smith, ich weiß, dass sie kürzlich Ihre Befehle zur Überstellung an die Deltas erhalten haben. Ich nehme an, Sie können diesen Wechsel kaum erwarten«, begann Captain Hiro. »Wir wollen heute sehen, ob wir Sie vielleicht überzeugen können, zusammen mit uns die uns bevorstehende Umstellung auf eine Division von

Sondereinsatzkräften und diese neue Ranger-Einheit zu bewältigen?«

»Ich weiß, ich bin neu in diesem Bataillon«, meldete sich Paulis First Sergeant zu Wort. »Aber neu in der Armee bin ich sicher nicht. Ich sah Ihre Personalakte ein und beobachtete Ihr Training während unserer Rückkehr auf Neu-Eden. Sie haben natürliche Führungsqualitäten, Smith. Sie sind ein guter Soldat und verstehen, wie Sie Ihre Leute motivieren und dass Sie sich um sie kümmern müssen. Das gefällt mir an Ihnen. Ich weiß, dass ich rau und unfreundlich erscheine. Diesen Eindruck erweckte ich mit Absicht, um Sie und die anderen Unteroffiziere zu testen und zu sehen, wie gut Sie und Ihre Leute als Einheit zusammenhalten und kämpfen. Ich bin der gleichen Meinung wie der Sergeant Major. Falls irgend möglich, würden wir Sie gerne bei uns behalten. Was können wir tun, um das zu erreichen?«

Pauli war überrascht. Ein Soldat hatte in der Regel keine Gelegenheit, mit dem Sergeant Major des Bataillons oder mit dem First Sergeant einer Einheit zu sprechen, es sei denn, er steckte in Schwierigkeiten. Pauli hatte bisher wenig Kontakt mit diesen beiden gehabt.

»Darüber habe ich selbst das ganze Wochenende nachgedacht«, erklärte Pauli. »Ich wollte schon immer den Sondereinsatzkräften angehören. Ich wusste, dass mein erster

Anwerbungsvertrag abgelaufen sein musste, bevor ich diesen Antrag stellen konnte. Das habe ich getan. Als mir das Datum meines Trainingsbeginns bekannt gegeben wurde, hat mich das noch weiter motiviert. Aber diese Gelegenheit – den Sondereinsatzkräften anzugehören und gleichzeitig ein Ranger zu werden – die ist ebenfalls sehr interessant. Um also Ihre Frage zu beantworten: Ja, ich möchte bleiben und Teil dieser neuen Einheit sein, die wir aufstellen werden.«

Die beiden ranghohen Unteroffiziere nickten, ganz offensichtlich erfreut. »Ausgezeichnet, Smith. Sehen Sie, First Sergeant? Ich wusste, wir konnten mit ihm rechnen. Smith ist seit sechs Jahren Teil dieser Gruppe. Er ist absolut loyal«, trumpfte der Sergeant Major auf.

Pauli saß da und nahm alles in sich auf. Nicht, dass er auf diese Art von Lob besonderen Wert legte, er war nur nicht daran gewöhnt, von seinen Übergeordneten so geschätzt zu werden. Warum sollte er das also nicht genießen?

»Sie hatten Recht, Sergeant Major«, stimmte ihm der First Sergeant zu. »Und jetzt, Smith, der nächste Schritt. Sie führen weiter einen Trupp an; zusätzlich machen wir Sie zum stellvertretenden Zugführer. Falls Master Sergeant Dunham sich gegen den Wechsel entscheidet oder zu einem anderen Zug oder einer anderen Einheit versetzt wird, befördern wir Sie. Sie sollten wissen, dass Sie auf einer sehr kurzen Liste von Sergeanten stehen, die nach oben fallen, sobald sich eine Stelle öffnet. Also tun Sie nichts, was sich Ihrer Zukunft in den Weg stellen könnte. Bleiben Sie sauber und machen Sie so effektiv weiter wie bisher. Ok?«

»Jawohl, First Sergeant, Sie können sich auf mich verlassen«, erwiderte Pauli aufgeräumt. Er war froh, die Entscheidung zu bleiben getroffen zu haben, und sogar noch glücklicher darüber, dass seine Vorgesetzten so große Stücke auf ihn hielten.

»Ok, Smith, wegtreten. Zurück zu Ihrem Trupp. Finden Sie heraus, wer bleibt und wer geht, damit wir mit dem Auswahlprozess beginnen können. Uns steht viel Arbeit bevor, bevor die neue Division steht.«

Kapitel Sechzehn
Schicksalstag

Cobalt
Messier 31

»Sind Sie nervös vor diesem Treffen?«, erkundigte sich Pandolly bei Botschafterin Chapman und Admiral Hunt.

In Begleitung von Ethan, Hunts Sohn und Assistenten, standen die Drei vor dem Aussichtsfenster und sahen auf den riesigen aber atemberaubenden Planeten der Gallentiner hinunter, dem sich ihr Schiff nun näherte. Der Raum um Cobalt herum war voller Aktivitäten. Hunderte kleinerer Schiffe traten in die Umlaufbahn ein oder verließen sie. Einige hatten an der gigantischen, überaus beeindruckenden Station festgemacht, die wie ein Ring den ganzen Planeten umgab. Wieder andere sprangen einfach an weit entfernte, unbekannte Ziele davon.

Sprachlos nahmen Chapman und die Hunts die faszinierende Szene in sich auf. So etwas hatten sie noch nicht gesehen. Die Station, die dem gesamten Planeten vorgelagert war, überstieg einfach jegliche Vorstellungskraft. Der Planet sah nicht wie ein Planet aus. So gut wie die gesamte Oberfläche von Cobalt, mit Ausnahme der Ozeane und einigen wenigen offenen Flächen, wurde von Städten eingenommen. In der Dunkelheit des Weltraum schien der Planet auf der Nachtseite hell erleuchtet zu sein. Auf seiner Tagseite brach sich das Licht der Sonne an den zahllosen Gebäuden.

»Sollte uns dieses Treffen nervös machen, Pandolly?«, forschte Hunt.

»Nein, ich denke nicht«, erwiderte der Altairianer emotionslos. »Ich weiß, dass Botschafterin Chapman gerne mehr über die Gallentiner erfahren möchte. Diese Gelegenheit bietet sich Ihnen heute. Die Gallentiner sind ebenfalls sehr daran interessiert, Sie kennenzulernen. Als wir ihnen Ihre Rasse vorstellten und von Ihren Aktivitäten bis dato berichteten, waren sie sehr beeindruckt. Das ist einer der Gründe, weshalb sie sich bereiterklärten, sich mit Ihnen zu treffen.«

»Dann ist das also kein Standardbesuch?«, vergewisserte Hunt sich. »Gewöhnlich finden keine Treffen mit anderen der Allianz angehörenden Rassen statt?«

Pandolly schüttelte entschieden den Kopf. »Tatsächlich ist es so, dass die Gallentiner noch nie eine der anderen Rassen des Galaktischen Reichs empfangen haben. Das ist der Grund, weshalb ich Sie bat, niemandem von dieser Reise zu erzählen. Die Gallentiner übertrugen uns die

Verantwortung für das Wachstum und die Entwicklung der Milchstraße. Ihre Bitte, Sie persönlich kennenzulernen, ist eine große Ehr....«

Hunt unterbrach ihn. »Ich dachte, *Sie* wollten *uns* die Gallentiner vorstellen, im Gegenzug für die Rücknahme des Vorschlags der Republik, Tueblets anzugreifen?«

»Ja und nein, Miles«, entgegnete Pandolly. »Sie haben viele Fragen und viele gute Ideen, aber Ihnen fehlt der Gesamtüberblick. Die Gallentiner zeigten bereits zu Beginn, als sie das erste Mal von Ihnen hörten, Interesse an Ihrer Rasse. Nachdem wir sie dann über Ihren Plan, Tueblets anzugreifen, informierten, steigerte sich ihr Interesse an Ihnen persönlich, Miles, so sehr, dass sie darauf bestanden, Sie kennenzulernen. Ich bat darum, Botschafterin Chapman mitbringen zu dürfen, damit sie zugunsten Ihres Volks mehr über die Gallentiner lernen kann. Da dies aller Voraussicht nach Ihre einzige Chance sein wird, die Gallentiner zu sehen oder mit ihnen ins Gespräch zu kommen, möchte ich, dass so viele Ihrer Fragen wie möglich während dieser Reise beantwortet werden.«

»Pandolly, was können Sie uns von dieser Station erzählen?«, begann Nina voller Neugierde sofort den Befragungsprozess. »Sie scheint den ganzen Planeten zu umgeben.«

»Genauso ist es. Ihr Bau dauerte viele hundert Jahre. Wie Sie sehen, ist sie mittlerweile ein integraler Bestandteil des Planeten. Mehrere Weltraumaufzüge stellen die Verbindung zur Oberfläche her. Verschiedenen Bereichen der Station kommen verschiedene Funktionen zu: manche dienen dem Schiffsbau, einige dem Handel, und wieder andere beherbergen die Wohnunterkünfte. Der Planet ist sehr dicht besiedelt. Das ist offensichtlich«, erklärte Pandolly.

»Wie viele Personen leben auf Cobalt?«, hakte Nina nach.

Pandolly sah sie an. »Eine offizielle Zahl kenne ich nicht. Ich hörte etwas von einer Bevölkerung um die 62 Milliarden. Cobalt ist das Zentrum des Galaktischen Reichs. Er ist das Herz und die Seele einer Allianz, die mehrere Galaxien und Tausende von Planeten umfasst.«

Überwältigt schüttelte Hunt den Kopf. Ein solches Ausmaß konnte er sich einfach nicht vorstellen. Sein Volk bereiste erst weniger als 200 Jahre den Weltraum. Und er stand kurz davor, eine Spezies kennenzulernen, die seit Zehntausenden von Jahren zwischen den Sternen unterwegs war – eine Spezies, die so fortgeschritten war, dass seine Fantasie nicht ausreichte, sich vorzustellen, was ihnen alles gelingen konnte.

Eine Stunde später legte ihr Schiff an der Station an und sie ließ die nötigen Kontrollen über sich ergehen. Als ihre kleine Gruppe schließlich das altairianische Schiff verließ, wurden sie von zwei Personen erwartet. Eine war ein Altairianer, die zweite war ein Gallentiner.

Es war das erste Mal, dass Admiral Hunt einem Gallentiner begegnete. Obwohl er sie bereits von Bildern her kannte, war es nicht damit zu vergleichen, einer Spezies zum ersten Mal von Angesicht zu Angesicht gegenüberzustehen. Als Erstes fiel Hunt auf, dass ihre Hautfarbe dem allseits bekannten Stereotyp der ‚kleinen grünen Männchen' am nächsten kam – obwohl sie eigentlich mehr olivgrün waren. Ihre hohe Stirn ging in einen Kopf voll strähniger Haare im gleichen Grün wie das ihrer Haut über. Selbst ihre Augen waren olivgrün mit leuchtend blauen Pupillen. Die Gallentiner waren etwas größer als die Menschen, aber nicht so hochgewachsen wie die Zodark. Hunt kannte Menschen der gleichen Größe, selbst wenn das nicht unbedingt die Norm war. Die Gallentiner waren eine solide, muskuläre Spezies mit sieben Fingern, einschließlich zwei opponierbaren Daumen. Hunt konnte nur hoffen, dass er im Kampf nie auf diese Spezies treffen würde.

Der Außerirdische trat unbefangen auf sie zu. »Hallo, Admiral Miles Hunt, Menschen der Erde. Mein Name ist

Velator. Ich bin Ihr offizieller gallentinischer Botschafter und Führer während Ihres Besuchs auf unserem Planeten.«

Trotz Pandollys Informationen war sich Hunt weiter unsicher über das genaue Protokoll eines Treffens mit einem Gallentiner. »Vielen Dank, Velator«, grüßte er. »Es ist uns ein Vergnügen, Sie und Ihr Volk endlich kennenzulernen. Ich denke, wir werden im Verlauf unseres Besuchs hier viel voneinander lernen können.«

»Ich bin ganz Ihrer Meinung, Admiral Hunt«, stimmte Velator ihm freundlich zu. »Wir waren von Ihrem Plan, die Zodark endgültig zu schlagen, sehr beeindruckt. Nehmen wir uns einige Tage Zeit, die Station zu besichtigen. Es ist wichtig, dass Sie die lokale Geschichte kennenlernen und wie sich der Planet zu einem Anker für die gesamte Allianz entwickelt hat. Erst nachdem wir vor über tausend Jahren diese Station erbaut hatten, steigen wir zur dominierenden Kraft in der Andromeda- und den umliegenden Galaxien auf. Wenn Sie mir bitte folgen wollen, zeige ich Ihnen Ihre Unterkünfte. Sobald Sie etwas Zeit hatten, sich einzurichten, möchte ich Ihnen eine Tour geben und Sie weiter über unsere Geschichte und Kultur aufklären.

»Nach der Tour der Station werden Sie ein besseres Verständnis von unserem Volk haben. Im Anschluss daran begleite ich Sie hinunter auf den Planeten. Dort warten mehrere Vorträge auf Sie, um Ihnen zusätzliches Wissen über das Galaktische Reich zu vermitteln, über das Gebiet, das unserer Kontrolle unterliegt, einiges über unsere Gegner und über die Bedeutung der Milchstraße für das Reich. Danach wird Ihnen unserer Gebieter eine Audienz gewähren. Sie werden mit ihm und seinem Kanzler ein privates Abendessen einnehmen. Und am darauffolgenden Tag kehren Sie nach Altus zurück, mit einer neuen Aufgabe, die Ihnen der Gebieter persönlich übertragen wird.«

Diese letzte Information überraschte Hunt, aber er behielt seine Fragen und seine Gedanken für sich. Die Zeit, Fragen zu stellen, würde kommen. Im Moment befanden sie sich im Aufnahmemodus.

Später am Tag begleitete Velator sie durch den Teil der Station, der zu den Schiffswerften führte, die sie beim Anflug an die Station bereits gesehen hatten. Während des Transits zur Werft hatten Miles, Nina und Ethan über zwei Dutzend Spezies von Außerirdischen gezählt. Der Umgang der Rassen miteinander verriet, dass es auf Cobalt nichts Außergewöhnliches war, eine Vielzahl unterschiedlicher Spezies anzutreffen. Der Gebrauch des Universalübersetzers, der in Miles' Ohr implantiert war, machte es ihm möglich, sämtliche Sprachen zu verstehen.

Kurze Zeit später kamen sie an ein Büro. An der Tür stand etwas in einer Sprache, die Miles unbekannt war. Die Gruppe trat ein und sah sechs Gallentiner, die an mehreren Arbeitsplätzen tätig waren. Ein großes Fenster erlaubte den Ausblick auf die lange Fabrikationsstraße in einem Trockendock.

Velator erklärte: »Hier beginnt die Konstruktion unserer Schiffe, unabhängig davon, ob sie militärischer Natur sind oder dem Handelsgeschäft dienen werden. Warum zeige ich Ihnen diese Fertigungslinie?«

Der Gallentiner ließ die Frage einen Moment lang unbeantwortet im Raum schweben. »Ich zeige Ihnen diesen Bereich, weil wir, genau wie Ihre Rasse, Roboter und Maschinen im täglichen Leben und zum Aufbau unserer Gesellschaft einsetzen. Wir fanden einen Weg, Maschinen in diese Abläufe zu integrieren, ohne dass sie unsere Bevölkerung ersetzen. Wie Sie es vielleicht ausdrücken würden, stellen wir sicher, ‚dass der Mensch die Kontrolle behält'. Diese Lektion, die ich Sie lehre, ist wichtig, was ich Ihnen während Ihrer Zeit hier beweisen werde.«

Die Gruppe beobachtete den Produktionsablauf einige Minuten lang. Miles flüsterte seinem Sohn zu, sich sorgfältig Notizen zu machen. Das würde ihnen während ihrer täglichen Audioaufzeichnungen am Ende des Tages zugutekommen. Einen auf diesen Notizen basierenden zusammenfassenden Bericht würden sie zu einem späteren Zeitpunkt an die Erde absenden.

Stunden später, nach dem Abendessen, verbrachten sie eine beträchtliche Zeitspanne damit, die Geschichte des gallentinischen Volkes zu erlernen: wer sie waren, wann sie sich als Volk zusammenschlossen, wann sie den Weltraum entdeckten und ihren Einflussbereich im Raum auszuweiten begannen. Die Diskussion dauerte bis spät in die Nacht hinein. Es war beinahe morgen, als sie zu ihren Quartieren zurückbegleitet wurden. Vor dem geplanten Beginn der Aktivitäten des nächsten Tages blieben ihnen nur wenige Stunden Schlaf

****

Dennoch, bevor er todmüde in sein Bett fiel, nahm sich Miles 40 Minuten Zeit, seine Notizen über das Geschehen des Tages aufzuarbeiten. Als ihn der Wecker kurze drei Stunden später aus dem Schlaf schreckte, fühlte er sich wie vor den Kopf geschlagen.

Kurz darauf klopfte Pandolly an die Tür, begleitet von Velator und von einem Roboter, der ein Tablett mit drei Gläsern einer braun-schwarzen Flüssigkeit trug.

»Ich weiß, der Inhalt sieht nicht sehr appetitlich aus«, gab Velator leicht amüsiert zu. »Der Geschmack, andererseits, sollte Ihnen zusagen. Das Getränk wird Ihren Geist und Ihren Körper stärken und Ihnen dabei helfen, die Aufgaben des heutigen Tags zu bewerkstelligen.«

Die Menschen tauschten nervöse Blicke aus. Schließlich griff Ethan nach einem Glas und leerte es mit einem Schluck. Sekunden später lebte er schlagartig auf. »Mann das Zeug ist großartig! Ist es möglich, seine Zusammensetzung in unsere Nahrungsreplikatoren zu programmieren? Das Zeug ist fantastisch«, sprudelte es aus Ethan heraus. Belustigt sahen ihn Miles und Nina an, bevor sie ihr eigenes Glas mit der unbekannten Flüssigkeit leerten.

Velator lächelte. »Sicher, wir überlassen Ihnen gerne einen Daten-Chip für Ihre Replikatoren. Lassen Sie uns zunächst aber den Terminplan des heutigen Tages einhalten. Es gibt weit mehr als das, was wir an Sie weitergeben möchten.«

Sie verbrachten den Tag damit, weitere Bereiche der Station zu besichtigen. Trotz seiner Impfung mit dem Wissensaufbesserer fühlte sich Admiral Hunt im Laufe des Tages beinahe überwältigt. Am Abend begann dann ein langes Referat über die Allianz: wer dem Galaktischen Reich angehörte, aus wie vielen Galaxien das GR sich zusammensetzte, und wie viele Rassen ihm angehörten. Das waren wohl die interessantesten Fakten, die Miles je gehört hatte. Faszinierender als alles, was die Altairianer bis zum heutigen Tag mit ihm geteilt hatten. Diese Information erklärte auch, wieso die Altairianer seinem Vorschlag eines sofortigen Angriffs gegen die Zodark so zögerlich gegenüberstanden. Pandolly hatte Recht; es gab viel, was den Erdenmenschen über die Allianz bislang unbekannt war.

Velator stellte Miles eine Frage. »Sie erinnern sich, dass ich gestern erwähnte, dass wir einen Weg gefunden haben, das Wirken von Maschinen und Menschen zu integrieren, ohne die einen oder die anderen überflüssig zu machen?«

Miles bejahte das. »Sie sagten, dass Sie zu einem späteren Zeitpunkt erklären würden, wieso das wichtig ist.«

Velator nickte. »Vor über 8,000 Jahren bestand eine Allianz zwischen unserem Volk und dem Kollektiv. Zu der Zeit waren sie eine ganz normale Spezies, so wie Sie und ich. Es waren biologische Wesen, fähig zu intelligenten Gedanken und Gefühlen. Sie waren bescheiden, eine wunderbare Spezies …. mit der wir über Tausende von Jahren befreundet waren. Wir waren Kameraden.

»Und dann eines Tages änderte sich alles. Wir erforschten etwa zur gleichen Zeit die Weiterentwicklung der künstlichen Intelligenz und die Automatisierung von

Maschinen. Aber das Kollektiv ging einen Schritt weiter. Sie müssen verstehen …. Das Kollektiv war schon immer auf der Suche nach dem Phänomen, das sie ‚Gott' oder den ‚Schöpfer' nennen. Hunderte von Jahren war dies sein erklärtes Ziel. Ja erfolgreicher sie sich entwickelten, desto mehr suchten sie nach Beweisen für diesen Gott oder für den Gründer des Universums – bis ihre Wissenschaftler eines Tages zu dem Schluss kamen, dass der einzige Weg Gott zu kennen und eins mit Ihm zu werden, voraussetzte, dass ihre Körper und ihr Geist auf eine höhere Ebene aufstiegen. Sie glaubten, dass sie so wie Gott durch diese Transzendenz unsterblich werden würden.«

Hunt erinnerte sich daran, seinen weit offenstehenden Mund zu schließen. *Ihre Körper hinter sich lassen, wirklich?,* fragte er sich.

»Und dann ging ihnen eines Tages auf, wie sie das bewerkstelligen konnten; wie sie über ihre körperlichen Wesen und andere Beschränkungen hinaus - die sie davon abhielten, eins mit Gott zu werden - zumindest zu Halbgöttern aufsteigen konnten. Das war der Zeitpunkt, an dem sie von biologischen Wesen zu Maschinen wurden - die Sie allerdings nicht mit Ihren humanoiden Synthetikern vergleichen dürfen. Sie fanden einen Weg, ihre individuellen

Bewusstseine aus ihren Körpern heraus in ein einziges elektronisch vernetztes Bewusstsein hochzuladen.«

Heiliger Bimbam, dachte Hunt entsetzt.

»Nach dem Erfolg dieses Prozesses stellten sie eine einzige Einheit dar. Was folgte, war die grausamste Zerstörung einer jahrtausendalten Geschichte. Eine ganze Rasse, eine ganze Gesellschaft, die sich selbst zu Fall brachte, indem sie ihre Körper und all das, was sie einzigartig, individuell und verschieden machte, hinter sich zurückließ. Gleichzeitig wurde aus den Amoor, wie sie vor ihrer Transzendenz hießen, das Kollektiv. Innerhalb weniger Jahren ging ein Reich unter, das über 50 Planeten und eine 60 Milliarden-starke Bevölkerung umfasst hatte.«

Nina unterbrach ihn: »Was geschah mit ihren körperlichen Hüllen?«

Velator schien ihre Unterbrechung nicht im Geringsten zu stören. Er sah sie an und bekundete: »Sie starben.«

»Wie ist diese Transzendenz möglich?« wollte Ethan wissen. »Wie ist es ihnen gelungen, ihre gesamte Gesellschaft in eine elektronische Version ihrer selbst zu verwandeln? Was geschah mit denjenigen, die nicht kooperieren wollten?«

Velator sah Ethan einen Augenblick lang aufmerksam an. »Ihr Vater tat gut daran, Sie mitzubringen, Ethan. Sie sind intelligent und scharfsinnig. Ich bin froh, dass Sie hier sind. In Antwort auf Ihre Frage, die Amoor bauten eine Maschine, in der eine Person entweder Platz nahm oder in die sie sich hineinlegte. Nach der Befestigung diverser Elektroden am Körper wurde über einen Zeitraum von mehreren Stunden deren gesamte Persönlichkeit aufgezeichnet - was Sie als Seele bezeichnen, denke ich - und danach in das Kollektiv hochgeladen. Sobald dieser Vorgang abgeschlossen war, wurde der Existenz der körperlichen Hülle mit einer Droge ein Ende gesetzt. Von da an lebte das Sein dieses Individuums allein im Kollektiv ….«

»Ja, aber was geschah mit denjenigen, die sich nicht einverstanden erklärten?«, wiederholte Ethan.

»Uns wurde gesagt, dass dieser Schritt obligatorisch war. Sobald das Bewusstsein eines Individuums dem Kollektiv zugeführt war, gehörte es einer Art Bienenstock an. Auf jedem Planeten des Kollektivs gibt es ein zentrales Nervenzentrum, das ihre Bewusstseine speichert. Seine Schiffe und Sternenbasen funktionieren auf die gleiche Weise. Diejenigen, die sich gegen die Verwandlung sträubten, wurden von den anderen getrennt. Die Amoor wollten ihren Bienenstock nicht mit der negativen Einstellung derjenigen verseuchen, die an ihrer Suche nicht teilhaben wollen. Später wurden diese Individuen dann mit

Gewalt in die sogenannte ‚Legion' assimiliert, was in Ihrer und in unserer Sprache ‚die Vielen' bedeutet.«

Nach dem Ende von Velators Ausführungen herrschte einen Moment lang Stille, bevor Miles das soeben über das Kollektiv und die Legion Gehörte kurz wiederholte, um sicherzugehen, dass sie richtig verstanden hatten. »War diese Zusammenfassung korrekt?«

Velator lächelte den altairianischen Botschafter an. »Sie hatten Recht, Pandolly. Eine intelligente Spezies, zieht man in Betracht, dass sie die Sterne erst seit kurzem bereisen.«

Velator wandte sich an Miles. »Ja, eine gute Zusammenfassung. Möchten Sie wissen, wozu die Legion da ist, oder konnten Sie sich das bereits denken?«

Ethan beantwortete diese Frage, obwohl er dies wohl dem Admiral, seinem Vater, hätte überlassen sollen. »Die Legion dienst dazu, diejenigen, die nicht freiwillig in das Kollektiv eintreten, zwangsweise dazu zu bringen.«

Der Gallentiner nickte bestätigend. »Ganz genau. Die richtige Schlussfolgerung. Aus diesem Grund ist das Kollektiv so gefährlich. Seine Botschaft der Transzendenz klingt sehr verführerisch, ist aber ungemein destruktiv. Jede Spezies, die ihm über den Weg läuft, schließt sich dem Kollektiv entweder freiwillig an oder wird in die Legion assimiliert.«

»Wenn das der Fall ist, warum nimmt sich das Kollektiv nicht den Orbot oder den Zodark an oder eine der anderen Rassen der Schattenwelt-Allianz?«, wunderte sich Nina.

»Eine sehr gute Frage, Frau Botschafterin. Wir gehen davon aus, dass das Kollektiv gegenwärtig dazu noch nicht fähig ist. Es kostete die Amoor beinahe 100 Jahre, ihre eigene Transzendenz abzuschließen. Zumindest der friedliche Übergang nahm 100 Jahre in Anspruch. Während dieser Zeit war jegliche Fortpflanzung verboten, während sie sich überwiegend auf die Übernahme der jüngeren Generationen und der Älteren konzentrierten. Als nächstes kreierten sie die Ihrem Kampf-Synth ähnliche Version einer Maschine, die sie zu ihren Vollstrecker machten. Damit entfiel die Notwendigkeit der Aufrechterhaltung einer Streitmacht. Während des Verwandlungsprozesses versuchte der Teil der Gesellschaft, der die Assimilation verweigerte, sich von dem Kollektiv zu befreien. Sie sahen das, was mit ihrem Volk geschah, als Völkermord an.

»Dies führte zu einem Bürgerkrieg, in dem das Kollektiv mit dem vereinten Wissen von Milliarden von Armoor einen grauenvoll effektiven Kampf führte. Aber dann nahm der Krieg wahrhaft erschreckende Ausmaße an. Die biologische Seite ihrer Gesellschaft setzte Nuklearwaffen und Cyberattacken im Kampf gegen das Kollektiv ein. Daraufhin griff das Kollektiv, das im Prinzip nun eine enorm fortgeschrittene Super-AI in der Form dieser wahnsinnigen Tötungsmaschinen war, zu den gleichen Mitteln. Dem folgte ein 20-jährige Terrorkampagne beider Seiten. Ab einem gewissen Zeitpunkt standen wir kurz davor, Partei zu ergreifen. Wir erhielten die ernste Warnung, dass dies nicht in unserem besten Interesse lag. Danach verfolgten wir mit Schrecken aus dem Abseits, wie sich eine Gesellschaft mit einer Bevölkerung von über 60 Milliarden selbst zerstörte.«

»Nach dem Ende des Kriegs hielt das Kollektiv keinerlei vormalig bestehende Kontakte zu anderen raumfahrenden Spezies aufrecht. Es beschränkte sich beinahe 500 Jahre lang allein auf den Raum innerhalb seiner Grenzen. Diese Zeit nutzte es dazu, seine Gesellschaft, seine Infrastruktur und seine Industrie neu aufzubauen. Als es schließlich die selbst auferlegte Isolation aufgab, assimilierte es einige der kleineren raumfahrenden Welten. Zunächst betraf dies nur seine eigene, die Cygnus-Galaxie, die sich an unsere Galaxie anschließt. Mehrere hundert Jahre war uns nicht bewusst, was sich dort abspielte. Das Kollektiv ging zunächst zögerlich vor, bevor sich ihr Tempo dramatisch steigerte.«

Miles stoppte Velator hier. »Wie sollen wir Ihre letzte Aussage verstehen?«

»Das Kollektiv geht folgendermaßen vor: Es sendet einen Abgesandten zu der Spezies, an der sie Interesse haben. Wenn es eine Rasse ist, die ihm auf seiner Suche nach dem Schöpfer und seinem Verständnis vom Schöpfer behilflich sein will, macht es ihr das Angebot der Transzendenz. Sie dürfen Teil des Kollektivs werden. Im Fall, dass sich die Spezies weigert, wird sie in die Legion assimiliert. Das Kollektiv geht davon aus, dass die Reise, Gott zu finden oder eines Tages vielleicht selbst Gott zu werden, nur möglich ist, wenn eine Spezies über sich selbst hinauswachsen *will*. Sie muss an dieser Entwicklung teilhaben wollen. Ohne dieses Verlangen, würde sie diese Bemühung verwässern.«

»Wenn das der Fall ist, wozu weiter assimilieren?«, dachte Miles laut. »Mittlerweile haben sie doch sicher Milliarden Individuen verschiedener Rassen in die Legion gezwungen und deren Bewusstsein in Kampfroboter oder in die Kampf-Synth, wie wir sie nennen, hochgeladen.«

»Das war mein Fehler, Admiral. Meine Erklärung war unzureichend«, entschuldigte sich Velator mit erhobenen Händen. »Wenn das Kollektiv eine Spezies antrifft, die nicht bereit ist, sich ihnen anzuschließen, assimiliert es zu Beginn nicht die gesamte Bevölkerung, sondern nur eine geringe Prozentzahl seiner neuen Gegner. Das bringt ihm Informationen und die Einsicht darüber ein, wie es den Rest der Gesellschaft, mit der es sich nun im Krieg befindet, am effektivsten bekämpfen kann.

»Und dann erst begeht es Völkermord an seinem Feind mit der Eliminierung bis auf den letzten Mann. Wie ein Holzfäller, der rücksichtslos den gesamten Wald abholzt, vernichtet es jegliches Leben auf den Planeten, die es einnimmt, um sie danach mit seinen eigenen Wesen zu bevölkern. Da es tatsächlich reine Maschinen sind, können wir nicht wirklich von einer Bevölkerung der eroberten Planeten sprechen. Um genau zu sein, etabliert das Kollektiv Server, auf denen es seine eigene Datenbank betreibt. Dieses enorme Netzwerk von Servern und Kommunikationsknotenpunkten erlaubt dem Kollektiv gleichzeitig überall und nirgendwo zu sein. Zudem trägt es zur Erweiterung seines Wissen bei und unterstützt die fortwährende Suche, gottgleich zu werden.

»Das ist das, was es so gefährlich macht. Es ist überall und nirgendwo. Das ist auch der Grund, weshalb Ihr Plan, die Zodark endgültig von ihren kriegerischen Aktivitäten abzubringen, unser Interesse an Ihnen geweckt hat. Der Plan ist brillant und würde höchstwahrscheinlich zum Erfolg führen. Sein einziges Problem ist, dass er aller Wahrscheinlichkeit das Kollektiv in die Milchstraßengalaxie locken würde. Und das ist etwas, worauf Ihre Galaxie gegenwärtig noch nicht vorbereitet ist.«

»Das beantwortet aber meine Frage nicht, wieso das Kollektiv sich auf die Seite der Orbot und der Zodark gestellt hat«, bohrte Miles weiter.

»Ja, die Orbot und die Zodark. Das Kollektiv expandiert weiter. Der größte Teil seiner Galaxie ist bereits unterworfen. Zwei weitere Galaxien wurden gerade von ihm angegriffen. In unsere Galaxie ist es ebenfalls bereits vorgedrungen. Wir sind momentan in schwere Kämpfe verwickelt. Bisher konnten wir es in Schach halten, aber wer weiß, wie lange uns das möglich sein wird. In Bezug auf die Orbot und die Zodark: Das Kollektiv war klug genug, in den verschiedenen Galaxien Verbündete zu finden, die bereit sind, es in seinem Ziel Gott zu finden oder zu werden, zu unterstützen. Im Gegenzug dafür verspricht es ihnen, dass sie eines Tages ebenfalls transzendieren und Mitglied der Gesamtheit werden dürfen. In der Zwischenzeit versorgt es seine Alliierten mit fortgeschrittener Technologie und überlässt ihnen riesige Territorien, die sie ihr eigen nennen dürfen. Falls diese Alliierten auf einen Gegner treffen, den sie nicht besiegen können oder wenn sie kurz vor dem Verlust stehen, stellt es seine Legion zur Hilfestellung ab.

»In den Abertausenden von Jahren, in denen wir das Kollektiv bereits bekämpfen, schickte es seine Legion in nur vier Galaxien aus, in denen seine Verbündeten in Kriege verwickelt waren. Alle Auseinandersetzungen endeten mit dem gleichen Ergebnis: der Großteil der Galaxie wurde zerstört und das Kollektiv breitete sich aus.«

Miles schüttelte den Kopf. *Zu viel Information.* Ihm brummte der Kopf. Er wusste, dass es Nina und Ethan ebenso ergehen musste.

»Velator ....«, erkundigte sich Miles leise, ».... wie besiegen wir das Kollektiv? Sie sagen selbst, dass Sie diesen Krieg bereits seit Tausenden von Jahren führen. Es muss doch einen Weg geben, es zu besiegen. Sagen Sie mir bitte nicht, dass Sie in diesem Krieg ohne Hoffnung oder eine Idee kämpfen, wie er zu gewinnen ist.«

Velator dachte einen Augenblick nach, bevor er erwiderte. »Darüber denken wir seit langem nach. Wir ent- und verwarfen eine lange Liste unterschiedlicher Strategien. Die Strategie, die wir heute immer noch anwenden, ist die der Zermürbung. Wir finden heraus, wo sie ihre Schiffe bauen oder wo sich ihre Minen befinden und zerstören sie. Wir schalten ihre Kommunikationszentren und die Serverfarmen aus, die sie in den besetzten Gebieten etabliert haben. Bisher hat sich diese Strategie bewährt. Obwohl es sicher nicht der effektivste Weg ist, konnten wir dennoch einige Erfolge verzeichnen.«

»Warum infizieren Sie sie nicht mit einem Computervirus oder führen eine Cyberattacke durch?«, schlug Ethan vor.

»Wir tun, was wir können«, versicherte ihm Velator. »Aber Sie müssen beachten, dass das Kollektiv eine künstliche Intelligenz erster Güte ist - weit fortgeschrittener als alles, was Sie sich vorstellen können. Die Herausforderung eines Cyberangriffs ist die, einen Virus zu entwickeln, der klug genug ist, ihre Firewalls zu durchbrechen und dem Kollektiv so unmittelbar Schaden zuzufügen, dass es ihm nicht länger möglich ist, dem Geschehen zu folgen oder es zu verhindern.«

»Wie manövriert das Kollektiv seine Schiffe, wenn es sich allein als eine künstliche Intelligenz darstellt?«, überlegte Ethan.

Velator lächelte bei dieser Frage. »Ethan, selbst als AI besteht die Notwendigkeit körperlicher Betätigung auf einem Schiff, wie etwa die Schadensreparatur nach einer Schlacht, das Absetzen einer Entergruppe oder andere Aufgaben, die den Einsatz von Armen und Beinen voraussetzen. All ihre Schiffe beherbergen eine Sammlung menschenähnlicher und gelegentlich vierbeiniger Maschinen, die mit dem Wissen eines mit der Aufgabe vertrauten Bewusstseins versehen sind, wie etwa das Wissen und die Fähigkeit, ein Schiff zu reparieren oder andere spezifische Tätigkeiten zu erledigen. Das Gleiche trifft auf ihre Bodenoperationen zu. Der gravierende Unterschied hierbei ist allerdings, dass, wenn jemand wie Sie oder ich stirbt, unsere Seelen von Gott empfangen werden – oder auch nicht. In jedem Fall nimmt diese Existenz in diesem Universum ein Ende. Wenn ihre mechanischen Körper aufgeben, wird ihr Bewusstsein in etwas heruntergeladen, was wir als die Arche bezeichnen.«

»Eine Arche?« Miles war überrascht.

»Wenn das Kollektiv in den Kampf zieht, egal ob mit einer Armada von Kriegsschiffen oder in Bodenoperationen, hält sich gewöhnlich ein ‚Arche'-Schiff im Umkreis auf. Sobald eines seiner Schiffe zerstört oder einer seiner Soldaten getötet wurde, wird das Bewusstsein der Betroffenen auf die Server der Arche hochgeladen. Nachdem die Arche später ein System des Kollektivs erreicht, in dem sich eines seiner Nervenzentren befindet, wird das Bewusstsein derjenigen, die in der Schlacht ums Leben kamen über den aktualisierten Server an die Gemeinschaft weitergegeben und existiert dort unangetastet weiter.«

»Solange sich diese Arche aber nicht direkt in der Nähe aufhält, dann ist das Bewusstsein derjenigen, die dem Kampf zum Opfer fielen, für immer verloren?«, vergewisserte sich Ethan.

Velator nickte Ethan bewundernd zu, bevor er Miles ansprach. »Sind all Ihre Offiziere so scharfsinnig wie Ihr Sohn?«

Miles, der sich bei diesem Kompliment das Lächeln nicht verkneifen konnte, meinte: »Das möchte ich glauben. Andererseits stammt die Intelligenz meines Sohns wohl eher von seiner Mutter.«

Velator lachte. »Um Ihre Frage zu beantworten, Ethan. Ja. Damit sterben sie. Ihr Bewusstsein geht verloren. Um eben dies zu verhindern, wird jede Flotte des Kollektivs von einer Arche begleitet.«

Diese Enthüllung ließ Ethan auftrumpfen. »Velator, wenn das so ist, dann finden Sie die Lösung zur Bekämpfung des Kollektivs einfach in der Zerstörung ihrer Archen. Direkt mit dem Ausbruch einer kriegerischen Auseinandersetzung konzentrieren Sie sämtliche Anstrengungen allein auf die Vernichtung dieser Schiffe und zwingen das Kollektiv damit zum Rückzug, statt sich der Gefahr auszusetzen, das Bewusstsein aller an diesem Kampf Beteiligten zu riskieren.«

Velator schüttelte den Kopf und dämpfte den Optimismus des jüngeren Hunt. »Denken Sie, eine überlegene Rasse wie die unsere, die sich mit dem Kollektiv schon so lange wie wir im Krieg befindet, hätte das nicht versucht? Das haben wir, und gelegentlich ist es uns sogar gelungen, eine ihrer Archen zu zerstören. Ihre Einschätzung war richtig, dass ihre Flotte mit dem Verlust der Arche dazu tendiert, sich zurückzuziehen, anstatt weitere Bewusstseine zu riskieren. Die Archen werden nicht übermäßig stark bewacht, sind aber wie solide Kampfpanzer gebaut. Sie können unglaubliche Schäden einstecken, bevor sie vernichtet werden. In der Regel verlassen sie allerdings bereits mit den ersten Anzeichen der Gefahr den Kampfbereich.«

Velator suchte nach Worten, bevor er fortfuhr. »Das Kollektiv ist kein leichter Gegner. Es ist hinterlistig und skrupellos und hat viele Mitglieder. Vielleicht brauchen wir aber gerade Sie, die Menschen. Neues Blut und ein neuer Blickwinkel, unter dem Sie sich das Problem ansehen.«

Es folgten sechs Stunden weiterer Diskussion über das Kollektiv, seine Nervenzentren und die Legion. Die Erdenmenschen waren gezwungen, eine große Menge an Informationen in sich aufnehmen. Aber es war ihre letzte Chance, sich mit ihrem gallentinischen Gastgeber zu besprechen. Ihr Transfer auf die Planetenoberfläche stand bevor, wo sie nach einer kurzen Tour der Hauptstadt eine Audienz mit dem Gebieter erwartete.

Kapitel Siebzehn
Die Flottenoperationen

Neu-Eden
RNS *George Washington*

Admiral Chester Bailey saß Captain Fran McKee und Vizeadmiral Abigail Halsey gegenüber. Er wusste, dass sein nächster Schritt Abigail nicht zusagen würde.

Was soll's – sie wird sich daran gewöhnen, dachte Bailey.

»Fran, tut mir leid, dass meine Ankunft Ihren Urlaub zunichte gemacht hat. Was ich Ihnen zu sagen haben, sollte am besten persönlich weitergegeben werden, und ich wollte derjenige sein, der Ihnen die Nachricht überbringt.«

Bailey bemerkte, dass Fran, in Erwartung dessen, was nun folgen würde, unruhig in ihrem Stuhl hin und her rutschte.

Bailey zog ein kleines schwarzes Kästchen aus seiner Tasche und überreichte es ihr. Fran akzeptierte und öffnete es langsam. Dann riss sie die Augen weit auf, in der Erkenntnis was in dem Kästchen lag und was das für ihre Zukunft bedeutete. Ihr Leben hatte sich gerade verändert. Das wusste sie.

McKee wischte sich eine Träne aus dem Auge. »Ich ….
ich weiß nicht, was ich sagen soll, Sir. Ich hätte nie gedacht, einmal Admiral zu werden. Ich bin mir nicht einmal sicher, ob ich genug Zeit als Captain eingebracht habe, um für die Beförderung zum Admiral qualifiziert zu sein.«

Es war klar, dass diese Beförderung sie vollkommen überrascht hatte. Abigail saß schweigend neben ihr. Sie hatte sich gegen Frans Beförderung zum Admiral ausgesprochen. Verglichen mit der Navy vor der Reorganisation des Militärs auf der Erde, gab es dieser Tage im Militär nur noch wenig Admirale und Generale. Mit dem Erreichen eines solchen Rangs ließ man gewöhnlich viele andere hinter sich zurück. Durch diese Reduzierung wollte die Republik weniger qualifizierte Bewerber aus den höchsten Rängen des Militärs fernhalten und die militärische Spitze konsolidieren. Es ging um den Aufbau des Militärs in Kriegszeiten. Vielen von denen, die ihren Rang verloren hatten, wurde die frühzeitige Pensionierung angeboten. Falls sie sich zum Bleiben entschieden, hatten sie die Möglichkeit, ihren Rang eines Tages wieder zurückzuverdienen – oder vielleicht auch nicht.

Bailey lächelte, erhob sich und trat neben Fran. »Hier, lassen Sie mich helfen. Nehmen Sie die Adler vom Kragen und wir stecken die Sterne an.« Er befestigte die Abzeichen an Frans Uniform und nahm dann ihr gegenüber wieder Platz.

Endlich meldete Abigail sich zu Wort. »Meinen Glückwunsch, Fran. Sie haben großartige Arbeit als Kommandantin der Task Force während der beiden letzten Kampagnen geleistet.«

McKee lächelte sie an. »Vielen Dank, Admiral. Es bedeutet mir viel, dass Sie das sagen.«

Admiral Bailey wusste, dass Admiral Halsey nicht glücklich darüber war, wie schnell einige der jüngeren Offiziere durch die Ränge aufgestiegen waren. McKee stand gerade erst 22 Jahre im Dienst der Navy, während Halsey bereits seit 40 Jahren diente. Halsey hatte die Empfehlung einer Beförderung zugunsten anderer Captains und Kommandanten ihrer Task Forces ausgesprochen, da sie bereits länger dienten und mehr Zeit in ihrem gegenwärtigen Rang verbracht hatten.

Chester fiel das subtile Wechselspiel zwischen den beiden Frauen auf. »Wissen Sie, wieso wir gerade Sie befördern, Fran?«

Admiral McKee antwortete nicht sofort, was ihn dazu zwang, weiterzusprechen.

Chester beugte sich nach vorn. »Es gibt zwei Gründe, weshalb ich Sie vor vielen Ihrer Kollegen befördert habe. Sie sind ungeheuer aggressiv und wissen, wann Sie Ihre Leute und Ihr Schiff vorantreiben müssen. Außerdem sind Sie eine geborene Führungskraft und Taktikerin. Nach ihrer Rückkehr von der letzten Kampagne las ich mehrere Berichte des primordischen Flottenadmirals, den Sie mit Ihrer Art zu kämpfen und die Orbot-Schiffe auszuschalten, ungeheuer beeindruckt haben. Des Weiteren erhielt ich einen Bericht vom Reich, dessen Kriegsrat, angeführt von den Altairianern, Sie ebenfalls zur Beförderung vorgeschlagen hat. Sie nennen Ihr Manöver während der letzten Schlacht das McKee-Manöver und haben vor, ihre eigenen Flottenkommandanten darin zu trainieren, um es künftig gegen die Orbot einzusetzen. Außerdem informierten sie mich, dass Admiral Hunt Ihnen nach seiner Rückkehr zur Erde eine besondere Auszeichnung im Namen des Kriegsrats verleihen wird.«

Halsey schien etwas verstimmt mit all diesen Lobpreisungen, mit denen ihre Untergebene gerade überschüttet wurde. Schließlich war die ganze Flotte an diesem Angriff beteiligt gewesen. Bailey sah, dass Halsey verärgert war, und beeilte sich hinzuzufügen: »Abigail, der Rat teilte mir auch mit, dass Sie die gleiche Ehrung für Ihren Einsatz und Ihre Führung in den beiden Kampagnen erhalten werden.«

Er sah, dass sie sich ein wenig entspannte. »Miles wird in nicht allzu langer Zeit zur Erde zurückkehren«, richtete Bailey das Wort weiter an sie. »Sobald der Zeitrahmen feststeht und Sie damit einverstanden sind, würde ich Sie gern als seine Nachfolgerin im Kriegsrat auf Altus sehen. So wie seine Tour, wäre dies eine etwa dreijährige Verpflichtung, die Sie allerdings von Neu-Eden trennen würde.

»Falls Sie diese Aufgabe nicht übernehmen möchten, verstehe ich das. Tatsächlich ist es so, dass Admiral O'Neal in den Ruhestand geht. Damit wird seine Position als Leiter der Flottenoperationen frei. Falls Sie diese Stelle bevorzugen, werden Sie neben mir auf der Erde in meiner alten Position arbeiten. Damit wären Sie effektiv die stellvertretende Kommandantin aller Weltraumkräfte. Bevor Sie diese Entscheidung allerdings treffen, sollten Sie wissen, dass die Position als Leiterin der Flottenoperationen mit sich bringt, dass Sie aller Wahrscheinlichkeit nach nie wieder ein Raumschiff oder eine ganze Flotte kommandieren werden. Die Position des Ops ist eine Stabsstelle – ein ungemein wichtiger Posten – nichtsdestotrotz eben eine Stabsposition.«

Admiral Bailey präsentierte dieses Angebot mit erzwungener Zurückhaltung. Dennoch, es fiel ihm schwer, den Stolz auf seinen Vizeadmiral zu unterdrücken. Abigail war von Baileys Angebot total geschockt. Die Stelle der Leiterin der Flottenoperationen würde ihr einen vierten Stern einbringen. Demgegenüber versprach die Mitgliedschaft im Kriegsrat, dass sie mehr über die Allianz lernen und mehr von der Galaxie sehen würde.

»Sie müssen mir nicht sofort antworten, Abigail. Eine sofortige Antwort akzeptiere ich nicht. Es ist eine schwere Entscheidung. Nehmen Sie sich die Zeit, darüber nachzudenken. Ich werde die kommenden zwei Wochen mit Besuchen unserer Einrichtungen auf der Planetenoberfläche verbringen. Lassen Sie mich Ihre Entscheidung wissen, bevor ich im Anschluss daran nach Sol zurückkehre.«

Halsey nickte. »Wenn ich die Flottenoperationen annehmen würde, wie lange kann ich in dieser Position dienen?«, erkundigte sie sich. »Ich erinnere mich daran, dass es, als Sie diese Position innehatten, eine sehr lange Amtszeit war.«

Bailey lächelte. Er wusste, worauf ihre Frage hinauslief. »Daran hat sich nicht viel geändert. Sobald Sie diese Position akzeptieren, erhalten Sie Ihren vierten Stern. Allerdings ist die Übernahme dieser Stelle eine Langzeitverpflichtung. Ich bin mir nicht sicher, wann oder ob Sie jemals erneut die Gelegenheit bekämen, Mitglied des Kriegsrats zu werden. Ich bin mir nicht sicher, ob die Altairianer einen Vertreter der

Erde erwarten, der länger bleibt, oder wie sie es letztendlich handhaben wollen. Ich weiß, wie viel Ihnen der vierte Stern bedeutet. Sie haben Ihr ganzes Leben darauf zugearbeitet.

»Abigail, Sie sind schon sehr lange mein Protégé. Ich habe alles dafür getan, Sie auf meine Stellung in den Flottenoperationen vorzubereiten, vielleicht eines Tages sogar als Flottenadmiral. Aber mit dem Altairianern im Kriegsrat zu dienen wäre eine unglaubliche Erfahrung. Ich wüsste an Ihrer Stelle ehrlich gesagt nicht, wofür ich mich entscheiden sollte …. ob ich eine solche Chance ablehnen könnte. Mehr von der Galaxie zu sehen und das, was Miles gelernt hat, ebenfalls zu erfahren – diese Gelegenheit kommt nur einmal. Deshalb rate ich Ihnen, sich ausreichend Zeit zu nehmen, um Ihre Entscheidung gründlich zu durchdenken.«

Damit wandte sich Bailey wieder an Fran. »In der Zwischenzeit, Admiral McKee, übernehmen Sie die Leitung der Flotte. Ich weiß, dass Sie zwei Sterne weniger als Abigail haben, aber um ehrlich zu sein, war ihr Rang für diese Position eigentlich zu hoch. Ab heute sind sie nun offiziell die neue Flottenkommandantin des Zweiten Expeditionskorps.

»Lieutenant General Ross McGinnis wird das generelle Kommando über die nächste Kampagne übernehmen. Sie sind für die Flottenoperationen zuständig. Ich kenne Ross; er ist ein guter Mann. Das kann Abigail sicher bestätigen. Er kennt sich im Bodenkampf aus. Vertrauen Sie ihm, wenn er Sie um bestimmte Dinge bittet, aber am wichtigsten ist, dass Sie Verantwortung für die Flotte übernehmen und alles zum Schutz seiner Soldaten tun. Als neuer Flottenkommandant tragen Sie nicht nur die Verantwortung für Ihre Schiffe und deren Besatzung, vielmehr sind Sie auch dafür verantwortlich, dass McGinnis' Soldaten die Planetenoberfläche erreichen. In der nächsten Kampagne verfolgen wir endlich das Ziel, das wir seit Jahren anvisieren und wofür wir trainiert haben.«

Die nächste Stunde verbrachten sie damit, den Plan zur Invasion in das Zodark-Gebiet und die damit einhergehende Befreiung der sumarischen Heimatwelt durchzugehen. Diese gewaltige Herausforderung ging mit einem tiefen Gefühl der Zufriedenheit einher, da die Erdenbewohner, seit sie zum ersten Mal von den Sumarern und ihrer Versklavung durch die Zodark gehört hatten, von diesem Tag träumten.

****

Neu-Eden
Camp Victory
Hauptquartier der Dritten Armeegruppe

Admiral Chester Bailey atmete tief die frische Luft ein, während er auf dem Vorfeld wartete. Der Antrieb des Osprey hinter ihm wurde still, nachdem die Piloten ihn heruntergefahren hatten. Gleich darauf trat der Mann, den Bailey hier treffen sollte, auf ihn zu.

»Admiral Bailey, schön, Sie wiederzusehen. Ich hoffe, Ihre Reise war angenehm«, begrüßte ihn Lieutenant General Ross McGinnis und reichte ihm die Hand.

Die Männer steuerten auf den Geländewagen zu, der sie zu McGinnis' Hauptquartier bringen würde. Zwei Adjutanten luden die Taschen des Admirals in den Wagen.

»Eine Reise, die ich genießen konnte. Drei Tage der Isolation in einer Warpblase bewirken Wunder und tun einer Person wirklich gut«, entgegnete Bailey grinsend. »Wie steht es mit Ihnen, nachdem Ihre Truppen nun wieder zu Hause sind?«

Die beiden kletterten auf den Rücksitz des großen Geländewagens, die Tür schloss sich hinter ihnen und das Fahrzeug kam in Fahrt. Der leise, unaufdringliche Ton des elektrischen Motors vermittelte kaum das Gefühl, sich in Bewegung zu befinden.

McGinnis lächelte mit seiner Antwort. »Wie heißt es so schön, Admiral? Zuhause ist es doch am schönsten. Alle gewöhnen sich wieder ein und genießen die freie Zeit, bevor unsere nächste Kampagne anläuft. In wenigen Monaten beginnen wir mit den Vorbereitungen, bevor wir unsere Sachen erneut auf den Schiffen verstauen.«

Bailey nickte zustimmend. »Es freut mich zu hören, dass Sie Ihren Soldaten Freizeit gewähren. Ihr letzter Einsatz war lang und hart. Wie kommen sie mit der Gründung der neuen Spezialkräfteeinheit, den Rangers, voran?«

McGinnis zuckte mit den Achseln. »Wir machen Fortschritte. Wie bei allen neuen Unternehmungen gilt es, einige Schwierigkeiten zu überwinden. Jedem Soldat standen volle 30 Tage Urlaub zu, bevor wir mit ihrer medizinischen Veränderung begannen. In dieser Phase befinden wir uns momentan noch. In zwei Wochen beginnt die erste Phase des körperlichen Trainings und der Konditionierung. Wie mir gesagt wurde, ist dies der schwerste Abschnitt des ganzen Programms.«

Das Fahrzeug umrundete eine Kurve und fuhr auf einer breiten, vierspurigen Straße einen anderen Bereich der Basis an. Seit Baileys letztem Besuch vor über drei Jahren war dieser Militärstützpunkt enorm gewachsen.

»Und wie steht es mit der Rekrutierung, Ross?«, erkundigte sich Bailey. »Wie ich hörte, gibt es einige Probleme?«

Ross neigte den Kopf. »Zunächst schien es so, als ob die gesamte Division sich freiwillig melden würde. Ich bin mir nicht sicher, wieso sich das geändert hat, aber ungefähr 13 Prozent der Soldaten entschieden sich dafür, in der regulären Armee zu bleiben. Als ich mir ansah, welche Soldaten das waren, fing es an, Sinn zu machen. Beinahe jeder muss nur noch zwischen acht und 12 Monaten in der RA dienen. Ihre Stop-Loss-Zeit läuft bereits. Ich gehe davon aus, dass sie genug haben und es nicht erwarten können, die Armee zu verlassen.«

Admiral Bailey seufzte. »Ich möchte Sie etwas fragen, Ross. Ich will niemanden länger als nötig durch das Stop-Loss zur Verlängerung seines Dienstes zwingen. Andererseits bestehen die Altairianer auf eine hohe Quote im Bestand unserer Armee. Sie wissen, dass Ihre Armeegruppe gegenwärtig die einzige ist, die zum Einsatz in diesen Kampagnen bereit ist. Die vierte Armee ist in Kürze soweit. Die erste Armee muss auf der Erde bleiben, und die zweite Armee ist für Neu-Eden zuständig. Wir würden Sie das Problem angehen, höhere Zahlen zu erreichen und diese neuen Soldaten ausreichend zu trainieren?«

Bailey stellte gelegentlich einem seiner Untergebenen eine Frage, um zu sehen, was ihm dazu einfiel. Oft genug brachte ihm diese neue Ideen ein, die besser als seine eigenen waren.

McGinnis' Fahrer fuhr vor dem Hauptquartier vor. McGinnis schlug vor: »Warum setzen wir diese Unterhaltung nicht in meinem Büro fort? Das gibt mir einen Moment zum Überlegen, um eine bessere Antwort zu finden.«

Die beiden Männer stiegen aus und betraten das Gebäude.

In McGinnis' Büro nahm Bailey auf einem der Stühle Platz und wartete auf die Beantwortung seiner Frage.

McGinnis räusperte sich. »Ich denke, ich würde Folgendes tun, Chester. Ich würde sämtliche Soldaten im Stop-Loss-Programm in die Erste Armee zurück auf der Erde versetzen. Diese Soldaten haben die Hölle durchgemacht. Es gibt keinen Grund, sie noch einmal den Gefahren des Krieges auszusetzen, im Wissen, dass mit großer Wahrscheinlichkeit viele von ihnen umkommen werden. Sie haben ihrem Land gedient. Es ist Zeit, dass das Land ihnen dient. Da meine Gruppe unglücklicherweise die einzige kampfbereite Kraft ist und ihr in Kürze der nächste Einsatz bevorsteht, sollten wir nach Freiwilligen in anderen Gruppen suchen, die in meine Armee wechseln möchten. Falls wir die nicht finden, ziehen wir einfach die besten Soldaten dieser anderen Gruppen ab und verlegen sie nach hier.«

Bailey schnaubte und schüttelte den Kopf. »Mit dieser Vorgehensweise kreieren wir viel böses Blut.«

McGinnis zuckte mit den Achseln. »Das stört mich wenig. Meine Soldaten haben in einer Kampagne nach der anderen gekämpft und sind gefallen. Nicht, als ob einer dieser anderen Soldaten oder Offiziere besondere Opfer gebracht hätten. Sie werden darüber hinwegkommen. Noch besser, sie nehmen an unserer Stelle an der Kampagne teil.«

McGinnis' Antwort erschien seinen Kollegen gegenüber beinahe feindlich gesinnt zu sein, aber Bailey wusste, dass er Recht hatte. McGinnis' Soldaten hatten mehr gegeben, als von ihnen erwartet werden sollte. Es war nicht richtig, dass sie die Einzigen sein sollten, die diese Bürde schultern mussten. Jedes Mal, wenn Bailey eine der Armeegruppen auf ihre vorgegebenee Mitgliederzahl aufgebaut hatte und sie bereit zum Einsatz war, schickte McGinnis einen neuen Verlustbericht, worauf Bailey 50- oder sogar 100,000 Soldaten aus dieser Gruppe abziehen und an McGinnis überstellen musste. Seine Armeegruppe war wie ein Fleischwolf, der unablässig mehr und mehr Soldaten forderte.

»Ross, Ihre Idee gefällt mir. Ich spreche mit General Pilsner. Wir werden ihr folgen. Der Gedanke mit den Stop-Loss-Soldaten ist sehr gut. Sie verdienen es, besser behandelt zu werden, und diese Verantwortung muss die Führungsspitze übernehmen. Und jetzt zum eigentlichen Grund meines Besuchs. Sprechen wir über die Operation ‚Arrowhead Ripper' ....«

****

Neu-Eden
Fort Roughneck
1. Bataillon, 4. Sondereinsatzgruppe

Colonel Bill ‚Wild Bill' Hackworth studierte die Einsatzinformation, die ihm General McGinnis überreicht hatte, mit einiger Skepsis und Geringschätzung.

»Sie sehen aus, als hätten Sie in eine Zitrone gebissen, Bill«, kommentierte McGinnis.

Hackworth griff nach seinem Spucknapf und spuckte braune Kautabakflüssigkeit aus. Er wusste, es war eine üble Angewohnheit, aber egal, er wollte die Nikotindröhnung. Wenn sie ihm schon das Rauchen verboten, würde er das verdammtes Nikotin eben auf andere Weise zu sich nehmen.

»Ich bin mir nicht sicher, ob diese Mission Erfolg haben kann, Sir«, brummte Hackworth schließlich rau.

»Ihre Männer gehören besonders trainierten Spezialeinheiten an. Geben Sie sich Mühe. Es muss funktionieren«, entgegnete McGinnis ihm ohne Mitgefühl.

Hackworth lachte höhnisch. »So einfach ist das nicht, Sir.«

McGinnis zog eine Augenbraue nach oben und fragte frustriert: »Tatsächlich? Warum erklären Sie es mir nicht?«

»Erste Frage, wie infiltrieren wir das System? Zweitens, wie landen wir unsere Teams, ohne die Aufmerksamkeit der Zodark zu erregen? Drittens, wie kommunizieren wir das, was wir finden oder entdecken, zurück zur Flotte? Es sei denn, es gibt einen neuen Technozauber, von dem ich nichts weiß, der einige dieser Probleme lösen kann. Ansonsten ist diese Mission zum Scheitern verurteilt.«

Der General der regulären Armee starrte Wild Bill einen Augenblick lang an. »Falls diese Probleme gelöst werden könnten, wären Sie in der Lage, diesen Auftrag zu erfüllen?«

Wild Bill zögerte und kalkulierte etwas. »Ok, General, so sieht es aus. *Falls* Sie meine Teams unentdeckt in die Umlaufbahn bekommen, und *falls* Sie uns eine Verbindung vom Planeten hinauf zur Flotte garantieren können, um sie über unseren Stand auf der Oberfläche auf dem Laufenden zu halten, dann ja. Dann halte ich die Mission für machbar.«

»Ich denke, wir beide sollten einen kurzen Ausflug machen«, grinste General McGinnis spitzbübisch. »Admiral Bailey hat uns neues Spielzeug von DARPA für einen Einsatz wie diesen zukommen lassen. Ach, und bevor Ihre

Skepsis wieder die Überhand gewinnt, sollten Sie wissen, dass General Trevor Morton diese neuen Ausrüstungsgegenstände als Teil des SOF-Inventars bereits offiziell abgesegnet hat.«

Hackworth kicherte leise bei der Erwähnung von Morton, dem Leiter des Kommandos für Spezialoperationen in Tampa, Florida. »Ok, General, warum sagen Sie nicht gleich, dass Trevor neues Spielzeug für mich hat. Das ändert natürlich alles.«

»Bill, ich muss Ihnen doch nicht alles gestehen«, wehrte McGinnis lachend ab. »Außerdem wollte ich Ihre ehrliche Meinung über diesen neuen Einsatz hören, bevor ich Ihnen etwas von neuem Spielzeug erzähle. Sie sagten mir, was ich brauche, und um ehrlich zu sein, auch das, was ich hören wollte. Und jetzt will ich Ihnen einige Erfindungen zeigen, die die Erfüllung unseres Auftrags wahrscheinlicher machen könnten. Danach brauche ich wieder Ihre ungeschminkte Einschätzung, ob sie hilfreich sein werden. Sieht die Mission durch sie erfolgversprechender aus oder nicht? Gehen wir zum Flugfeld. Wir fliegen zur DARPA-Einrichtung hinüber, wo das Zeug noch der Geheimhaltung unterliegt.«

Nach einem kurzen Flug landeten sie in der Nähe eines kleinen Gebäudes, dass mehrere hundert Meilen entfernt von allem lag. Dieser Standort gewährte dem F&E-Team

ausreichend Platz, um weit entfernt von neugierigen Blicken ungestört ihre supercoolen Erfindungen zu testen.

Der Flug zu dieser geschützten Einrichtung verlief ereignislos. Die Piloten ihres Osprey waren dieser Einrichtung zugeteilt, d.h., sie wussten genau, wo sie zu finden war. Hinter zwei hohen Bergkämmen tauchte das Forschungsinstitut plötzlich unvermittelt vor ihnen auf. Das Gelände schmiegte sich an einen Hang, der der Ausläufer einer nahen Bergkette zu sein schien. Im nahen Umfeld waren zwei Rollbahnen und etwa zwei Dutzend Gebäude sichtbar. Eine asphaltierte Rampe führte den Hang hinauf, wo sich hinter mehreren großen, verschlossenen Toren etwas zu verbergen schien.

Hackworth war wirklich überrascht. »Ich hatte keine Ahnung, dass es diesen Ort hier gibt«, gab er beim Anflug erstaunt von sich.

»Niemand weiß davon. Das ist die Idee.«

»Wer sorgt hier für die Sicherheit?«

»Morton hat ein Team von JSOC abgestellt, unterstützt von einem Kontingent der C100. Selbst Walburg Industries hat eine kleine Werkstatt hier. Vielleicht können wir sie dazu bewegen, dass sie uns, während wir hier sind, eine Tour ihrer Einrichtung geben – über das hinaus, was Sie Ihnen sowieso schon zeigen werden«, bot ihm der General an, während der Osprey ausrollte.

Die beiden Männer kletterten aus dem Flieger. Niemand begrüßte sie, zumindest nicht sofort. Dann traten zwei Figuren aus einem nahegelegenen Gebäude und kamen auf sie zu. Der Direktor der Einrichtung, ein Colonel, sowie der F&E-Direktor, ein Zivilist, kamen den Besuchern entgegen, hießen sie willkommen und luden sie ein, sie zu begleiten.

»Colonel Hackworth – mir wurde gesagt, dass Sie über die Operation ‚Arrowhead Ripper' informiert sind und dass Sie diesbezüglich einige Fragen haben. Die sichere Infiltration Ihrer Leute und deren Fähigkeit, vom Boden aus Kontakt mit den Schiffen zu halten – ist das richtig?«, erkundigte sich der F&E-Direktor. Sein Namensschild sagte ‚Bob', aber Hackworth bezweifelte, dass dies sein richtiger Name war.

Bob fuhr fort: »Ich denke, wir haben Einiges, das Ihre Bedenken vielleicht zerstreuen wird. Bitte folgen Sie mir. Als erstes diskutieren wir die Fähigkeit zur Kommunikation.«

Colonel Hackworth folgte Bob in einen Raum, dessen hochentwickelte technische Apparaturen sein Herz höher schlagen ließen: winzige, tragbare Satellitenantennen, neu entwickelte Drohnen und kaum identifizierbare Kommunikationsvorrichtungen.

Bob, der F&E-Direktor, hob einen Zylinder an. »Das, Colonel, ist das zukunftsweisende RD2-Kommunikationssystem. Es ist ein zweigliedriges System, speziell entwickelt für unsere Sondereinsatzkräfte. Es macht ihnen den Einsatz tief hinter den feindlichen Linien möglich, ohne den Kontakt oder die Kommunikation mit der Flotte oder anderen Kräften dafür opfern zu müssen.«

»Ok, Doc – das müssen Sie mir schon noch ein wenig besser erklären, bevor ich bereit bin, meine Leute damit in einen Gefahrenbereich zu schicken«, reagierte Hackworth skeptisch.

Der Zivilist erklärte sich höflich bereit, weiter ins Detail zu gehen. »Wie gesagt, es handelt sich um ein zweiteiliges System. Dieser Teil hier ist der Kommunikationssatellit. Das Abschussrohr ist einen Meter lang und zehn Zentimeter im Durchmesser. Dieses Teil hier ist die Energiequelle. Wenn Sie einen Satelliten abschicken möchten, ziehen Sie die Beine so heraus und verbinden den Satelliten mit der Basis – so …. Zusammengesetzt ist die ganze Vorrichtung ungefähr zwei Meter groß. Sobald sie den Satelliten aktiviert und mit Ihren Kom-Einheiten über Ihr HUD oder mit dem beigefügten handbetriebenen Gerät synchronisiert haben, ist er abschussbereit.«

Der Zivilist untermauerte seine Erläuterung noch einige Minuten mit weiteren Fakten, um Hackworth endgültig davon zu überzeugen, dass diese Vorrichtung einen sehr kleinen Satelliten in den Weltraum absetzen konnte. »Sobald sich diese Einheit im Weltraum befindet, ist sie in der Lage, ein ganzes Jahr in der Umlaufbahn zu verbringen, bevor ihre Energiezellen verbraucht sind. Danach verliert sie langsam an Höhe und stürzt irgendwann in die Atmosphäre ab ....«

Hackworth unterbrach ihn. »Ok, Doc, ich glaube Ihnen gerne, dass das Ding es ins All schaffen wird. Aber wie sendet und empfängt es Daten, ohne sich der Entdeckung auszusetzen?«

»Während der Kampagne um den Planeten Rass stellten wir eine Orbot-Technologie sicher, auf der unser neuer Microburst-Übertragungsprozess basiert«, offenbarte Bob seinem Publikum. »Wenn die Zeit gekommen ist, Ihre Soldaten abzusetzen, wird sich ein Spionageschiff im System aufhalten, das Ihre Nachrichten empfangen und an die Flotte weitergeben wird.«

Hackworth war von den innovativen Erfindungen des F&E-Teams ungemein beeindruckt. Er hätte nie gedacht, dass es möglich wäre, ein tragbares Satellitensystem samt Träger zu kreieren. Das würde nicht nur sein derzeit relevantes Kommunikationsproblem lösen, sondern auch eine ganze Reihe anderer Kom-Probleme, denen sie in der Vergangenheit begegnet waren.

»Sir, meine Sorge um die Verbindung zu den Mutterschiffen hat sich damit erledigt«, gab Hackworth zu. »Aber wie infiltrieren wir den Planeten, ohne dabei entdeckt zu werden?«

»Folgen Sie mir, Colonel«, forderte ihn Bob ein zweites Mal auf. »Begleiten Sie mich zur Flughalle. Dort werde ich Ihnen etwas zeigen, was Ihnen sicher zusagen wird.«

Am Ende des Ganges betrat die Gruppe einen Aufzug, dessen Türen sich zwei Stockwerke unter ihnen vor einer Art Straßenbahn öffnete, die dort auf sie wartete. Wo immer sich der Hangar auch befand, er lag offensichtlich unter Tage und war weit genug von diesem Gebäude entfernt, um die Bahn nutzen zu müssen.

»Wenn Sie mir die Frage gestatten …. Wozu wird dieses Gebäude noch genutzt und wie sicher ist es vor Angriffen aus dem Weltraum?«, erkundigte sich Hackworth interessiert.

Bob warf dem Soldaten neben ihm einen fragenden Blick zu, so als ob er sich versichern wollte, wie viele Informationen er weitergeben durfte.

Colonel Hackworth war sich nicht sicher, wer Bob war oder welcher Einheit er angehörte. Falls er den Spezialeinheiten angehörte, war er ihm bislang nicht über den Weg gelaufen. Hackworth hielt das eher für unwahrscheinlich, in Anbetracht dessen, dass er in Kürze 72 Jahre Dienst in den Sondereinsatzkräften vorweisen konnte. *Verdammt, er gehörte dem Militär schon seit dem letzten Großen Krieg an. Er kannte mittlerweile so ziemlich jeden. Ohne die verfluchte Reorganisation vor einigen Jahren hätte er mittlerweile sicher schon einige Sterne am Kragen.*

Hackworth musste sich zwingen, nicht laut zu lachen. Er wusste genau, aus welchem Grund ihm diese Sterne fehlten …. die Spendengeldveranstaltung zur Unterstützung von Senator Chuck Walhoons Wiederwahl in Houston, Texas, vor über 30 Jahren.

Ich hätte nie zu dieser blöden Party gehen sollen, tadelte sich Hackworth selbst. *Für den Senator war ich sowieso nur ein Ausstellungsstück.* Walhoon umgab sich gerne mit Soldaten und Kriegshelden, wenn er erwartete, dass eine Fernsehkamera oder reiche Spender anwesend waren. Zu der Zeit war Hackworth einige Monate lang dem Senator zur Erfüllung eines Auftrags zugeteilt worden. Den hatte er gerade erfolgreich abgeschlossen, und als Walhoon ihn zu der Spendenveranstaltung einlud, hatte er zugesagt.

‚Wild Bill' Hackworth hatte sich an einigen Getränken der offenen Bar bedient und viele Geldgeber des Senators mit einigen epischen Kriegsgeschichten unterhalten, als sein

Blick auf die schönste Frau fiel, die er je gesehen hatte. Sie erregte Aufmerksamkeit, wo immer sie ging. In ihrem klassischen roten Kleid sah sie absolut atemberaubend aus.

Dank seines flüssigem Muts hatte Hackworth das wunderschöne Mädchen zum Tanz aufgefordert. Und sie hatte ja gesagt! Nach einen zweiten Lied auf der Tanzfläche hatten sich die beiden auf die Terrasse zurückgezogen, um sich zu unterhalten.

»Ich hasse die Spendenveranstaltungen meines Vaters«, hatte sie zugegeben. Walhoons Tochter Crystel beschwerte sich darüber, als Augenweide für die alten Knacker ausgenutzt zu werden, die ihrem Vater Geld für seinen Wahlkampf stiften sollten.

Nachdem sie ihm eine Weile ihr Leid geklagt hatte, hatte sie ihn durch die Villa des Senators in sein Büro geführt. Sofort nachdem die Tür hinter ihnen ins Schloss gefallen war, hatte sie ihn praktisch körperlich angegriffen und mit Küssen überzogen. Bevor er registrierte, wie es ihm geschah, hatte sie seinen Reißverschluss in der Hand und manipulierte ihn. Dann zog sie ihn zum Schreibtisch ihres Vaters hinüber, wo sie ihr Kleid nach oben zog und sich voller Erwartung nach hinten lehnte.

Das ließ Hackworth sich nicht zweimal sagen. Die beiden waren sich vielleicht fünf Minuten auf dem Schreibtisch des

Senators näher gekommen, als Hackworth glaubte, Stimmen zu hören. Bevor sie darauf reagieren konnten, stand der Senator mit einem großzügigen Spender-Ehepaar in der Tür, mit dem er eine private Unterhaltung führen wollte. Stattdessen fanden sie Hackworth mit heruntergelassener Hose, während seine Tochter mit hochgezogenem Kleid auf der Schreibtischkante ihre Beine auf Hackworth' Schultern hatte.

Es erübrigt sich wohl zu sagen, dass eine mögliche Beförderung von ‚Wild Bill' Hackworth seitdem fünf Mal abgelehnt worden war. Es war unmöglich, als General oder Admiral bestätigt zu werden, ohne dass der Senatsausschuss für die Streitkräfte dem zustimmte. Als Vorsitzender dieses Komitees würde Senator Chuck Walhoon Hackworth niemals zum General machen, was Hackworth, ehrlich gesagt, nicht groß belastete. Er mochte die operative Ebene.

Bob brachte ihn vom Schwelgen in Gedanken an die gute alte Zeit wieder in die Realität zurück. »Colonel, es tut mir leid, aber ich kann Sie über das, was wir hier tun, nicht umfassend informieren. Generell arbeitet die F&E hier an kriegsbezogenen Projekten. In Bezug auf Ihre Frage, wie sicher dieser Standort ist – nun ja, nichts ist absolut sicher. Falls Sie uns vernichten wollten, fänden sie einen Weg. Da bin ich mir sicher. Allerdings wird es nicht einfach sein. Das verspreche ich Ihnen.«

Die Bahn hielt an. Beim Betreten der Flughalle fiel ihnen sofort ein Schiff ins Auge. Wild Bill stieß einen leisen Pfiff aus. Es war ein schnittiges Teil, etwa ein Drittel größer als die Osprey, mit denen sie gewöhnlich flogen.

»Hiermit werden Ihre Soldaten einfliegen. Eine speziell modifizierte Version des Osprey, die wir den *Nachtfalken* nennen«, stellte Bob das Modell vor, während sie das Gefährt umkreisten. »Dank der Hilfe unserer altairianischen Verbündeten bei der Miniaturisierung des FTL-Drives, kann er nun auch auf diesem Schiff eingesetzt werden. Zukünftig werden Sie eigenständig von einem Tor zum anderen und durch sie hindurch springen – ohne die Unterstützung oder die Hilfe eines Mutterschiffs. Wie Sie sehen, ist der Boden des Nachtfalken zwei Meter hoch. Dort befindet sich der Maschinenraum für den FTL-Drive und den interplanetarischen Antrieb. Außerdem verfügt der Falke trotz seiner Größe über einen eigenen Schwerkraftgenerator. Damit entfällt auch diese Herausforderung während Ihrer Reise.«

Mit der Hand strich Hackworth am Rumpf des Schiffes entlang. Er musste zugeben, es war ein attraktives Schiff. Er konnte kaum erwarten, das Innere zu begutachten.

Bob unterrichtete sie weiter über die Vorzüge des Nachtfalken. »Da wir kein offizielles Tarnsystem haben, entschieden wir uns für das Nächstbeste. Wir machten ihn so gut wie unsichtbar für das nackte Auge. Und um seine Signatur weiter zu verringern, beschichteten wir ihn mit einem besonderen, radar-absorbierenden Material.

»Der Nachtfalke ist kein Kriegsschiff, was bedeutet, dass er nicht über ein Arsenal an Waffen verfügt. Wie der Osprey, ist er mit 32 präzisionsgelenkten Raketen ausgestattet, neben je einer 50-Kaliber Maschinenkanone auf jeder Seite. Die vorne montierte Waffe ist eine fünfläufige 20mm-Gatling-Kanone, ebenfalls eine Aufbesserung. Ich denke, die innere Organisation des Schiffes wird Ihnen ebenfalls zusagen.«

Bob führte sie an das hintere Ende des Schiffs. Eine verlängerte Rampe kompensierte für die Höhe des Unterbodens. Die Gruppe bestieg das Schiff.

»Dieser hintere Bereich des Schiffs enthält einen Druckablassraum, damit Ihr Team sich dort auf einen orbitalen Sprung oder einen Weltraumspaziergang vorbereiten kann. Dieser Teil der Hauptkabine ist für die Lagerung Ihrer Waffen und Ihrer Ausrüstung gedacht. Hier ….«, und damit zeigte Bob auf vier Simulationskabinen, »…. die bauten wir ein, damit Ihr Team sein Training auf dem Weg zu Ihrem Ziel fortsetzen kann. Ihnen stehen zwei modifizierte Bäder zur Verfügung, mit zwei Duschen und zwei Toiletten.«

»Ziemlich eng hier drinnen, Bob«, kommentierte Hackworth, nachdem er sich das Innere des Schiffs genauer angesehen hatte. Er versuchte sich vorzustellen, wie eines seiner Teams hier leben und arbeiten sollten.

Bob wies Hackworth' Einschätzung nicht von der Hand. »Das ist es«, gab er freimütig zu. »Es soll Ihre Leute von Punkt A nach Punkt B bringen und keine Luxuskreuzfahrt sein.«

Hackworth lachte. »Klingt gut, Bob. Ich freue mich auf Ihre Begleitung während unseres ersten Ausflugs.«

Bob hielt beide Hände zum Zeichen des Aufgebens hoch. »Ich weiß, Colonel. Ein beengter Raum. Im Idealfall bringt Sie das Mutterschiff so nahe wie möglich ans Ziel, bevor Sie in den Nachtfalken umsteigen und von dort aus den Rest des Weges zurücklegen. Das Einzigartige an diesem Schiff ist seine innere Gestaltung. Wir modularisierten es, machten seine Gestaltung von der Art der Mission, die Ihre Einheiten erfüllen sollen, abhängig. Das verleiht dem Schiff eine größere Funktionalität als es andernfalls hätte. Wie Sie sehen, ist das Schiff für eine Mannschaft von vier bis höchstens 20 Soldaten vorgesehen. Ich will Sie nicht anlügen und behaupten, dass es bequem sein wird. Es wird eng werden. Aber Sie werden Ihr Ziel erreichen.«

Alle schwiegen, während Hackworth weiter durch das Schiff wanderte.

Schließlich ergriff Bob wieder das Wort. »Sobald Sie Ihr Ziel erreicht haben, bieten sich Ihnen zwei Möglichkeiten. Entweder treten Sie in die Umlaufbahn ein und landen das Schiff auf der Planetenoberfläche, oder Sie führen eine orbitale Verlegung Ihrer Soldaten auf die Oberfläche durch, damit das Schiff sich an eine sichere Stelle zurückziehen und Sie später von dort wieder abholen kann.«

Hackworth drehte sich zu Bob um. »Wenn ich das richtig sehe, verdanken wir all das nur den Nahrungsmittelreplikatoren und dem verkleinerten FTL-Drive.«

Bob nickte. »Ganz recht. Diese beiden Dinge erlauben uns nun, speziell zugeschnittene Schiffe zu entwickeln. Dazu muss ich allerdings sagen, Colonel, dass dies das erste Mal sein wird, dass wir das Schiff mit einer so langen Mission betrauen. Bisher wurde es nur in der Umgebung von Neu-Eden getestet. Die Operation ‚Arrowhead Ripper' wird der erste wirkliche Test des Schiffes sein.«

Hackworth nahm diese Information in sich auf, während er weiter diesen überarbeiteten Osprey begutachtete. Es würde eng werden. Das gefiel ihm überhaupt nicht. Er wusste, dass galt auch für seine Soldaten. Und die würden monatelang hier drinnen feststecken.

Der Nachtfalke hatte einen Bereich, in dem sieben Kojen standen, einen Tisch, der groß genug für die gesamte Mannschaft war, und zwei Nahrungsmittelreplikatoren. Eine kleine Küche diente der Reinigung des Geschirrs und einigen anderen Funktionen. Das gesamte Design erinnerte Hackworth an die alten Wohnmobile vergangener Jahrhunderte, nur das dieses über Monate eine Spezialeinheit auf dem Transit zu dem ihnen zugewiesenen Planeten transportieren sollte.

Unmöglich, 24 Leute in diesem Schiff unterzubringen, dachte Hackworth. *Die drehen durch. Vielleicht könnten sie den Plan umarbeiten - mit einem weitaus kleineren Team und mehreren C100?*

»So, Colonel, was halten Sie davon?«, forschte General McGinnis nun. »Können wir einige Ihrer Teams auf den von den Zodark kontrollierten Planeten landen?«

Wild Bill dachte einen Moment nach. Ein letzter Blick über das Innere des Nachtfalkens, bevor er den General direkt ansah. »Das gefällt mir nicht«, erklärte er ohne Umschweife. »Wenn wir ernsthaft beabsichtigen, dieses Ding für längerfristige Einsätze der Spezialeinheiten zu verwenden, sollte es ein gutes Stück größer sein. Wir können Menschen nicht monatelang in beengten Räumlichkeiten unterbringen und glauben, dass das nicht zu Problemen führen wird. Abgesehen davon, denke ich, dass es für diese eine spezifische Mission wohl funktionieren wird.«

Hackworth wandte sich an den DARPA-Zivilisten. »Bob, es ist absolut unmöglich, 20 Kämpfer und vier Besatzungsmitglieder monatelang auf dem Weg zu ihrem Ziel hier einzupferchen«, wiederholte er mit Nachdruck. »Unmöglich, in solch engem Raum nicht den Verstand zu verlieren. Gestalten Sie das Schiff für ein Team von sechs Mann und zwei Besatzungsmitgliedern um. Finden Sie einen Weg, sechs C100 unterzubringen. Sie können abgeschaltet bleiben, um nicht im Weg zu sein. In jedem Fall müssen wir mehr Freiraum kreieren, Raum, in dem sich meine Leute bewegen können. Bitte bedenken Sie, dass dies Sondereinsatzkräfte sind, die ständig trainieren wollen und müssen. Sie dürfen nicht so nahe aufeinandersitzen, dass sie sich nicht bewegen können. Dieses Arrangement ist vielleicht für ein oder zwei Tage akzeptabel. Aber wir reden von einer sich über Monate hinziehenden Reise, bevor wir unser Angriffsziel erreichen. Außerdem schlage ich vor, dass wir ein Schiff als Mannschaftsschiff und das zweite als Kommunikationsschiff verwenden – mit zusätzliche Kom-

Drohnen und Satelliten, um sicherzustellen, dass wir eine gute Verbindung von der Oberfläche hoch in die Umlaufbahn und von der Umlaufbahn zum Tor und darüber hinaus etablieren können.«

Bob nickte und notierte sich einiges auf dem Tablet, das er bei sich trug. »Wir machen uns sofort an die Arbeit. Ich denke, dass wir den zweiten Vogel relativ schnell Ihrer Vorstellung nach konfigurieren können. Wenn es Ihnen nichts ausmacht, Colonel, würde ich Ihnen gerne noch einige Fragen stellen, wie ein besseres Schiff spezifisch für die Sondereinsatzkräfte aussehen sollte. Admiral Bailey hat uns aufgegeben, entweder den Nachtfalken in ein solches Schiff zu verwandeln oder mit Ihnen und Ihren Männern zusammenzuarbeiten, um herauszufinden, wie es aussehen soll.«

Hackworth nickte erfreut. Diese Idee sagte ihm sehr zu. Wenn er Einfluss darauf nehmen könnte, wie die Schiffe aussahen, die seine Teams transportieren sollten, dann wollte er an diesem Gespräch beteiligt sein. Mit dem Aufbau der 1. Orbitalen Rangerdivision würden seine Leute sich wieder auf die konventionelleren Aufgaben der Spezialeinheiten konzentrieren können, anstatt auf diese Direktangriffe, die sie so viele Leben gekostet hatten.

******

Captain Brian Royce und Major Jayden Hopper gingen die Instruktionen für ihre Mission durch. Ohne Zweifel, ein Einsatz für die Spezialeinheiten. Und dazu noch eine ungemein schwere Aufgabe, die keiner von ihnen je zuvor versuchen musste.

Endlich mischte sich Colonel Hackworth ein: »Ich weiß, es ist eine harte Aufgabe, aber genau darauf seid Ihr Deltas schließlich trainiert – eine tief hinter den feindlichen Linien liegende Erkundungsmission.«

»Für eine Reise dieser Länge ist dieses Schiff viel zu klein«, wehrte Captain Royce ab.

»Das will ich nicht bestreiten. Ich konnte persönlich sehen, wie klein es ist. Die erste Version des Falken wollte 20 Ihrer Leute in diesem Schiff unterbringen. Ich bestand darauf, dass dies vollkommen unmöglich ist. Danach reduzierten sie die Zahl auf nur sechs Personen, plus die vier Mitglieder des Flugpersonals.«

»Sie sind der Befehlshaber dieser Operation«, sprach Major Hopper Royce an. »Halten Sie es für wahrscheinlich, dass ein sechs-Mann-Team die Arbeit am Boden erledigen kann?«

Das war die große Frage. Um die Wahrheit zu sagen - Royce war sich nicht sicher. Natürlich, theoretisch konnten sie Sumara erreichen und den Nachtfalken vielleicht sogar landen. War es allerdings realistisch zu denken, auf einem so gut entwickelten Planeten wie Sumara nicht entdeckt zu werden, oder was weit schlimmer wäre, nicht an die Zodark ausgeliefert zu werden? Das war die echte Krux. Sie mussten aktuelle Informationen über die Gegenwart und Anzahl des Feindes auf der Oberfläche sammeln und gleichzeitig einschätzen, wie viel Unterstützung sie von den Sumarern mit dem Beginn der Invasion erwarten durften.

Royce überlegte lange. Schließlich kam ihn eine Idee. Ein leichtes Lächeln überflog sein Gesicht, als er voller Selbstvertrauen erwiderte: »Jawohl, Sir, wir schaffen das«.

Kapitel Achtzehn
Der NAS

Außenposten Gaelic im Gürtel
Ein von Regierungen/Koalitionen unabhängiger Bereich im Weltraum

Liam Patrick saß an seinem aus einem Asteroiden geformten Schreibtisch. Er war das Geschenk einer Minengesellschaft, die ihr Hauptquartier von der orbitalen Marsstation in ihr kleines Reich hier draußen im Gürtel verlegt hatte. Sie waren nicht die Einzigen; viele hatten sich auf dem GO, dem Außenposten Gaelic, angesiedelt. Das Steuersystem, das Liam eingeführt hatte, erlaubte den Firmen, einen stattlichen Anteil ihrer Einkünfte für sich zu behalten, während Liam immer noch hinreichend finanzielle Einnahmen verzeichnete, um sich um seine Leute zu kümmern.

Tatsächlich hatte sich das Geschäft innerhalb der letzten fünf Jahre so gut entwickelt, dass sie ihre Pläne, einen großen Anbau an ihren ausgehöhlten Asteroiden anzuhängen, weiter verfolgt hatten. Angebunden an den Asteroiden hatte die Konstruktion von fünf Plateaus begonnen, auf denen die neuen Siedlungen entstehen sollten. Die neuen Kuppeln würden zwischen sechs und 12 Quadratkilometer Fläche abdecken. Höhenmäßig würden die kleineren Kuppeln 30 Meter und die größeren die 400-Meter Grenze erreichen. Das gab ihnen ausreichend Raum, große Hochhäuser und Strukturen zu bauen, die viele Zehntausende von Menschen aufnehmen konnten. Mit der Einweihung dieser fünf Biosphären würde die Bevölkerung von Gaelic um mehr als 200 Prozent anwachsen. Das würde sie zur größten Kolonie neben dem Mars und dem Mond machen.

Liam besah sich den Plan der neuen Städte. *Wir brauchen weiter Raum zum Wachsen,* dachte er. *Wir brauchen unseren eigenen bewohnbaren Planeten, den wir kolonisieren können.*

Nicht alle waren seiner Meinung. Viele wollten lieber im Gürtel bleiben, wo sie Tun und Lassen konnten, was sie wollten. Liams Pläne gingen allerdings darüber hinaus, der vom Piraten aufgestiegene Anführer eines freien Volks in einem unabhängigen Bereich des Weltraums zu sein. Er wollte eine vollkommen neue Gesellschaft gründen, unbelastet von den restriktiven Regeln der Erde und ihrer Geschichte

»Hast du Rorshs Anfrage gesehen?«, fragte seine Partnerin Sara Alma, die gerade das Büro betreten und sich ihm gegenüber niedergelassen hatte. »Dieser polnische

Schiffsbauer will unsere neuen Konstruktionsbuchten mieten.«

Liam furchte die Stirn. »Das muss ich übersehen haben. Wann ging die Anfrage ein?«

Sara lächelte und schüttelte den Kopf. »Guter Versuch, dich dumm zu stellen, Liam. Als Stationsleiter und Vorsitzender der NAS, musst du über solche Dinge auf dem Laufenden sein.«

Liam zuckte mit den Achseln und grinste sie schwach an. »Willst du darüber predigen, oder mir unter all diesen Mitteilungen helfen, die Anfrage auszugraben.«, erkundigte er sich.

Seufzend tippte Sara kurz auf ihrem Tablet, bevor sie das Gesuchte fand. Sie drückte auf eine Taste und die Nachricht schwebte zwischen ihnen in einem Textfeld über dem Schreibtisch.

»Ich muss mal wieder alle Arbeit machen, was?«, fragte sie scherzend mit ihrem starken irischen Akzent.

Unangenehm von diesem versteckten Tadel berührt, begann Liam zu lesen. »Sie wollen zehn Buchten?«, rief er laut aus. »Das ist die Hälfte der Buchten unserer neuen Werfterweiterung.« Sara bedeutete ihm, weiterzulesen. »Wow, und sie wollen über 50 Jahre mieten, mit einem Drittel des Mietpreises in Vorauszahlung, sofort.«

Sara lächelte und stemmte ihre Hände in die Hüften. »Da siehst du, was du verpasst, wenn du deine E-Mails nicht liest? Gut, dass ich neugierig bin. Du hättest den Handel des Jahrhunderts verpasst, Liam.«

»Gut möglich. Das ist viel Geld. Hast du eine Ahnung, wozu sie all diese Buchten brauchen? Welche Art Schiff sie dort bauen wollen?«

Sara zuckte mit den Achseln. »Keine Ahnung. Ich bin sicher, du kannst sie danach fragen. Wir sind einige der wenigen Orte, an denen der Schiffsbau sich nicht allein auf die Kriegsproduktion konzentriert. Wenn ich raten würde, würde ich auf den Bau von Transportern tippen. Milliarden von Menschen möchten nach Neu-Eden oder Alpha Centauri ziehen.«

Liam schüttelte den Kopf mit der Erwähnung der Produktion für den Krieg. Vor mehreren Jahren hatte er zugelassen, dass sie in dieses Geschäft verwickelt wurden, im Gegenzug gegen ein inoffizielles Abkommen, alle Vorwürfe gegen ihn und sein Unternehmen fallen zu lassen. Im Austausch gegen ihre Unabhängigkeit im Gürtel mussten sie bis zu zehn Fregatten produzieren – ohne Unterlass, ohne Quote, einfach zehn Fregatten in einer nicht-enden-wollenden Produktion. Sobald eine fertiggestellt war, wurde bereits das Gerippe der nächsten errichtet. Jede Bucht war in der Lage, alle drei Monate eine Fregatte fertigzustellen, insgesamt 40 Fregatten im Jahr. Von dieser Zahl durften sie insgesamt acht für sich selbst beanspruchen, um ihre eigene Navy und Selbstverteidigungskräfte zu gründen.

»Ich werde Rorshs Vertrag zustimmen«, informierte Liam Sara. »Schicke ihnen eine persönliche Nachricht und erkundige dich, was sie bauen wollen. Eine Antwort darauf ist keine Voraussetzung für die Genehmigung des Handels, ich bin nur neugierig, was in unserer Werft gebaut werden soll.«

»Wird erledigt«, versprach Sara ihm. Da dieses Thema damit abgehandelt war, war sie bester Laune. Schließlich war sie für den Betrieb der Werften zuständig, und das stete Wachstum dieser Seite ihres Geschäfts war ausschlaggebend für ihre ökonomische Zukunft. Der Schiffsbau war für mehr als 40 Prozent aller Arbeitsstellen der Station verantwortlich.

Liam erhob sich und streckte seinen Rücken. »Komm mit«, forderte er sie auf und hielt ihr seine Hand entgegen. »Lass uns zur Promenade gehen.«

Die beiden verließen den Raum, der als das Büro des Gouverneurs fungierte. Sie folgten der Straße, die zu den Geschäften, Restaurants und Bars führte, die die Innenstadt des kleinen Paradieses, das sie kreiert hatten, ausmachte.

Über ihnen zwitscherten die Vögel, die von Dach zu Dach flogen oder in den Bäumen und Sträuchern verschwanden, die sie in diesem ausgehöhlten Asteroiden mit der Zeit kultiviert hatten. Ausreichend Grünfläche in einer solchen Einrichtung zu haben, war wichtig. Goldfruchtpalmen, Bogenhanf, auch als ‚Schwiegermutterzunge' bekannt, Gerbera, Douglas-Tannen und Fichten – jedes Gewächs half, die nötigen Grünanlagen zu kreieren, die zur Erhaltung ihres empfindlichen Eco-Systems beitrugen und Leben erhielten.

    Entlang den Wänden der ausufernden Stadt und in zwei strategisch angeordneten Parks wuchsen Bambusstöcke. Mit den Jahren waren viele bereits um die 30 Zentimeter dick und hatten beinahe 9 Meter Höhe erreicht. In einigen Gebieten der Erde konnten sie tatsächlich auf eine Höhe von 33 Metern wachsen. Die Bambuspflanzen trugen entscheidend zu der Sequestration des Kohlenstoffes bei, zum Prozess der Entfernung des Kohlendioxids aus der Luft. Die Station hatte die nötigen Geräte, um dies gegebenenfalls auch maschinell durchzuführen, aber sie wollten sich überwiegend auf die Herstellung natürlichen Sauerstoffs konzentrieren.

    Liam und Sara spazierten zu einem Restaurant, dass den Anspruch stellte, das beste indische Essen im Weltraum zu servieren. Das war sicher zutreffend, angesichts der

Tatsache, dass es bislang das einzige indische Restaurant außerhalb der Erde war.

»Also, worüber denkst du nach, Liam?«, fragte Sara, nachdem sie bestellt hatten.

Liam seufzte, bevor er ansetzte. »Ich sah mir noch einmal das Projekt an, neue Wohngebiete zu bauen und die Basis zu erweitern. Manchmal frage ich mich allerdings, ob es nicht vernünftiger wäre, uns unseren eigenen bewohnbaren Planeten zu sichern. Wir wissen, dass es Tausende davon gibt. Ich bin mir sicher, dass es einen gibt, den wir für uns beanspruchen können. Dann könnten wir wachsen, ohne uns Gedanken um das Vakuum des Alls zu machen.«

Sara lächelte, schwieg aber. Sie ließ ihn reden. Sie war mit Liam nun schon beinahe 30 Jahre zusammen. Er führte keine großen Gespräche, aber wenn er einmal dabei war, ließ sie ihm freien Lauf.

»Was macht dir die größte Sorge bei diesem Anbau?«, erkundigte sie sich.

»Wenn wir die Biosphären entlang der äußeren Wand unseres Asteroiden errichten, fürchte ich, dass sie unzureichend gegen einen Meteoriten geschützt sind, oder im Fall, dass etwas hart genug auf die Kuppeln aufschlägt. Falls das Ding zersplittert, reden wir von Tausenden, von Zehntausenden von Menschen, die getötet werden könnten.«

Sara strich sich mit den Fingern durch die Haare. »Wieso würden sie bersten oder noch besser, wieso sollte etwas auf die Kuppeln aufschlagen? Zwischen den Verteidigungstürmen, die wir um den Asteroiden herum verankert haben, unserem Frühwarnradar und den Materialien, die wir zur Erweiterung verwenden, sollte uns das nicht genug Sicherheit gewähren?«

    Liam atmete tief durch, bevor er erklärte. »Ja und nein. Ok, wir werden also diese großen, flachen Plateaus an der Außenseite unseres kleinen Königreichs haben, auf denen wir die neuen Biodome errichten. Jedes Plateau ist zwischen 6 und 12 Quadratkilometern groß. Mithilfe eines Metallbodens sichern wir die kleineren Bereiche und expandieren die Basis der Plateaus in anderen Bereichen, um uns mehr Fläche zum Bauen zu geben. Meine Bedenken sind folgendermaßen: die gesamte Fläche wird an unser künstliches Schwerkraftsystem angeschlossen. Als Folge davon geht von unserem Asteroid eine leichte Anziehungskraft aus. Das stellte kein Problem dar, solange sich der größte Teil unseres Lebens im Innern des Asteroiden abgespielt hat. Sobald wir allerdings Biosphären um den Asteroiden herum errichten, ist es möglich, dass Objekte, die auf natürliche Weise angezogen werden, auf die äußere Hülle unserer Biosphären aufschlagen.

Sara nickte. »Ich verstehe. War uns dieses Problem nicht bewusst, als wir vor einem Jahr mit der Konstruktion der Plateaus begannen?«

Liams Gesichtsausdruck verdüsterte sich. »Das war es. Vor einer Woche hörte ich dann von einer Biosphäre, deren Dom auf einer von Jupiters Kolonien einen Riss erlitt. Die künstliche Schwerkraft hatte nahegelegenes Gestein und Trümmer auf den Dom herunterregnen lassen. Zum Glück befand er sich noch im Bau und niemand lebte dort. Zwei Bauarbeiter wurden getötet, in den Weltraum hinaus gesaugt. Unser Plan folgt im Prinzip dem ihren.«

Saras Hand fuhr hoch an ihren Mund und sie stöhnte auf. Weltraumunfälle kamen vor. Dennoch wurde jedes Mal deutlich, wie zerbrechlich die Menschen hier draußen waren. Der kleinste Fehler oder Fehltritt konnte ihren sofortigen Tod bedeuten.

»Sag mir, sie haben eine Lösung gefunden?«, bat sie.

Liam nickte. »Davon gehen sie aus. Gegenwärtig ist die Kuppel etwa einen Meter dick. Ungemein widerstandsfähig. Das Material stoppt sogar ein 20mm-Magrailprojektil. Die Firma, die auf der Jupiter-Kolonie baut, schlägt vor, die Dicke des Materials zu verdoppeln. Außerdem wollen sie ein zweites Geflecht aus Titanium einweben. Anstatt dieses Netz nur an der Innenseite einzusetzen, um der Kuppel Form und Stütze zu geben, installieren sie nun eine zweite Lage an der Außenseite.«

»Das klingt wie ein solider Plan, wird aber verdammt kostspielig und zeitaufwendig sein«, kommentierte Sara.

Liam schnaubte bei dieser Einschätzung. »Es verdoppelt den Preis der Kuppeln und verdreifacht die Zeit des Baus. Deshalb sagte ich, es wäre schön, einen Mond oder Planeten unser eigen zu nennen, um diesen Aufwand zu vermeiden. Wenn wir uns tatsächlich dazu entschließen, unsere neue Gesellschaft hier draußen im Gürtel wachsen zu sehen, wird uns dieses Konstruktionsproblem über Generationen verfolgen. Ich wünsche mir beinahe, dass wir diesen Asteroiden dazu verwenden könnten, die Kolonisierung einer neuen Welt zu finanzieren.«

Sara griff über den Tisch nach seiner Hand und sah Liam in die Augen. »Vielleicht hast du Recht, Liam. Letztendlich macht deine Idee vielleicht mehr Sinn. Lass uns diesen Gedanken zunächst unter ‚eine gute Idee' ablegen und ihn, sobald sich eine Gelegenheit ergibt, weiter verfolgen. Du und ich wissen genau, dass der einzige Weg uns unseren neuen, eigenen Planeten zu sichern, voraussetzt, dass wir persönlich ihn da draußen finden.

»Wenn du diese Idee verfolgen willst, sollten wir, so denke ich, unsere eigenen Erkundungsschiffe hinausschicken, um einen geeigneten Planeten zu suchen. Der Krieg zwischen der Republik und den Zodark wird beide Parteien eine sehr lange Zeit in Atem halten. Währenddessen bauen wir unsere kleine Gesellschaft hier weiter aus und bringen uns in die Position, unseren Anspruch auf einen eigenen Planeten geltend zu machen. Die neue Schiffswerft wird unserer jungen Regierung enorme Einkünfte einbringen. Und die neuen Biosphären, die du baust, erlaubt unserer Bevölkerung, auf eine Million Menschen anzuwachsen.«

Dann setzte sie sich zurück und kicherte. »Und jetzt, wenn du nichts dagegen hast, will ich essen, bevor alles kalt wird.«

Kapitel Neunzehn
Ranger übernehmen die Führung

Neu-Eden
Fort Roughneck

»Was hältst du von den neuen Panzerwesten, Pauli?«, erkundigte sich Sergeant Yogi Sanders, während die beiden ihre Ausrüstung organisierten.

Pauli lächelte. »Sie gefallen mir. Man muss sich erst an sie gewöhnen, aber die Idee, nach einem Blastertreffer auf die Brust wieder aufstehen zu können, sagt mir irgendwie zu.«

»Ich denke, die Panzerung ist weit einfacher zu nutzen als die neuen verbesserten Körper, die sie uns gegeben haben«, gab Yogi zurück. »Ich könnte noch einen Monat Physiotherapie gebrauchen, bevor ich mich darin wohlfühle. Und den Gebrauch dieser Neurolinks zu lernen, ist echt nervig. Vorgestern schickte ich eine ziemlich unangebrachte Nachricht an meinen Trupp raus.«

Pauli lachte – ihm war es genauso ergangen und er hatte eine Reihe seltsamer Nachrichten von seiner Gruppe erhalten. Einer der Soldatinnen seines Trupps war nicht bewusst, dass sie die in ihrem Gehirn ablaufende sexuelle

Fantasie über zwei Soldaten an den Rest der Truppen weitergab. Glücklicherweise war es dabei geblieben.

»Da kann ich ein Wort mitreden, Yogi. Aber gib uns noch zwei Wochen. Dann haben wir es drauf. Ich sprach dieser Tage mit einem unserer Delta-Ausbilder. Er sagte mir, dass ein Großteil der Deltas einige Monate brauchte, um alles in den Griff zu bekommen. Ich bin sicher, dass wir im Umgang damit sicherer werden, je öfter wir alles Neue nutzen.« Pauli stand auf und streckte sich. »Aber jetzt los. Wir wollen nicht zur spät zur Aufstellung erscheinen. Endlich bekommt unser Zug die Gelegenheit, einen Blick auf das neue Angriffsfahrzeug der Infanterie zu werfen, dass die Armee für uns entwickelt hat.«

Die beiden machten sich auf den Weg zum Fuhrpark. Nach einem Jahrzehnt des Krieges stattete die Armee die Infanterie endlich mit einem waschechten Kampffahrzeug aus.

Gemeinsam mit dem Rest ihrer Zugkameraden geduldeten sich Yogi und Pauli vor dem Gebäude, bis ihnen mitgeteilt wurde, dass sie in Kürze eintreten und das neue Fahrzeug sehen durften. Kurz darauf traten ein Major der Armee und zwei Zivilisten aus dem Tor des großen Gebäudes und kamen auf die Gruppe zu. Der Major stellte sich vor sie und ließ sie Haltung annehmen.

Die Trupps formierten sich und ihre Zugführer nahmen ihre Position vor ihren ein.

»Guten Morgen. Mein Name ist Major Jiao Kaihe. Die Herren in meiner Begleitung sind von DynCorp und Norinco. Diese Firmen taten sich zusammen, um der Infanterie dieses erstaunliche neue Kampffahrzeug zu präsentieren. Ihnen ist das vielleicht nicht bewusst, aber dieses Fahrzeug wurde zum ersten Mal testweise während der Kämpfe auf Intus und Rass eingesetzt. Das machte es möglich, die letzten Probleme des Systems auszubügeln und einige kurzfristig hinzugefügte Neuerungen zu verbessern.

»Sie werden gleich ausreichend Zeit haben, sich dieses Fahrzeug im Detail anzusehen, hineinzuklettern, und ein Gefühl für es zu bekommen. Nach einer Weile treffen wir uns dann im Unterrichtsraum, wo wir Ihnen die Eigenschaften und Besonderheiten des Fahrzeugs vorstellen und seine Handhabung erklären werden. Ab morgen nehmen Sie alle am Fahrunterricht teil, lernen, mit dem Fahrzeug umzugehen und seine Waffensysteme zu nutzen. Das Fahrzeug selbst wird entweder als Hauptquartier eines Zugs oder einer Kompanie oder als Kommandozentrale fungieren.«

Der Major der ehemaligen Asiatischen Allianz hielt inne, um seine Worte einsinken zu lassen, bevor er fortfuhr:

»Wie Sie wissen, sind wir nun offiziell die 1. Orbitale Rangerdivision, kurz ORD genannt. Das bedeutet, dass wir fähig sein müssen, außerhalb der regulären Armee als unabhängige Angriffsgruppe zu operieren. Die Deltas sind das Skalpell; wir sind das Kurzschwert. In den kommenden Auseinandersetzungen müssen wir regelmäßig auf jeder Ebene weit mehr als das von uns Erwartete liefern. Dieses Fahrzeug wird entscheidend dazu beitragen. Deswegen ist es ungemein wichtig, dass Sie alle wissen, wie dieses Fahrzeug gehandhabt und optimal genutzt wird. Und jetzt genug der Worte. Sehen wir uns an die neueste Waffe in diesem Krieg an.«

Pauli und die meisten Soldaten seines Trupps lächelten während dieser Ansprache. Nach Monaten des Trainings im Umgang mit ihren neuen Körpern bekamen sie nun endlich die Chance, einige der Hilfsmittel zu sehen, die die Armee still im Hintergrund für sie kreiert hatte.

Mit dem Öffnen der Türen der großen Halle fiel der Blick aller auf ihr neuestes Werkzeug. »Das, Soldaten, ist der neue DN-12 Cougar«, stellte Major Jiao das Fahrzeug vor, während die Soldaten sich um das Gefährt drängten. »Ein zehnrädriges, modulares, amphibisches, gepanzertes Fahrzeug, das in Zusammenarbeit zwischen DynCorp und Norinco entwickelt wurde. Da es ein modulares Fahrzeug ist, kann es entweder als direktes Kampffahrzeug der Infanterie eingesetzt werden - das ist die Variante, die sie hier sehen – oder kann, ausgestattet mit einer Haubitze, der mobilen indirekten Feuerunterstützung dienen. Die Panzerabwehr-Variante verfügt über präzisionsgelenkte Raketen oder ist mit einer 130mm Direktfeuer-Maschinenkanone ausgestattet. Des Weiteren gibt es eine Schlachtfeld-Logistik-Version, die es möglich macht, große Mengen an Versorgungsmitteln durch schwieriges Gelände und unter feindlichem Beschuss zu transportieren, um als Feldlazarett medizinische Unterstützung zu gewähren.«

Wie eine Gruppe aufgeregter Kinder um den Weihnachtsbaum herum, bestaunten die Soldaten ihr neues Fahrzeug. Viele von ihnen strichen mit der Hand entlang seiner gepanzerten Außenhaut, während sie es umkreisten und sich angeregt darüber unterhielten.

»Wie viele Soldaten kann es aufnehmen?«, stellte Yogi die Frage, die viele hatten.

»Die Infanterie-Variante wird von drei Besatzungsmitgliedern gelenkt und ihr Truppenabteil bietet 16 voll ausgerüsteten Soldaten Platz. Falls nötig, erlauben zwei Notsitze den Transport von zwei zusätzlichen Passagieren. Dieses Fahrzeug wurde speziell dafür entwickelt, eine ganze Truppe an den Kampfort zu bringen oder sie aus anderen Gründen auf einem Planeten oder einem Mond zu verlegen.«

Pauli sprach den Major an. »Ist das, was wir hier sehen, die gleiche Panzerung, mit der die Infanterie-Variante ausgestattet sein wird?« Major Jiao lächelte und nickte. »Das ist sie. Die Ausführung, die Sie gerade sehen, hat einen Turm mit 16 präzisionsgelenkten Raketen. Über dem Fahrerabteil sehen Sie einen ferngesteuerten einläufigen schweren Blaster wie den, den Ihre Maschinengewehrschützen tragen. Direkt über der hinteren Ausstiegsluke befindet sich eine zweite M91, um die Rückseite des Fahrzeugs zu decken. Beide Waffen können vom Fahrzeugkommandanten bedient werden - er sitzt hinter dem Fahrerabteil - oder auch direkt vom Fahrer oder Beifahrer. Diese Waffenkonfiguration befähigt das Fahrzeug zur Luftnahverteidigung, zur Panzerabwehr, zum Fahrzeugschutz und zur Direktfeuer-Offensive zur Unterstützung Ihrer Einheit im Gefecht.«

Einer der Soldaten rief dem Major eine Frage zu. »Vollbeladen, welche Geschwindigkeit und Reichweite hat dieses Ding?«

»Gute Frage, Soldat. Darauf gehen wir im Detail im Unterrichtsraum ein. Aber schon vorweg, die Geschwindigkeit des Fahrzeugs bei optimaler Batterienutzung beträgt 100 Stundenkilometer. Die

Höchstgeschwindigkeit beträgt 190 km/h, allerdings sind die Batteriepacks bei dieser Geschwindigkeit schnell verbraucht. Und die Reichweite …. Bei normaler Geschwindigkeit sind des ungefähr 510 Kilometer. Wenn das Fahrzeug in schwere Kämpfe mit vielen Stopps und Neustarts verwickelt ist, dann können Sie mit einer Reichweite von um die 320 Kilometer rechnen.

»Das Tolle an diesem Fahrzeug ist, dass es seine eigenen Solarzellen mit sich führt. Das erlaubt einem Trupp, einem Zug oder einer Kompanie für lange Zeit unabhängig zu agieren, da sie ihre Fahrzeuge eigenständig neu aufladen können. Das macht dieses Fahrzeug als IFV so wertvoll. Eine Kompanie kann dank dieser Fahrzeuge wochen- oder sogar monatelang außerhalb der vorgeschobenen Operationsbasis oder abgeschnitten von der Hauptarmee ohne zusätzliche Unterstützung allein zurechtkommen. Zudem verfügt das Fahrzeug über mehrere Ladeports zum Aufladen Ihrer Blasterbatterien. Die Wahrscheinlichkeit ist höher, dass Ihnen die präzisionsgelenkten Raketen ausgehen, bevor Ihre Batterien versagen.«

Hin und wieder hörte man einen leisen anerkennenden Pfiff, während der Major ihnen weiter die Spezifikationen und Fähigkeiten ihres neuen Werkzeugs darlegte. Es war ein erstaunlich vielseitiges

Allzweckfahrzeug – genau das, was ihnen seit dem Beginn des Kriegs mit den Zodark gefehlt hatte. Pauli war sich ziemlich sicher, dass sie weit weniger Tote zu beklagen hätten, hätte ihnen dieses Fahrzeug von Anfang an zur Verfügung gestanden.

»Ok, Soldaten. Ins Klassenzimmer. Es gibt viel, was Sie über Ihr neues Werkzeug und seine Waffen lernen müssen. Es ist eine bahnbrechende Entwicklung für die Armee«, erklärte der Major, bevor er sie in den Unterrichtsraum führte. Es lag nun an den beiden Vertretern von DynCorp und Norinco, sie in den Gebrauch des Fahrzeugs einzuweisen.

****

Später am Abend setzte Lieutenant Atkins sein Tablett auf dem freien Platz gegenüber von Yogi und Pauli ab. »Hier finde ich Sie, mein Herren. Ich suche Sie schon eine ganze Weile.«

»Was immer es ist, LT, ich war's nicht«, versicherte ihm Pauli scherzhaft. »Alles Yogis Schuld.«

Yogi knuffte Pauli in die Rippen und konterte: »He, Pauli hat mich angelogen. Ich hatte keine Ahnung, dass sie Ihre Freundin war.«

»Können wir uns den Unsinn für einen Moment sparen?«, rügte Atkins, während er die beiden Clowns mit gefurchter Stirn ansah. »Ich muss etwas mit Ihnen besprechen.«

Yogi und Pauli richteten sich in ihren Stühlen auf. »Tut uns leid, Sir. Wir hören«, versicherte Pauli ihm für sie beide.

Nachdem er nun ihre ungeteilte Aufmerksamkeit hatte, erklärte Atkins, weshalb er die beiden hatte finden wollen. »Unsere Kompanie hat nun Phase Zwei unseres Trainings hinter sich. Wie Sie wissen, gibt uns Phase Drei etwas mehr Freiraum. Wir müssen das spezialisierte Training identifizieren, das die unterschiedlichen Trupps und Züge innerhalb der Kompanie erhalten sollen. Und Phase Vier erwartet, dass wir diese unterschiedlichen Trainingsansätze in unserem Abschlusstraining zusammenführen.«

Jetzt stand ihnen der Teil des Trainings bevor, auf das alle Soldaten gewartet hatten – ihre Chance, ihre eigene Nische innerhalb der Spezialeinsatzkräfte zu entwickeln.

»Ok, also das ist der Plan. Jeder muss am orbitalen Fallschirmprogramm hohe Absetzhöhe/hohe Öffnung teilnehmen. Wie mir gesagt wurde, lieben es die Soldaten entweder oder sie hassen es wie die Pest. Egal, es ist eine unumgängliche Voraussetzung. Also machen Sie Ihren

Leuten klar, dass es dazu keine Alternative gibt. Sobald alle dieses Programm hinter sich gebracht haben, muss je ein Trupp unserer Leute im Umgang mit dem neuen DN-12 Cougar geschult werden. Sie werden im Gebrauch jeder Variante des Fahrzeugs einschließlich deren unterschiedlichen Waffensystemen kompetent gemacht. Zudem lernen sie, die Fallschirme des Cougars zu packen, damit das Fahrzeug uns, falls nötig, in einem orbitalen HAHO-Sprung folgen kann. Keine Ahnung, wie sie das möglich gemacht haben, aber das haben sie. Und aus diesem Grund muss jeder Zug einen seiner Trupps für dieses fortgeschrittene Training abstellen.

»Während die diesen Lehrgang absolvieren, muss ein zweiter Trupp das fortgeschrittene Spreng- und Waffentraining erfolgreich bestehen«, berichtete Atkins weiter. »Diese Gruppe wird den Gebrauch und die Aufrechterhaltung der Einsatzfähigkeit der Zodark- und jetzt auch der neuen Orbot-Waffen studieren, die wir in der letzten Kampagne auf Rass sicherstellen konnten. Die beiden verbliebenen Trupps werden an zusätzlichen Kampf- und Waffenkursen teilnehmen – im Prinzip erweitertes Training darin, eine Vielzahl von Messern, Pistolen und anderen Waffen effektiv einzusetzen. Danach werden sie im

Simulator in einigen Dutzend Trainingsübungen ihre neuen Fähigkeiten beweisen müssen.«

»Verdammt, LT. Phase Eins, das medizinische Zeug, nahm vier Monate in Anspruch«, beschwerte sich Yogi. »Nach drei Monaten in Phase Zwei sollen wir jetzt drei Monate in dieses Training investieren, bevor wir überhaupt erst an Phase Vier denken dürfen, die sich sechs Monate lang hinziehen wird?«

Viele Soldaten waren von der Länge der Spezialeinheitenschulung frustriert. Pauli wusste, dass dies ein hartes Programm sein würde. Mental hatte er sich bereits auf das volle Delta-Programm eingestellt, das ihn 36 Monate gekostet hätte. Das verkürzte Ranger-Training nahm immer noch 16 Monate in Anspruch. Das einzig Gute an diesem ebenfalls relativ langem Programm war, dass sie derzeit für eine möglicherweise anstehende Kampagne nicht zur Verfügung standen – zumindest nicht, bis sie ausbildungsmäßig für eine neue Mission bereit waren.

Lieutenant Atkins beendete seine Mahlzeit und sah den jungen Sergeant verständnisvoll an. »Yogi, ich weiß, es ist schwer. Ich bin mir sicher, dass sich mittlerweile beinahe jeder fragt, wieso er sich für diese neue Einheit entschieden hat. Aber es geht darum: Ob es uns gefällt oder nicht, wir Menschen sind in diesen neuen Krieg verwickelt. Es geht ums Überleben oder um die totale Vernichtung, mit wenigen Alternativen dazwischen. Keiner von uns wollte das, aber so stellt sich die Lage nun einmal dar. Wenn wir nicht einen Weg finden, diesen Krieg zu gewinnen, stehen die Chancen gut, dass die Menschheit entweder vernichtet oder von den Zodark versklavt wird. So wie es den Sumarern erging. Die Republik erhielt gerade ein unglaubliches Geschenk. Wollen Sie wissen, welches Geschenk das ist?«

Pauli glaubte, dass er die Antwort kannte, wollte aber Yogi den Vortritt lassen. Er wusste, dass sein Freund seit einigen Wochen mit allem, was ihnen zugemutet wurde, zu kämpfen hatte.

Yogi seufzte frustriert und verneinte dann kopfschüttelnd Atkins' Frage.

»Wir erhielten das Geschenk der *Zeit*, Yogi – Zeit, uns auf den kommenden Sturm vorzubereiten. Vorgestern hatte ich die Gelegenheit, einem Telefongespräch der höheren Offiziere mit dem Divisionskommandanten zuzuhören. Er macht das gleiche Training wie wir durch. Er unterrichtete uns, dass die Republik in die Offensive gehen wird. Wir werden nicht rumsitzen und auf einen Angriff der Zodark warten, und wir werden an keinen weiteren Kämpfen teilhaben, die uns dem Sieg gegen die Zodark nicht näher bringen. Sobald unsere Division ihr Training abgeschlossen hat, werden wir die sumarische Heimatwelt befreien. Den Angaben der Sternenkarte nach liegt ihr Planet in einem System, deren Sternenkette in einer Sackgasse endet. Unsere Nachforschungen ergaben, dass es entlang dieser Kette beinahe ein Dutzend bewohnbarer Planeten und Monde gibt. Zudem wissen wir, dass es dort fünf Planeten gibt, auf denen sich Menschen aufhalten – alles Planeten, die von den Zodark versklavt wurden. Die werden wir befreien und in die Arme der Republik aufnehmen.«

Atkins hielt einen Augenblick inne, um Yogi das, was er gerade gesagt hatte, aufnehmen zu lassen. »Ich weiß, das Training ist hart, Yogi, aber wir alle haben mehrere orbitale Angriffe überlebt. Also überstehen wir das hier ebenfalls. Und jetzt machen Sie sich daran, festzustellen, an welchem Training die Angehörigen Ihrer Trupps besonders interessiert sind. Morgen Abend will ich eine Liste sehen. Die neue Trainingsphase beginnt am Montag. Sobald die abgeschlossen ist, wird sich der Zug neu formieren und die letzte Ausbildungsphase hinter sich bringen. Danach sind wir für die nächste Mission bereit.«
****

Neu-Eden
Fort Roughneck

1. Rangerdivision

»Das sind eine Menge Cougars«, stellte der Stabsoffizier fest.

Die vordere Rampe des T-92 Starlifter hatte sich gesenkt und zwei Kolonnen der neuen Kampffahrzeuge der Infanterie rollten von Bord. Die Fahrer parkten sie in gerader Linie entlang der dafür vorgesehenen Parkfläche. Dort würden die Fahrzeug in die Inventur aufgenommen, bevor die Fahrer sie bei ihren neuen Einheiten ablieferten.

Brigadier General William Darby stand an der Seite, Hände auf den Hüften, und sah zu, wie der große Frachttransporter entladen wurde. Seit knapp einem Monat trafen nun die lang erwarteten Lieferungen der Fahrzeuge und der neuen Sturmgewehre für die Infanterie ein.

Ihre veralteten M85-Gewehre wurden durch die neue Version M1 ersetzt. Da seit der letzten größeren Verbesserung des Sturmgewehrs ein neues Jahrhundert angebrochen war, hatten sich die Designer für eine neue Modellnummer entschieden. Das M1 war wie sein Vorgänger immer noch mit einem doppelten Lauf ausgestattet; der große Fortschritt der Waffe lag in ihrer gesteigerten Schlagkraft und in ihrer Größe. Das neue Sturmgewehr war zehn Zentimeter kleiner. Die Blaster verfügten nun über eine

Elektroschockeinstellung, und die Magrail kamen mit der Option einer höheren Schlagkraft, um die Körperpanzer der Orbot und die neu verbesserte Panzerung der Zodark zu durchdringen.

Die größte Veränderung, die den Rangern und der Armee im Allgemeinen zugutekam, war zweifellos der neue Cougar. Das modulare DN-12 Angriffsfahrzeug der Infanterie würde der Armee weit mehr Flexibilität gewähren, als sie sie bislang hatte. In der Hauptsache würde es sie unabhängig von der Flotte machen, anstatt für jegliches Transportersuchen von einem Punkt zum anderen auf sie angewiesen zu sein.

Bevor der Krieg gegen die Zodark begann, hatte das Militär die verschiedenen Waffen und ihre Funktionen nicht wirklich aufeinander abgestimmt. Fahrzeuge und Waffen wurden gebaut, um sich auf der Erde untereinander zu bekämpfen, nicht um außerirdische Planeten zu bezwingen und einzunehmen und es mit den Zodark aufzunehmen. Der sich viel zu lang hinziehende Kampf um Neu-Eden, und die absolute Abhängigkeit von der Flotte, während der Intus-Kampagne, hatte die Unzulänglichkeiten der Armee deutlich offengelegt.

»Kehren wir ins Büro zurück, Sir?«, erkundigte sich der Stabsoffizier, nachdem das letzte Fahrzeug von der Rampe gerollt war.

General Darby drehte sich zu dem jungen Lieutenant um. »Ja, tun wir das. Ich habe gesehen, was ich sehen wollte.«

Zehn Minuten später erreichten sie das Gebäude, das das Hauptquartier der Division beherbergte. In Darbys Büro wurde er von General Ross McGinnis bereits erwartet.

»Aha, da sind Sie ja, General. Jemand sagte mir, Sie hielten sich im Servicebereich der Flugzeuge auf«, begrüßte McGinnis ihn, als Darby sein Büro betrat.

Normalerweise hätte ihn McGinnis' Besuch überrascht, aber einer seiner Untergebenen hatte ihm rechtzeitig eine warnende Nachricht zukommen lassen.

»Ich sah mir die neue Ausrüstung an, die heute geliefert wurde. Was kann ich für Sie tun, General?«

»Ich wollte die bevorstehende Sumara-Kampagne mit Ihnen besprechen«, informierte ihn McGinnis. »Sie beginnt in weniger als sechs Monaten. Wie kommen Ihre Divisionen voran?«

Darby setzte sich und antwortete zuversichtlich: »Sie werden bereit sein. Ich denke, die neuen Waffen und die neue Ausrüstung werden einen großen Unterschied machen.«

»Das wollen wir hoffen«, meinte McGinnis. »Wir haben nicht die geringste Ahnung, ob das sumarische Volk sich gegen unsere Gegenwart wehren und zu den Zodark halten oder sich auf unsere Seite stellen werden. Die Lage könnte sich schnell zuspitzen, falls das Erstere der Fall sein sollte.«

»Was wissen wir von dem Planeten? Steht er schon unter Beobachtung oder gibt es Informationen von der Oberfläche?«

McGinnis schüttelte den Kopf. »Noch nicht. Die Deltas setzen in Kürze ein Team dort ab. Nach ihrer Ankunft werden wir mehr wissen.«

»Steht der Zeitpunkt dafür schon fest?«, fragte Darby und lehnte sich gespannt nach vorn.

»Sie stellen gerade ein geeignetes Team zusammen«, ließ ihn McGinnis wissen. »Ich gehe davon aus, dass sie in Kürze mit ihrer Aufklärungsmission beginnen. Soweit ich weiß, nehmen sie einen oder mehrere der Sumarer, die wir ursprünglich auf diesem Planeten befreit haben, als Führer vor Ort mit. Die müssen sie sicher erst auf diese Aufgabe vorbereiten, bevor sie ablegen können.«

Darby nickte. Je mehr Informationen sie über den Planeten, über das Volk, das dort lebte, und über den möglicherweise zu erwartenden Feindeswiderstand auf der

Oberfläche erhielten, desto besser konnten sie sich darauf vorbereiten.

»Klingt gut, General. Wir hier werden uns weiter vorbereiten. Wissen Sie, wie groß diese Operation ausfallen wird?«

McGinnis lächelte. »Groß. Die gesamte Dritte Armee wird daran beteiligt sein. Nachdem Sumara befreit ist, planen wir einen Streifzug entlang der Sternenkette, um dort sämtliche bewohnbaren Planeten zu sichern. Danach etablieren wir eine Reihe neuer Außenposten und nehmen die Befestigung der Sternentore und der Systeme gegen Überfalle in Angriff.«

Darby grinste bei dieser Nachricht. *Endlich eine Mission, die es wert war, für sie zu sterben – eine Kampagne, die tatsächlich einen Unterschied in ihren Kriegsbemühungen machen würde.*

Kapitel Zwanzig
Hinter feindlichen Linien

Neu-Eden
Fort Roughneck
Alpha Company „Die Geister"

Captain Brian Royce sah sich die Namensliste seiner Kompanie an und wählte fünf Individuen, die ihn auf seiner Mission begleiten sollten. Technisch gesehen, hätte er einen seiner Lieutenants schicken können – schließlich war er der Kompanieführer. Aber Major Hopper hatte ihm den Plan, persönlich daran teilzuhaben, nicht ausgeredet. *Er war dabei!* Es machte Sinn, dass Royce diese Expedition anführte. Schließlich hatte er mehr Erfahrung mit der Arbeit der Sondereinsatzkräfte als der größte Teil seines Bataillons. Ihr Ausflug könnte sich zudem zu einer Begegnung des Ersten Kontakts entwickeln. Auch dabei war es sicher hilfreich, eine Autoritätsperson mit einem gewissen Rang zu beteiligen.

Als nächstes überflog Royce auf der Suche nach einem bestimmen Namen die Personalakten des Bataillons. *Aha, da bist du ja*, dachte er. *Hosni – nun offiziell Lieutenant Hosni.*

Hosni war einer der ersten Sumarer, die sie auf Neu-Eden befreit hatten. Das war nun bereits 12 Jahre her. Nach seinem mehrjährigen Debriefing hatte ihm das Weltraumkommando zwei Alternativen präsentiert. Er konnte die Universität seiner Wahl besuchen, alles über die Erde lernen und dann sein Leben als normaler Zivilist fortsetzen, oder er konnte in das Militär eintreten und dazu beitragen, sein Volk aus der Knechtschaft der Zodark zu befreien.

Hosni hatte den harten Weg gewählt. Er hatte Admiral Bailey und Kanzlerin Luca informiert, dass er der Republik dienen und was immer in seiner Macht lag, tun wollte, das sumarische Volk zu befreien. Nach dieser fundamentalen Entscheidung hatten sie ihn zur Weltraumakademie in Colorado Springs geschickt. Vier Jahre in der Akademie hatten Hosni davon überzeugt, in der Armee und nicht in der Flotte dienen zu wollen. Er hatte ein weiteres Jahr damit verbracht, Geheimdienstoffizier zu werden, bevor ihn die Armee für psychologische Kampfführung ausgebildet hatte. Nachdem er schließlich alle Schulen durchgemacht hatte, die von ihm erwartet wurden, war Hosni bei den Sondereinsatzkräften akzeptiert worden.

Die kommenden drei Jahre hatte Hosni damit verbracht, das Auswahlprogramm zu überstehen und die körperlichen und medizinischen Verbesserungen zu bewältigen, bevor er endgültig die nötigen Qualifikationen erlangt hatte. Seine Dienstakte zeigte, dass er erst vor wenigen Wochen der 4.

Sondereinheitsgruppe zugewiesen worden war. Hosni hatte eine lange, harte Strecke hinter sich gebracht, aber nun würde er von seinen erlernten Fähigkeiten Gebrauch machen.

Royce machte sich eine Notiz, Lieutenant Hosni zu sich ins Büro kommen zu lassen. Major Hopper informierte er ebenfalls von dieser Absicht, damit auch er anwesend sein konnte. Und dann fand Royce zwei weitere Individuen, die für die geplante Mission perfekt waren. Die Gefreite Beth Chandler und Korporal Iris Wells.

Royce hatte wenig Frauen in seiner Einheit. Das ganze Bataillon hatte wenig Frauen in seinen Rängen. Die meisten bevorzugten den Dienst in der Flotte. Raumschiffe durch die Galaxie zu fliegen schien insgesamt wohl attraktiver als das einfache Soldatenleben zu sein. Ein Frau, die über ihrer Stellung als reguläre Armeesoldatin hinaus den Deltas angehören wollte, war eine besondere Art von Frau.

Über seinen Neurolink lud Royce die beiden Frauen in sein Büro ein. Sein First Sergeant und sein XO, ebenfalls eine Frau und stahlharte, trainierte Soldatin, würden sich zu ihnen gesellen.

Es war Zeit, sein direktes Führungsteam über diese neue Mission aufzuklären, und über die Tatsache, dass er für längere Zeit abwesend sein würde. Das bedeutete, dass sein XO eine Weile seine Aufgaben hier übernehmen musste -

eine gute Gelegenheit für sie, zu beweisen, dass sie das Zeug dazu hatte, ihre eigene Kompanie zu leiten.

****

»Stehen Sie bequem. Setzen Sie sich«, forderte Captain Royce die beiden Soldatinnen auf, die vor ihm standen.

Royce brachte ein Bild der sumarischen Heimatwelt auf seinem Bildschirm hoch. »Ich ließ Sie in mein Büro kommen, weil Sie dazu auserwählt wurden, an einer streng geheimen Mission teilzunehmen«, kündigte er an. »Ich will nicht lügen und behaupten, dass sie einfach sein wird; die Mission ist schwierig, mit der Möglichkeit, dass einige oder womöglich wir alle nicht von ihr zurückkehren werden. Im Rahmen der Kriegsbemühungen kommt dieser Aufgabe allerdings entscheidende Bedeutung zu.«

Die beiden Soldatinnen sahen sich mit einem erfreuten Lächeln an. »Wir sind dabei, Sir. Worum geht es?«

Royce war von ihrem Eifer beeindruckt. *Es kommt nicht darauf an, was es ist, sie wollen einfach nur dabei sein.*

»Wir schleusen ein Erkundungsteam auf Sumara ein. Sie, zusammen mit drei anderen, werden Teil dieses Teams sein, das ich anführen werde. Wir werden tief hinter die feindlichen Linien vordringen - ohne die Hilfe der Flotte oder von anderer Seite her. Ich muss wissen, ob jemand von Ihnen diesbezüglich Bedenken hat. Dies ist eine Freiwilligenmission. Sie müssen sich nicht dazu bereiterklären, falls Sie glauben, dass jemand anders besser dafür geeignet ist.«

Die Frauen schüttelten den Kopf. Sie waren überzeugt und mehr als bereit, ihren Dienst zu tun.

Royce lächelte. »Ok, gut. Dann freut es mich, Sie an dieser Mission von fünf Deltas und zwei Terminatoren zu beteiligen. Ich werde mich stark auf Sie beide stützen. Nebenan finden Sie sämtliche auftragsbezogenen Informationen. Nehmen Sie sich einige Stunden, sie zu studieren.

»Gefreite Chandler, als unsere Kommunikationsexpertin werden Sie ab morgen eine Woche lang auf einem anderen Stützpunkt ein neues Kom-System erlernen, mit dem wir arbeiten werden. Ich will, dass Sie was immer Sie über dieses neue System lernen können, verinnerlichen. Versichern Sie sich, dass Sie Fehler beheben, es auseinandernehmen und reparieren können, eben alles, was Sie in Zusammenhang mit einem solchen System unbedingt wissen müssen. Falls das Kom-System versagt, sind Sie diejenige, die uns aus der Klemme helfen muss. Sobald wir am Boden sind, ist es unsere einzige Kommunikationsmöglichkeit. Wenn das System tot ist, hat sich unsere Mission erledigt. Verstanden?«

»Jawohl, Sir. Sie können sich auf mich verlassen«, erwiderte sie knapp.

Captain Royce wandte sich nun an die zweite Soldatin. »Corporal Iris Wells, Ihre Dienstakte sagt mir, dass Sie ein Talent für Sprachen haben?«

»Jawohl, Sir. Ich studierte Sprachwissenschaften an der Universität. Ich spreche sechs Sprachen der Erde fließend, einschließlich Arabisch, plus eine Reihe seiner Dialekte. Außerdem verstehe ich die Grundbegriffe der sumarischen Sprache, die, soweit ich weiß, eine Variante des alten Chaldäisch ist. Chaldäisch ist mit dem Arabischen, Amharischen und Hebräischen verwandt - Sprachen, die ich fließend spreche«, erklärte sie ohne Zögern.

»Sehr beeindruckend, Corporal«, gestand Royce ihr zu. »Mein Englisch ist nicht das Beste, und Sie sind mir sechs Sprachen voraus. Ich bewundere Leute wie Sie, die so viele verschiedene Sprachen sprechen.«

Wells errötete leicht. »Mein Vater und meine Mutter waren Diplomaten. Ich wuchs in den Botschaften des Nahen Ostens und im Balkan auf. Das hatte sicher einen Einfluss auf mich.«

»Sehr gut. Ihnen fällt eine der schwierigsten Aufgaben dieser Mission zu. Sie, zusammen mit zwei anderen Teammitgliedern, werden unsere Linguistin sein. Und obwohl wir meiner Meinung nach ein gutes Grundverständnis ihrer Sprache haben und unsere Universalübersetzer in der Regel verstehen, was sie sagen, werden uns zwei Muttersprachler begleiten. Sobald die über den Inhalt unserer Mission aufgeklärt sind, werden Sie die Vorbereitungszeit mit ihnen verbringen, sich nonstop mit ihnen in ihrer Muttersprache zu unterhalten. Sie müssen mehr als ausreichende Kenntnisse in Sumarisch erwerben. Sie müssen sich fließend mit den Einwohnern Sumaras unterhalten können, denn aller Wahrscheinlichkeit nach werden unsere Linguisten die Erkundung des Planeten vornehmen. Sie werden unsere Augen am Boden sein. Verstanden?«

Corporal Wells hob den Kopf plötzlich ein wenig höher an, als ihr klar wurde, was Royce ihr da gerade gesagt hatte. *Sie würden nicht nur auf dem Planeten landen, um die Bevölkerung aus der Ferne zu beobachten – nein, er würde sie mitten unter die Bevölkerung schicken.*

»Verstanden, Sir. In meiner Freizeit studiere ich die Sprache schon eine ganze Weile, aber jetzt werde ich mich darauf konzentrieren. Wenn ich mich nicht täusche, wurde dem Bataillon gerade ein Sumarer zugeteilt, ein Lieutenant Hosni?«, fragte sie nach.

Royce nickte. »Ganz recht. Ich habe Hosni seit Jahren nicht gesehen, aber wir kennen uns. Ich war auf Neu-Eden, als wir ihn befreiten. Und tatsächlich ist es so, dass er mit uns kommen wird, sobald ich ihn über diese Mission informiert habe. Sie werden hinreichend Zeit haben, sich mit ihm zu unterhalten und ihre Sprachfertigkeit zu verbessern.«

Captain Royce zögerte einen Augenblick, bevor er die beiden Soldatinnen entließ. Er musste sich noch mit Hosni treffen und dann seine Vorgesetzten davon überzeugen, dass er Hadad ebenfalls brauchte.

****

Am folgenden Tag, auf dem Weg zurück ins Büro, sah Royce einen Lieutenant, der auf ihn zu warten schien. Sobald er vor ihm stand, salutierte er.

»Lieutenant Hosni meldet sich, wie befohlen.«

»Rühren Sie sich, Lieutenant. Kommen Sie.« Royce führte sie in sein Büro. »Die Mittagspause ist vorbei.«

Captain Royce trat um seinen Schreibtisch herum und nahm Platz. *Hosni erinnerte sich sicher nicht an ihn. Es war viele Jahre her, seit sie sich das letzte Mal gesehen hatten.*

»Lieutenant, wir kennen uns. Damals war ich noch ein Master Sergeant und Teil des Teams, das das Zodark-Camp befreite.«

Der Lieutenant lächelte. »Ihr Name kam mir bekannt vor, aber ich wollte nichts unterstellen. Nach all den Kämpfen und den hohen Opferzahlen, war ich mir nicht sicher, ob Sie überlebt habe. Es freut mich zu sehen, dass dem so ist.«

Royce zuckte mit den Achseln. »Nicht, dass die Zodark oder die Orbot es nicht versucht hätten, das kann ich Ihnen versichern. Aber ja, ich selbst in ebenfalls froh, mich weiter unter den Lebenden aufzuhalten.«

Hosni grinste bei diesem Kommentar. »Ich hatte gehofft, Sie und Major Hopper wiederzusehen. Ich erinnere mich noch an unsere Gespräche auf der *Voyager*. Sie fragten mich, ob ich Soldat werden und mein Volk befreien wollte. Es dauerte länger als erwartet, aber da bin ich nun.«

Royce nickte mit dieser Erinnerung, die jetzt schon so lange zurück lag. »Ich freue mich, dass Sie zu uns gestoßen sind, Hosni«, erwiderte er. »Und wenn wir alleine sind, nennen Sie mich doch bitte einfach Brian. Aber zurück auf das, weswegen ich Sie zu mir bat. Ich stelle eine geheime Erkundungsmission zusammen, und dazu brauche ich Sie. Ich weiß, es wird Ihre erste richtige Delta-Mission sein. Aber diese spezielle Mission verlangt Ihre Sprachtalente und Ihren Hintergrund als Sumarer.«

Hosni nickte und hörte zu.

Royce unterbreitete ihm den Plan. »Unser Team wird auf der sumarischen Heimatwelt landen. Es ist ein kleines Team, nur sechs Personen insgesamt. Wir werden uns einen längeren Zeitraum von allem abgeschnitten tief hinter den feindlichen Linien aufhalten. Sind Sie bereit für diese Aufgaben?«

Hosni lächelte. »Das bin. Sie erinnern sich allerdings, dass ich der Sklave eines Zodark-NOS war, ja? Ich habe Sumara nie betreten und weiß nichts über den Planeten oder über sein Volk.«

»Das stimmt, aber Sie sprechen ihre Sprache. Außerdem kennen Sie die Zodark besser als jeder andere. Das wird uns zugutekommen. Unsere Mission ist es, bestimmte Bereiche des Planeten auszukundschaften, um die Einrichtungen der Zodark und eventuelle planetarischen Verteidigungswaffen zu finden. Wir Erdenbewohner können sie vielleicht nicht identifizieren, falls sie sich von denen unterscheiden, die wir auf Intus und Rass gesehen haben. Dazu müssen wir noch eine geeignete Einfallzone für unsere Angriffskräfte finden, um die wichtigsten Regierungsgebäude und Militäreinrichtungen so schnell und unproblematisch wie möglich einzunehmen.

»Ideal wäre es, wenn die Bevölkerung uns mit offenen Armen als Befreier von den Zodark empfangen würde. Falls sie andererseits darauf bestehen, weiter Teil des Zodark-Reichs zu sein, dann steht uns vielleicht ein Kampf bevor. Egal wie sich die Situation darstellt, wir werden den Planeten in jedem Fall aus Ausgangspunkt für die weitere Invasion in den von den Zodark kontrollierten Raum einnehmen. Aus diesem Grund brauchen wir so viele Informationen, wie wir vor Ort erlangen können.«

»Dachten Sie in diesem Zusammenhang schon an Hadad?«, schlug Hosni vor. »Oder vielleicht an die andere Frau, Satet? Beide stammen aus der Hauptstadt. Die sind wahrscheinlich weit besser als ich dazu geeignet, uns zu führen.«

»Ja, den Gedanken hatte ich auch schon«, erwiderte Royce. »Ich habe einen Termin bei Colonel Hackworth, um genau das zu diskutieren. Hadad arbeitet derzeit für Gouverneur Crawley. Ich bin mir nicht sicher, ob er mit uns kommen möchte und selbst wenn er sich dazu bereit erklärt, ob es der Gouverneur ihm erlauben wird. Hoffen wir das Beste. Falls nicht, dann geben wir unser Bestes, alleine zurechtzukommen. In Bezug auf Satet: ich würde sie gerne mitnehmen, aber sie ist zwischenzeitlich verheiratet und unterrichtet an der Universität. Die Republik richtete ihr einen Lehrstuhl für Sumarische Sprache und Kultur ein, um uns dabei zu helfen, das sumarische Volk besser zu verstehen.«

Hosni nickte verständnisvoll. »Ok. Und was machen wir in der Zwischenzeit, während wir sehen, ob Hadad uns begleiten wird? Gibt es Vorbereitungen, die wir treffen können?«

»Die gibt es«, bestätigte Royce. »Arbeiten Sie daran, Ihre Teamkameraden kennenzulernen. Uns werden eine Anzahl neu entwickelter Überwachungsdrohnen zur Verfügung stehen. Das ganze Team muss wissen, wie sie betrieben und am effektivsten eingesetzt werden. Ich bin der Leiter der Mission, aber wir haben vier weitere Mitglieder. Falls Hadad mitkommt, ist er Nummer fünf. Nummer Sechs wird ein weiterer Soldat sein, den ich noch bestimmen werde.

»Bevor Hadad einsatzbereit ist, müssen wir einige Zeit darauf verwenden, ihn für einen orbitalen HALO zu trainieren. Dieser Sprung ist nicht einfach, deshalb werden auch wir ihn mehrere Male von dem neuen Schiff aus üben, neben mehreren Übungsflügen mit dem Schiff selbst. Bevor wir monatelang auf ihm unterwegs sind, will ich sichergehen, dass wir unterwegs keine unangenehmen Überraschungen erleben.«

Kapitel Einundzwanzig
Das Ersuchen des Gebieters

Cobalt
Der Palast des Gebieters

Rear Admiral Miles Hunt bestaunte ehrfürchtig den Palast, dem er sich näherte. Vom Zentrum der Stadt aus hatten sie mit einem kleinen Schwebefahrzeug den am Rande der Stadt gelegenen Palast erreicht. Er lag direkt am Meer - einer der wenigen planetarischen Freiräume, die nicht von endlosen Städte bebaut waren, die den gesamten Planeten einnahmen.

Pandolly unterbrach seinen Gedankengang. »Ihnen wird eine außerordentliche Ehre erwiesen, Miles. Ich hoffe, Sie verstehen, wie einzigartig diese Audienz ist.«

Hunt drehte sich dem Altairianer zu, der sich über die Jahre zu seinem Freund und Mentor entwickelt hatte. »Das ist mir bewusst, Pandolly. Diese Gelegenheit hat mein Volk nur Ihnen zu verdanken. Sie haben uns viel gelehrt. Hätten die Altairianer nicht in unseren Krieg gegen die Zodark eingegriffen, wäre mein Volk mit hoher Wahrscheinlichkeit heute entweder versklavt oder ausgerottet.«

»Wenn ich über die Jahre etwas im Umgang mit Ihrem Volk gelernt habe, Miles, dann die Menschen niemals zu unterschätzen«, erklärte Pandolly. »Unter all den Rassen, die uns begegnet sind, sind die Menschen bei weitem die intelligentesten und die einfallsreichsten. Die rasanten technologischen Fortschritte Ihrer Rasse im Lauf der letzten Jahre sind mehr als beeindruckend.«

Unruhig tanzte Pandolly von einem Fuß auf den anderen. *Zeigt er da vielleicht etwas Nervosität?*, fragte sich Hunt.

»Sobald wir den Vorraum zum privaten Gemach des Gebieters erreicht haben, werden Sie und Botschafterin Chapman alleine weitergehen«, beschrieb Pandolly die höfischen Regeln. »Ihr Sohn Ethan und ich werden zum Abendessen zu ihnen stoßen.«

Nachdem ihr Fahrzeug sie abgesetzt hatte, betraten die Vier den Palast. Eine Gruppe der dort postierten Wachen nahm Hab-Acht-Stellung an. Miles und Ethan trugen ihre Militäruniformen, die alle ihnen verliehenen Auszeichnungen stolz präsentierten. Nina trug ein elegantes Kleid. Die drei hatten sich in Schale geworfen.

Im Vorzimmer der Räume, in denen ihre Audienz stattfinden sollte, gesellte sich Botschafter Velator zu ihnen. »Hallo, Miles«, begrüßte er ihn nicht ganz so herzlich wie bei ihren vorherigen Treffen. »In wenigen Minuten begleite ich

Sie zu einem Gespräch mit dem Gebieter und einigen seiner wichtigsten Berater. Nach unserem Eintreten wird von Ihnen erwartet, sich dem Gebieter bis auf drei Tensile zu nähern. Das sind ungefähr drei Ihrer Meter. Der Gebieter wird auf Sie zukommen und Ihnen die rechte Hand entgegenstrecken. Sie sinken auf ein Knie, nehmen seine Hand in die Ihre und küssen den Reichsring. Danach kehrt der Gebieter auf seinen Stuhl zurück und sie beide nehmen auf ihren Stühlen Platz.

»Der Gebieter wird sich einige Zeit mit Ihnen unterhalten, bevor er seine Berater hinzuruft. Die werden Sie über Themen gemeinsamen Interesses befragen. Im Anschluss daran findet im Speisesaal ein formelles Staatsbankett statt. Ihr Sohn und Pandolly werden ebenfalls daran teilhaben. Haben Sie noch eine Frage, bevor wir den Gebieter aufsuchen?«

Miles hatte im Lauf der letzten Tage gelernt, dass Botschafter Velator ein überaus präziser Mann war. Er gab detaillierte Informationen weiter und bevorzugte es, sich streng an einen Zeitplan zu halten. Er war ein peinlich genaues Individuum – ein Eindruck, den Miles von allen Gallentinern hatte.

»Nein, Botschafter Velator, ich denke, wir verstehen, was von uns erwartet wird. Vielen Dank, dass Sie uns Erdenmenschen erlauben, uns mit Ihrem Gebieter zu treffen«, entgegnete Miles höflich. Und obwohl es ihm wohl nach außen hin gelang, eine ruhige Haltung auszustrahlen, fühlte sich Miles innerlich wie ein Kind am ersten Schultag – nervös und unsicher, was gleich geschehen würde. Er hatte Schmetterlinge im Bauch.

»Ausgezeichnet. Pandolly, wir sehen Sie später. Miles, Botschafterin Chapman, wenn Sie mir bitte folgen ….«
Velator führte sie durch die massiven Doppeltüren des Vorzimmers hinaus.

Beim Betreten des Audienzzimmers schüttelte Miles überwältigt den Kopf. Der Prunk, den sie hier sahen, war nicht übertrieben protzig, machte aber gleichzeitig jedem, der diese Halle betrat, klar, dass hier eine Persönlichkeit von großer Bedeutung residierte. Der Gebieter saß in seinem Thron auf einer erhöhten Plattform am anderen Ende des großen Raums, der entlang den Wänden von großen, kunstvoll verzierten Säulen gestützt zu sein schien. Die Wachen, die hier Ihren Dienst taten, waren mit Sturmgewehren bewaffnet, die Miles noch nie gesehen hatte.

Großzügige Fenster erlaubten den Einfall natürlichen Lichts. Aus einer nicht offensichtlich erkennbaren Lichtquelle strömte zusätzliches Licht aus der Decke auf sie herab. Fahnen mit ihnen unbekannten Markierungen hingen an den Wänden. Miles ging davon aus, das sie die Faktionen des Reichs repräsentierten.

Mit ihrer Annäherung an die erhöhte Plattform erhob sich der Gebieter von seinem Thron, um sie zu begrüßen. Er trat auf sie zu. »Menschen der Erde - Admiral Miles Hunt und Botschafterin Nina Chapman – es ist mir eine Ehre, Sie kennenzulernen.«

Miles und Nina sanken auf ein Knie, wie es ihnen vorgegeben worden war. Der Gebieter hielt ihnen die rechte Hand entgegen. Miles griff nach der ihm gereichten Hand. An einem Finger des Gebieters sah er den großen rechteckigen Ring mit dem gallentinischen Siegel. Wie es ihm aufgetragen worden war, küsste er das Siegel und wartete, bis Nina seinem Beispiel gefolgt war.

Nach dem Ende dieses offiziellen Protokolls kehrte der Gebieter auf seinen Thron zurück. Aus den Tiefen des Raums traten Diener vor, die Miles und Nina zwei ausgesprochen bequem aussehende Stühle brachten.

»Wie wünschen Sie angesprochen zu werden?«, erkundigte sich der Gebieter. »Mit Ihrem offiziellen militärischen Rang? Sie dürfen mich Euer Hoheit oder Euer Majestät nennen. Titel, die, so wurde mir gesagt, vor Jahrhunderten auf Ihrem Planeten in Gebrauch waren.«

Miles lächelte bei dem Gedanken, dass der mächtigste Mann des Universums sich die Zeit nahm, eine solche Frage zu stellen. Miles wusste bereits, dass er diesen Mann mögen würde.

»Euer Hoheit, meine Freunde nennen mich Miles. Bitte nennen Sie mich Miles oder sprechen Sie mich mit meinem offiziellen militärischen Rang an – ganz wie Sie möchten.« Miles tat sein Bestes, so entgegenkommend und verbindlich wie möglich zu sein. Sie hatten gerade die unglaubliche Gelegenheit, den Anführer der Allianz kennenzulernen. Er war entschlossen, das Beste daraus zu machen.

»Es freut mich zu hören, dass Sie uns als Freunde betrachten. Es liegt mir viel daran, dass die Menschen der Erde und das Volk der Gallentiner gute Freunde werden. Ich werde Sie Miles und Sie Nina nennen«, bestimmte der Gebieter mit einem höflichen Nicken in Richtung seiner Gäste.

»Aber bitte, nehmen Sie doch Platz. Es gibt viel zu bereden. Ich möchte Sie beide gern sowohl als Einzelperson als auch als Teil Ihrer Rasse kennenlernen«, verriet der Gebieter. Die Wahrheit seiner Aussage unterstrich er, indem er sich erwartungsvoll in seinem Thron nach vorne lehnte.

Zwei Stunden lang stellte der Gebieter Miles und Nina endlose Fragen über die Erde, ihr Volk und über sie selbst als eigenständige Personen. Der Gebieter befragte sie über ihre Familien und über ihre Kindheit. Beide, Miles und Nina, waren nach dem Ende des Großen Krieg der 2040er Jahre aufgewachsen. Die wirtschaftlichen und tatsächlichen Zerstörungen dieses Kriegs gingen selbstverständlich nicht ungesehen am Volk vorbei. Der Gebieter war sehr daran interessiert, was zum Krieg geführt hatte, und wie er letztendlich ausgegangen war.

Miles erzählte ihm, dass die sich bekämpfenden Seiten autonome Tötungsmaschinen entwickelt hatten, die sich später gegen ihre Erfinder gestellt und deren Existenz beinahe vernichtet hätten. Im Gegenzug berichtete der Gebieter von den Amoor, ihren ehemaligen Freunden, denen es ähnlich ergangen war, und die als Kollektiv auf der Suche nach Transzendenz ihre biologischen Körper hinter sich gelassen hatten.

Der Gebieter drückte ausführlich seine Bedenken darüber aus, dass das Kollektiv mit einer solchen Geschwindigkeit an Größe zunahm, dass es irgendwann unmöglich sein würde, es aufzuhalten, falls nicht in Kürze eine Lösung gefunden werden konnte. Während des Gesprächs über dieses Thema lud der Gebieter mehrere seiner Berater ein, sich an der Diskussion zu beteiligen.

Einer dieser Berater befragte Miles über seinen Plan, die Kontrolle über die Zodark-Welt Tueblets zu übernehmen. Insbesondere zeigten sie Interesse daran, wieso Miles sich gerade für diesen Planeten entschieden hatte, obwohl es so viele näher gelegene Welten und Systeme gab, die viel einfacher eingenommen werden konnten.

Miles erklärte seine derzeitige Frustration mit der Strategie der Altairianer – dass er das Gefühl hatte, das Zehntausende von Menschen in Kampagnen ihr Leben lassen mussten, die sie einem Sieg in diesem Krieg nicht einen Schritt näher brachten. Miles legte die strategische Wichtigkeit von Tueblets dar und wie dessen Einnahme und die Befestigung der ihn umgebenden Sternentore die Zodark lähmen würde. Danach legte er seinen Plan vor, wie er das Reich der Zodark zerstören und sie dazu bringen würde, um Frieden zu betteln oder bedingungslos zu kapitulieren. Sofort nach dem Erfolg dieses Schritts würde die Allianz ihre konzentrierten Bemühungen auf die Zerstörung der Orbot richten.

Die gallentinischen Berater analysierten diesen Plan unter vielen verschiedenen Aspekten. Sie stellten Miles eine Reihe bohrender Fragen darüber, wie er den Krieg in der Milchstraßengalaxie führen würde; was er tun würde, falls er der Kriegsmaschine vorstehen und wie er dann mit den Orbot umgehen würde - bevor sie schließlich auf das Kollektiv zu sprechen kamen. Miles Plan für die Orbot war einfach – die Entfernung der Zodark als deren Schachfiguren, ihre Isolation, und dann der totale Krieg gegen sie in all ihren Systemen – um endlich mit einem endgültigen KO-Schlag den Krieg zu beenden.

Je länger das Gespräch sich hinzog, desto mehr fühlte sich Miles, als ob er in einem Vorstellungsgespräch saß, anstatt an einem Gedankenaustausch oder an einem Treffen des ersten Kennenlernens teilzunehmen. Nach drei Stunden stellte der Gebieter die Frage: »Was ist das größte Hindernis, das Ihr Volk davon abhält, die Art des Kriegs gegen die Zodark und später gegen die Orbot zu führen, die Sie vorschlagen?«

Miles hielt dies für eine Art Fangfrage, bemühte sich jedoch, so wahrheitsgetreu wie möglich zu antworten. »Abgesehen vom Kriegsrat und diejenigen, denen es am Willen oder an der Vorstellungskraft fehlt, den Sieg vor sich zu sehen .... uns fehlt die Technologie! Wir haben viel mit der uns zur Verfügung stehenden Technologie erreicht. Schlussendlich steht uns jedoch ein technisch fortgeschrittener Feind gegenüber, der mehr Schiffe hat, mehr Ressourcen und mehr Wege, uns zu besiegen.«

»Wenn Sie eine Technologie haben könnten, die den Verlauf des Krieges beeinflussen würde, welche wäre das?«, forschte einer der militärischen Berater.

Miles fehlte eine sofortige Antwort. Er erbat sich Zeit zum Überlegen, bevor er schließlich mit Nachdruck erwiderte: »Die Wurmloch-Technologie«. Miles kalkulierte, dass die Gallentiner ihm zu diesem Zeitpunkt den Weg eröffnet hatten, diese Bitte vorzutragen. *Warum also nicht nach den Sternen greifen?* »Obwohl unsere Kriegsschiffe denen der Orbot unterlegen sind, fanden wir einen Weg, unsere Technologie so effektiv anzuwenden, dass es uns gelang, sie zu schlagen. Was uns fehlt, ist die Möglichkeit, wie sie, oder wie die Gallentiner und die Altairianer, von einem System ins andere zu reisen. Mit der Wurmlochtechnologie der Altairianer könnten wir unsere Streitkräfte schneller verlegen und den Feind permanent aus dem Gleichgewicht bringen.«

Der gleiche Berater hakte nach. »Sie sprechen von unserem Wurmlocherzeuger? Die Möglichkeit, ein ortsungebundenes Wurmloch zu kreieren, dass alle Schiffe einer Flotte nutzen können, im Vergleich zu dem Wurmloch, dass ein einzelnes Schiff allein für sich kreieren kann?«

Miles nickte. »Ganz recht. Die Altairianer setzten diese Technologie zwei Mal zugunsten unserer Flotte ein, aber nicht so oft, wie sie es hätten tun können. Ein Beispiel: Als unsere Kräfte den Primord halfen, Intus einzunehmen, kostete es unsere Flotte fünf Monate, den Kampfort zu erreichen. Als wir die Primord im Kampf um Rass unterstützten, nahm die Verlegung unserer Kräfte vier Monate in Anspruch. Und nach dem Ende der Kämpfe dauerte es viereinhalb Monate, bevor unsere Streitkräfte ihren Heimatstandort Neu-Eden erreichten. Insgesamt verloren wir über ein Jahr allein an den Transit unserer Truppen.«

»Sie sagen also, wenn Ihnen diese Technologie zur Verfügung stünde, dass Sie weit weniger Zeit verlieren würden, Ihr Militär zwischen den unterschiedlichen Kampforten einzusetzen?«, fasste der Gebieter Miles' Aussage zusammen.

»Ganz recht, Euer Hoheit. Das ist der Schlüssel zum Sieg gegen die Zodark und die Orbot«, bestätigte ihm Miles. »Wir müssen sie aus dem Gleichgewicht bringen. Sie müssen sich ständig fragen, was wir als nächstes vorhaben, wo wir zuschlagen und mit wie vielen Kräften wir sie angreifen werden. Wenn uns diese Technologie zur Verfügung stünde, weiß ich, dass unsere menschliche Flotte einen Unterschied in diesem Krieg machen kann. Vielleicht gelingt es uns ja sogar ohne die Hilfe des Reichs die Zodark zu besiegen. Die

Menschen sind geborene Krieger; uns fehlt nur die fortgeschrittene Technologie, um in diesem Krieg wirklich gefährlich zu sein.«

Die Unterhaltung stockte eine kurze Weile, während sich der Gebieter privat mit zweien seiner Berater unterhielt.

Diese Pause nutzte Miles, um mit Nina zu flüstern. »Wozu dienen all diese Fragen, was denken Sie?«

»Sie werden auf Herz und Nieren geprüft«, entgegnete Nina leise. »Ob sie Sie persönlich interviewen oder uns als Menschen und wofür …. das kann ich noch nicht sagen. Angesichts der Fragen habe ich allerdings das unbestimmte Gefühl, dass sie mit der Kriegsführungsstrategie der Altairianer nicht unbedingt zufrieden sind. Es sieht so aus, als hätte die Allianz seit unserem Beitritt mehr Fortschritte in diesem galaktischen Krieg gemacht als in den letzten einhundert Jahren.«

Miles lachte leise bei dieser Einschätzung. »So sieht es aus. Beim Stand der Technologie der Altairianer muss man sich allen Ernstes fragen, wieso sie bisher nicht in der Lage waren, die Orbot oder die Zodark zu besiegen.«

Bevor die beiden weiter Gedanken austauschen konnten, sprach ihn einer der Berater des Gebieters an: »Miles, glauben Sie, dass der Krieg gegen die Zodark und Orbot schnell gewonnen werden kann?«

»Das kommt auf Ihre Definition von ‚schnell' an«, erwiderte Miles. »Die Altairianer bekämpfen sie seit beinahe 1.000 Jahren.«

»Das ist ein guter Punkt«, gab der Gebieter scheinbar belustigt zu. »Das ist ebenfalls ein Problem, das wir ansprechen wollen. Wir sind zufrieden damit, wie die Altairianer das Reich innerhalb der Milchstraßengalaxie kultiviert und erweitert haben, aber es mangelt ihnen am Talent der Kriegsführung. Sie stehen nun schon seit knapp 2.000 Jahren im Krieg mit den Orbot und den Zodark. Dieser Krieg hätte sich niemals so lange hinziehen dürfen. Die Konsolidierung der Andromeda-Galaxie gelang uns in weniger als 400 Jahren und die drei weiterer Galaxien in etwa 1.000 Jahren. Unser Reich umfasst nun viereinhalb Galaxien, die alle vom Krieg in Ihrer Heimatgalaxie gefährdet sind. Die Zodark und die Orbot müssen geschlagen werden ….«

Miles war sich nicht sicher, ob er unterbrechen sollte, tat es aber dennoch. »Entschuldigen Sie, Euer Majestät. Jedes Mal, wenn wir eine Strategie oder Kampagne vorgeschlagen haben, die ein schnelles Ende der Auseinandersetzung nach sich ziehen könnte, argumentieren die Altairianer und andere mit der echten oder vermeintlichen Gefahr dagegen, dass das

Kollektiv den Orbot zu Hilfe kommen könnte. Trifft das zu? Würde das Kollektiv ihnen Unterstützung gewähren?«

Einer der militärischen Berater antwortete. »Das kommt darauf an. Möglich wäre es. Momentan konzentriert es seine Aufmerksamkeit allerdings auf etwas anderes, und daran wird sich wohl auch lange Zeit nicht ändern. Es ist in zwei Galaxien am anderen Ende des Universums engagiert. Meiner Meinung und der einer Reihe der Mitglieder dieses Rates nach würde sich das Kollektiv wahrscheinlich fernhalten. Falls es einschreiten sollte, wäre es eine zeitlich begrenzte Beteiligung, um das Kräfteverhältnis erneut zugunsten der Orbot zu korrigieren. Andererseits würden wir - sollte das Kollektiv tatsächlich in Ihrer Galaxie auftauchen - ebenfalls Schiffe aussenden, um sie zu bekämpfen.«

Nach einer kurzen Pause stellte Miles die entscheidende Frage: »Euer Majestät, was kann ich oder das Volk der Erde tun, um Ihnen zum Sieg gegen die Orbot und die Zodark zu verhelfen? Was können wir tun, um diesen Krieg effektiv zugunsten der Allianz zu Ende zu bringen?«

Der Gebieter schaute seinen Gästen voller Ernst in die Augen, so als ob er ihre Seele erkunden wollte. Zwei seiner Berater beugten sich vor und flüsterten ihm etwas zu. Er nickte und lächelte. »Ich möchte, dass die Menschen die Orbot und ihre Günstlinge, die Zodark, vernichtend schlagen.

Mir ist bewusst, dass Ihnen das mit Ihrer derzeitigen Technologie unmöglich ist. Da Sie sich als das kriegerische Volk bewiesen, nach dem wir gesucht haben, werden wir etwas tun, was den Altairianern nicht zusagen wird. Wir wissen, dass sie einige Technologien mit Ihnen geteilt haben, und dass sie Ihnen gegenwärtig beim Bau einer neuen Kriegsflotte behilflich sind. Wir möchten, dass die derzeitige Klasse von Kriegsschiffen in Ihren Werften Ihr letzter Bau ist. Stattdessen werden wir Ihnen direkte militärische Unterstützung gewähren, um der Allianz zum Sieg in Ihrer Galaxie zu verhelfen.«

Der Gebieter fuhr fort: »Sie erhalten unsere Wurmlochtechnologie. Sie erhalten unsere Pläne und die Technologie, Ihren eigenen orbitalen Ring entsprechend dem unseren um Ihren Planeten herum zu bauen. Dieser Ring wird die Erde zu einer militärischen und wirtschaftlichen Supermacht in der Milchstraßengalaxie machen. Seine Fertigstellung wird Jahrzehnte, vielleicht auch hundert Jahre dauern, aber seine Existenz wird ein wirtschaftlicher Motor für Ihr Volk sein.

»Und nun wird mein Militärbeauftragter Ihnen über das Schiff berichten, das wir Ihnen überlassen werden.« Damit nickte er aufmunternd einer Person in seiner Nähe zu.

»Sie erhalten die *Gallentine Titan*«, begann der Berater. »Dieses Schiff ist mit einem Wurmlocherzeuger ausgestattet, womit Sie ganze Flotten zur gleichen Zeit verlegen können. Die Waffen an Bord des Schiffs sind schlagkräftiger als alles, was die Zodark oder die Orbot derzeit besitzen. Die *Titan* ist das größte Großkampfschiff unserer Flotte. Dieses Schiff war es, das den Krieg gegen das Kollektiv zu unseren Gunsten beendete. Falls ein Schiff des Kollektivs sich eines Tages tatsächlich in Ihre Galaxie verirren sollte, wäre die mächtige Titan mehr als fähig, diesen Eindringling zu zerstören.

»Die Überlassung dieses Schiffs an Ihr Volk wird die Machtverhältnisse in der Milchstraße auf einen Schlag verändern. Dazu werden Sie die Designs unserer standardmäßigen Schlachtschiffe und Zerstörer erhalten, die Sie für Ihre eigenen Zwecke bauen können. Es wird Jahre oder sogar Jahrzehnte dauern, diese Schiffe zu bauen und den Umgang mit ihnen zu erlernen. Danach wird sich das Blatt des Krieges allerdings zu Ihren Gunsten wenden.«

Miles konnte nicht fassen, was ihnen da angeboten wurde. Ihm fehlten die Worte. Basierend auf ihren Kontakten mit den Altairianern hätte er einen solchen Schritt niemals auch nur entfernt für möglich gehalten. Er stotterte: »Ich …. ich weiß nicht, was ich sagen soll. Ein Geschenk dieses Ausmaßes hatte ich nicht erwartet, Euer Hoheit ….«

Der Gebieter erhob sich. »Ich halte mich für einen guten Menschenkenner. Ich stellte Ihnen beinahe sechs Stunden ihrer Zeit Fragen, vernahm Ihre Antworten und hörte Ihnen zu. Ich denke, dass wir das kriegerische Volk gefunden haben, nach dem wir zur endgültigen Übernahme der Milchstraßengalaxie gesucht haben. ADMIRAL MILES HUNT, ICH BEAUFTRAGE SIE UND DAS IRDISCHE VOLK, DAS ZODARK-REICH UND DIE ORBOT ZU BESIEGEN UND DIESEN KRIEG ZU BEENDEN. Ich beauftrage Sie, die Machtverhältnisse in der Milchstraße zu konsolidieren. Die Altairianer werden mit Ihnen zusammenarbeiten und die Galaxie für Sie verwalten. Sie haben die Technologie, die Infrastruktur und das Talent, diese Aufgaben zu Ihrer vollsten Zufriedenheit zu erfüllen. Aber *Sie* allein, Miles, werden dem Kriegsrat vorstehen und den Militärkräften des Galaktischen Reichs in der Milchstraße vorstehen.

»Mein Reichssiegel wird Sie in Ihrer Position bestätigen«, sagte er und schnippte mit dem Finger. Sofort kam ein Assistent mit einem Kästchen in der Hand auf Miles zu. »Hiermit ernenne ich Sie zu meinem offiziellen Vertreter in der Milchstraße. Sämtliche Militärangelegenheiten und -entscheidungen stehen nun unter Ihrem Kommando und unter Ihrer Kontrolle. Von heute an sind Sie niemandem außer mir und meinem Kriegsrat verantwortlich.

»Wir erwarten regelmäßige Updates über Ihre Operationen und Berichte über die Ergebnisse Ihrer Militäraktionen. Gelegentlich wird Ihr persönliches Erscheinen hier auf Cobalt nötig sein. Die Annahme dieser Einladungen ist unumgänglich.

»Verstehen Sie eines, Miles. Als mein Vertreter in der Milchstraße erhebe ich Sie in eine enorme Machtposition – und diese Macht kommt mit Verantwortung. Sie und das Volk der Erde sind nun uns und dem Galaktischen Reich gegenüber verpflichtet. Ich bin Ihr Gebieter; ich bin Ihr oberster Herrscher. Ihnen wird erlaubt, Ihr Regierungssystem beizubehalten, aber Sie müssen sich bewusst sein, dass Sie und Ihr Volk von heute an für immer meine Untertanen sind. Sie unterstehen unserem Schutz, unterliegen gleichzeitig aber auch unseren Regeln. Akzeptieren Sie diese Position?«

Der Gebieter sah Miles durchdringend an und wartete geduldig auf seine Antwort. Das Geschehen der letzten halben Stunde hatte Miles vollkommen überrumpelt. Er hielt es für unwahrscheinlich, dass er die Autorität hatte, hier für die Republik zu sprechen, andererseits wusste er nicht, ob er diese Einladung ablehnen konnte oder sollte.

Verwirrt wandte er sich an Botschafterin Chapman. »Nina, ich brauche Hilfe. Darf ich diesem Angebot hier überhaupt zustimmen?«

Diese Frage schien auch sie aus der Fassung zu bringen. Endlich nickte sie, offenbar unsicher, wie sie sonst in diesem Augenblick reagieren sollte.

Miles erhob und verneigte sich. »Euer Majestät, im Namen des Volkes der Erde und der Republik, erkläre ich mich mit Ihrem Verlangen und Ihrem Angebot einverstanden.«

Der Gebieter lächelte erfreut. »Ausgezeichnet, Vizegebieter Miles Hunt, Oberster Militärkommandant der Reichsarmee der Milchstraßengalaxie. Lassen Sie uns am Staatsbankett teilnehmen und dieses Abkommen den dort Anwesenden verkünden. Pandolly wird mit gesonderten Instruktionen zum Hauptplaneten Altus zurückkehren.«

Das dürfte eine interessante Sitzung des Kriegsrats werden, dachte Miles beinahe amüsiert. Er fragte sich, wie er den beiden Bourbon-Liebhabern seinen kometenhaften Aufstieg erklären sollte. Dieses dreidimensionale Schachspiel würde unzählige Auswirkungen haben. *Einen Schritt nach dem anderen,* sprach er sich selbst Mut zu.

»Die Erdenbewohner werden noch eine Weile auf Cobalt bleiben«, kündigte der Gebieter an und riss Miles damit aus seinen Gedanken. »Es gibt noch viel zu besprechen und zu lernen, bevor Sie das Kommando über Ihr Flaggschiff übernehmen und nach Altus zurückkehren können. Nach Ihrer Rückkehr werden Sie den Kriegsrat dort nach Ihrem Ermessen umgestalten. Mehr darüber später.

»Und nun kommen Sie, das Bankett wartet auf uns. Genießen wir die Gesellschaft anderer und stellen wir unseren neuesten Vizegebieter vor.«

Kapitel Zweiundzwanzig
Der Aufstieg der Republik

Hauptplanet Cobalt
Der Palast

Nach dem Ende der Feierlichkeiten forderte der Gebieter Pandolly zum Bleiben auf. Die Menschen kehrten in Ihre Quartiere im Herzen der Stadt zurück.

Auf dem Weg erklärte Botschafter Velator: »Morgen ziehen Sie in andere Unterkünfte um. Dort werden sie mehrere Wochen lang über das Reich und das Kollektiv informiert werden. Des Weiteren erhalten Sie Unterricht im Umgang und im Betrieb der Titan - das Schiff, das Ihnen übertragen wurde. Es ist kein Schiff, das von Menschen ohne fortgeschrittenes Training bedient werden kann. Es ist zu weit entwickelt und zu kompliziert. Sie werden spezielle Neuroimplantate und die mit ihnen einhergehende Ausbildung darüber erhalten, wie Sie über die Implantate mit dem Schiff selbst Kontakt aufnehmen.

»Nachdem die Titan *Freiheit* die Erdenbewohner, die nicht auf der altairianischen Heimatwelt verbleiben, abgeholt hat, wird Sie eine Crew gallentinischer Marineoffiziere auf Ihrer Reise zurück in die Milchstraße begleiten. Dort werden sie mit Ihnen, unseren neuen Partnern, zusammenarbeiten. Ein Jahr intensiven Trainings sollte ausreichen, eine menschliche Mannschaft zu lehren, ihr neues Schiff zu bemannen, es zu betreiben, zu reparieren und es im Kampf einzusetzen.«

Botschafter Velator fuhr fort: »Nach Ihrer Rückkehr zur Erde wird alles Schlag auf Schlag gehen. Das große Maß an Technologie, das Sie von uns erhalten werden, wird mit einem großen Maß an Training einhergehen, wozu diese Technologie dient und wie sie einzusetzen ist.

»Insgesamt 4.000 gallentinische Berater werden Sie bei Ihrer Rückkehr begleiten und für die vorhersehbare Zukunft auf der Erde verbleiben. Diese Berater werden die Menschen darauf vorbereiten, das militärische Kommando über die Streitkräfte der Milchstraße zu übernehmen. Außer der Harran-Kampagne zur Befreiung des sumarischen Volkes, wird es nach Anweisung des Gebieters bis auf weiteres keine neuen Militärkampagnen geben …. bis zu dem Zeitpunkt, an dem die Neuorganisation der Allianz und die der Streitkräfte abgeschlossen ist.«

****

Am folgenden Tag traf Pandolly sich eine Stunde lang mit Miles und Nina und berichtete von seinem Gespräch mit dem Gebieter. Pandollys Auftrag war es, die persönliche Nachricht des Gebieters an seine eigene Führungsspitze weiterzugeben. Dann verabschiedeten sie sich. Pandolly kehrte zu seinem Schiff zurück und die Erdenbewohner verlängerten ihren Aufenthalt auf Cobalt.

Miles war sich unsicher, ob Pandolly aufgebracht oder eventuell sogar erleichtert darüber war, dass die Altairianer nicht länger die Geschehnisse des Krieges lenkten. Da die Altairianer kaum Emotionen zeigten, war es schwer, ihre Stimmung einzuschätzen. Miles schätzte, dass die Altairianer mehr als leicht irritiert von der Tatsache sein würden, dass den Menschen alle militärischen Befugnisse innerhalb des Galaktischen Reichs übertragen worden waren.

Andere Mitglieder des Kriegsrats würden ebenfalls denken, dass sie weit besser als diese niedere Rasse dazu geeignet waren, das Militär zu befehligen. Letztendlich war es Miles jedoch vollkommen gleichgültig, was sie von dieser überraschenden Entwicklung hielten.

Sie hatten die Chance, diesen Krieg zu beenden, und haben versagt, dachte er.

Miles war der Mann, der den Ring mit dem Reichssiegel trug. Er war ‚Vizegebieter', der Mann mit dem direkten Auftrag des Gebieters. Miles würde Himmel und Hölle in Bewegung setzen, um das Galaktische Reich voranzubringen.

Er würde seinen gallentinischen Beratern vertrauen und die beiden kommenden Jahre mit dem Aufbau seiner Kräfte und anderen Vorbereitungen verbringen. Er würde eine komplette Umrüstung und ein neues Trainingsprogramm innerhalb der Allianz anordnen. *Nach der Neuorganisation der Flotten und der Kampfgruppen wird den Zodark und den Orbot Hören und Sehen vergehen,* das wusste Miles jetzt schon.
****

Zwei Wochen später

»Sie sind bereit, sich Ihr neues Schiff anzusehen?«, vergewisserte sich Botschafter Velator, während ihre Fähre in den Himmel stieg.

Miles nickte mit einem breiten Grinsen im Gesicht. Er fühlte sich wie ein Kind, dem endlich erlaubt wurde, seine Weihnachtsgeschenke zu öffnen.

Miles Sohn Ethan begleitete sie auf diesem Ausflug. Ihre kleine Fähre brachte sie hoch zur Ringstation, wo das Schiff, über das er das Kommando übernehmen würde, gerade die Werft verlassen hatte. Es war brandneu.

»Wie groß ist das Schiff?« Ethan war ebenso aufgeregt wie sein Vater. »Wie groß ist die Mannschaft, die zu seinem Betrieb nötig ist?«

Velator drehte sich dem jüngeren Hunt zu. »Die *Freiheit* ist das siebte Schiff in der Titanen-Klasse. Der Betrieb des Schiffs ist weitgehend automatisiert, das bedeutet, dass es theoretisch mit einer Minimalbesetzung auskommen kann. Zumindest wurde es mir so erklärt. Mit unserer Landung auf dem Schiff werden Sie den Captain kennenlernen. Er arbeitet direkt für Sie, Vizegebieter Hunt. Er und seine Mannschaft werden Ihre Befehle entgegennehmen und sie befolgen, als seien Sie selbst der Gebieter. Die Gallentiner werden solange auf der Erde bleiben, bis eine menschliche Crew sie kompetent ersetzen kann. Darüber hinaus werden sie, solange Sie es wünschen, weiter als Ihre Mannschaft dienen.«

Miles nickte zustimmend, bevor er fragte: »Wie viele gallentinische Mannschaftsmitglieder sind auf dem Schiff postiert?«

»Ein Minimum von 500 wurde mir gesagt. Das Schiff kann allerdings weit mehr aufnehmen. Der Kapitän wird Ihnen nach unserer Ankunft mehr erklären.«

Ihre Fähre verließ die Umlaufbahn und näherte sich der Ringstation. Miles und Ethan sahen Dutzende, vielleicht sogar Hunderte von Raum- und Kriegsschiffen verschiedener Größen und Ausführungen, die dort angedockt waren. Manche wurden repariert, andere befanden sich noch im Bau. Die meisten schienen einsatzbereit zu sein.

Dann sah Miles drei riesige Fortsätze der Station, die keinen Sinn zu machen schienen. Bevor er sich bei Velator darüber wundern konnte, begann einer der drei sich von der Station zu trennen. Der Fortsatz war kein Anbau an die Station – es war ein Schiff – eines, das so riesig war, dass es selbst einer kleinen Station glich.

Beeindruckt fragte Miles seinen gallentinischen Freund: »Velator, welche Art Schiff ist *das*? Es hat die Größe einer Raumstation.«

Velator lächelte, und mit stolzgeschwellter Brust verkündete er: »Das, Vizegebieter, ist das Flaggschiff der Milchstraßenflotte. Ihr neues Schiff. Das, Miles, ist die *Freiheit*.«

Miles weit aufgerissene Augen sahen seinen Sohn Ethan an, der ebenso geschockt war wie er.

»Wie groß ist das Schiff?«, keuchte Miles.

»Ihrer Maßeinheit nach ist die *Freiheit* 15 Kilometer lang, einen Kilometer breit und hat eine Höhe von einem Kilometer. Die weiteren Spezifikationen überlasse ich dem Captain, der Sie in Kürze erwartet.«

Kurz darauf teilte ihnen der Pilot ihrer Fähre mit, dass ihm der Kapitän der *Freiheit* die Erlaubnis erteilt hatte, backbord in die Landebucht einzufliegen. Je näher sie dem Schiff kamen, desto mehr bewunderte Miles dieses Ungetüm.

Es war absolut riesig, weit größer als jedes andere Schiff, das er je gesehen hatte. Tatsächlich war dieses Schiff größer als die John Glenn, die Orbitalstation über der Erde. Es war größer als *jede* Station, die er bisher gesehen hatte.

Wie kommt man auf einem solchen Schiff von einem Ende zum anderen?, schoss es Miles durch den Kopf. Er konnte sich vorstellen, dass eine solche Reise über eine Stunde in Anspruch nehmen würde.

Nahe vor dem Einflugtor entdeckte Miles einen gelblichen Schein vor der ihnen zugewiesenen Landungsbucht. Und dann waren sie im Innern des Schiffs.

Miles sah aus dem Fenster der Shuttle und nahm alles in sich auf, während ihr Pilot sie entlang einer Seite der Landebucht manövrierte. Im Innern dieser Halle drängten sich Fähren, Jäger und andere Raumschiffe jeglicher Art.

»Der Kapitän und einige seiner Offiziere stehen bereit, Sie zu begrüßen, Vizegebieter.« Botschafter Velator zeigte auf eine Reihe gallentinischen Militärpersonals, das ihn in Hab-Acht-Stellung erwartete.

Miles fühlte sich unbehaglich. Es kam ihm irgendwie merkwürdig vor, dass eine überlegene Spezies wie die Gallentiner die Mitglieder ihres Militärs einem menschlichen Kommandanten unterstellen wollten. Dazu kam noch, dass ihn seine neuerworbene Position als Vizegebieter ebenfalls immer noch verblüffte. Er konnte sich vorstellen, wie dies auf Altus und im Kriegsrat aufgenommen und diskutiert worden war. Miles ging davon aus, dass ihn auf dem Heimatplaneten der Altairianer in einigen Tagen unangenehme Gespräche erwarteten.

Endlich setzte der Pilot die Fähre auf dem Deck auf, wobei er sicherstellte, dass die Tür der Fähre sich vor der militärischen Formation öffnen würde.

Leise zischend öffnete sich die Tür. Bevor Miles die Rampe betrat, atmete er tief ein. Er war froh darüber, dass die biologischen Körper der Gallentiner die gleiche Atmosphäre wie die Menschen verlangten. Er musste kein Atemgerät tragen oder einen dieser Inhalatoren mit sich führen, der auf einem altairianischen Schiff immer nötig war.

Botschafter Velator beugte sich vor. »Kein Grund zur Nervosität, Miles«, flüsterte er ihm zu. »Das sind professionelle Soldaten, so wie Sie. Sie kennen Ihre Pflicht. Der Gebieter überreichte ihnen vor einer Woche persönlich ihre Befehle. Jeder Einzelne ist stolz darauf, auserwählt zu sein, um unter Ihnen zu dienen – unter dem Vizegebieter und Militärkommandanten der Streitkräfte der Milchstraße.«

Miles lächelte. Velators Kommentar munterte ihn ein wenig auf. Er wollte nicht, dass die Truppen dachten, er hätte ihre reguläre Kommandostruktur bewusst zerstört oder dass sie dem Kommando einer geringerwertigen Rasse unterstellt worden waren.

Botschafter Velator trat die Rampe hinunter auf die Formation der Soldaten zu. Ungefähr 200 standen auf jeder Seite eines Pfades, der auf den Kapitän des Schiffes zuführte. Er und zwei seiner Offiziere standen stramm da.

Sobald der Botschafter einen Schritt auf das Flugdeck gesetzt hatte, trat er zur Seite und wartete darauf, dass Miles sich zu ihm gesellte.

»Jetzt oder nie, Dad. Fall' nicht über deine eigenen Füße. Das würde einen schlechten ersten Eindruck vor der Kommandoübernahme machen«, scherzte Ethan im Versuch, seinem Vater Mut zuzusprechen.

Miles kicherte. »Mache ich einen nervösen Eindruck?«

Ethan zuckte mit den Achseln. »Irgendwie schon. Ich dachte, du könntest etwas Humor gebrauchen. Aber los jetzt, raus mit dir. Du willst doch deine eigene Party nicht verpassen.« Sein Sohn sah ihn breit grinsend an. Dieser Tag war für ihn beinahe ebenso aufregend wir für seinen Vater. Sie waren die ersten Menschen an Bord eines gallentinischen Raumschiffs. Und was noch unglaublicher war .... einer von ihnen kommandierte es sogar.

Miles betrat die Rampe und richtete sich beim Verlassen der Fähre ein wenig gerader auf. Er trat an Botschafter

Velators Seite und gemeinsam gingen sie auf den Kapitän und sein Führungsteam zu. Wenige Meter vor ihnen salutierte der Captain forsch, indem er sich zuerst mit der geschlossenen rechten Hand auf die Brust schlug, bevor er den rechten Arm gerade von sich streckte. Dieser militärische Gruß erinnerte Miles beinahe an den Nazi-Salut des Zweiten Weltkriegs, den er vom Geschichtsunterricht her kannte. Er nahm sich vor, dies später zu erwähnen.

»Vizegebieter Hunt, mein Name ist Captain Wiyrkomi vom Clan der Ishukone. Es ist uns eine große Ehre, unter Ihnen, Vizegebieter, in diesem großen Krieg zu dienen. Ich freue mich darauf, mit Ihnen zusammenzuarbeiten und an Ihr Volk alles, was es über dieses Raumschiff zu wissen gibt, weiterzugeben«, trug er selbstbewusst und voller Stolz vor.

»Es ist mir ein Vergnügen, Sie kennenzulernen, Captain Wiyrkomi«, erwiderte Miles. »Die Wahl des Gebieters, die auf Sie und Ihre Männer gefallen ist, ehrt mich. Der Gebieter schickt uns seine besten Soldaten und Marineangehörigen, um mit uns zu dienen. Ich bin zuversichtlich, unsere Zusammenarbeit wird den Gebieter stolz machen.«

Sie unterhielten sich noch eine Weile, während der Kapitän Miles einige seiner langgedienten Offiziere vorstellte. Danach führte er ihn und Velator an der Reihe der Soldaten vorbei, stellte ihnen hier und da jemanden vor oder erklärte ihnen, welche Zuständigkeiten diese Person hatte. Zusätzlich zu den 500 Besatzungsmitgliedern würden sie 110 gallentinische Soldaten begleiten. Sie dienten dem persönlichen Schutz der gallentinischen Besatzung, bis eine menschliche Crew und deren Sicherheitskräfte einsatzbereit sein würden.

Nach dem Ende der diversen Vorstellungen, lud Captain Wiyrkomi sie in ein kleines Konferenzzimmer ein. Miles, Ethan, Botschafter Velator und das leitende Führungsteam des Schiffes plauderten dort noch eine Weile höflich, bevor Hunt zur Sache kam. Er wollte sicher gehen, dass sie wussten, wie ernst es ihm mit der Beendigung des Krieges gegen die Orbot und die Zodark war. Des Weiteren machte er seine Erwartungen an die Mannschaft und an den Kapitän klar.

Neben ihren Pflichten an Bord sollte die Mannschaft in naher Zukunft so viel Zeit wie möglich mit ihren menschlichen Dienstkollegen verbringen und so viel Wissen und Informationen wie möglich mit ihnen teilen. Miles plante, eine zweirassige Mannschaft zu beschäftigen. Er wollte, dass jedes Spezies von der anderen lernen, ihre Besonderheiten erkennen und sich auf sie einstellen sollte.

Als nächstes bat Miles den Captain, Ethan und ihm einen detaillierten Überblick über das Schiff zu geben, wie es funktionierte, und was die *Freiheit* im Vergleich zum Rest der gallentinischen Flotte so besonders machte. Die Größe allein konnte es nicht sein. Miles wollte die Strategie der Gallentiner verstehen, die hinter dem Bau eines solch riesigen Schiffes wie der *Freiheit* steckte.

»Lassen Sie mich Ihnen zunächst zeigen, wie wir auf einem Schiff dieser Größe die Entfernungen überwinden«, schlug Captain Wiyrkomi vor. Miles hatte sich diese Frage bereits selbst gestellt, insbesondere nachdem er erfahren hatte, dass das Schiff in einigen Abteilungen über mehr als 32 Decks verfügte. Neben den Aufzügen und den Treppen durchquerte eine Reihe von Straßenbahnlinien die gesamte Länge des Raumschiffs. Das System war wie das Untergrundbahnsystem der Erde organisiert. Es gab vier farblich gekennzeichnete Bereiche des Schiffs. Entsprechend der Farbe des Bereichs, wohin die Reise führen sollte, bestieg der Fahrgast eine Bahn der gleichen Farbe. Wenn Sie vom vorderen Teil des Schiffs nach hinten mussten, stiegen sie in eine Bahn ein; wenn sie in die Mitte mussten, nutzten sie eine andere Bahn.

Das Bahnsystem arbeitete ähnlich dem Hyperloop-System auf dem Mars, dem Mond, der Erde und mittlerweile auch auf Neu-Eden. Der Weg von einem Ende des Schiffs zum anderen nahm weniger als zwei Minuten Zeit in Anspruch.

Nach den Ausführungen ihres gallentinischen Captains entschied Miles, sich wieder auf das Wesentliche zu konzentrieren. »Captain Wiyrkomi, erklären Sie uns bitte, was dieses Kriegsschiff so anders und so viel schlagkräftiger als die anderen gallentinischen Kriegsschiffe macht?«

»Die *Freiheit* ist mehr als ein Schlachtschiff oder eine Waffenplattform – obwohl sie sicher über ausreichend Waffen verfügt«, lächelte Wiyrkomi. »Dieses Schiff, im Gegensatz zu den anderen, bietet sich nach dem Sprung in ein System als orbitaler Stützpunkt an.

»An jeder Seite des Schiffs befinden sich je zwei Ausläufer, die bis zu einem halben Kilometer aus dem Schiff ausgeschwenkt werden können. Diese vier Plattformen sind mobile Docks, an denen Kriegsschiffe und Frachter Personal oder Ausrüstungsgegenstände zwischen sich und der *Freiheit* oder untereinander austauschen können.«

Als nächstes informierte sie der Captain über die Anzahl der Jäger und Bomber auf dem Schiff. Die *Freiheit* hatte insgesamt zehn Flughallen, fünf an jeder Seite. Je zwei befanden sich im hinteren Teil, eine rechts und links von der Mitte und noch einmal jeweils zwei nahe dem vorderen Teil des Schiffes. Ein gallentinisches Geschwader setzte sich aus

24 Schiffen zusammen. Die *Freiheit* transportierte 1.200 Jäger und 480 Bomber – was Miles in 50 Jäger- und 20 Bombengeschwader umrechnete. Zusätzlich verfügte das Schiff noch über 600 Shuttles zum Transport des Bodenpersonals.

Da dieses Schiff als schwebender Stützpunkt und als Station fungierte, war auch ein großzügiges Kontingent an Soldaten vorgesehen. Das Schiff konnte insgesamt 45.000 Mann befördern. Auf einem voll besetzten Schiff bedeutete das eine Sicherheitskraft von 9.000 Soldaten. Dies war nur möglich, da große Teile des Schiffes automatisiert waren. Die Mannschaft musste immer noch wichtigen Pflichten an Bord nachkommen, war in der Hauptsache aber damit beauftragt, sicherzustellen, dass das Schiff wie vorgesehen arbeitete. Im Fall, dass es ein Problem gab oder das automatische System versagen sollte, würden sie die Steuerung des Schiffs übernehmen. Der überwiegende Teil der Mannschaft war für den von der *Freiheit* ablegenden oder ankommenden Flugbetrieb verantwortlich – eine maßgebliche Aufgabe.

Miles war von all den Informationen, die ihm präsentiert wurden, überwältigt. Er hatte so viele Fragen, erinnerte sich aber selbst daran, dass er während seines ersten

Zusammentreffens mit dem Captain und der Besatzung nicht sofort alles Wissenwerte über sein Schiff erfahren musste.

»Captain Wiyrkomi, wann legen wir nach Altus ab?«, fragte Hunt.

»Die Mannschaft und unsere Versorgungsmittel und Ausrüstungen sind an Bord und stehen bereit. Die Berater treffen ab morgen ein. Es wird vier bis fünf Tage dauern, sie alle an Bord unterzubringen. In sechs Tagen sollten wir soweit sein.«

Hunt nickte erfreut. »Ausgezeichnet. Nachdem Botschafterin Chapman morgen ihre letzten Gespräche beendet hat, lassen Sie sie bitte an Bord bringen. Da uns vor unserem Ablegen noch einige Zeit bleibt, arrangieren Sie bitte einige Einweisungsvorträge für mich und für Lieutenant Hunt? Ich denke an drei Stunden Unterricht am Morgen, das Gleiche am Nachmittag, und täglich nach dem Abendessen eine zweistündige Tour der verschiedenen Abteilungen des Schiffs.«

»Selbstverständlich, Vizegebieter. Ich habe mir erlaubt, die Zeitrechnung des Schiffs auf irdischen Standard umzustellen. Die Mannschaft wurde über mehrere Wochen trainiert und ist in der Lage, von Ihrer auf unsere Zeit umzurechnen. Ich denke, dass die Crew ein gutes Verständnis für Ihre Zeitrechnung entwickelt hat. Das nebenbei. Wenn Sie möchten, beginnt Ihre erste Unterrichtung morgen früh um 8:00 Uhr?«

Hunt lächelte anerkennend zu der Initiative, die der Captain bereits gezeigt hatte. »Das klingt gut, Captain. Vielen Dank, dass Sie das getan haben. Mit der Ankunft auf der Heimatwelt der Altairianer musste ich mich an deren Zeitrechnung gewöhnen. Das war nicht einfach. Ich gehe davon aus, dass es Ihren Leuten nicht viel besser erging.«

Der Captain zuckte mit den Achseln. »Wir sind Soldaten und Marineangehörige; wir tun das, was erforderlich ist. Wenn es Ihnen recht ist, Vizegebieter, würde ich Ihnen gern die Brücke zeigen und Ihnen einige der Offiziere des Brückenpersonals vorstellen. Danach begleite ich Sie in Ihre Unterkunft, um Ihnen Zeit zu geben, sich einzurichten und sich darin heimisch zu fühlen. Dies ist das erste Mal, dass eines unserer Schiffe Menschen an Bord hat – lassen Sie uns doch bitte, bevor Ihre Leute an Bord kommen, wissen, was wir tun können, um Ihre Räumlichkeiten und Anlagen menschengerechter zu machen. Da wir noch an der Ringstation angedockt sind, können wir Änderungen vornehmen, während wir die Berater an Bord bringen.«

»Eine großartige Idee, Captain«, pflichtete Hunt ihm erfreut bei. »Zeigen Sie mir die Brücke. Und dann bereiten wir uns darauf vor, Geschichte zu schreiben.« Miles fühlte einen neu aufgeblühten Sinn von Vorfreude und Energie in sich aufsteigen, den er lange nicht mehr gespürt hatte.

Kapitel Dreiundzwanzig
Die Sondierungsmission

Neu-Eden-Stadt
Alpha-Kompanie, Aufmarsch der „Geister"

»He, Moment mal – Sie wollen, dass ich mit Ihnen nach Sumara reise?«, rief Hadad mit angsterfüllter Stimme aus. »Sie wissen, dass ich Zivilist bin, ja? Die Menschen auf Sumara kennen mich. Sie könnten mich erkennen. Ich lebe angeblich in einer Strafkolonie der Zodark. Sobald sie mich auf Sumara sehen, wissen sie, dass etwas nicht stimmt. Das könnte meine Familie in Gefahr bringen.«

Colonel Hackworth reagierte, bevor jemand anders Worte fand. »Hadad, ich verstehe, dass Sie Angst vor Entdeckung haben und sich vor eventuellen Konsequenzen fürchten. Diese Furcht ist normal. Wir werden tun, was wir können, um sicherzustellen, dass Ihre Teilnahme an dieser Reise unentdeckt bleibt. Aber es gibt keine geeignetere Person als Sie für diese Mission. Früher oder später müssen wir wissen, ob die Sumarer uns als Befreier empfangen werden oder sich auf die Seite der Zodark stellen. Sie sind die *einzige* Person, die uns dabei helfen kann, das herauszufinden. Das Leben von Millionen hängt von diesem Wissen ab.«

Captain Royce fügte schnell hinzu: »Hadad, ich war Teil der Spezialeinheit, die Sie auf genau diesem Planeten aus dem Zodark-Camp befreit hat. Ich erinnere mich an Ihre Erzählungen, wie die Zodark Ihren Planeten und Ihr Volk, versklavt haben. Sie berichteten von den Tributen und dass Sie keine Idee hatten, was mit diesen Menschen oder den Kindern, die sie mitnahmen, geschah. Zwischenzeitlich wissen wir, was mit ihnen geschieht – sie werden als Sklaven missbraucht und als Fußknechte für die Armeen der Zodark und der Orbot gezüchtet.

»Sie sagten mir .... sie sagten uns, dass Sie alles tun würden, um Ihren Planeten und Ihr Volk zu befreien. Diese Chance bieten wir Ihnen nun. Ich brauche Ihre Hilfe. Ohne Sie ist mir diese Mission unmöglich. Helfen Sie mir dabei, Ihr Volk zu befreien. Es liegt in Ihrer Hand!«

Colonel Hackworth nickte bedeutungsvoll. Die beiden Soldaten sahen Hadad durchdringend an.

Hadad kämpfte sichtbar mit dieser Entscheidung. Es war offensichtlich, dass er sich vor dieser Aufgabe fürchtete, nachdem ihm nun die näheren Einzelheiten bekannt waren. Ursprünglich hatte er sich bereiterklärt, mitzukommen, mittlerweile hatte er allerdings seine Zweifel.

Gouverneur Crawley, der ebenfalls anwesend war, legte Hadad eine Hand auf die Schulter. »Ich weiß, dieses

Ersuchen macht Sie nervös. Das war zu erwarten. Wenn Sie diese Mission ablehnen, findet sich ein anderer Weg. Da bin ich mir sicher. Aber es ist *Ihre* Chance, Ihr Volk zu befreien – eine einzigartige Gelegenheit, Hadad. Lassen Sie sich nicht von Ihrer Angst lenken. Wenn es nur die Angst ist, die Sie zurückhält, können wir Ihnen dabei helfen, sie zu überwinden.«

Der Gouverneur nickte den Soldaten zu und setzte sich zurück. Eine Minute oder mehr verstrich, ohne dass jemand etwas sagte. Die Stille zog sich in die Länge, bis Hadad eine Frage stellte. »Können wir mein Aussehen verändern, um die Chancen zu verringern, dass ich erkannt werde?«

Royce nickte. »Das können wir. Ich verspreche Ihnen eines, Hadad – Sie werden Ihr ureigenes Gefühl der Befreiung empfinden, sobald Ihr Volk für immer frei ist.«

»Was genau erwarten Sie nach der Landung auf der Oberfläche von mir? Wieso ist es so wichtig, dass ausgerechnet ich mit Ihnen komme?«

Als der Leiter der Expedition erläuterte Royce, weshalb die Anwesenheit von Hadad so wichtig war. Seine Kenntnisse von der Hauptstadt und vom Planeten waren unentbehrlich. Sein Wissen über die Geografie und die Kultur der Menschen war essenziell. Die Kundschafter mussten wichtige Angriffsziele für die Invasoren identifizieren und Landezonen für ihre Soldaten, für den Fall, dass sich das sumarische Volk auf die Seite der Zodark stellen würde.

Dies war die erste von Menschen geführte und ausschließlich die Menschen betreffende Mission, seit die Erde Teil des Galaktischen Reichs geworden war. Der Druck, sicherzustellen, dass alles reibungslos verlief, war enorm. Die Erdenbewohner waren entschlossen, dem Reich eine gut geplante und fehlerlos ausgeführte Kampagne zu präsentieren. Niemand in der Führungsriege der Republik war mit der Halbherzigkeit der gegenwärtigen Kampagnen zufrieden. Dank mangelhafter Planung und unausgegorenen Strategien hatte es viel zu viele Opfer gegeben.

Und dann sagte Hadad zu Captain Royce: »Ok, ich tu's. Wann beginnt das Training und wann legen wir ab?«

****

Neu-Eden
Fort Roughneck

Captain Royce stand im Unterrichtsraum und informierte seine Leute über die Details der bevorstehenden Mission. Besondere Aufmerksamkeit widmete er Hadad als dem einzigen zivilen Mitglied seiner Crew.

»Unser neues Stealthschiff, der Nachtfalke, erlaubt uns, ungesehen in die Atmosphäre einzudringen. Mit der Annäherung an Sumara suchen wir uns einen passenden Ort zur Landung. Optimal wäre eine Stelle in der Nähe der Hauptstadt, aber weit genug von bevölkerten Bereichen entfernt, um das Schiff nicht der Entdeckung auszusetzen.«

Ein Handzeichen unterbrach Royce. Es war Hadad. Royce sah ihn an und erwartete seine Frage.

»Entschuldigen Sie die Unterbrechung, Brian ….« Hadad bestand darauf, ihn beim Vornamen zu rufen. Er wollte deutlich machen, dass er das Team als Zivilist begleitete, nicht als Soldat. »Eine Landung zu weit außerhalb der Stadt – wie kommen wir dann in die Stadt?«

Royce lächelte kurz: »Entweder gehen wir zu Fuß oder wir suchen uns ein öffentliches Transportmittel. Gibt es Züge oder Busse, die wir nehmen können?«

»Tatsächlich gibt es Züge, die einige der entfernter gelegenen Städte direkt mit der Hauptstadt verbinden«, bestätigte Hadad. »Wenn wir in der Nähe einer dieser Städte aufsetzen, sollte ein Abstand von zehn bis 15 Kilometer ausreichend sein. Die größere Herausforderung stellt das Geld dar. Ohne einen Handchip dürfte das schwierig werden.«

Captain Royce runzelte die Stirn. »Hadad, davon höre ich zum ersten Mal. Was ist dieser Handchip, von dem Sie sprechen? Wieso ist er ein potenzielles Problem?«

Hadad öffnete den Mund um zu antworten, zögerte dann aber einen Augenblick, als ob er zunächst eine weit zurückliegende Erinnerung aufrufen wollte. »In der Zeit, als ich Sumara verlassen musste, adoptierte unsere Gesellschaft ein Chip-System, der in die Hand eingebettet wurde. Dieser Chip fungierte als elektronisches Portemonnaie und als digitale Datei. Das war etwas Neues. Die Zodark bestanden darauf, dass jeder Sumarer ihn erhalten sollte – ein sicherer Weg, unsere Aktivitäten zu überwachen und uns zu kontrollieren. Subversive Aktivitäten zu identifizieren, alles, was ihre Autorität untergraben konnte - das stand den Zodark an oberster Stelle.«

Ein Mitglied ihres Teams meldete sich zu Wort. »Sir, wir könnten eine oder zwei Personen entführen, ihre Chips entfernen und in das Team verpflanzen, das die Stadt erkunden soll. Das löst das Problem der benötigten finanziellen Mittel und gibt dem Team die Chance, unbehelligt durch die Stadt zu wandern. Zumindest für einen oder zwei Tage, bis bekannt wird, dass diese Bürger verschwunden sind.«

Royce dachte einen Moment nach. *Tatsächlich keine üble Idee. Wir brauchen ein Skalpell. Die Zahl der Stadtbesuche muss sich außerdem im Rahmen halten.* Das war etwas, was sie nicht allzu oft tun durften. Die Gefahr der Entdeckung war zu groß.

Seufzend sah Royce ihre einzige Sanitäterin auf dieser Reise an. »Packen Sie das ein, was sie zur Entfernung von Hadads Chips und zu deren Einpflanzung in das Team brauchen, das die Stadt erkunden wird.«

Dann fuhr Captain Royce mit seinen Informationen fort. Ihre neuen Überwachungsdrohnen würden eine wichtige Rolle spielen. Es gab zwei Varianten. Zum einen standen ihnen mit Sonnenenergie betriebene hochfliegende Drohnen zur Verfügung, die zeitlich unbegrenzt einsetzbar waren – es sei denn, sie wurden entdeckt und zerstört. Die Chance der Entdeckung bestand natürlich immer, aber sie hatten Vorkehrungen getroffen. Die Außenhaut dieser Drohnen bestand aus einem faseroptischen Material, das sich seiner Umgebung anpasste. Zudem waren sie mit einem besonderen Radar-absorbierenden Material beschichtet, das sie so unsichtbar wie möglich machen sollte. Beim Überflug erfasste diese Art von Drohne jegliche elektronische Emission - solange, bis ihr Speicher voll war. Daraufhin verdichtete das interne System der Drohnen diese

Aufzeichnungen in winzige Datenpakete und sandte sie mittels Kurzübertragung an ihren Nachtfalken zurück.

Die zweite Variante ihrer Drohnen würden sie zur Infiltration der Regierungsgebäude und jeder auffindbaren militärischen Einrichtung der Zodark und der Sumarer nutzen. Auch diese Daten würden an den Nachtfalken weitergeleitet werden, wo Royce und zwei seiner Delta die gesammelten Informationen mit dem Bordcomputer analysieren würden. Die eingeholten Erkenntnisse würden zudem zweimal täglich einen kurz vor ihrer Landung ausgesetzten Stealth-Satelliten erreichen. Der Satellit würde diesen Bericht an das Schwesterschiff des Nachtfalken weitergeben, das sich in einem der vielen Asteroidengürtel des Systems versteckt halten würde. Dieses Schiff plante, jeden zweiten Tag eine Kommunikationsdrohne durch das Sternentor an eine im nächsten System wartende Fregatte abzusetzen. Von dort aus würde die Information sicher ihren Weg zurück nach Neu-Eden zur 3. Geheimdienstgruppe finden.

Es war eine schwierige Mission, abhängig von einem relativ komplizierten Vorgang. Sie hatten sich alle Mühe gegeben, eine Entdeckung durch die Zodark zu vermeiden. Falls sie jedoch zeitnahe Erkenntnisse über die Situation auf der Oberfläche eines von den Zodark kontrollierten Planeten einholen wollten, war dies der einzige Weg. Sobald General McGinnis' Organisation die übermittelten Kenntnisse für ausreichend hielt, würden sie die beinahe 500.000 Soldaten der Dritten Armee in die Transporter laden und die Flotte würde ihre Reise zum Planeten Sumara beginnen. Dort würden sie die Sumarer, die Menschen, von den Zodark, diesen tückischen Sklavenhaltern, befreien.

****

Im Zodark-kontrollierten Raum

Zwei Wochen – so lange waren sie nun schon in diesem verdammten Schiff eingesperrt. In einem orbitalen Angriffsschiff eingeschlossen zu sein, war eine Sache. Diese Schiffe waren groß; groß genug, um seine Beine auszustrecken oder sich zu bewegen. Auf einem orbitalen Angriffsschiff gab es ausreichend Menschen, mit denen man sich unterhalten konnte. Aber dieses Ding ... der Nachtfalke .... war beengt, und das drückte es höflich aus.

Das Flugpersonal, das aus vier Personen bestand, zusammen mit dem Team von sechs Deltas, passte gerade eben in das Gefährt, ohne ausreichend persönlichen Freiraum. Allein die vier Simulationskapseln boten ihnen Zuflucht. Neben dem standardmäßigen militärischen

Training, das sie täglich durchführen mussten, gestand Captain Royce jedem Mitreisenden einen bestimmten Zeitraum des Alleinseins in den Kapseln zu.

Das Verlangen nach Entspannung und nach Abschalten lag in der Natur des Menschen. Dem einen gelang das an einem Strand auf den Malediven, ein anderer bevorzugte einen Sitz im Stadium des Superbowls, in dem ihr Lieblingsteam um den Sieg kämpfte. Was immer es auch sein mochte, in der Kapsel konnten die Mannschaft ihre Zeit ganz nach Wunsch verbringen.

Corporal Wells sah Hadad an. Die beiden hatten sich seit ihrem ersten Treffen beinahe nonstop auf sumarisch unterhalten. Sie tat ihr Bestes, die Sprache zu erlernen, wollte gleichzeitig aber auch über das Leben auf seiner Heimatwelt erfahren. Wie waren die Menschen? Wie sah der Planet aus? War es eine moderne Gesellschaft wie ihre eigene oder vielleicht sogar eine fortgeschrittene? Im Augenblick diskutierten sie die Strategie ihrer Mission.

Hadad erklärte, dass sie eine weibliche und zwei männliche Sumarer brauchten, um sich mithilfe ihrer ID-Chips unauffällig in der Gesellschaft zu bewegen. Potenzielle Probleme: einem der Sumarer war auf seinem biometrischen Chip eine Bewegungsbeschränkung auferlegt, oder er verfügte über unzureichende finanzielle Mittel, um eine

Zugkarte, Nahrungsmittel oder andere benötigte Gegenstände zu kaufen.

Captain Royce hatte dieses Gespräch verfolgt und mischte sich nun ein. »Hadad, gibt es vor unserer Entscheidung, wen wir entführen, einen Weg, die biometrischen Chips auf ein Guthaben oder eine Bewegungsbeschränkung zu unterprüfen?«

Hadad dachte nach. »Gut möglich. Falls wir das versuchen wollen, müssen wir allerdings wissen, wie wir die Sicherheitsprotokolle der Zodark für die Chips umgehen.«

»Na großartig, die nächste Hürde im Plan«, murmelte Corporal Wells. Obwohl sie es nicht laut ausgesprochen hatte, hatten es alle gehört.

»Bevor Sie Sumara verließen, Hadad, hatten Sie von möglichen Widerstandsgruppen gehört?«, fragte Lieutenant Hosni. »Irgendwelche subversiven Aktionen gegen die Zodark?«

Verdammt, warum fiel mir das nicht ein?, fragte sich Royce.

Hadad schüttelte den Kopf. »Falls es eine solche Gruppe gegeben hätte, hätte sie unsere eigene Regierung strengstens überwacht, unabhängig von dem, was die Zodark mit ihnen gemacht hätten. Obwohl sie kein stehendes Heer auf Sumara unterhalten, gibt es in jeder größeren Stadt oder in jedem industriellen Zentrum eine Sicherheitsgarnison. Das ist mehr als ausreichend, den Planeten zu kontrollieren, sollte das jemals notwendig werden. Sie erinnern sich, dass die Zodark uns die Fähigkeit nahmen, das Sternensystem zu verlassen. Zur gleichen Zeit lösten sie auch unser Militär auf. Sie erlaubten uns die Aufrechterhaltung eines internen Ordnungsdienstes, dessen Waffen aber streng kontrolliert wurden. Die Entwicklung von Waffen, die eines Tages die Machtstruktur zu Ungunsten der Zodark verändern konnten, war hingegen nicht erlaubt. Das war der Grund, warum mich einer meiner Kollegen angezeigt hat. Sie glaubten, dass mein Projekt – wie es die Menschen ausdrücken – einen doppelten Verwendungszweck hatte.«

Corporal Wells reagierte: »Ich kann immer noch nicht glauben, dass Sie deswegen in eine Strafkolonie verbannt wurden. Sie sind doch eine viel zu intelligente Person, um einfach so weggeworfen zu werden.«

Hadad zuckte mit den Achseln. »Auf der Erde las ich mich in Ihre Geschichte ein. Ich wollte versuchen, Sie als Volk zu verstehen. In meiner Lektüre des 20. Jahrhunderts las ich über Ihren Zweiten Weltkrieg und den nachfolgenden Kalten Krieg. In dieser Periode fand ich erstaunlich viele Übereinstimmungen zwischen Ihrer und unserer Geschichte. Ich las, das in den 1930er Jahren die deutsche Regierung unglaublich intelligente und wirtschaftlich erfolgreiche Individuen ihrer Rechte beraubten, weil sie Juden waren.

»Und dieses andere Land, die damalige Sowjetunion …. Dort entführten sie alle möglichen Leute, die sich gegen die Regierung aussprachen und verbannten sie in Gulags oder Strafkolonien, so wie es die Zodark auf Neu-Eden mit uns gemacht haben. Obwohl sich unsere Gesellschaften auf verschiedenen Planeten entwickelten, ähnelt sich unsere Geschichte in gewisser Weise. Die Zodark verkörpern Elemente der Nazis und der Sowjetunion. Im Laufe der letzten Jahrhunderte führten sie eine Regierungsform auf Sumara ein, die der dieser Länder während dieses Zeitraums entspricht. Wenn es also eine Widerstandsgruppe geben sollte, dann stehen unsere Chancen, tatsächlich auf sie zu stoßen, nicht sehr gut. Und noch schlimmer, falls wir mit ihnen Kontakt aufnehmen könnten, stehen sie aller Wahrscheinlichkeit unter solch starker Überwachung, dass wir auffliegen werden.«

»Vielleicht sagt Ihnen mein Vorschlag nicht zu ….«, mischte sich die Gefreite Chandler ein, »…. aber ich bin dafür, dass wir zunächst einen der Sumarer kidnappen, um mehr darüber herauszufinden, wie diese biometrischen Implantate funktionieren. Sie könnten einen Sicherheitsalarm enthalten, der durch die Entfernung aus der eingebetteten

Stelle ausgelöst wird. Dann stehen wir neuen Problemen gegenüber.«

»Ein Schritt nach dem anderen, Leute«, stoppte Royce diese hypothetische Diskussion. »Als erstes müssen wir ungesehen auf dem Planeten landen. Danach nehmen wir das nächste Problem in Angriff.«

****

Zwei Tage später

»Captain Royce, wir nähern uns dem Sternentor. Informieren Sie Ihre Leute, dass wir gleich springen werden«, kündigte der Pilot an.

Royce richtete das Wort an seine Gruppe. »Ok, Leute, der Moment der Wahrheit ist gekommen. Entweder schaffen wir es auf die andere Seite des Tors oder wir werden von dem Zodark-Schiff, das dort auf uns lauert, pulverisiert.«

Einer der Sergeanten lachte. »Hervorragender Versuch, die Moral zu heben«, scherzte er.

Und dann sprangen sie. Es dauerte einen Augenblick, das Wurmloch zwischen den beiden Sternentoren zu durchqueren, aber sobald sie auf der anderen Seite erschienen, ließ sie der Pilot wissen, dass sie es geschafft hatten. Das Glück stand ihnen weiter zur Seite. Die beiden

Nachtfalken steuerten in aller Eile den nächstgelegenen Asteroidengürtel an, um dort die ersten Informationen über das System einzuholen.

Fünf Tage lang schwebten sie meist im Hörmodus, während ihr Aufgebot an elektronischer Ausrüstung alles aufnahm, was sich im System abspielte. Sobald sie danach ein halbwegs sicheres Gefühl dafür hatten, wer sich im System aufhielt, würden sie sich Sumara nähern und einen geeigneten Landeplatz suchen.

Captain Royce trat ins Cockpit, in dem der Kopilot mit Kopfhörern vor einem Computermonitor saß. »Was gibt es, Lieutenant?«

Der Offizier sah hoch und zog sich die Kopfhörer ab. »Es ist seltsam, Sir. Als sich die *Viper* vor beinahe zehn Jahren in diesem System aufhielt, war der elektronische Verkehr äußerst rege. Nachrichten hin und her - zwischen den Minenkolonien, den Sternenbasen und Sumara. Momentan sehe ich so gut wie keine Bewegung. Beinahe so, als ob alle verschwunden wären.«

Diese Aussage gefiel Royce ganz und gar nicht. Sie entsprach nicht dem Bild, das sie sehen sollten.

»Denken Sie, wir erhalten mehr Daten, wenn in den nächsten Tagen einige der über weitere Entfernungen ausgesandten Signale zurückkehren?«

Der Lieutenant zuckte mit den Achseln. »Möglich wäre es. Unabhängig davon, welche elektronischen Sensoren wir in welcher Entfernung über das System ausgeschickt haben - wir sollten *etwas* auffangen. Dieses System sollte reichlich Schiffs- und Funkverkehr verzeichnen. Das ist der Hauptgrund, wieso der Nachtfalke mit diesem speziellen Material beschichtet wurde – damit wir nicht entdeckt werden, sobald sie in unsere Richtung scannen. Momentan sieht es aber so aus, als ob sich niemand da draußen aufhält, der Interesse daran hat, uns zu scannen.«

Royce beugte sich vor, damit der Rest der Crew ihn nicht hören konnte. »Ist es möglich, dass auf dem Planeten oder in den Kolonien etwas vorgefallen ist?«

»Genau das befürchte ich«, flüsterte der Lieutenant zurück. »Ich denke, wir sollten uns in Richtung der beiden Kolonien Hortuna und Tallanis auf den Weg machen. Vielleicht schnappen wir dort etwas auf. Wenn nicht, finden wir vielleicht einen Hinweis darauf, was geschehen ist.«

Royce nickte. Die Männer besprachen sich mit dem Piloten, der sich ihrer Meinung anschloss und einen neuen Kurs einlegte. Sie würden die Kolonie auf Tallanis anfliegen. Sie lag ihrer Position am nächsten.

Royce, der niemanden unnötig beunruhigen wollte, beschloss, ihre Bedenken zunächst für sich zu behalten und bat das Pilotenteam, es ihm gleichzutun. Tallanis würde ihnen hoffentlich einige Antworten geben.

Es dauerte beinahe einen ganzen Tag, bevor sie nahe Tallanis ihre Sensoren erneut aktivierten. Soweit sie wussten, war dies eine erdferne Bergbaukolonie, die die Sumarer vor beinahe 200 Jahren besiedelt hatten. Hadad hatte sie darüber informiert, dass die Kolonie zur Zeit seines Exils von 29 Millionen Menschen bewohnt war.

Es war kein gastfreundlicher Planet. Die Kolonisten lebten entweder unter der Erde oder unter schützenden Kuppeln auf der Oberfläche. Aus diesem Grund hatte sich diese Kolonie nie so vorteilhaft entwickelt wie Hortuna, in der rund 100 Millionen Menschen ihr Zuhause fanden.

Royce kehrte in das Cockpit zurück. »Gibt es neue Lebenszeichen?«

Der Lieutenant, der ihre elektronische Ausrüstung bemannte, drehte sich um und sah ihn an. »Ganz im Gegenteil – wir zeichnen einige Informationen darüber auf, was vorgefallen sein könnte. Es sieht nicht gut aus, fürchte ich.«

Royce schloss die Tür hinter sich und setzte sich auf einen freien Sitz.

»Ok, erklären Sie mir bitte, was Sie gefunden haben und welche Schlüsse Sie daraus ziehen.«

Der Pilot drehte sich in seinem Sitz um und trug seinen Teil zum Gespräch bei. »Captain, viel wissen wir noch nicht. Wir müssen näher heran, damit unsere präziseren Sensoren uns ein genaueres Bild verschaffen können. Allerdings wissen wir bereits mit Sicherheit, dass hier eine Art Kampf stattgefunden hat. Wann genau, kann ich Ihnen nicht sagen, aber es muss schon länger her sein. Die Sensoren entdecken große Mengen an Trümmer und zerstörten Objekten in der Umlaufbahn um Tallanis. Außerdem sahen wir Bruchstücke von Schiffen, die auf eine Weltraumschlacht schließen lassen. Ich fürchte, je näher wir dem Planeten kommen, desto mehr Teile werden wir finden. Hoffentlich auch weitere Antworten. Mit Ihrer Erlaubnis, Captain, würde ich uns gerne näher heranbringen. Unser Schwesterschiff, die *O'Brien*, sollte allerdings für den Fall zurückbleiben, dass wir in eine Falle stolpern. Vielleicht wäre es eine gute Idee, unsere Entdeckungen und Vermutungen mit unserer ersten Kom-Drohne an die Flotte zurückzuschicken.«

Royce erteilte sein Einverständnis. Es war ein vernünftiger Plan. Sollte sich auf der sumarischen Heimatwelt etwas zugetragen haben, mussten sie diese Erkenntnis umgehend mit der Flotte teilen. Falls das System dem Zugriff offen stand, dann wollten General McGinnis und

Admiral McKee es unter ihre Kontrolle bringen, bevor die Zodark die Chance hatten, es zu befestigen.

Je näher sie dem Planeten kamen, desto mehr Trümmer schwebten ziellos durch das All. Der Planet war weiter erschreckend still. Sie wussten nicht, ob es dort noch Leben gab. Sobald sie in die Umlaufbahn einschwenkten, würden sie mehr wissen. Deutlich war schon jetzt, dass sich etwas Tragisches ereignet haben musste und dass offenbar sehr viele Leute ihr Leben verloren hatten.

Was ist hier geschehen?, fragte sich Royce verstört.

Schließlich konnte er nicht umhin, sein Team über die Situation zu unterrichten. Hadad traf die Nachricht am schwersten. Jeder Person, die er kannte und liebte, hielt sich in diesem System auf. Und jetzt sah es so aus, als ob niemand mehr am Leben war.

Als sie endlich in die Umlaufbahn vordrangen, fiel ihnen als erstes die Ruine des Weltraumaufzugs ins Auge – ein wichtiges Teil der Infrastruktur einer Minenkolonie, das den Sumarern erlaubte, bearbeitete Materialien von der Oberfläche hoch in die Umlaufbahn zu transportieren, um von dort aus zurück nach Sumara zu gelangen. Der Aufzug wies umfangreiche Kampfschäden auf. Teile des äußeren Rings der Aufzugsstation waren zerstört; der innere Ring war an mehreren Stellen durchbrochen. Der mittlere Teil der

Station hatte großen Schaden erlitten, was die Brandmale an ihrer Außenseite bewiesen.

»Wie hält er sich in der Atmosphäre, nachdem er die Verbindung zur Oberfläche verloren hat und nicht länger über Energie verfügt?«, wunderte sich Royce laut. Er war Soldat, kein Flottenangehöriger. Von Weltraumoperationen verstand er nichts.

»Ich denke nicht, dass sämtliche Energiequellen ausgefallen sind«, entgegnete der Kopilot und deutete zum Aufzug hinüber. »Sehen Sie die Lichter in einigen der Fenster? Der Rest der Station sieht dunkel und leblos aus, aber in diesem Bereich gibt es eindeutig Licht.«

»Gutes Auge, Tom. Das ist mir völlig entgangen«, lobte der Pilot, bevor er sich an Royce wandte. »Möglich, dass es auf der Station Überlebende gibt, denen es gelungen ist, die Station vom Abstürzen aus der Atmosphäre zu bewahren.«

Der Pilot zögerte. »Sir, ich weiß, dass dies sämtliche Protokolle missachtet und unsere Position preisgibt …. Falls es allerdings noch Leben auf der Station gibt, dann schlage ich vor, dass wir Kontakt mit ihnen aufnehmen. Vielleicht können wir Hilfe leisten. Vielleicht können sie uns erklären, was geschehen ist.«

Die beiden anderen Mannschaftsmitglieder nickten zustimmend. Der Kopilot war anderer Meinung. »Sir, ich denke, damit sollten wir warten«, konterte er. »Ich sage nicht, dass wir in keinem Fall Kontakt aufnehmen sollen, aber wir sollten warten, bis wir Hortuna oder sogar Sumara erforscht haben. Wir brauchen mehr Informationen, bevor wir jemanden von unserer Anwesenheit in diesem System unterrichten.«

Royce sprach den Piloten an. »Wie weit sind wir von Hortuna und Sumara entfernt?«

»Drei Tagesreisen nach Hortuna, danach 18 Stunden nach Sumara. Diese beiden liegen viel näher beieinander. Das setzt allerdings den Einsatz des MPD-Antriebs voraus. Das Reisen im Stealth-Modus verdreifacht diese Zeit.«

Royce hätte diese neue Errungenschaft des Nachtfalkens beinahe vergessen. Sie verfügten über ein duales Antriebssystem. Zum einen standen ihnen die traditionellen MPD-Antriebe ihrer Kriegsschiffe und Transporter zur Verfügung. Der zweite Antrieb, der Stealth-Modus, war weit langsamer, allerdings so gut wie nicht zu entdecken - außer von den Altairianern.

Royce seufzte. »Wie hoch ist die Wahrscheinlichkeit, dass es in diesem System noch Leben gibt? Wenn wir den MPD-Antrieb nutzen, gibt es dort draußen noch jemanden, der die Fähigkeit hat, uns zu entdecken?«

Die Piloten sahen sich an und zuckten mit den Schultern. Diese Frage konnten sie ihm nicht mit Sicherheit beantworten.

So sehr Royce auch Funkstille bewahren wollte, sie brauchten Antworten. Dann kam ihm eine Idee. »Bringen Sie uns näher an die Station heran. Versuchen wir, eine Luke oder einen Einstieg zu finden, der nach drinnen führt. Vielleicht gibt es einen Weg, Funkstille zu bewahren und trotzdem die nötigen Antworten zu finden.«

Die nächsten Stunden brachten sie sich nahe der Station in Position. Beschädigt wie sie war, war es immer noch eine beeindruckende Struktur. Vielleicht nicht ganz so groß wie die John Glenn zurück auf der Erde, aber sie kam ihr ziemlich nahe. Es kostete sie mehrere Stunden, bevor sie endlich einen Zugang zu einem Teil der Station entdeckten, der mit dem Bereich, in dem das Licht brannte, verbunden zu sein schien.

Glücklicherweise verfügte auch ihr Nachtfalke über eine Fahrwerk-Dockingstation, die ihnen bei Bedarf eine feindliche Übernahme ermöglichen sollte. Damit konnten sie sich über der Einstiegsluke verankern und ein abgedichtetes Siegel erzeugen, bevor sie sich den Weg nach drinnen erzwangen. Während die Piloten sie in die richtige Position brachten, wies Royce sein Team an, sich vorzubereiten und ihre Ausrüstung bereit zu halten.

Zwanzig Minuten später parkte der Nachtfalke an der richtigen Stelle. Royce wandte sich an seinen Unteroffizier, Sergeant Peterson. »Schneiden Sie das Loch. Sobald Sie bereit sind, die Tür einzutreten, geben Sie Bescheid. Ich helfe Ihnen, den Bereich dahinter zu klären, bevor wir die anderen einlassen.«

Peterson nickte. Royce und er dienten nun schon 14 Jahre zusammen, seit ihrem ersten Abenteuer auf Neu-Eden. Damals war Peterson noch ein Gefreiter und Royce sein Master Sergeant. »Wird gemacht, Sir«, erwiderte er mit einem Lächeln.

Er schnappte sich sein Schneidwerkzeug und machte sich an die Arbeit. Peterson brauchte nur fünf Minuten, um seine Arbeit zu erledigen. Er schickte Royce über ihren Neurolink die Nachricht, dass er soweit war. Royce befahl Corporal Wells, ihm zu folgen. Zu dritt würden sie einsteigen und das aus dem Weg räumen, was immer sie auf der anderen Seite der Tür erwartete.

Das Team hielt seine neuen M1-Sturmgewehre im Anschlag. Peterson nickte Royce zu. *Bereit.* Royce nickte zurück, und Peterson schob die ausgeschnittene Tür langsam nach innen und nach links aus dem Weg. Er benutzte sie als eine Art Schild, während er in das Unbekannte vordrang.

Royce war direkt hinter ihm und scannte mit seinem HUD, was sich direkt vor ihnen und im Rest des Raums aufhielt. Er war leer. Niemand war da, um sie zu begrüßen. Besser noch, sie standen in einer Kammer. Falls es sich hier tatsächlich um einen Serviceeingang handelte, machte es Sinn, den Druckausgleich in einer versiegelten Kammer durchzuführen.

Peterson trat an die nächste Tür heran. Das Keypad war beleuchtet. Da es noch aktiv war, standen die Chancen gut, dass auf dieser Ruine tatsächlich noch jemand am Leben war.

Peterson hob die Hand, als Royce näher an ihn herantreten wollte. »Ich will sehen, ob unser Schlüsseldienst den Code knacken kann. Andernfalls müssen wir auch hier ein Loch schneiden.«

Er zog ein 18x13 Zentimeter großes schwarzes Gerät hervor, platzierte es auf die Tastatur und schaltete es ein. Petersons HUD gab dem Gerät eine Anweisung, dass sich daraufhin unmittelbar mit dem Tastenfeld synchronisierte und begann, den richtigen Schlüssel zu suchen.

Nach nur zwei Minuten öffnete sich das Schloss. Das Siegel zwischen den beiden Räumen war gebrochen, was ihnen ein hörbares, leicht zischendes Geräusch deutlich machte. Das Team bereitete sich geistig auf ihr Vordringen in die Station vor, im Unwissen darüber, ob sie als Retter willkommen geheißen oder als feindliche Invasoren angegriffen werden würden.

»Durchbruch«, erklärte Peterson über ihr gesichertes Kom-Netzwerk.

Er schob die Tür zur Seite und schwenkte seine M1 und seinen Körper von der Mitte aus nach links, um seinen Bereich zu klären. Direkt hinter ihm kam Royce, der die rechte Seite des Raum übernahm. Corporal Wells eilte an ihnen vorbei.

»Ich habe Tote!«, rief Sergeant Peterson aus seiner Richtung.

»Das Gleiche auf meiner Seite«, verkündete Royce.

»Alles klar«, sagte Wells. Ihr Weg war nicht allzu lang, ungefähr fünf Meter von ihrem Eintrittsort entfernt.

»Was zum Teufel ist hier passiert?«, fragte Peterson mit leiser Stimme. Einige der Leichen lehnten zusammengesunken gegen die Wand, andere lagen quer über den Boden verstreut da.

»So viele ....«, bemerkte Wells, die sich geschockt umsah.

Irgendetwas stimmt da nicht, dachte Royce entsetzt. Er ließ sich auf die Knie fallen und untersuchte den Körper einer

Frau, die vor ihm auf dem Boden lag. Ihre Haut war blau angelaufen, ihre Augen waren glasig.

»Sie sehen gefroren aus«, kommentierte Wells.

»Die Raumtemperatur dürfte um die Null Grad sein«, erklärte Sergeant Peterson.

Royce ließ das Licht einer Taschenlampe über den Körper der Frau gleiten. Ein Blaster hatte sie in der Bauch- und Brustgegend getroffen. Die Leiche neben ihr, ein Mann, hatte mehrere große, klaffende Wunden auf der Brust. Gefrorenes Blut umgab seine Leiche.

»Peterson, Wells, wie sehen diese Wunden aus?«, forschte Royce, als er sah, dass sie ihre eigenen Untersuchungen anstellten.

Wells sprach als erste. »Meiner Meinung nach sehen diese Wunden aus wie die, die die Zodark ihren Feinden mit den Kurzschwertern beibringen. Ich werde immer noch von Albträumen verfolgt, was sie während der Rass-Kampagne einigen der RA-Soldaten angetan haben.«

»Ich bin ganz Ihrer Meinung. Die Verbrennungen sehen wie Blasterverletzungen aus, wohl von einem Zodark-Blaster«, fügte Peterson hinzu.

»Wollen wir wetten, was die Drohnen im Rest der Station finden werden?«, fragte Royce gedrückt. »Wells, schicken Sie die Drohnen aus. Ich will sehen, was wir sonst noch finden, bevor ich Lieutenant Hosni auffordere, uns mit seiner Gruppe zu folgen.«

Corporal Wells zog zwei der Libellen-Drohnen aus ihrer Weste und warf sie in die Luft. Ohne Zeit zu verlieren, flogen sie in verschiedene Richtungen davon. Nachdem die beiden ersten auf dem Weg waren, setzte sie vier weitere dieser kleinen Wunder frei. Sie mussten den Teil der Station ausfindig machen, der weiter über Energie verfügte. Da sie nicht wussten, wie lange der Angriff zurücklag, war es an der Zeit, endgültig zu klären, ob es noch Leben auf der Station gab oder ob sie zu spät kamen.

Sobald die kleinen Drohnen losschwirrten, begannen ihr Radar und ihre Videokameras zeitgerechte Informationen an die HUDs der drei Soldaten zu senden. Im Moment gab es nichts zu sehen - außer Leichen.

»Sir, sehen Sie sich Libelle Zwei an. Ich denke, sie fand die Erklärung dafür, was hier vorgefallen ist«, ließ Wells Royce wissen.

Sie brachte das Bild der Drohne hoch, die über der Leiche einer großen Figur schwebte. Und ja, es war die Leiche eines Zodark. Sein großer Körper, vier Arme, pechschwarzes Haar und seine bläuliche Haut verrieten den Erdenbewohner alles, was sie wissen mussten. Aus irgendeinem Grund hatten die Zodark auf dieser Station ein Massaker angerichtet.

Peterson trat neben Royce. »Sir, glauben Sie, dass die Kolonie auf dem Planeten das gleiche Schicksal wie die hier oben erlitten hat?«

Royce zuckte nur mit den Achseln. Er hatte keine Ahnung. Er hoffte auf das Gegenteil, aber es sah mehr und mehr danach aus, als sei es dem ganzen System wie der Station hier oben ergangen.

»Hier, Sir, ich glaube, wir haben etwas gefunden«, rief Corporal Wells ihm zu.

Royce brachte die Drohnenbilder auf seinem HUD hoch. »Was sehe ich mir an, Wells?«

«Das Video von Libelle Vier«, wies sie ihn an. »Dank der Wärmesensoren entdeckten wir eine Wärmequelle. Es sieht so aus, als gäbe es Überlebende - hier in diesem Bereich. Ich stellte alle Libellen auf die Suche nach Wärmequellen um. Das ist der schnellste Weg, alle Überlebenden ausfindig zu machen. Ohne einen EVA-Anzug oder ein klimakontrolliertes Abteil kann niemand diese Kälte lange überstehen.«

Royce sah, was sie ihm zeigen wollte. Schnell schickte er eine Nachricht an Lieutenant Hosni den Rest des Teams auf die Station zu bringen. Er warnte sie auch davor, dass sie

Tote erwarten sollten – eine große Anzahl gefrorener Leichen.

»Wells, stellen Sie Libelle Vier auf Röntgenaufnahmen um. Ich will durch die Hitze der Wand hindurch sehen, ob sich tatsächlich Menschen in diesem Raum aufhalten. Wir müssen wissen, wer noch am Leben ist und wo genau sie sich aufhalten.«

»Jawohl, Sir. Sofort.«

Nachdem Lieutenant Hosni mit Hadad und der Gefreiten Chandler eingetroffen war, forderte Royce Sergeant Peterson und Private Chandler auf, vor Ort zu bleiben. »Sie bewachen den Weg zurück zum Schiff, nur für den Fall, dass ein Zodark auftaucht oder eine Gruppe von Überlebenden sich unseren Nachtfalken aneignen will«, bestimmte er.

»Alle anderen mir nach. Wir sehen nach den Überlebenden und ob sie willig sind, mit uns zu reden und uns zu erzählen, was vorgefallen ist«, forderte Royce sie auf. Er setzte sich in Richtung der Position von Libelle Vier in Bewegung.

Je weiter sie in die Station vordrangen, desto mehr menschliche Leichen und tote Zodark fanden sie. Brandflecken an den Wänden der Flure und Räume, bewiesen wie intensiv hier gekämpft worden war. Die meisten Türen waren standen entweder offen oder waren aus den Angeln gehoben.

Als sie endlich vor der Tür zu dem Raum standen, in dem sich die Überlebenden aufzuhalten schienen, maßen sie vor der verschlossenen Tür eine weit höhere Temperatur als in jedem anderen Bereich der Station. Die Leichen vor der Tür lagen respektvoll aufgereiht entlang beiden Seiten des Ganges. Es war offensichtlich, dass jemand nach dem Ende des Kampfes den verschlossenen Raum verlassen hatte.

Über der Mitte des Türrahmens entdeckte Royce eine Kamera, deren kleines rotes Licht ihm verriet, dass sie in Betrieb war. Royce signalisierte seinem Team, sich zu beiden Seiten der Tür zu postieren, während er den Versuch unternahm, Kontakt mit denjenigen aufzunehmen, die sich im Raum versteckt hielten.

Mit geschlossener Faust schlug Royce drei Mal laut gegen die Metalltür. Das laute Klopfen hallte den langen Gang hinunter.

Zunächst blieb alles still. Dann erfasste die Röntgenkamera der Drohne auf der anderen Seite der Tür eine Bewegung.

»Es tut sich etwas, Sir. Drei Individuen …. nein, jetzt sind es neun Individuen«, rief Corporal Wells aus. Sie hatte ein Auge auf das Drohnenvideo, während Royce sich auf die

Tür vor ihm konzentrierte. Er musste darauf vorbereitet sein, sekundenschnell zu reagieren, falls die Situation es erforderlich machte.

Wells, sind sie bewaffnet?, fragte Royce über seinen Neurolink.

Ja, sieht so aus, als ob mindestens zwei von ihnen Waffen tragen. Welche es sind, kann ich nicht genau erkennen. Die Übertragung ist nicht detailliert genug.

Mithilfe des Übersetzers in seinem HUD stellte sich Royce laut auf Sumarisch vor: »Ich bin Captain Brian Royce von der Republik. Wir werden Ihnen nichts tun. Wir sind hier, um zu helfen. Wir haben Nahrungsmittel und Wasser und können Ihnen medizinische Hilfe anbieten, falls sie benötigt wird.«

»Das war ein voller Erfolg, Sir«, berichtete Wells. »Ich sehe sie aufgeregt diskutieren. Wow …. Gerade stieß noch eine große Gruppe zu ihnen, einige davon bewaffnet. Die meisten sehen unbewaffnet aus.«

»Ok, halten Sie sich bereit, im Fall, dass sie sich entschließen, mich anzugreifen«, befahl Royce. »Schalten Sie Ihre Blaster auf Betäubung. Wenn wir schießen müssen, will ich sie lieber bewusstlos als tot sehen, es sei denn, sie zwingen uns dazu.«

Mit dem Griff nach dem Auswahlschalter an seinem eigenen Blaster stellte Royce die Einstellung auf Betäubung um, in der Hoffnung, dass das nicht nötig sein würde. Sie brauchten Antworten darüber, was hier geschehen war, nicht ein zweites Blutbad.

Eine Stimme unterbrach die Stille auf dem Gang. »Wer sind Sie?«

»Ich bin Captain Brian Royce«, wiederholte er weiter auf Sumarisch. »Ich bin Mitglied der Streitkräfte der Republik. Mein Team und ich wurden ausgesandt, um Ihnen zur Hilfe zu kommen. Wer leitet Ihre Gruppe?«

Nach einem Augenblick des Schweigens kam die Antwort. »Ich bin Belshazzar, der Leiter der Station. Ich fürchte, Ihre ‚Republik' ist uns unbekannt. Welcher Rasse gehören Sie an und woher kommen Sie?«

Royce war von dieser Frage nicht überrascht. Er wusste, er musste nur seinen Helm abnehmen, damit sie ihn als Mensch erkennen konnten. »Hadad, übersetzen Sie für mich.«

Hadad nickte und stellte sich neben Royce. Mit der Entfernung des Helms spürte Royce die kalte Luft auf seiner Haut. Die Temperatur in diesem Bereich der Station betrug vielleicht 4 Grad Celsius – über dem Gefrierpunkt, aber sicher nicht warm. Und dann erklärte Royce mit direktem

Blick in die Kamera: »Ich bin ein Mensch. So wie Sie. Ich komme aus einem anderen Sternensystem und von einem anderen Planeten, der sich die Erde nennt.«

Belshazzar nahm sich Zeit mit seiner Erwiderung. »Woher sollen wir wissen, dass Sie nicht mit den Zodark zusammenarbeiten?«, fragte er misstrauisch. »Sie haben andere menschliche Haustiere, Sklaven oder Soldaten, die für sie arbeiten.«

Captain Royce richtet sich ein wenig gerader auf und sprach. »Mein Volk befindet sich seit 14 Jahren im Krieg mit den Zodark. Wir haben sie in vielen Schlachten bekämpft und dabei auch eine Minenkolonie namens Clovis befreit, die wir heute Neu-Eden nennen.«

Ein leises Zischen begleitete das Öffnen der mit Brandmalen gezeichneten Tür. Zusammen mit dem Licht, das aus dem Raum hinaus in den Flur fiel, schlug Royce eine Welle der Wärme entgegen.

»Bitte kommen Sie herein«, forderte sie ein uniformierter Mann mit einer einladenden Handbewegung auf. »Wir können uns weiter in der Sicherheit dieses Raums unterhalten. Halten Sie aber bitte Ihre Waffen gesenkt.«

Alle ruhig bleiben, Augen offenhalten und mir nach, gab Royce über den Neurolink weiter. Hadad flüsterte er diese Anweisung zu. Neben einem Neurolink fehlte es Hadad auch an einer Waffe. Egal wie oft sie ihn darum gebeten hatten, er weigerte sich standhaft, eine Waffe zu tragen.

Im Raum erwartete sie eine Gruppe von vielleicht 30 Sumarern, die ihnen beklommen entgegen sah. Einige trugen Uniformen und waren bewaffnet, die Mehrheit war es nicht.

Ein Mann trat nach vorn. Er schien älter als die anderen zu sein. »Mein Name ist Belshazzar. Ich bin für unsere Leute und für das, was von der Station übrig geblieben ist, verantwortlich. Sie sagten, Sie haben Nahrungsmittel, Wasser und können uns medizinisch versorgen? All das brauchen wir. Wir senden seit Monaten Hilferufe aus – zumindest so lange, bis unser Kommunikationsrelais zerstört wurde.«

Royce redete, musste aber warten, bis Hadad übersetzt hatte. Er erklärte, dass sein Volk eine andere Sprache sprach und eröffnete Belshazzar, dass er seinen Helm wieder aufsetzen würde, um den eingebauten Übersetzer zu nutzen. Um ihnen ein größeres Gefühl der Sicherheit zu geben, setzte sich Royce im Indianersitz auf den Boden und legte sein Gewehr neben sich ab. Sein Team tat es ihm nach, worauf die deutliche Anspannung der Wachen etwas nachließ.

»Belshazzar, wir haben Nahrung und können Sie medizinisch versorgen. Einer meiner Soldaten ist ein ausgebildeter Sanitäter. Erzählen Sie uns zunächst aber bitte, was hier vorgefallen ist? Wo ist das sumarische Volk, die Schiffe, was ist geschehen?«

Belshazzar sah unter sich auf den Boden, so wie jeder andere im Raum. Als er den Kopf wieder anhob, brannte ein Feuer in seinen Augen und sein Gesicht war voller Trauer. »Alle sind tot …. Geschlachtet von diesen Zodark-Monstern.«

»Was soll das heißen, *alle sind tot*? Das ist unmöglich! Das sind Millionen von Menschen«, brach es aus Hadad heraus.

Belshazzar wandte sich erstaunt zu Hadad um. »Sie sprechen unsere Sprache wie ein Einheimischer. Sie klingen, als stammen Sie aus der Hauptstadt.«

Hadad nickte und lief rot an, als ihm nun auffiel, dass er außer der Reihe gesprochen hatte. Captain Royce sollte die Mehrzahl der Fragen stellen. »Ich bin ein Sumarer, und richtig, ich komme aus der Hauptstadt. Ich war Forscher auf Sumara. Nachdem jemand entdeckte, dass ich an etwas arbeitete, was in eine Waffe verwandelt werden konnte, wurde ich verbannt. Ich wurde den Zodark übergeben, die mich auf Clovis schickten, wo ich in den Minen arbeiten und irgendwann sterben sollte. Dann kamen Captain Royce und seine Soldaten, befreiten das Lager und die anderen auf Clovis, bevor sie in vielen harten Schlachten weiter gegen die

Zodark kämpften und sie endgültig besiegten. Sie befreiten Clovis von den Zodark und nennen den Planeten nun ihr Eigen.«

Die Menge murmelte und flüsterte untereinander. Die Wachen schienen ihre Waffen etwas fester zu halten, als ob sie plötzlich sahen, wie gefährlich diese drei Soldaten und der Zivilist ihnen werden konnten.

»Ist das wahr?«, forschte Belshazzar. »Sie haben gegen die Zodark gekämpft und sie geschlagen?«

»Meine Soldaten und ich haben in vielen Schlachten gegen die Zodark gekämpft und die meisten davon gewonnen«, bestätigte Royce. »Mein Volk liegt bis zum heutigen Tag mit ihnen im Krieg. Wir gehören einer weit größeren Allianz an – der Allianz des Galaktischen Reichs, die von den Altairianern, einer anderen außerirdischen Rasse, geführt wird. Diese Rasse ist weiter entwickelt als die Zodark und ist ihnen überlegen.«

»Sie sagten, Ihr Name ist Captain Royce?«, fragte Belshazzar zögerlich.

Royce nickte leicht. »Mein Vorname ist Brian. Mein Nachname oder Familienname ist Royce. Mein militärischer Rang ist Captain. Meine Soldaten sprechen mich als Captain Royce an, aber Hadad und andere Zivilisten rufen mich bei meinem Vornamen Brian«, legte er Belshazzar dar. Der lächelte ihn zum ersten Mal an. »Dann ist es mir ein Vergnügen, Sie kennenzulernen, Captain. Sind Sie wirklich unserem Hilferuf gefolgt oder besuchen Sie unser System aus einem anderen Grund?«

Der alte Mann ist klüger als er aussieht, dachte Royce.

Royce entfernte das kleine Übersetzungsgerät von seinem Helm und nahm ihn ab, damit er die Überlebenden und sie ihn sehen konnten, insbesondere seine Augen und seinen Mund. Seine Erklärung würde sicher besser aufgenommen werden, wenn sie seinen Gesichtsausdruck mustern konnten.

Er hielt Belshazzar das kleine Gerät in seiner Hand zur Besichtigung entgegen. »Das ist ein Universalübersetzer. Wenn ich in meiner eigenen Sprache spreche, übersetzt es meine Worte in Ihre Sprache.« Dann deutete Royce auf etwas hinter seinem Ohr. »In meinem inneren Ohr befindet sich ein anderes Gerät, das mir erlaubt, Sie in Ihrer Sprache zu verstehen. Ich nahm meinen Helm ab, damit wir uns als Freunde unterhalten können, als Menschen untereinander, nicht als fremde Soldaten und Sumarer.«

Belshazzar lächelte, als ob er diese Geste begrüßte. Die Wachen standen immer noch, schienen aber etwas entspannter.

Über den Neurolink forderte Royce seine Gruppe auf, ihren Helm ebenfalls abzunehmen, damit die Sumarer auch ihre Gesichter sehen konnten. Dieses Treffen war nun eine Mission des Ersten Kontakts. Sie mussten so viel Information wie möglich sammeln, was Vertrauensbildung erforderte, und zwar schleunigst.

»Sie haben einen weiblichen Soldaten«, kommentierte eine der sumarischen Wachen.

Corporal Iris Wells lächelte stolz und stellte sich vor: »Unser Volk hat viele weibliche Soldaten. Mein Name ist Corporal Iris Wells. Ich komme aus Topeka, Kansas, auf der Erde. Ich gehöre seit acht Jahren den Spezialeinsatzkräften der Armee an.«

Einige der Sumarerinnen schien das zu überraschen, aber auch zu erfreuen, eine starke Soldatin wie sie zu sehen.

Captain Royce fügte hinzu: »Unsere Gesellschaft behandelt alle Menschen gleich. Sie erhalten die gleichen Chancen in ihrer Persönlichkeit zu wachsen und sich in dem Feld, das sie wählen, auszuzeichnen. Deshalb nennt sich unser Volk, unsere Regierung, die ‚Republik'. Unser Regierungsform ist eine repräsentative Republik, was bedeutet, dass wir Wahlen abhalten, die die Zusammensetzung unserer Regierung bestimmen. Diese Regierung wiederum kreiert die Gesetze, die uns regeln.«

»Ein einzigartiges System, das Ihr Volk entwickelt hat«, merkte Belshazzar an. »Ich bin sicher, Hadad hat Ihnen erklärt, wie unser Volk regiert wird«, sagte er und deutete auf den Sumarer. »Unsere Anführer – wenn man sie so nennen will – werden von unseren Zodark-Lehensherren ausgesucht.« Belshazzar schwieg einen Moment. »So war es nicht immer. Es gab eine Zeit, in der wir Sumarer uns selbst regierten, ohne die Zodark. Es gab sogar eine Zeit, in der die Zodark und wir tatsächlich in Frieden nebeneinander lebten. Es war sicher nicht die ideale Beziehung – sie verlangten immer noch den Tribut – aber sie regierten unser Volk nicht mit der gleichen eisernen Faust wie im Lauf der beiden letzten Jahrhunderte.«

Royce ließ den Mann eine Weile reden, ließ ihm Zeit, seine Gesellschaft und sein Volk vorzustellen. Obwohl Royce schon viel über die Sumarer wusste, lernte er dennoch gerne mehr über ihr Volk. Er schickte eine Nachricht an Sergeant Peterson und Gefreite Chandler, genug MREs für alle 33 Überlebenden zu bringen, dazu noch ausreichend Wasser und ihre medizinische Versorgungstasche.

»Belshazzar ....«, versuchte Royce wieder die Kontrolle über das Gespräch zu bekommen, » .... können Sie mir sagen, was sich auf der Station und unten auf der Kolonie zugetragen hat? Wann ist all das geschehen?«

Belshazzar seufzte und nickte. Der alte Mann sah aus, als hätte er gewusst, dass sie an diesen Punkt gelangen würden, obwohl er sein Bestes getan hatte, das so lange wie möglich hinauszuzögern.

»Ich kenne Ihre Zeiteinteilung nicht und wie Sie die Zeit berechnen, aber die Situation mit den Zodark verschlechterte sich vor ungefähr sechs Tennalen«, setzte Belshazzar an.

Hadad interpretierte. »Sechs Tennale sind ungefähr 12 Jahre.«

»Danke, Hadad. Bitte fahren Sie fort, Belshazzar. Und nennen Sie mich doch bitte Brian.«

Belshazzar begann erneut: »Vor sechs Tennalen sagten uns die Zodark, dass eine außer Kontrolle geratene Gruppe von Arbeitern in der Strafkolonie Clovis revoltiert und viele Wachen in einem der Lager getötet hatte. Wir hatten keine Ahnung, was das bedeutete, wieso sie so aufgebracht darüber waren, oder wieso sie ihren Ärger an uns ausließen. Wir wussten nicht einmal, wo Clovis lag, und hatten keine Möglichkeit, dort hin zu reisen. Aber nach diesem Vorfall gingen die Zodark weit härter mit unserer Gesellschaft um.

»Es gab einige wenige subversive Gruppen unter den Sumarern. Sie waren nur lose organisiert und ihre Mitgliederzahl war gering. Sobald allerdings bekannt wurde, dass die Gefangenen in einem der Minencamps die Zodark-Wachen überrannt und getötet hatten, löste sich die angenommene Unbesiegbarkeit der Zodark in Luft auf. Die

Gruppen im Untergrund erhielten Zuwachs und es wurde schwerer sie zu finden und zu enttarnen.«

»Ich bin mir nicht sicher, wann es geschah, aber einer unserer Leute hörte von einem Zodark, dass ihre Soldaten und ihre Flotte die Kontrolle über Clovis verloren hatten. Der Zodark, der uns davon erzählte, erklärte, dass Clovis in einer mächtigen Schlacht zwischen einer alten Rasse, mit der die Zodark im Krieg stehen, verloren gegangen war – nicht durch den Aufstand sumarischer Gefangener. Dennoch, die plötzliche Erkenntnis, dass die Zodark geschlagen werden konnten, gab uns die Hoffnung, dass dies auch in unserem Heimatsystem möglich sein könnte. Die aufständischen Gruppen wuchsen enorm. Egal wie hart die Regierung sie zu unterdrücken versuchte, mit Gerichtsverfahren und sogar mit öffentlichen Hinrichtungen, ihre Zahl wuchs ständig weiter.«

»Ein Mann – an seinen Namen kann ich mich nicht erinnern; er lebte auf Hortuna, einer anderen Kolonie dieses Systems …. Er erfand einen rudimentären Laserblaster. Ähnlich denen, die unsere Wachen hier tragen. Solche Waffen waren uns verboten. Sogar unsere Sicherheitskräfte durften keine Blaster tragen, sondern erhielten von den Zodark Elektroschocker, die eine Person nur vorübergehend außer Gefecht setzte. Das waren die einzigen zugelassenen Waffen.«

Royce und seine Leute saßen mit angehaltenem Atem da und lauschten der Erzählung. Diese Spannung wurde durch die Ankunft von Sergeant Peterson und der Gefreiten Chandler mit Kartons voller Einmannpackungen unterbrochen. Die *Freiheit* hatte nicht allzu viele MREs eingelagert, da die Replikatoren die Mehrzahl ihrer Mahlzeiten produzierten.

Die Erdenbewohner teilten die Lebensmittel und das Wasser aus und erklärten, wie die Packungen geöffnet und aufgewärmt wurden. Die Überlebenden aßen gierig und versicherten sich untereinander, wie gut es ihnen schmeckte.

Während sie aßen, wollte Royce mehr hören. »Sie sagen also, als Ihrem Volk klar wurde, dass die Zodark besiegt werden konnten, erfanden einige Ihrer Leute Waffen, um sich gegen sie aufzulehnen?«

Der alte Mann nickte, bevor er die Reste seiner Einmannpackung vertilgte. »Genau. Die Elektroschocker, die die Zodark uns gaben, waren wertlos. Sie konnten von den Zodark wirkungslos gemacht werden. Wir mussten unsere eigene Version kreieren, die allerdings nicht auf Sumara gebaut werden konnte. Die Überwachung war erdrückend. Nachdem die Zodark dann noch eine Belohnung für die Anzeige eines Mitglieds des Widerstands versprachen, oder für jemanden, der an einer möglichen Waffe arbeitete, wurde es so gut wie unmöglich, eine solche Sache auf Sumara zu entwickeln.

»Deshalb setzte eine kleine Gruppe die Entwicklung auf Hortuna fort. Hortuna ist ein großer Planet, so wie Sumara. Aber er hat hohe Berge, auf denen Schnee liegt. Wenn es etwas gibt, was die Zodark nicht mögen, dann sind das kalte Temperaturen und Schnee.« Belshazzar kicherte leicht. »Sie verwandelten eine kleine Höhle in ein Waffenlabor. Geschützt vor neugierigen Blicken entwickelten sie dort unsere Blasterwaffe. Sie war klein und relativ einfach auseinanderzunehmen und wieder zusammenzubauen, was ihr Schmuggeln erleichterte. Und mit der Technologie, die uns zur Verfügung stand, stand ihrer Massenproduktion ebenfalls nichts im Weg. Aber das war unzureichend. Selbst wenn wir einige Dutzend oder sogar Tausende der Zodark töten würden, wir hatten nichts, um gegen ihre Kriegsschiffe anzukämpfen.

»Dann hatte jemand die Idee, uns eines ihrer Schiffe anzueignen. Im Nachhinein war es eine alberne und schrecklich dumme Idee, die im Endeffekt Millionen von Menschen das Leben gekostet hat. Aber die Widerstandskämpfer verfolgten unerbittlich ihr Ziel, ohne Rücksicht auf die Konsequenzen«, berichtete Belshazzar nun niedergeschlagen.

»Was ist passiert?«, drängte Hadad, der verzweifelt wissen wollte, wie es seiner Familie ergangen war.

Belshazzar drehte sich zu Hadad um. Die Trauer in seinen Augen war deutlich zu sehen. »Sie nannten es den ‚Tag der Befreiung‘, aber er war alles andere als das. Überall auf Sumara, Hortuna und sogar hier auf Tallanis erhoben sich die Widerstandskämpfer und griffen die Zodark an, wo immer sie konnten. Zodark-Stützpunkte in den Kolonien und auf der Heimatwelt wurden attackiert, aber der Hauptangriff fand hier auf meiner Station statt.

»Wir waren völlig unvorbereitet; ich hatte keine Ahnung, was vor sich ging. An der Station lagen drei Zodark-Schiffe: zwei Transporter, die bearbeitetes Material von den Minen der Oberfläche an Bord luden, sowie ein Kreuzer. Normalerweise sahen wir nur wenige Kreuzer oder Schlachtschiffe in unserem System. Die Widerstandsbewegung dachte sicher, dass dies die beste Gelegenheit sei, ein Kriegsschiff einzunehmen.

»Der Angriff spielte sich blitzschnell ab. Schneller als ich es einer Gruppe schlecht trainierter Amateure zugetraut hätte. Der Widerstandsgruppe gelang es, die Schiffe der Zodark zu stürmen, wo sich ein harter Kampf an Bord entwickelte. In weniger als 20 Minuten hatten sie auch die Kontrolle über die Station übernommen und mich und mein Team in diesem

Teil der Station isoliert. Ich kann mir nicht absolut sicher sein, was als nächstes geschah, aber sie schafften es tatsächlich, die Kontrolle über die Zodark-Schiffe zu erlangen. Kurz darauf verließen sie die Station auf der Suche nach anderen Zodark-Schiffen in unserem System.

»Unsere Computer informierten uns über Kämpfe, die überall in den Kolonien und auf Sumara stattfanden. Die Soldaten der Zodark boten all ihre Kräfte gegen die Widerstandskämpfer auf, während unsere Zentralregierung die Widerständler anflehte, ihre Waffen niederzulegen, bevor es noch mehr Tote gab ....«

Royce unterbrach ihn: »Wann fand diese Revolte statt?«

»Ungefähr vor einem Tennal.«

OK, also vor zwei Jahren, dachte Royce nach einer schnellen Umrechnung.

»War das die Zeit, in der die Zodark die Station angriffen?«

Belshazzar schüttelte den Kopf. »Nein, das kam später. Schwer zu glauben, aber nach einer Woche des Kampfs gegen die Zodark hatte der Widerstand gesiegt. Sie hatten viele der Zodark gefangengenommen und trieben sie durch die Stadt. Die Leute bespuckten sie, bewarfen sie mit Steinen und faulen Lebensmitteln. Zwei Wochen lang waren wir alle davon überzeugt, dass wir uns von diesen Monstern befreit hatten.

»Dann traf eine große Flotte am Sternentor ein. Die drei gestohlenen Schiffe wurden umgehend zerstört. Die Flotte durchquerte systematisch unser System und vernichtete all unsere Schiffe. Unsere kleinen Frachter, die Fähren …. Einfach alles. Das Enterteam, das sie an der Station absetzten, tötete jeden, der ihm über den Weg lief, selbst die, die sich ergeben wollten. Wir schlossen uns hier ein. Einer meiner Leute hatte dann die ausgezeichnete Idee, die Temperatur der Station schlagartig zu senken. Die Zodark sollten die Station entweder aufgrund der Kälte verlassen oder glauben, dass sie unwiderruflich beschädigt worden war.

»Wir senkten sogar den Druck in einigen Abteilungen, bevor die automatischen Sicherheitsvorkehrungen der Station griffen und ihn erneut aufbauten. Die Zodark hatten zu diesem Zeitpunkt die Station bereits verlassen. Wir mussten zusehen, wie sie einen Teil der Kolonie unter uns bombardierten. Dem folgte eine unendliche Zahl an Landungsschiffen auf der Oberfläche. Was wir sahen …. Es war schrecklich ….« Belshazzar musste einen Augenblick innehalten. Er wischte sich einige Tränen aus den Augen und bemühte sich, die Kontrolle über seine Stimme zu behalten.

Die anderen Sumarer weinten ebenfalls; zwei Frauen begannen hysterisch zu schluchzen und laut zu jammern. Ein Mann drückte eine der beiden Frauen an sich und weinte mit ihr.

»Sie ermordeten die gesamte Bevölkerung, Captain Royce - Brian. Den einzigen Unterschied machten sie bei den Kindern. Wenn ein Kind jünger als sechs Tennale war, trennten es die Zodark von seinen Eltern und töteten die Erwachsenen meist direkt vor den Augen ihrer Kinder.

»Die Kinder wurden auf Fähren verfrachtet und auf größere Schiffe verlegt. Die Zodark nahmen wohl an, dass wir hier oben tot waren oder es bald sein würden, da sie nichts taten, um unsere Verbindung zur Kolonie unter uns zu unterbinden oder uns einfach in die Luft sprengten. Vielleicht wollten sie auch nur, dass wir ihnen in dem Wissen zusahen, dass es nichts gab, das sie aufhalten konnte. Den Rest des Tages zeigten uns unsere Bildschirme mordende Zodark, die von einer Siedlung der Kolonie zur nächsten zogen und die Menschen mit ihren Schwertern und Blastern abschlachteten. Manchmal sahen wir auch, wie sie jemanden mit ihren Klauen in Stücke rissen. Als meine Mitarbeiter ihre Heimkameras anschalteten, um ihre Familien zu warnen, sie sollten sich verstecken, fanden wir heraus, dass es in vielen Fällen bereits zu spät war.«

Die Frau, die sich in den Armen einer der Männer ausgeweint hatte, meldete sich mit tränenfeuchten Wangen zu Wort. »Als der Angriff auf die Kolonie begann, versuchte ich, meinen Mann zu erreichen und ihn vor dem bevorstehenden Massaker zu warnen. Bis es mir endlich gelang, unser Kom-System hier auf der Station wieder in Gang zu bringen, um mit der Oberfläche Kontakt aufzunehmen, hatten die Zodark den Planeten bereits erreicht und mit ihrem Rachefeldzug begonnen.«

Die Frau zögerte einen Moment und atmete tief durch, um die Kraft zu gewinnen, in ihrer Erzählung fortzufahren. »Sobald ich in der Lage war, die Kameras in unserem Gebäude zu aktivieren, stürmten Gruppen von Zodark bereits das Haus, rissen die Türen aus den Angeln und stürzten nach drinnen. Was ich sah ….« Die Frau legte sich unbewusst die Hand vor den Mund, während sich eine zweite Frau neben sie stellte, um sie zu trösten. »Ich sah, wie diese Tiere meinen Mann bei lebendigem Leib zerfleischten, lachten und scherzten, während sie ihm den Bauch aufschlitzten und Teile von ihm aßen, während er um Gnade flehte. Ich musste meinem Isiah zuhören, wie er weinend darum bettelte, sie sollten ihn töten, um seinen Schmerzen ein Ende zu bereiten«, endete sie mit brennendem Hass für die Zodark in ihrer Stimme.

Selbst Captain Royce, kampferprobt wie er war, fühlte, wie sein Magen revoltierte.

»Er muss gespürt haben, dass ich über die Kameras zusah, oder dass das, was da vor sich ging, aufgenommen wurde. Bevor er starb, gab er mir auf, ihn zu rächen und unsere Kinder zu retten. Als den Zodark aufging, dass sich unsere Kinder noch im Haus aufhalten mussten, nahmen sie die Wohnung auseinander, bis sie sie in unserem versteckten Sicherheitsraum fanden. Sie nahmen unsere vier Kinder und zeigten ihnen, wie es ihrem Vater ergangen war. Dabei versicherten sie ihnen, dass alle, die sich ihnen entgegenstellen und die es wagen sie herauszufordern, das gleiche Schicksal erleiden würden. Danach verfrachteten sie meine Kinder zusammen mit mehreren anderen Kindern auf einen Transporter.

»Das ist beinahe ein Tennal her. Seitdem habe ich nichts von meinen Kindern gehört oder sie gesehen.«

Belshazzar stand auf und umarmte die Frau kurz, bevor er sich an die Soldaten vor ihm wandte. »Wie Sie sehen, machten unsere Leute hier oben eine äußerst schwere Zeit durch. Die Flotte der Zodark erreichte nach mehreren Tagen die Kolonie Hortuna, wo sie ihre Greueltaten fortsetzten, und danach Sumara. Ich habe keine Ahnung, was mit Sumara geschah. Nach der Zerstörung unseres

Kommunikationsrelais' verloren wir jeden Kontakt zur Hauptstadt und den Menschen dort. Danach ging die Verbindung zu Hortuna ebenfalls verloren. Die letzte Nachricht, die ich erhielt, stammt von meinem Kollegen, dem dortigen Stationsleiter. Er informierte mich, dass die Zodark ein Blutbad anrichteten, das sich jedem Erklärungsversuch entzog. Außerdem sagte er, dass sie, wie hier auch, die Kinder mit sich nahmen.«

Royce und seine Soldaten saßen stumm da. Sie hatten von der Grausamkeit der Zodark gehört, sogar gesehen, was sie während so vieler Kampagnen, in denen sie sie bekämpft hatten, anderen angetan hatten. Jede neue Geschichte, die sie vernehmen, erinnerte sie wieder und wieder daran, dass es mit diesen teuflischen Kreaturen keine Frieden geben konnte.

»Belshazzar, ist Ihre Gruppe seit dem Beginn des Angriffs hier oben gefangen?«, fragte Royce.

Der Mann nickte. »Leider ja. Wir können weiter Wasser produzieren, aber wir haben nur noch eine Woche, bevor uns die Nahrungsmittel endgültig ausgehen. Unsere Vorräte sind erschöpft. Aber, Brian, meine ursprüngliche Frage ist immer noch unbeantwortet. Was brachte Ihre Leute in unser System? Sie haben uns das Leben gerettet.«

Royce holte tief Luft. Er würde ihnen den wahren Grund erklären, weshalb sie hier waren. »Nach der

Gefangenbefreiung auf Clovis erfuhren wir von Ihrem Sternensystem und dem Planeten Sumara. Beinahe 500 Sumarer, die wir befreiten, berichteten uns von Ihrem Planeten, Ihren Leuten und natürlich von den Zodark. Mehrere Jahre nach unserem Sieg gegen die Zodark im Rhea-System, in dem Clovis liegt, schickten wir ein kleines Erkundungsschiff in Ihr System aus. Es verbrachte mehrere Tage damit, die Aktivitäten in Ihrem System zu beobachten und alles über die Gegenwart der Zodark zu erfahren. Unser Erkundungsschiff setzte seine Reise dann weiter durch eine Kette von Sternentoren fort, um andere Planeten entlang dieses finiten Systems zu besuchen. Während einer dieser Entdeckungsfahrten nahm eine fortgeschrittene Rasse, die Altairianer, Kontakt mit uns auf.

»Sie luden uns ein, Mitglied ihrer Allianz zu werden. Von da an verbrachten wir acht Jahre im Kampf an ihrer Seite und schlugen die Zodark und einige der anderen Spezies, die auf deren Seite stehen. Mein Team und ich sind auf einer Erkundungsmission nach Sumara, um Informationen einzuholen. Unsere politischen und militärischen Anführer beschlossen, die Zodark dauerhaft aus Ihrem System zu entfernen und auch die übrigen Systeme entlang der Systemkette von ihnen zu befreien. Angeschlossen an ihr System existieren sechs weitere

Systeme mit insgesamt acht bewohnbaren Planeten und Monden. Manche sind von Menschen bewohnt, während andere unbewohnt zu sein scheinen.«

Royce hielt einen Moment inne, um den Sumarern Zeit zu geben, das Gesagte zu verarbeiten. »Unser Team sollte unerkannt in Ihre Hauptstadt reisen, um die Einstellung Ihres Volkes zu beurteilen. Würden Sie sich auf die Seite der Zodark stellen oder uns, wenn es soweit ist, als Ihre Befreier ansehen? Das war der Plan, bevor wir sahen, was hier geschehen war und wir uns dafür entschieden, einzuhalten und nachzuforschen.«

Belshazzar fragte: »Ihr Volk plante also die Invasion unseres Systems?«

Royce sah ihm direkt ins Gesicht. »Je nach Perspektive könnte man es so auslegen. Wir sahen uns mehr als Befreier. Wir wollen unsere Spezies von den Zodark befreien, nicht als siegreiche Eroberer auftreten. Unsere Hoffnung war es, Ihr Volk in die Republik aufzunehmen, Teil unserer von Menschen geführten Allianz zu werden. Wir hatten vor, Ihr Volk, Ihre Wirtschaft und Ihr System zu integrieren, in unseren gemeinsamen Bemühungen, die Zodark zu besiegen und mehr von Menschen bewohnte Welten von diesen Biestern zu befreien.«

Der ältere Sumarer nickte zustimmend. Alle anderen taten es ihm nach. »Ich bin mir nicht sicher, in welchem Zustand sich der Rest des Systems gegenwärtig befindet«, erklärte er. »Es ist gut möglich, dass die anderen Kolonien und die Hauptstadt in Flammen stehen, oder sie unangetastet unter stärkerer Überwachung der Zodark weiter ihr Dasein fristen. Wir haben bereits vor Monaten den Kontakt mit allen verloren. Mit Sicherheit kann ich Ihnen sagen, dass jeder, der auf dem Planeten unter uns noch unter den Lebenden weilt, Sie als Befreier sehen würde; als Retter vor diesen bestialischen Monstern.«

Die nächste Stunde diskutierten sie weiter darüber, was sie auf der Oberfläche wohl antreffen würden. So sehr sie sich auch bemühten, es gelang ihnen nicht, die Kommunikation zwischen der Kolonie auf dem Planeten und der Station wiederherzustellen. Royce hingegen nahm Kontakt mit ihrem Schwesterschiff, der *O'Brien,* auf. Er wies sie an, das bisher Gelernte zusammenzufassen und mithilfe einer Kom-Drohne an die Flotte zurückzusenden, um sie darüber zu informieren, dass sich ihre Mission geändert hatte.

Die Sumarer nutzten die verbliebene Energie der Station, um ihre Flughalle wieder in Betrieb zu nehmen. Beide Nachtfalken konnten dort einfliegen und landen. Da es unmöglich war, alle Bewohner der Station in den beiden

Raumschiffen unterbringen, entschieden sie sich, die meisten zurückzulassen - ausreichend versorgt mit Nahrungsmitteln und Wasser und zusätzlichem medizinischen Bedarf.

Da die verbleibenden Sumarer sich Sorgen um ihre Sicherheit machten, im Fall, dass die Zodark-Soldaten zurückkehren sollten, stellten ihnen die Erdenmenschen die C100 Kampf-Synth vor. Vier von ihnen erhielten strikte Befehle, die Überlebenden der Station mit allen Mitteln zu schützen. Belshazzar und ein weiterer Überlebender würden mit Royce und seinem Team reisen. Zehn andere wurden auf der *O'Brien* untergebracht.

****

Sobald alle ihren Platz gefunden hatten, steuerten sie den Planeten und seine Kolonie an. Mit dem richtigen Zugangscode öffnete Belshazzar die Hangartüren, um innerhalb der Einrichtung zu landen. Die Suche nach Überlebenden begann. Den ganzen nächsten Tag fanden sie nichts außer Leichen. Leblose, zerstörte Körper, egal wo sie hinsahen. Die Zodark waren systematisch vorgegangen.

Als sie die Suche abbrachen, hatten sie nicht einen Überlebenden gefunden – was allerdings nicht bedeuten musste, dass es keine gab. Allein in der kurzen Zeit, die sie bislang auf dem Planeten verbracht hatten, war es ihnen nicht gelungen, Leben zu finden. Und Captain Royce war entschlossen, ihre Mission fortzusetzen. Sie mussten Hortuna und danach Sumara überprüfen, um festzustellen, ob die Zodark Völkermord an den Sumarern begangen hatten, oder ob es dort noch Überlebende gab. Er hoffte auf weitere Überlebende. Das Volk der Sumarer setzte sich aus rund 12 Milliarden Menschen zusammen, die in ihrem System auf drei Planeten und zwei Monden verteilt lebten.

Auf dem Weg nach Hortuna wies Royce die Piloten an, sämtliche Sensoren zu aktivieren. Es gab keinen Grund, länger im Geheimen zu operieren. Sie brauchten Antworten.

Die aktiven Sensoren verschafften ihnen umgehend ein klareres Bild des Systems. Die Weltraumaufzüge, die über Hortuna und Sumara in Betrieb sein sollten, lagen still. Wo einst Hunderte von Shuttles, Transportern und Fähren das System durchquert hatten, gab es nun nichts mehr – nichts, außer den Wrackteilen und Trümmern zahlloser Raumfahrzeuge.

Sobald sie Hortuna erreicht hatten, wurde offensichtlich, dass von dieser Kolonie nichts geblieben war. Von der Sternenbasis in der Nähe von Sumara existierten nur noch Bruchstücke einer ehemals großen Struktur. Der Weltraumaufzug war zerstört; seine orbitale Plattform war in die Atmosphäre des Planeten hinabgestürzt.

Wo einst Städte angesiedelt waren, gab es nur noch riesige Krater. Ohne den Planeten direkt anzufliegen, konnten sie nicht nach Überlebenden suchen. Royce und sein Team waren nicht hinreichend ausgestattet, diese Aufgabe auch hier zu erfüllen. Nach nur zwei Stunden auf der Station beschlossen sie, Sumara anzufliegen. *Was wir dort wohl finden werden?*, dachte Royce. Er war nicht allein mit diesem Gedanken.

Die erste Ansicht der Hauptwelt des sumarischen Volkes erinnerte ihn an Neu-Eden oder Intus. Aus der Entfernung des Alls her sah der Planet wunderschön aus – zumindest, bis sie nähere Details erkennen konnte. Dann begannen sie den Schaden an der Oberfläche in sich aufzunehmen.

Hadad steckte den Kopf in das Cockpit. Es war das erste Mal seit über 20 Jahren, dass er auf seinen Heimatplaneten zurückkehrte.

Royce sah eine Welle der Gefühle im Gesicht des Mannes, die es wie eine Flut überrollten. Er war auf dem Weg nach Hause, seine Chance, endlich seine Familie wiederzusehen. Dann registrierten seine Augen die verbrannte Erde der Oberfläche und sein gesamtes Verhalten änderte sich. Er verlor die Fassung.

Verzweifelt schluchzend drehte er sich zu Brian um. »Ist es möglich, dass meine Familie dort unten noch am Leben ist?«

Royce wusste nicht, wie er ihm antworten sollte. Seine Kehle war wie zugeschnürt. Hadad war ein Freund. Den Mann so leiden zu sehen, setzte ihm sehr zu.

Royce biss sich auf die Unterlippe und versuchte zu antworten. Die Worte blieben ihm im Hals stecken. Er gehörte den Sondereinsatzkräften an. Er war kein Mann, der Tränen vergoss.

Er trat an Hadad heran und legte ihm tröstend die Hand auf die Schulter. »Das weiß ich nicht. Möglich ist es. Aber eines verspreche ich Ihnen: Wir werden alles nur Menschenmögliche tun, um es herauszufinden.«

Von den Autoren

Miranda und ich hoffen, dass Ihnen dieses Buch gefallen hat. Buch Vier, *In das Chaos*, jetzt auf Amazon vorbestellen.

Wir geben ständig neue Bücher heraus. Neben der militärischen Science Fiction-Serie, die Sie gerade lesen, arbeiten wir an unserer nächsten fesselnden militärischen Thriller-Serie, *The Monroe Doctrine*. Falls Sie Interesse an der Vorbestellung von Band Eins dieses aktionsgeladenen Romans haben, jetzt auf Amazon bestellen. Die deutsche Version *Der Monroe-Doktrin* kommt im September 2021 auf den Markt.

Als Liebhaber von Hörbüchern können wir Ihnen mehrere erst kürzlich produzierte Bücher anbieten. Die fünf Bücher der Reihe *Falling Empire* sind nun als Hörbuch erhältlich, zusammen mit den sechs Bänden der *Red Storm*-Serie, ebenso wie unsere gesamte Reihe der *World War III*- Bücher. *Interview with a Terrorist* und *Traitors Within*, gegenwärtig eigenständige Bücher, stehen ebenfalls zu Ihrem Hörvergnügen zur Verfügung.

Sollten Sie Interesse an den Erscheinungsdaten unserer aktuellen Veröffentlichungen haben und E-Mails über besondere Preisangebote erhalten möchten, registrieren Sie sich doch bitte auf unserer E-Mail-Verteilerliste: https://www.frontlinepublishinginc.com/.

Als Dank und Bonus für Ihre Registrierung übersenden wir Ihnen ein Dossier als Teil der Serie *Der Aufstieg der Republik*. Die Akte enthält sowohl das Bildmaterial als auch die einschlägigen Statistiken der Schiffe, über die wir schreiben. Sie wird Ihnen die Serie mit jedem Buch, das sie lesen, lebendiger machen. Als unabhängige Autoren sind Leserrezensionen enorm wichtig für uns, da sie einen hohen Stellenwert bei zukünftigen Lesern einnehmen. Wenn Ihnen dieses Buch gefallen hat, möchten wir Sie herzlich bitten, eine positive Rezension bei Amazon und Goodreads zu hinterlegen. Wir sind jedem, der sich die Zeit nimmt, einen Kommentar zu schreiben, äußerst dankbar.

Es bereitet uns viel Vergnügen, unsere Leser über die Sozialen Medien näher kennenzulernen, insbesondere auf unserer Facebook-Seite https://www.facebook.com/RosoneandWatson/. Manchmal bitten wir unsere Leser auch um ihre Unterstützung bei der Entwicklung neuer Bücher – es ist schön, auf verschiedene Erfahrungsbereiche zurückgreifen zu können. Falls Sie Teil dieses Teams werden möchten, besuchen Sie doch bitte unsere Autoren-Webseite: https://www.frontlinepublishinginc.com/ und schicken Sie uns eine Nachricht über den »Contact"-Tab. Sie können uns auch gerne auf Twitter folgen: @jamesrosone and @AuthorMirandaW. Wir freuen uns darauf, von Ihnen zu hören.

Vielleicht gefallen Ihnen auch einige unserer anderen Werke. Nachfolgend finden Sie die vollständige Liste:

Sachliteratur:

Iraq Memoir 2006–2007 Troop Surge

Interview with a Terrorist (Erhältlich auch als Hörbuch)

Romane:

Serie: The Monroe Doctrine

Band Eins

Band Zwei

Band Drei (Vorbestellung möglich, erwarteter Erscheinungstermin 28. September 2021)

Serie: The Rise of the Republic

Into the Stars (Erhältlich auch als Hörbuch)

Into the Battle (Erhältlich auch als Hörbuch)

Into the War (Erhältlich auch als Hörbuch)

Into the Chaos

Deutsche Fassung der Serie *Aufstieg der Republik*:

In die Sterne

In die Schlacht

In den Krieg

In das Chaos [Voraussichtlicher Erscheinungstermin Dezember 2021. Link zur Vorbestellung hier]

Serie: Falling Empires

Rigged (Erhältlich auch als Hörbuch)

Peacekeepers (Erhältlich auch als Hörbuch)

Invasion (Erhältlich auch als Hörbuch)

Vengeance (Erhältlich auch als Hörbuch)

Retribution (Erhältlich auch als Hörbuch)

Serie: Red Storm

Battlefield Ukraine (Erhältlich auch als Hörbuch)

Battlefield Korea (Erhältlich auch als Hörbuch)

Battlefield Taiwan (Erhältlich auch als Hörbuch)

Battlefield Pacific (Erhältlich auch als Hörbuch)

Battlefield Russia (Erhältlich auch als Hörbuch)

Battlefield China (Erhältlich auch als Hörbuch)

Serie: Michael Stone

Traitors Within (Erhältlich auch als Hörbuch)

Serie: World War

> *Prelude to World War III: The Rise of the Islamic Republic and the Rebirth of America* (Erhältlich auch als Hörbuch)
> *Operation Red Dragon and the Unthinkable* (Erhältlich auch als Hörbuch)
> *Operation Red Dawn and the Siege of Europe* (Erhältlich auch als Hörbuch)
> *Cyber Warfare and the New World Order* (Erhältlich auch als Hörbuch)

Kinderbücher:

My Daddy has PTSD
My Mommy has PTSD

Abkürzungsschlüssel

AG1	Army Group One [= Erste Armeegruppe]
AG2	Army Group Two [= Zweite Armeegruppe]
AAR	After-Action Report [= Einsatznachbericht]
AI	Artificial Intelligence [= Künstliche Intelligenz]
ASAP	As Soon As Possible [= baldmöglichst]
C100	Combat Synth [= Kampf-Synth]
C-FO	Commander, Flight Operations [= Kommandant der Flugoperationen]
CHU	Containerized Housing Unit [= Container-Wohneinheit]
CO	Commanding Officer [= befehlshabender Offizier]
DARPA	Defense Advanced Research Projects Agency [= Agentur zur Forschung in Projekte fortgeschrittener Verteidigung]
EVA	Extravehicular Activity (suits made for being outside a spaceship) [= Weltraumanzüge]
EWO	Electronic Warfare Officer [= elektronischer Kriegsführungsoffizier]
FID	Foreign Internal Defense [= außerirdische Abwehrmission]
FOB	Forward Operating Base [= vorgeschobene Operationsbasis]
FOBBIT	Duty stuck at the FOB [= Dienst schieben auf der vorgeschobenen Operationsbasis]
FRAGO	Fragmentary Order [= unvollständiger Befehl]
FTL	Faster-than-light [= schneller als das Licht]

G2	Intelligence Officer [= Geheimdienstoffizier]
GE	Galactic Empire [= GR, das Galaktische Reich]
GO	Gaelic Outpost [= Außenposten Gaelic]
HAHO	High-Altitude, High-Opening [= Fallschirmsprung-Verfahren: hohe Absetzhöhe, hohe Öffnung]
HALO	High-Altitude, Low-Opening (jumps intended for stealth) [= Fallschirmsprungverfahren zur Vermeidung der Entdeckung: hohe Absetzhöhe, niedrige Öffnung in einem eng begrenzten Bereich]
HUD	Heads-Up Display [= Weitwinkel-Scheiben-Display]
IFV	Infantry Fighting Vehicle [= Kampffahrzeug der Infanterie]
IRR	Inactive Ready Reserve [= inaktive Reservebereitschaft]
JSOC	Joint Special Operations Command [= Vereintes Kommando für Spezialoperationen]
KIA	Killed in Action [= im Kampf gefallen]
LT	Lieutenant [= Leutnant]
MOS	Mars Orbital Station [= Orbitale Mars-Station]
MPD	Magnetoplasmadynamic [= Magnetoplasmadynamik]
MRE	Meals Ready to Eat [= Einmann-Mahlzeiten]
NAS	Non-aligned Space [= von anderen Regierungen/Koalitionen unabhängiger Raum]
NCO	Noncommissioned Officer [= Unteroffizier]
NL	Neurolink [= Neuro-Verbindung]

NOS	Zodark admiral or senior military commander [= Zodark-Admiral oder hochrangiger Militärkommandant]
OAB	Orbital Assault Battalion [= orbitales Angriffsbataillon]
OAD	Orbital Assault Division [= orbitale Angriffsdivision]
ORD	Orbital Ranger Division [= Orbitale Rangerdivision]
PA	Public Address [= öffentliche Lautsprecheranlage]
PSYOPS	Psychological Operations [= Psychologische Kampfführung]
QRF	Quick Reaction Force [= Schnelle Eingreiftruppe]
R&D	Research and Development [= Forschung und Entwicklung, F&E]
RA	Republic Army [= die republikanische Armee]
RAS	Republic Army Soldier [= Soldat in der republikanischen Armee]
RD	Republic Dollar [= der republikanische Dollar]
RTO	Radio Telephone Operator [= Funker]
RV	Recreational Vehicle [= Wohnmobil]
S1	Personnel Officer [= Offizier in der Personalabteilung]
S3	Operations Officer [= Stabsoffizier, S3]
S4	Supply [= Versorgung, Nachschub]
SAW	Squad Automatic Weapon [= automatische Trupp-Waffe]
SF	Special Forces [= Sondereinsatzkräfte]
SFG	Special Forces Group [= Sondereinsatzgruppe]

SOCOM	Special Operations Command [= Kommando für Spezialoperationen]
SOF	Special Operations Forces [= Sondereinsatzkräfte]
SOP	Standard Operating Procedures [= standardmäßige Vorgehensweise]
SW	Sand and Water (missiles) [= Sand- und Wasserraketen]
VIP	Very Important Person [= äußerst wichtige Person]
WIA	Wounded in Action [= im Kampf verwundet]
XO	Executive Officer [= Stabsoffizier]